Rachel Joyce

Rachel Joyce vit en Angleterre, dans une ferme du Gloucestershire, avec sa famille. Elle a été pendant plus de vingt ans scénariste pour la radio, le théâtre et la télévision, et comédienne de théâtre récompensée par de nombreux prix. *La lettre qui allait changer le destin d'Harold Fry* (2012) est son premier roman, suivi de *Deux secondes de trop* (2014), *La Lettre de Queenie* (2015), *Si on dansait...* (2018) et *L'Inoubliable Voyage de Miss Benson*, tous publiés par XO Éditions et repris chez Pocket.

Retrouvez toute l'actualité de l'auteure sur :
www.racheljoycebooks.com

L'INOUBLIABLE VOYAGE DE MISS BENSON

ÉGALEMENT CHEZ POCKET

La lettre qui allait changer le destin
d'Harold Fry
Si on dansait…
L'Inoubliable Voyage de Miss Benson

RACHEL JOYCE

L'INOUBLIABLE VOYAGE DE MISS BENSON

Traduit de l'anglais
par Cécile de la Rochère

XO
EDITIONS

Titre original :
MISS BENSON'S BEETLE
Première publication en Grande-Bretagne en 2020
par Doubleday, une marque de Transworld Publishers.

ISBN : 978-2-266-33456-3
Dépôt légal : avril 2023

Celui-ci est pour toi, Nell

« Cherchez et vous trouverez. Ce qui n'est pas cherché reste caché. »

SOPHOCLE

« À force de nier que les choses changent, nous perdons le sens du sacré de la vie. Nous avons tendance à oublier que nous faisons partie de l'ordre naturel des choses. »

PEMA CHÖDRÖN

1

Le scarabée d'or de Nouvelle-Calédonie, 1914

À dix ans, Margery tomba amoureuse d'un scarabée.

C'était en été, il faisait un temps divin et toutes les fenêtres du presbytère étaient ouvertes. Elle avait envie de faire naviguer ses animaux en bois sur le sol, deux par deux, mais le jeu avait appartenu à ses frères et la plupart des pièces étaient barbouillées ou cassées. Il en manquait même certaines. Vu les conditions, elle hésitait à associer un chameau à trois pattes et un oiseau plein de taches quand son père sortit de son cabinet.

— Tu as deux minutes, ma grande ? dit-il. Je voudrais te montrer quelque chose.

Elle déposa le chameau et l'oiseau, et le suivit. Elle aurait marché sur les mains s'il le lui avait demandé.

Son père alla à son bureau. Il s'installa en hochant la tête avec un sourire. Elle comprit qu'il n'avait aucune raison particulière de l'appeler : il avait juste envie de passer un moment avec elle. Depuis que ses quatre frères étaient partis à la guerre, il l'appelait régulièrement.

Ou alors elle tombait sur lui au pied de l'escalier, qui cherchait quelque chose mais sans savoir quoi. Il avait les yeux les plus doux du monde, et le haut de son crâne chauve donnait l'impression qu'il était nu, un peu comme un œuf.

— J'ai une surprise pour toi, ma grande. Rien d'extraordinaire, mais à mon avis, tu vas aimer.

En général, c'est là qu'il sortait une bricole qu'il avait trouvée dans le jardin, mais cette fois il ouvrit un livre intitulé *Les Créatures incroyables*. L'ouvrage était imposant, comme la Bible ou une encyclopédie, et il dégageait un parfum de vieillerie, mais qui venait peut-être de son père. Margery était debout à ses côtés et avait du mal à tenir en place.

La première page était une illustration qui représentait un homme. Son visage et ses bras étaient normaux, mais au lieu de jambes, il avait une queue de sirène verte. Margery était subjuguée. La deuxième image était aussi inattendue. Un écureuil, comme ceux du jardin, mais avec des ailes. Et ainsi de suite, page après page, une série de créatures toutes plus incroyables les unes que les autres.

— Tiens, regarde, répétait son père. Et celle-là, Dieu du ciel !

— Elles existent vraiment ?

— Qui sait.

— Elles sont au zoo ?

— Oh non, ma chérie. Elles existent peut-être, mais personne ne les a encore trouvées. Il y a des gens qui y croient, mais comme ils n'en ont jamais capturé, ils n'ont aucune preuve.

De quoi parlait-il ? Elle avait toujours cru que tout ce qui existait sur terre avait été découvert. Jamais elle n'aurait pensé qu'on pouvait tomber sur l'image d'une créature dans un livre – encore mieux, l'inventer soi-même – et partir à sa recherche.

Son père lui montra successivement le yéti de l'Himalaya, le monstre du loch Ness, le paresseux géant de Patagonie. Il y avait aussi le grand cerf des tourbières, dont les bois étaient immenses et ressemblaient à des ailes ; le couagga d'Afrique du Sud, mi-zèbre mi-cheval, avec des rayures sur le devant du corps uniquement ; le grand pingouin ; le macaque à queue de lion ; le tigre de Tasmanie. Toutes ces créatures insoupçonnées et incroyables qui peuplaient le monde, mais que personne n'avait jamais vues.

— Tu penses qu'elles existent ?

Son père hocha la tête.

— Pour le moment, je me console avec l'idée que nous savons très peu de chose, pour ne pas dire rien.

Content de cette maxime renversée, il tourna la page en s'exclamant :

— Regarde !

Il indiqua du doigt une tache minuscule. Un scarabée.

Alors là, c'était presque rien. Vraiment petit. Banal. Elle ne voyait pas ce que ce scarabée faisait dans un livre de créatures incroyables, peu importe qu'il n'ait pas encore été découvert. C'était le genre de truc qu'elle piétinerait sans le remarquer.

Il lui expliqua que si la tête d'un scarabée s'appelait bien la tête, on parlait de thorax pour le corps, et d'abdomen pour le bas. Le scarabée avait deux paires d'ailes – le savait-elle ? Deux ailes délicates, qui lui servaient à voler, et deux autres, plus solides, protégeant les premières. Dieu avait créé plus d'espèces de scarabées sur Terre que de tout autre insecte, et chacune était unique à sa manière.

— Il a l'air un peu quelconque, répondit-elle.

Margery avait entendu ses tantes dire qu'elle était quelconque, quand ses frères, eux, étaient beaux comme des dieux.

— Pas du tout, regarde !

Il tourna la page et elle eut un haut-le-cœur.

C'était le même scarabée, mais vingt fois plus gros. Elle n'avait rien compris, vraiment rien. Et elle n'en croyait pas ses yeux. De près, cette petite chose quelconque n'était pas quelconque du tout, pas pour un sou. De forme ovale, couverte d'or, elle était incandescente. Tête d'or, thorax d'or, abdomen d'or. Même ses pattes minuscules étaient d'or, comme si la nature avait assemblé plusieurs bijoux pour en faire un insecte. Le scarabée était infiniment plus radieux qu'un homme avec une queue de sirène.

— Le scarabée d'or de Nouvelle-Calédonie, dit son père. Tu imagines comme ce serait merveilleux d'en trouver un et de le rapporter à la maison ?

Elle n'eut pas le temps d'en savoir plus. La sonnerie extérieure retentit et il se leva avec légèreté. Il referma la porte délicatement, comme s'il voulait la préserver, et laissa Margery seule avec le scarabée. Elle tendit un doigt pour le toucher.

La voix de son père résonna dans l'entrée :

— Tous ? Comment ça, tous ?

Margery n'avait jamais compris sa passion pour les insectes – elle le voyait souvent dans le jardin avec un filet, mais c'était le genre d'activité qu'il partageait avec ses frères. Soudain, au moment où son doigt croisa le scarabée d'or, elle frémit : elle crut voir une étincelle jaillir et son avenir se révéler. Elle eut chaud, puis froid. Elle trouverait ce scarabée. C'était très simple. Elle irait sur place, où que soit la Nouvelle-Calédonie, et elle le rapporterait. Elle était sous le choc, comme si quelqu'un lui avait frappé le haut du crâne. Elle s'imaginait déjà ouvrant la voie à dos de mule avec un assistant portant ses bagages derrière elle.

Le révérend Tobias Benson rentra, mais il semblait ne plus rien se rappeler du scarabée, encore moins de Margery. Il avança lentement jusqu'au bureau et remua ses papiers, les soulevant et les reposant, comme si aucun n'était ce qu'il devait être. Il prit un presse-papiers, puis un stylo, mit ensuite le presse-papiers à la place du stylo, mais celui-ci, il ne devait plus savoir à quoi il correspondait. Qui sait s'il n'avait pas oublié à quoi servait un stylo. Il regardait dans le vide, le visage ruisselant d'un long filet de larmes.

— Tous ? répéta-t-il. Comment ça, tous ?

Il prit quelque chose au fond du tiroir et franchit la porte-fenêtre. Margery n'eut pas le temps de comprendre ce qui s'était passé. Il s'était tiré une balle.

Angleterre, début septembre 1950

L'aventure !

2

Que faites-vous avec mes nouvelles chaussures ?

Miss Benson avait remarqué qu'un petit papier commençait à tourner parmi les élèves. Il était parti du fond de la classe et allait bientôt arriver au milieu.

Au début, elle avait perçu un léger gloussement. À présent, c'était un rire d'autant plus frappant qu'il était étouffé : une des filles avait le hoquet, une autre avait le visage violacé. Elle préféra ne pas interrompre son cours et réagit comme elle réagissait toujours : en fermant les yeux. Elle se contenta de parler un peu plus fort. Les élèves continuaient à faire passer le mot. Elle continuait à leur expliquer comment préparer un gâteau en période de guerre.

La Seconde Guerre mondiale était finie – depuis cinq ans –, mais le rationnement était maintenu. La viande était rationnée, le beurre était rationné, le lard, la margarine. Le sucre était rationné. Le thé était rationné. Le fromage, le charbon, le savon, les bonbons. Tout était encore rationné. Les boutons de manchette de la veste de Margery étaient usés jusqu'à la corde et elle n'avait qu'une paire de souliers, si vieux qu'ils clapotaient sous la pluie. Si elle les donnait à réparer, elle serait obligée de rester assise avec ses bas en attendant qu'ils soient prêts, alors elle continuait de les porter et ils continuaient de partir à vau-l'eau. Dehors, les rues étaient une succession d'immeubles en ruine – de pièces dont les quatre murs avaient disparu, avec ici et là une ampoule qui pendait ou une tirette de chasse d'eau – et les jardins servaient toujours à cultiver des légumes britanniques de première nécessité. Des vieux journaux s'entassaient dans les trous provoqués par les bombes. Des hommes démobilisés traînaient au coin des rues, vêtus de costumes civils de récupération. Des femmes faisaient plusieurs heures de queue pour avoir un morceau de lard bien gras. On pouvait parcourir des kilomètres en bus sans apercevoir une fleur. Ni un bout de ciel bleu. Qu'est-ce qu'elle aurait donné pour voir un peu de ciel bleu – même ça, c'était rationné. Les gens n'arrêtaient pas de dire que c'était un nouveau départ, mais chaque jour ressemblait au précédent. Les files d'attente. Le froid. Le brouillard. Elle avait l'impression de vivre de restes depuis toujours.

Le mot venait d'arriver au deuxième rang. Babillages. Ricanements. Épaules secouées dans toute la salle. Elle était en train d'expliquer comment chemiser un moule à gâteau quand elle crut voir un coup de coude contre une élève du premier rang, et le mot atterrit entre les mains de Wendy Johnson. C'était une fille souffreteuse qui avait toujours l'air de s'attendre au pire – même quand on était gentil avec elle, elle semblait terrorisée –, si bien que Margery eut un choc en la voyant ouvrir le mot et pouffer. C'était parti. Les filles avaient le fou rire et n'essayaient même plus de le cacher. Si ça continuait, toute l'école allait les entendre.

Elle déposa sa craie. L'hilarité s'évanouit, peu à peu, à mesure que les élèves comprenaient qu'elle les observait. « C'est marche ou crève, l'avaient prévenue les collègues. Ne tentez pas de vous rapprocher d'elles. Ces filles ne seront jamais vos amies. » Une professeure de dessin avait abandonné au bout d'une semaine. « Elles chantonnent tout bas, avait-elle expliqué en larmes, mais si je leur demande qui chantonne, elles me regardent droit dans les yeux en me répondant : "Il n'y a personne qui chantonne, Miss." Il faut être aux abois pour avoir envie de travailler ici. »

Margery descendit de l'estrade et tendit la main.

— Donnez-moi ce mot, Wendy.

La jeune fille était là, tête baissée, comme une bête apeurée. Ses camarades assises derrière elle échangèrent un coup d'œil. On aurait entendu une mouche voler.

— Je peux savoir ce qui vous fait tellement rire, Wendy ? Comme ça, tout le monde pourra profiter de la plaisanterie.

Margery n'avait pas l'intention de lire le mot. Et encore moins de profiter de la plaisanterie. Elle comptait l'ouvrir, le jeter dans la corbeille, puis remonter sur l'estrade et finir son cours. C'était bientôt l'heure de la pause. Elle pensait au thé et aux petits biscuits qui l'attendaient dans la salle des professeures.

— Alors ?

Wendy lui remit le mot d'un geste si lent qu'il aurait été plus rapide de l'envoyer par la poste.

— Vous ne devriez pas, Miss, dit-elle tranquillement.

Margery prit le morceau de papier. Elle l'ouvrit. Un long ruban de silence se dévida dans la classe.

Elle s'attendait à tout sauf à ça. Ce n'était pas un bon mot. Ni même un commentaire sur l'ennui mortel du cours. C'était un dessin. Un dessin humoristique très soigné qui représentait une vieille bonne femme moche, et la vieille bonne femme n'était autre que Margery. Le tailleur trop grand était le sien ; les chaussures aussi, on ne pouvait pas se tromper. Deux languettes au bout de deux grosses guiboles – on voyait même un orteil qui dépassait. Son nez ressemblait à une patate, et ses cheveux étaient un nid d'oiseau fou. Les filles l'avaient affublée d'une moustache – mais pas une jolie moustache, une moustache en brosse à dents, comme celle de Hitler. Au-dessus, quelqu'un avait écrit : « La Vierge Margery ! »

La respiration de Margery se grippa, comme si elle n'avait pas assez d'espace pour le mélange de rage et de douleur qui montait en elle. Elle avait envie de répondre, plus exactement de hurler : « Comment osez-vous ? Je n'ai rien à voir avec cette femme. Rien. » Impossible, elle ne pouvait pas. Elle demeura immobile, dans l'espoir insensé que cette histoire disparaîtrait et ne reviendrait jamais si elle restait là, sur place, sans un geste. Soudain, une fille gloussa. Une autre toussa.

— Qui a dessiné ça ? demanda-t-elle, bouleversée.

Sa voix n'était plus qu'un étrange filet. Elle avait du mal à former les sons justes.

Silence.

Elle décida de sévir. Elle menaça toute la classe de devoirs supplémentaires. Annonça que la pause de l'après-midi était supprimée. Ajouta qu'elle ferait appel à la directrice adjointe, une femme qui terrorisait tout le monde. Une des rares fois où on l'avait vue rire, c'était le jour où Margery avait coincé sa jupe dans la porte et ne pouvait plus bouger. (« La scène la plus désopilante que j'aie jamais vue, lui avait avoué la directrice. On aurait dit une ourse prise au piège. ») En vain. Les filles étaient assises, muettes, les yeux baissés, le visage légèrement rose, quand la cloche de la pause retentit et que les couloirs se mirent à enfler, comme un fleuve, de pas et de bruits. Personne ne voulait s'excuser ni donner le nom de la responsable, même Wendy Johnson refusait de céder, si bien que Margery se sentait encore plus seule et plus ridicule. Elle jeta le mot dans la corbeille, mais il était toujours là, comme s'il était composé d'air.

— Le cours est fini, annonça-t-elle sur le ton le plus digne possible.

Elle prit son sac et sortit.

Elle avait à peine franchi la porte que les rires fusèrent. « Wendy, tu es championne ! » rugissaient les filles. Margery se fraya un chemin et passa devant le laboratoire de physique, puis le département d'histoire, mais elle ne savait plus où elle allait. Elle avait besoin de respirer, vite. Une foule d'élèves encombraient le passage, piaillant comme des mouettes. Elle n'entendait plus que des ricanements. Elle voulut prendre la sortie du terrain de sport mais elle était verrouillée. Quant à la porte principale, elle était réservée aux visiteurs et strictement interdite au personnel enseignant. La salle de réunion ? Non. Elle était occupée par des filles en gilet et knicker, qui exécutaient une danse un peu vaporeuse avec des drapeaux. Margery commençait à avoir peur d'être coincée. Elle passa devant le présentoir des trophées de l'école, se cogna dans un carton de dossards et faillit valser au-dessus d'un extincteur. « La salle des professeures, pensa-t-elle. Je serai en sécurité dans la salle des professeures. »

Margery était une femme un peu forte. Elle le savait. Elle s'était laissée aller avec les années. Ça aussi, elle le savait. Quand elle était petite, elle était élancée, comme ses frères, et elle avait les mêmes beaux yeux bleus. Il lui arrivait d'ailleurs de porter leurs vêtements. C'était une souffrance – moins les vêtements de garçon que leur taille –, et très tôt, elle avait pris l'habitude de se tenir voûtée. Mais être *grosse*, autrement dit *une grosse bonne femme*, ça n'était venu qu'à l'arrêt de ses règles. Elle avait pris du poids, comme sa mère, puis avait commencé à avoir mal à la hanche et à boiter. Ce qu'elle ignorait, c'est qu'elle était devenue la risée de l'école.

La salle des professeures était étouffante et sentait le jus de viande et la laine qui gratte. Elle entra, mais personne ne lui dit bonjour, personne ne lui sourit, la plupart ronflaient. Debout dans un coin se tenait la directrice adjointe, une femme vive, sèche, vêtue d'une jupe plissée, avec une boîte de punaises dans la main, qui inspectait le tableau d'affichage des enseignantes. Margery était persuadée que tout le monde avait vu le dessin et riait – même les profs, et dans leur sommeil. Elle se versa une tasse de thé tiède, prit ce qu'il restait de biscuits et se dirigea vers une chaise. Quelqu'un y avait laissé une paire de chaussures de lacrosse[1] toutes

1. Sport collectif d'origine amérindienne où les joueurs se servent d'une crosse pour mettre une balle dans le but adverse. *(Toutes les notes sont de la traductrice.)*

neuves qu'elle déposa par terre avant de s'affaler sur le siège.

— Les chaussures sont à moi, fit la directrice adjointe sans détourner le regard.

Dehors, le brouillard aspirait les arbres, qu'il transformait en taches à peine visibles ; l'herbe était plus brune que verte. Margery avait perdu vingt ans à enseigner la cuisine alors qu'elle n'aimait pas ça. Elle s'était présentée à ce poste en dernier recours. « Femmes célibataires exclusivement », indiquait l'annonce. Elle pensa à la caricature. La précision avec laquelle les élèves avaient dessiné son affreuse tignasse, ses godasses déglinguées, son vieux tailleur élimé. Elle souffrait. Mais si elle souffrait autant, c'est que les filles avaient raison. Même à ses yeux, surtout à ses yeux, Margery était une farce.

Après les cours, elle rentrerait chez elle, dans un appartement vide et glacial, en dépit des meubles capitonnés hérités de ses tantes. Elle attendrait l'ascenseur qui n'arrivait jamais parce que les gens oubliaient de fermer correctement la porte, et finirait par monter en traînant les pieds jusqu'au cinquième. Elle préparerait un dîner avec ce qu'elle avait sous la main, elle ferait la vaisselle et rangerait tout. Plus tard, elle prendrait une aspirine et lirait jusqu'à ce qu'elle s'endorme. De toute façon, elle pouvait sauter deux ou trois chapitres ou manger tout ce qu'elle avait chez elle en un repas, personne n'en saurait rien, et ça ne ferait aucune différence pour le reste du monde. C'était pire encore pendant les week-ends et les vacances. Elle pouvait passer des journées entières sans parler, ou à peine, à un être humain. Elle s'organisait pour espacer ses sorties, mais à force de se rendre à la bibliothèque pour emprunter des livres, elle finirait bientôt par être prise pour une sans-abri. Elle imaginait un scarabée enfermé dans un bocal et mourant à petit feu.

Margery frôla le sol de sa main. Elle posa sa tasse de thé et palpa les chaussures de lacrosse sans que sa tête dise mot. Elles étaient grandes et noires. Solides. Avec d'épaisses rainures sous les semelles pour une meilleure adhérence. Elle se leva.

— Miss Benson, appela la directrice. Que faites-vous avec mes nouvelles chaussures ?

La question avait beau se comprendre, Margery n'aurait su y répondre. Son corps avait pris les commandes. Elle avança et passa successivement devant la directrice, la fontaine à thé, les professeures – qui, elle n'avait pas besoin de se retourner pour le savoir, s'étaient réveillées et l'observaient bouche bée, stupéfaites –, sortit de la salle avec les chaussures sous un bras et son sac à main sous l'autre. Elle se fraya un chemin au milieu de hordes de filles et se surprit en train de courir vers l'entrée principale.

— Miss Benson ? entendait-elle. Miss Benson ?

Qu'est-ce qui lui prenait ? Elle avait embarqué les chaussures d'une autre et décampé, et à présent ses mains avaient décidé de poursuivre la razzia. Comme pour compenser le poids mortel qu'elle sentait en elle, elles attrapaient tout ce qu'elles pouvaient. Un trophée en argent, une poignée de dossards, l'extincteur. C'était plus fort qu'elle, terrible, et plutôt que de s'excuser et de tout remettre en place, elle aggravait son cas. Elle passa devant le bureau de la directrice principale. La porte du terrain de sport, toujours fermée. Elle fonça droit devant elle jusqu'au vestibule d'entrée strictement interdit au personnel et décoré avec les portraits des anciennes proviseures, toutes vierges.

La directrice adjointe courait à sa poursuite et se rapprochait.

— Miss Benson. Miss Benson !

Margery s'y reprit à trois fois avant d'ouvrir la porte principale, elle arrivait à peine à porter tout ce qu'elle avait dérobé. L'extincteur était beaucoup plus lourd qu'elle ne le pensait – comme si elle embarquait un gamin avec elle.

— Miss Benson. Comment osez-vous ?

Elle se glissa dehors de justesse, le temps d'apercevoir le visage de la directrice, livide, de marbre, tellement proche qu'elle aurait pu l'empoigner par les cheveux. Elle claqua brusquement la porte. La femme poussa un cri. Margery se doutait qu'elle lui avait pincé la main. Elle se doutait aussi qu'elle ferait mieux de presser le pas, mais son corps avait tout donné et avait besoin de se reposer. Pire encore, elle avait une foule de femmes à ses trousses. Plusieurs professeures et une meute de filles déchaînées. Ses poumons brûlaient, ses jambes flanchaient presque, sa hanche se mit à palpiter. Elle longea les courts de tennis en trébuchant quand le monde commença à tournoyer. Elle lâcha l'extincteur, la coupe de netball[1], les dossards, et arriva au grand portail. Elle vit le numéro sept apparaître tranquillement au sommet de la colline et avança jusqu'à l'arrêt de bus, clopin-clopant, aussi vite que ses jambes lourdes le lui permettaient, les deux chaussures coincées sous le bras comme un animal de compagnie rétif.

1. Sport féminin proche du basket-ball.

— Vous allez voir ce que vous allez voir ! entendit-elle.

Le bus s'arrêta un peu plus haut. La liberté lui tendait les bras.

Elle était prête à s'y précipiter quand elle prit peur et son corps se figea. Trop tard. Le chauffeur sonna la cloche et l'aurait abandonnée si deux passagers n'avaient pas réagi en l'attrapant brusquement par le revers de sa veste avant de la hisser à bord. Elle agrippa la barre, muette, presque aveugle, tandis que le bus s'éloignait de l'école. Elle n'avait jamais rien fait de mal dans sa vie. N'avait jamais rien volé à personne, sauf – une fois – un mouchoir d'homme. Elle avait la tête qui bourdonnait, le cœur qui battait la chamade et les poils hérissés dans la nuque. Elle ne pensait qu'à une chose, un lieu nommé Nouvelle-Calédonie.

Le lendemain, elle fit passer une annonce dans le *Times* : « Recherche assistant(e) francophone pour expédition à l'autre bout du monde. Tous frais payés. »

3

Une femme vraiment sotte

Le jour où son père lui avait montré son livre de créatures incroyables, quelque chose s'était gravé en Margery. Elle-même avait du mal à l'expliquer. Elle avait l'impression qu'on lui avait confié un objet précieux dont elle n'avait jamais réussi à se séparer. « Un jour, se disait-elle, je trouverai le scarabée d'or de Nouvelle-Calédonie et je le rapporterai à la maison. » Curieusement, cette promesse en impliquait une autre – beaucoup moins directe –, qui sous-entendait que son père serait si content, et heureux, que lui aussi rentrerait chez lui. Peut-être pas au sens propre, mais au sens figuré.

Malheureusement, la Nouvelle-Calédonie était un archipel français situé aux antipodes, plus exactement dans le Pacifique sud. Il y avait au moins quinze mille kilomètres, essentiellement marins, entre la Grande-Bretagne et la Nouvelle-Calédonie. Il lui faudrait cinq semaines de bateau pour aller jusqu'en Australie, puis six heures d'hydravion pour arriver sur place.

L'île principale était longue et effilée – quatre cents kilomètres sur cinquante environ –, en forme de rouleau à pâtisserie, parcourue de haut en bas par une chaîne montagneuse. Ensuite, elle devrait remonter à l'extrémité nord et louer un bungalow pour en faire son camp de base. Suivraient alors plusieurs semaines de marche et d'escalade : couper à travers la forêt tropicale, fouiller le sol à quatre pattes. Dormir dans un hamac, transporter ses affaires sur son dos ; sans oublier les piqûres et la chaleur. Autant partir sur la lune.

Dès l'enfance, Margery avait commencé à collectionner des objets qui lui rappelaient ce qu'elle aimait et qui elle était. Un collier de scarabées, une carte de Nouvelle-Calédonie, un guide illustré de l'archipel écrit par le révérend Horace Blake. Elle avait fait des découvertes importantes sur le scarabée d'or : sa taille, sa forme, son habitat probables. Elle avait établi plusieurs plans. Jusqu'au jour où elle avait arrêté. Ou plutôt, la vie avait arrêté. La vie s'était arrêtée. Il lui arrivait encore d'avoir le regard attiré par un objet qui, de loin, ressemblait à une pépite d'or et qui finalement n'était rien, mais elle avait abandonné tout espoir d'aller en Nouvelle-Calédonie. Sauf cette fois-ci. Elle le ferait. Elle partirait à la recherche du scarabée que personne n'avait jamais trouvé – avant que quelqu'un d'autre y aille et le découvre, ou bien avant qu'elle soit trop âgée pour monter sur un bateau. L'année prochaine, elle aurait quarante-sept ans. Non pas qu'elle soit vieille, mais quand même, plutôt vieille que jeune. En tout cas, trop vieille pour avoir un enfant. Sa mère était morte à quarante-six ans, et ses frères n'avaient jamais atteint la trentaine. Le temps pressait.

Évidemment, personne n'approuverait son projet. D'abord, Margery n'était pas une vraie collectionneuse. Elle savait tuer un scarabée et le fixer avec une épingle, mais elle n'avait jamais travaillé dans un musée. Ensuite, elle n'avait pas de passeport. Enfin, elle ne parlait pas un mot de français. En plus, à quoi bon aller au bout du monde pour un insecte minuscule qui ne s'y trouvait peut-être pas ? Elle envoya une lettre à la Société royale d'entomologie pour leur demander s'ils auraient la gentillesse de financer son voyage, mais ils refusèrent. Son médecin essaya de la dissuader sous prétexte qu'une expédition aussi lointaine risquait de l'achever, et son banquier fut très clair, elle n'avait pas assez d'économies. Par ailleurs, c'était une dame.

— Merci, dit Margery.

Jamais on ne lui avait fait un aussi beau compliment depuis des années.

Quatre personnes répondirent à son annonce : une veuve, une professeure à la retraite, un soldat démobilisé et une certaine Enid Pretty. Qui avait renversé du thé sur sa lettre – ce n'était pas vraiment une lettre, plutôt une liste de courses – et dont l'orthographe laissait franchement à désirer. Enid disait qu'elle voulait « goutté a le vi et voir du pay ». Suivaient des carottes et deux ou trois produits dont elle avait besoin, notamment des œufs en poudre et du fil. Margery répondit à chacun par écrit, sauf à Enid Pretty, en résumant l'histoire du scarabée d'or et en les invitant à boire un thé au Lyons Corner House, où elle les attendrait, habillée dans des tons bruns, avec le guide de poche de Nouvelle-Calédonie à la main. Elle leur proposa le milieu de l'après-midi pour ne pas avoir à leur offrir un vrai repas, et un mercredi parce que c'était moins cher en semaine. Elle tirait le diable par la queue.

Elle reçut aussi une lettre de l'école. La directrice mentionnait à peine le problème de l'extincteur et des dossards, mais exigeait de sa part qu'elle retourne les chaussures de lacrosse de son adjointe. Elle ajoutait que, puisque Margery avait décidé de prendre les affaires des autres, elle était congédiée, ils n'avaient plus besoin d'elle pour enseigner les arts ménagers.

Le vent de folie qui avait emporté Margery cet après-midi-là avait disparu. Elle n'en menait pas large. Qu'est-ce qui lui avait pris de voler une paire de chaussures ? Elle n'avait pas seulement plaqué son travail. Elle avait tout plaqué et il était hors de question qu'elle revienne en arrière. À peine rentrée chez elle, elle avait fourré son butin sous son matelas pour ne plus le voir, mais difficile de se cacher quelque chose à soi-même – idéalement, il faudrait être hors de la pièce au moment où on le fait. Elle avait autant de mal à oublier ces chaussures que ses propres pieds. Elle avait passé plusieurs jours enfermée, osant à peine bouger. « C'est bon, se dit-elle. Je vais m'en débarrasser, je vais les renvoyer par la poste avant d'aller chez Lyons » ; mais la directrice du bureau de poste insista pour savoir ce que contenait le paquet et Margery sortit de ses gonds. Elle s'éloignait quand le ciel se mit à déverser des trombes d'eau et un de ses souliers marron craqua. « Oh, allez, merde », pensa-t-elle.

Elle enfila les chaussures de lacrosse.

Nouveau problème. Le Lyons Corner House était beaucoup plus bondé que prévu, même pour un mercredi après-midi. Toutes les femmes célibataires de Londres étaient venues prendre le thé et portaient des vêtements bruns. Elle repéra une table près de la fenêtre et sortit son guide, ainsi qu'une liste de questions, mais elle avait la bouche tellement sèche qu'elle pouvait à peine articuler.

— Miss Benson ?

Elle sursauta. Le premier candidat était déjà là. Elle ne l'avait pas vu approcher. Il était grand, comme elle, mais il n'avait que la peau sur les os et la blancheur de son crâne rasé sautait aux yeux. Il flottait dans son costume civil.

— Mr Mundic, dit-il pour se présenter.

Margery n'avait jamais été ce qu'on appelle une femme à hommes, mais elle n'était pas non plus une femme à femmes. Elle tendit la main, hésita, Mundic l'évita pour s'asseoir – on aurait dit une danse partie sur la mauvaise mesure –, si bien que le temps que sa main l'atteigne, il était presque assis et, au lieu de le saluer, elle lui flanqua son poing dans l'oreille.

— Vous aimez voyager, Mr Mundic ? demanda-t-elle en jetant un coup d'œil sur un carnet.

Oui, il aimait voyager. Il revenait de Birmanie. Prisonnier de guerre. Là-dessus, il sortit son passeport.

Elle eut un choc. La photo représentait un homme superbe, d'une vingtaine d'années, avec une barbe, des cheveux ondulés, alors qu'elle était face à un cadavre ambulant. Ses yeux étaient trop grands par rapport à son visage, et ses os semblaient pointer hors de son corps. Il ne tenait pas en place : il était incapable de croiser son regard et ses mains tremblaient. Ces mains étaient pourtant la seule chose qu'il partageait avec l'homme de la photo. On aurait dit deux immenses pagaies.

Margery orienta poliment la conversation sur le scarabée d'or. Elle sortit une carte de Nouvelle-Calédonie tellement usée que les plis étaient transparents. Elle indiqua l'île principale.

— Grande Terre, précisa-t-elle en veillant à bien prononcer, parce que son petit doigt lui disait que Mr Mundic avait du mal à comprendre.

Elle fit une croix sur l'extrémité nord de l'île.

— À mon avis, c'est là que le scarabée se cache, affirma-t-elle.

Elle s'attendait à ce qu'il manifeste un minimum d'enthousiasme. Ne serait-ce qu'un sourire, ç'aurait été agréable.

— Il doit y avoir des serpents, dit-il.

Margery avait-elle ri ? Oui, ç'avait été plus fort qu'elle : elle était aussi mal à l'aise que lui. Mr Mundic n'esquissa pas l'ombre d'un sourire. Il lui jeta un regard méfiant, comme s'il était vexé, et baissa de nouveau les yeux sur la table, en continuant à agiter et tripoter ses doigts.

Non, il n'y avait pas de serpents en Nouvelle-Calédonie, le rassura Margery. Tant qu'à faire, puisqu'ils parlaient d'animaux, il n'y avait pas non plus de crocodiles, ni d'araignées venimeuses, ni de vautours. Il y avait des lézards, des cafards particulièrement grands et un serpent de mer pas très avenant, mais c'était tout.

Personne, dit-elle, n'avait jamais réussi à attraper de scarabée d'or, c'était un coléoptère aux ailes extrêmement délicates. La plupart des gens pensaient que cette espèce n'existait pas. Il y avait des carabes dorés, des carabidés, mais aucune collection ne comprenait un scarabée d'or se nourrissant de fleurs. Ce serait vraiment inattendu d'en trouver un. Elle imaginait un petit scarabée, plus ou moins de la taille d'une coccinelle, mais plus étroit. Elle baissa la voix et se pencha tout près de son hôte. Depuis qu'elle avait décidé de partir à la découverte de ce spécimen, elle était persuadée que tout le monde avait la même idée en tête, y compris leurs voisins, là, avec leur tasse de thé et leur tourte à la viande, au Lyons Corner House. Il y avait aussi des collectionneurs privés prêts à payer une fortune pour un scarabée que personne n'avait jamais vu.

Elle poursuivit en apportant plusieurs preuves. D'abord, une lettre de Darwin à son ami, Alfred Russel Wallace, dans laquelle il (Darwin !) évoquait la légende d'un scarabée qui ressemblait à une goutte d'or. Ensuite, un missionnaire dont le journal comprenait la description d'un sommet en forme de dent de sagesse émoussée, où il était tombé sur un scarabée tellement fin et brillant qu'il s'était précipité à genoux pour prier. Enfin, un collectionneur d'orchidées qui menait sa recherche en haute altitude : il avait aperçu une lueur dorée mais n'avait pas attrapé son filet à temps. Tous faisaient référence à l'île de la Grande Terre en Nouvelle-Calédonie. Plus précisément, si le missionnaire et le collectionneur d'orchidées avaient vu juste, le scarabée vivait dans le nord de l'île. Jusqu'ici, les chercheurs s'étaient limités au sud ou aux côtes, parce que le terrain était moins dangereux et ils s'y sentaient plus en sécurité.

Aux yeux de la science, le scarabée n'avait encore aucune existence, puisqu'une créature ne pouvait exister tant qu'elle n'avait pas été soumise au Muséum d'histoire naturelle, rigoureusement décrite et désignée par un nom latin. Margery devait rapporter trois paires de spécimens soigneusement fixés par des épingles, sachant qu'à la moindre éraflure, ils ne valaient plus rien. Elle avait aussi besoin de croquis très précis et de carnets.

— J'aimerais que le scarabée porte le nom de mon père. Le scarabée de Benson. *Dicranolaius bensoni*.

De toute évidence, Mr Mundic n'avait que faire de la question du nom. Ni du scarabée. Il sauta la description du poste d'assistant pour donner immédiatement son accord, négligeant l'essentiel, soit le moment où Margery devait lui faire une offre. Très bien, il acceptait de prendre la tête de l'expédition. Il emporterait un fusil pour la protéger des sauvages et chasser le sanglier de façon à avoir de la viande à cuire au feu. Aussitôt, il lui demanda la date du départ.

Margery faillit s'étouffer. Cet homme avait un grain. Elle lui rappela qu'elle était à la recherche d'un scarabée et qu'ils vivaient en 1950 : non seulement ils n'avaient pas besoin de fusil, mais la Nouvelle-Calédonie n'était pas une île de sauvages. On y avait envoyé cinquante mille soldats américains pendant la guerre. Il y avait des cafés, des boutiques et, depuis peu, des restaurants qui servaient des hamburgers et des bars à milk-shakes. À en croire le révérend Horace Blake – elle brandit son guide comme si c'était la Bible –, les seuls produits dont Margery avait besoin, c'étaient des petits cadeaux, par exemple des confiseries ou des fermetures à glissière. Quant aux provisions, elle emporterait des paquets ou des boîtes de conserve de denrées britanniques.

— Vous êtes en train de me dire que je ne suis pas assez viril pour mener l'expédition ?

Mr Mundic frappa du poing sur la table, tellement fort qu'il faillit écraser le sel et le poivre.

— Que vous pouvez y arriver sans moi ?

Il se leva brusquement. Comme si on avait appuyé sur un interrupteur en lui. Margery ne comprenait pas ce qui se passait. Il éructait et elle voyait des jets de postillons fuser de sa bouche. Elle était sotte, hurlait-il. Elle se perdrait dans la forêt tropicale et mourrait dans un fossé…

Il prit son passeport et tourna les talons. Il avait beau être immense, avec ses cheveux rasés, son costume dix fois trop grand et ses poings serrés et noueux, il avait l'air minuscule. Il fonça en bousculant les serveuses avec leurs petits chapeaux blancs et les clients qui attendaient qu'on les place, comme s'il en voulait à la terre entière.

C'était une victime de guerre. Margery ne pouvait rien pour lui.

Sa deuxième candidate, la veuve, était en avance – c'était bon signe –, et se contenta d'un verre d'eau – c'était encore mieux. Mais elle pensait que Margery parlait de la Calédonie, l'ancien nom de l'Écosse. Pas du tout, répondit Margery. Elle voulait bien dire la Nouvelle-Calédonie, « l'autre bout du monde ».

L'entretien s'arrêta là.

Margery commençait à être inquiète. Elle avait quatre candidats en tout. La première, Enid Pretty, s'était éliminée d'emblée ; Mr Mundic avait un problème ;

la troisième était restée trois minutes à peine. Elle se demandait si l'expédition de sa vie n'était pas en train de capoter, quand la professeure à la retraite entra. Miss Hamilton traversa le salon de thé dans un imperméable qui ressemblait à une doublure de rideau et une jupe serrée par un élastique à la taille, d'une couleur marron jus de viande, idéale pour dissimuler les taches. Elle avait de la barbe – pas une vraie barbe, mais quand même, plus que deux ou trois poils qui rebiquaient. Elle plut tout de suite à Margery.

Celle-ci fit un signe de la main à sa dernière candidate, qui le lui rendit aussitôt.

Elle avait à peine eu le temps d'évoquer le scarabée d'or que Miss Hamilton sortit un carnet et lui posa une avalanche de questions, dont certaines en français. Margery s'intéressait-elle aux papillons ? (Non. Exclusivement aux scarabées. Elle comptait en rapporter plusieurs spécimens.) Combien de temps durerait l'expédition ? (Cinq mois et demi, voyage compris.) Avait-elle réservé une hutte pour servir de camp de base ? (Pas encore.) L'inversion des rôles était totale. Peu importe, Margery était ravie. Elle était face à une version d'elle-même nouvelle et améliorée, sans l'angoisse et parlant une langue étrangère. Elle frémit une fois, quand son interlocutrice lui demanda quel était son métier. Vite, Margery donna le nom de son école et changea de sujet. Elle remuait les pieds sous sa chaise – non pas que Miss Hamilton soit au courant du problème des chaussures, mais culpabilité et logique n'ont rien à voir.

— Je doute que vous ayez besoin d'être accompagnée par une jolie catin blonde, ajouta Miss Hamilton pile au moment où une jolie catin blonde était en train de se pavaner derrière la vitre. J'aimerais bien savoir ce qu'elles ont fait pour l'effort de guerre, celles-là, à part s'allonger et écarter les jambes… Et vous, d'où sortez-vous ?

— Je vous demande pardon ?

— Vous avez de la famille ?

— J'ai été élevée par deux tantes.

— Des frères et sœurs ?

— Mes quatre frères sont morts le même jour à Mons.

— Vos parents ?

— Disparus.

Margery fut obligée de faire une pause. Du côté de son père, la vérité était un cratère entouré de panneaux « Attention danger ! ». Elle avait toujours évité de s'en approcher. Heureusement, la mort de sa mère était différente. Sans doute parce qu'elle était partie assoupie dans son fauteuil ; et même si c'était Margery qui l'avait découverte, elle n'avait pas été traumatisée. Vivante ou morte, sa mère était la même. Quant à ses quatre frères, elle les avait perdus tellement jeune qu'elle se considérait comme une enfant unique. La dernière pièce de l'usine Benson. Le bout de la chaîne.

— Les deux guerres mondiales ont accouché d'un pays de femmes seules, déclara Miss Hamilton. Inutile de se leurrer.

Elle serra son sac à main sous le bras d'un coup sec, comme s'il cherchait à lui échapper et qu'elle refusait de céder.

— Au revoir, Miss Benson. Quelle merveilleuse aventure. Pensez à moi.

— Vous voulez dire que vous êtes partante ?

— Jamais je ne laisserais passer une occasion pareille !

Il serait excessif de dire que Miss Benson rentra en sautillant. Elle ne sautillait plus depuis qu'elle était petite. En plus, il faisait nuit et il pleuvait – le brouillard était épais –, et les chaussures de lacrosse frottaient contre ses talons. Mais elle marchait/boitait et tout ce qu'elle voyait – les bâtiments en ruine défigurés par les éclats d'obus, les femmes qui faisaient la queue, les hommes qui flottaient dans des costumes civils – lui paraissait précieux, comme si elle était déjà partie. Elle crut entendre des bruits de pas et se retourna, mais il n'y avait personne : à cause du brouillard, les gens allaient et venaient en ondulant comme de l'encre dans l'eau. Elle venait de parler du scarabée d'or à trois étrangers. Deux d'entre eux avaient tourné les talons, mais le scarabée avait d'autant plus de réalité et ne demandait qu'à être découvert. Elle ouvrit son sac pour sortir ses clés, surprise de voir que la carte de Nouvelle-Calédonie avait disparu. Elle n'eut pas le temps de se poser de questions. Au pied de la porte l'attendait une enveloppe, contenant une lettre signée de la proviseure.

« J'ai le regret de vous informer, puisque vous n'avez pas rapporté les chaussures volées, que le dossier a été transmis à la police. »

Elle eut un haut-le-cœur, comme si elle s'était trouvée dans un ascenseur dont la suspension avait été coupée. Elle enfouit la lettre sous son lit et sortit sa valise.

4

Débarrasse-t'en le plus vite possible !

Margery avait vécu longtemps sans comprendre ce qui était arrivé à son père. Il avait franchi la porte-fenêtre, elle avait entendu le coup de feu, elle avait vu le sang gicler contre la vitre, mais elle était si terrifiée qu'elle était restée figée. De nouveaux bruits avaient suivi – une myriade d'oiseaux, le hurlement de sa mère –, et le presbytère s'était mis à retentir de voix inconnues. Elle n'avait plus aucune notion de ce qui était dangereux et de ce qui ne l'était pas. Tout ce qu'elle voyait, c'était le rouge contre la vitre, et tout ce qu'elle voulait, c'était son père, jusqu'au moment où quelqu'un pensa à elle et partit à sa recherche : elle était recroquevillée au pied de la bibliothèque. La personne – un homme qu'elle n'avait jamais vu, et qui s'était allongé de travers à côté d'elle, l'encourageant à sortir le plus gentiment possible – lui dit que son père avait eu un accident et qu'il fallait qu'elle soit très sage : elle ne devait pas créer de problèmes ni se cacher sous les meubles.

Plusieurs semaines s'écoulèrent, tout disparut du presbytère. Pas seulement Cook et la femme de chambre, tout ce qu'il contenait. Bouche bée, Margery regardait partir tout ce qui faisait sa vie jusque-là – la table contre laquelle elle s'était cognée à quatre ans, l'armoire dans laquelle elle s'était cachée un après-midi entier, les battes de cricket de ses frères, les livres de son père – à mesure que chaque objet était chargé dans un chariot et embarqué. Puis ce fut leur tour. Sa mère était vêtue de crêpe noir, Margery portait un vieux pantalon et un canotier qui piquait. Une valise, c'est tout ce qu'elles avaient.

Elles prirent le train pour aller chez ses deux tantes qui vivaient à Londres. Sa mère était blottie dans un coin du wagon et tombait de sommeil, tandis que Margery comptait les gares, dont elle prononçait le nom tout haut. Sa mère avait beau être grosse, elle n'avait aucune rondeur. Rien ne cédait quand vous vouliez l'embrasser. Au contraire, elle se raidissait.

— Je ne serai plus jamais heureuse, dit-elle, comme si la douleur était un accessoire que l'on pouvait porter, un chapeau, par exemple.

Margery – qui ne comprenait pas – se pencha joyeusement par la fenêtre en annonçant qu'elle venait de voir la Tamise.

Tante Hazel et tante Lorna étaient les sœurs jumelles de son père. Elles étaient très croyantes, toujours habillées en noir, même les jours fériés, et priaient avant et après chaque repas, quand ce n'était pas au milieu. Incapables d'avoir une vraie conversation, elles préféraient accumuler les déclarations édifiantes, telles que

« Réjouissons-nous de nos souffrances car la souffrance est la mère de l'endurance », ou « Personne n'écope jamais de plus que ce qu'il peut supporter ». Le genre de sentences que les autres femmes brodaient au point de croix sur des ouvrages. Elles faisaient tout ce que les vieilles filles d'un certain milieu avaient le droit de faire : elles briquaient, ça, elles ne s'en privaient pas ; elles comptaient le linge sans vraiment le laver ; elles astiquaient l'argenterie jusqu'à ce qu'elle étincelle. Le reste, elles le laissaient à la femme de chambre terrifiante qui vivait sur place, Barbara, avec son petit chignon haut perché, qui interprétait la moindre remarque comme un affront. Les deux tantes étaient propriétaires d'un appartement dans une maison de Kensington avec une centaine de marches. Quant au jardin, il n'y en avait pas : c'était le square du quartier.

Une fois la valise montée, tante Hazel attisa le feu dans la cheminée, tante Lorna tira les rideaux, et sa mère s'écroula dans un fauteuil près de la fenêtre, comme une poupée de chiffon. Elles étaient dans le petit salon, rempli de meubles volumineux, si bien qu'on se sentait à l'étroit. Ses tantes firent remarquer d'un ton horrifié que Margery était un peu costaud pour une fille, en plus, elle était habillée comme un garçon. Sa mère bâilla avant d'expliquer que le problème, c'était qu'elle continuait à grandir.

— S'il vous plaît, je peux ? demanda Margery.

Oui, elle pouvait aller jouer au square, répondirent les deux jumelles, du moment qu'elle ne hurlait pas et n'abîmait pas les fleurs.

— Papa va bientôt revenir ?

Les trois femmes fermèrent les yeux. Margery crut qu'elles allaient réciter une prière.

Puis :

— Un petit thé ? proposa tante Hazel.

— Appelez Barbara, répondit tante Lorna.

— Je suis épuisée, s'exclama sa mère en bâillant à nouveau.

Plusieurs mois passèrent. Margery errait dans le square en tâchant de ne pas crier ni abîmer les fleurs, mais chaque fois qu'elle demandait des nouvelles de son père – ou même de ses frères – ou quand elle rentrerait à la maison, ses tantes appuyaient sur la sonnette, sa mère fermait les yeux et s'abandonnait aux bras de Morphée, pour des siècles et des siècles, et Barbara débarquait, furibonde, avec un plateau surchargé. Aucune ne voulait de mal à Margery. Au contraire, elles voulaient lui épargner la honte, mais elle avait l'impression de traverser un pays maudit, sans repères ni frontières, où tout le monde était endormi, sauf elle. Elle avait des accès de panique. Elle faisait pipi au lit. Elle pleurait pour un rien. À une époque, elle passait la journée à observer les hommes bandés et en chaise roulante au cas où elle reconnaîtrait son père.

Finalement, son cerveau prit la décision suivante : autant ne pas conserver ce que le bon sens exige de ne pas conserver. Un grand trou apparut et tout ce qui était sa vie avant ses tantes fut englouti. La guerre finissait. Son père et ses frères appartenaient à une partie de son existence qui lui semblait très éloignée, comme un objet qu'elle apercevrait de l'autre côté d'un lac. Ils avaient beau lui manquer, elle ne sentait plus rien. Après tout, vivre entourée de femmes n'avait rien d'étrange ; une génération entière d'hommes avait été éliminée.

La vie continuait. Ses tantes avaient remplacé par de simples robes les vêtements qui avaient appartenu à ses frères ; du moment que Margery ne courait pas et ne faisait pas de bruit, elles l'oubliaient. On lui trouva une école où elle allait rarement, et quand elle y allait, elle restait dans son coin. Pendant ce temps-là, sa mère ne bougeait plus de son fauteuil et prenait du poids. Non seulement son corps, mais ses yeux, sa voix prenaient du poids, et il était toujours aussi impensable de mentionner son père. Margery finit par effacer de sa mémoire le livre de créatures incroyables.

Un jour, en entrant dans le petit salon, elle tomba sur quatre personnes perchées sur des meubles. Même la femme de chambre, Barbara, était réfugiée en hauteur, ainsi que sa mère – une agilité qu'elle ne soupçonnait plus depuis des années.

— Débarrasse-t'en le plus vite possible ! hurla Barbara d'une voix qui n'avait rien de celle d'une domestique.

Les quatre femmes avaient le doigt pointé vers la fenêtre.

Margery découvrit, agrippé au rideau comme une jolie broche noire, un scarabée.

— Bonjour ! dit-elle.

Voyant que le scarabée était en confiance, elle le glissa sur sa main et ouvrit la fenêtre. Elle avait l'impression que la responsabilité était immense. Elle n'avait absolument pas peur.

Elle chercha à libérer le scarabée, mais il refusait de bouger. Et si elle l'avait *tué* ? Elle secoua légèrement le bras, à peine – elle pria – et elle eut le bonheur de voir qu'il bomba le dos et se déploya en deux ailes solides. Sous lesquelles apparurent deux ailes miraculeuses, deux ravissants papiers de bonbon qui se mirent à palpiter. « J'ai déjà vu ça, songea-t-elle. Ça me dit quelque chose. » Le scarabée fit une pause, comme pour vérifier que ses ailes fonctionnaient, puis se redressa en visant le mur avant d'étendre ses pattes minuscules sur les côtés et de se rétablir pile au bon moment. Il émettait un bourdonnement très concentré. Pour la première fois de sa vie, elle comprit quelque chose de la mécanique périlleuse du vol. Peu importait qu'un scarabée soit petit et plutôt arrondi, son désir de voler était extraordinaire. Elle se mit à rire.

Quelques jours plus tard, lorsqu'il revint – lui ou un congénère –, elle le prit au creux de sa main et l'emporta dans sa chambre. Elle le cacha dans une boîte remplie de feuilles et de petites choses qu'il devait aimer, y compris de la terre et de l'eau. Elle le baptisa Tobias Benson, parce que c'était le nom de son père, et elle en fit tant de croquis qu'elle épuisa tous ses carnets. Le scarabée vécut deux semaines sans que personne le découvre ; le jour de sa mort, elle était en larmes, à tel point que ses tantes, craignant qu'elle ne soit malade, récitèrent de nouvelles prières.

Sa passion pour les scarabées venait de naître. Chaque fois qu'elle sortait, elle ouvrait grand les yeux pour en repérer, et c'était stupéfiant, quand on commençait, il n'y avait rien de plus facile. Quoi qu'elle fasse, elle avait des scarabées en tête. Elle dessinait, prenait des notes, empruntait des livres à la bibliothèque. Elle découvrit que le royaume des scarabées comprenait plus de cent soixante-dix familles – dont les carabes, les charançons, les scarabées proprement dits, les méloïdés et les lucanidés. Elle apprit leurs noms courants : bousier, punaise de juin, hanneton, casside verte, diable. Elle savait où ils vivaient, de quoi ils se nourrissaient, où ils déposaient leurs œufs, comment les distinguer. Elle conservait les spécimens dans des bocaux et des maisons à insectes qu'elle fabriquait elle-même, et accumulait des carnets remplis de croquis et de descriptions.

Elle comprenait les scarabées. Les gens, eux, étaient devenus des étrangers à ses yeux.

5

Un léger pincement sous la cage thoracique

« Chér miss denson, est-ce ke le poste ait toujour libr ? »

« Chér miss denson, vouz avé reçu mes lettr ? j'aimeré vous acompgné ! »

« Lai, sail d'Epsom, chou. »

Margery reçut trois lettres d'Enid Pretty au cours des jours suivants, trois lettres à peine déchiffrables, dont l'une était une liste de courses destinée à l'épicier.

Elle n'avait pas le temps de répondre. Tout juste celui de réfléchir. La chance ne sourit qu'aux esprits bien préparés, et Margery avait ses propres listes et son budget à calculer. « Corned-beef, bas, éthanol, permis de recherche. » Depuis que Miss Hamilton était son assistante officielle, l'expédition vivait sa vie. Miss Hamilton tenait à être rentrée pour le Festival de Grande-Bretagne, qui avait lieu au mois de mai de l'année suivante. Si elles partaient d'ici trois semaines, c'est-à-dire à la mi-octobre, cela leur laissait six semaines pour le voyage, trois mois de trekking, et elles pourraient rentrer de Nouvelle-Calédonie en février. Trois semaines, ce n'était rien. C'était même de la folie. Cela voulait dire qu'elle serait là-bas pendant la saison la plus chaude, au moment où, d'après le révérend Horace Blake, il y avait des cyclones. Trop tard. Elle avait déjà renoncé une fois, une seconde et c'était fichu. Elle ne réaliserait jamais son rêve.

Première chose, un passeport.

Le jeune homme du guichet lui annonça qu'il fallait un mois pour traiter chaque demande ; en outre, la sienne posait un problème. Il était très mince, presque maigre, les cils tellement clairs qu'on aurait dit que ses yeux avaient été rasés.

— J'ai trois semaines à peine devant moi, se défendit Margery. Vous pouvez me dire ce qui ne va pas dans ma demande ?

— Vous avez oublié la photo. Et la description de votre visage ne convient pas.

— Pourquoi ?

— Vous devez préciser s'il est rond ou fin, par exemple.

— C'est tout ? C'est la seule façon dont je peux le décrire ?

Elle avait passé deux heures à faire la queue au bureau des passeports. Elle avait attendu devant une femme qui avait un rhume et répandait ses microbes tout autour d'elle. Elle avait soigneusement rempli le formulaire, dont la rubrique « description du visage », où elle avait indiqué « intelligent ». Si elle n'avait pas fourni de photo, c'est parce qu'elle n'en avait pas.

— N'importe quelle photo, reprit le responsable des passeports en lui donnant un nouveau formulaire, du moment que vous ne portez pas de chapeau. Vous en avez sûrement une, même datant de quelques années, non ?

Non, elle n'en avait pas, ni d'ancienne ni de récente, que ce soit avec ou sans chapeau. Un jour, quand elle était jeune, elle avait supprimé aux ciseaux son visage de toutes les photos – depuis, c'était un réflexe. Elle n'aurait su dire pourquoi. Elle était plus heureuse une fois décapitée sur les photos. En attendant, la femme enrhumée commençait à souffrir des bronches, le préposé aux passeports la dévisageait comme un vieux fossile, ce qui ne changeait rien au fait qu'elle n'avait pas de photo.

— À moins que vous n'en acceptiez une de moi sans la tête ?

L'agent refusa. La tête, dit-il, c'était justement ce qui comptait. Il l'envoya du côté d'une cabine photographique qui fonctionnait avec des pièces.

Margery était une femme intelligente, comme elle l'avait rappelé sur le formulaire, mais une cabine photographique fonctionnant avec des pièces, elle n'avait jamais vu ça. À l'extérieur, une publicité annonçait : « Photos immédiates ! » Comment cela était-ce possible ? Elle n'avait pas le temps de poser la question à l'agent parce qu'il y avait quelqu'un derrière – la femme au rhume – qui avait aussi besoin de se faire tirer le portrait. Margery entra dans la cabine. Elle inséra ses pièces, retira son chapeau, se pencha en avant pour relire le mode d'emploi, quand tout à coup, le flash partit et la loupa. Elle sortit de la cabine, refit la queue, rentra dans la cabine, voulut insérer de nouvelles pièces mais elle n'en avait plus assez. Le temps qu'elle revienne avec de la monnaie, deux tourtereaux s'étaient installés à l'intérieur et profitaient de l'endroit pour faire des choses plus amusantes que de se prendre en photo. Lorsque ce fut enfin son tour, elle se crut obligée de nettoyer le tabouret – question d'hygiène –, si bien qu'une longue queue agacée se forma ; elle paniqua et fixa le siège trop haut. Résultat, la deuxième salve n'avait pris en photo que le bas de sa tête. C'est tout juste si elle avait l'air humaine. Nouvelles pièces, nouvelle queue. Jamais deux sans trois. Elle aurait pu y arriver si une inconnue pleine de sollicitude, qui se doutait qu'elle avait des difficultés, n'avait pas ouvert le rideau juste au moment où le flash se déclenchait : le portrait était bien celui de Margery, mais aussi celui d'une femme aux cheveux foncés qu'elle n'avait jamais croisée, qui était à la fois surprise et confuse. Trop tard, l'après-midi avançait.

Elle retourna voir l'agent qui eut le réflexe de se baisser pour l'éviter (« Je vous ai vu », répliqua Margery). Il tamponna aussitôt le formulaire en lui disant que ça irait. Il le ferait passer en urgence.

19 bas (dépareillés)
1 jupe grise
1 cardigan gris
2 gaines
Guide illustré des coléoptères du monde
Les insectes, comment et de quoi vivent-ils ? de Snodgrass
1 guide des orchidées rares
1 robe brune (ceinture manquante)

1 dictionnaire de français
30 paquets de flocons d'avoine
1 paire de chaussures de lacrosse
Guide de poche de la Nouvelle-Calédonie du révérend Horace Blake

Elle ne voyait plus le temps passer. Le sang battait dans ses veines, la tête lui tournait, sa mâchoire se crispait. Écrire à l'Office central des permis en Nouvelle-Calédonie, écrire à l'ambassade de France, écrire au consulat britannique. Elle avait l'impression de se disperser. Acheter des fournitures. Trier le matériel de chasse aux insectes. Préparer les valises. Se faire vacciner. Pire encore, à cause des chaussures volées, elle s'attendait à tomber sur un homme en uniforme avec un mandat d'arrêt chaque fois qu'elle mettait le pied dehors.

Miss Hamilton lui écrivait tous les jours pour lui soumettre des idées et des propositions. « Ce serait épatant de s'habiller en hommes et de louer des mules, n'est-ce pas ? » Franchement, non. Margery se méfiait des mules depuis qu'elle avait été mordue quand elle était adolescente, donc tout sauf leurs grandes dents jaunâtres. Par ailleurs, elle avait moins de réserves financières que ce qu'elle laissait entendre. Non pas que ce soit une vraie menteuse – un jour, Barbara l'avait obligée à mordre un pain de savon parce qu'elle avait juré que ce n'était pas elle qui avait pris le tamis pour sa collection de scarabées –, mais l'héritage de ses tantes couvrirait à peine leur retour. Elle envoya une seconde lettre à la Société royale d'entomologie, qui lui opposa un second refus. La réponse finissait par une mise en garde très claire : « Il n'est pas question de prévoir une expédition dans les lointaines régions du nord de la Nouvelle-Calédonie. » Le bureau des Affaires étrangères et du Commonwealth lui fit la même recommandation.

De l'argent, elle avait besoin d'argent. Margery mit en vente tout ce que contenait son appartement, sauf les murs. À nouveau, elle vit disparaître un grand chariot embarquant les meubles, qui venaient cette fois-ci de ses tantes, lesquelles auraient été horrifiées. Même Margery était horrifiée. Comme l'acheteur le lui dit, ça valait mieux que de se prendre un train en pleine gueule. Certes, mais il y avait tant de choses qu'il valait mieux ne pas se prendre en pleine gueule que sa remarque ne la consolait pas vraiment.

Elle se rendit dans une agence de voyages et acheta deux allers dans une cabine pour deux, classe touriste, sur l'*Orion*, le paquebot qui reliait Tilbury à Brisbane, et un retour prévu pour le 18 février. Le vendeur lui montra une brochure avec de superbes photos en couleurs de transats jaune vif, une mer bleue comme une piscine, des cabines spacieuses, décorées de jolies fleurs jaunes, et des couvre-lits et rideaux jaunes assortis. Elle réserva une chambre double à l'hôtel de la Mer à Brisbane, où elles passeraient deux nuits avant de prendre l'hydravion jusqu'à Nouméa. Elle convertit ses espèces en chèques de voyage, se fit vacciner contre la fièvre typhoïde et la fièvre jaune – son bras gauche, ankylosé, fut hors service plusieurs jours – et commença à rassembler ses affaires.

« En Nouvelle-Calédonie, les toilettes sont sommaires, écrivait le révérend Horace Blake. Il est conseillé de prendre ses précautions contre les infections. »

Chez elle, les meubles avaient laissé place à des pyramides de rouleaux de papier toilette, d'antidiarrhéique, de poudre contre la fièvre, de tablettes de comprimés pour purifier l'eau, d'acide sulfurique, de tartre émétique, de sel d'Epsom, d'eau de lavande, sans compter deux grandes bâches pliées, des feuilles de calicot, deux moustiquaires, un couteau de poche, de l'encre en poudre, des sangles et des pierres à aiguiser, des aiguilles, du fil, du ruban adhésif, des bas de laine peignée doublée de gaze, pour quatre mois de pâté Spam et de lait concentré – en gros, tout ce qui se conserve en boîte et s'achète sans coupons –, curry, café en poudre, piles, pansements, quinine, pinceaux, ficelle, buvards, carnets, crayons, deux hamacs et une tente. Elle commanda du matériel de collecte d'insectes chez Watkins & Doncaster – un filet, un aspirateur à insectes composé de deux tubes en caoutchouc, des flacons pour les spécimens, des bocaux, une réserve d'éthanol et de naphtaline, des petits plateaux, des boules d'antimite, de la ouate, du papier, des étiquettes et des épingles d'entomologiste ; hélas, quand elle déballa la boîte, les flacons étaient brisés et elle dut les renvoyer.

C'était curieux de voir ce matériel dont elle rêvait depuis si longtemps. De prendre en main un vrai tube. De plaquer une extrémité contre sa bouche, d'imaginer l'autre sur un insecte et d'aspirer d'un coup, pas trop brutalement, mais pas non plus trop doucement, pour que l'insecte remonte dans le tube avant qu'elle le dépose dans un bocal de spécimens. Comme si ses cinq sens avaient gardé la mémoire d'un geste que son esprit avait refoulé.

Question tenues, Margery rassembla une série de vêtements plus ou moins bruns, et une robe mauve pour les grandes occasions. Elle voulut acheter un casque de safari, à la place on lui proposa un chapeau de soleil. Elle demanda une saharienne avec des poches et des rabats, mais ça n'existait que pour les hommes. Comment ferait-elle pour stocker et ne pas perdre ce qu'elle ramasserait s'il n'y avait pas de rabats ? Le vendeur lui conseillait plutôt d'acheter un sac à main. Les sacs à main, insista-t-il au cas où elle n'aurait pas compris, étaient au rez-de-chaussée, entre les cosmétiques et les bas. Elle finit par renoncer à la saharienne et trouva un casque colonial qui ressemblait plus à un moule à gâteau qu'à un truc portable.

Elle expédierait les provisions alimentaires et l'équipement de camping dans une grosse caisse à thé, et garderait le matériel de collecte auquel elle tenait dans un sac de voyage Gladstone. Cinq jours avant le départ, ellc apporta donc la caisse à thé à la compagnie de transport maritime. Le jour où elle reverrait la caisse, songeait-elle, ce serait à l'autre bout du monde. Difficile à concevoir, autant s'imaginer marcher sur les mains.

Puis elle rentra et tomba sur une lettre de Miss Hamilton.

« Chère Miss Benson… » C'était un mot concis qu'elle lut très lentement. Miss Hamilton avait « fait quelques recherches et enquêté de [s]on côté ». Tant mieux, pensa Margery qui ne se doutait pas de la suite. Après avoir longuement parlé au dernier employeur de Margery, Miss Hamilton avait le regret de l'informer qu'elle ne pouvait l'accompagner « compte tenu d'un incident malheureux, qui était désormais l'affaire de la police ». Margery sentit un léger pincement sous la cage thoracique. Elle vacilla et s'appuya sur la console… qui avait disparu. Elle s'écroula contre le mur.

Les gens ont tendance à croire plus facilement les horreurs que l'on dit sur eux que les propos sympathiques. Margery avait l'impression que Miss Hamilton avait découvert ses secrets les plus noirs et prenait un malin plaisir à les exposer sur un plateau pour que le monde entier les voie. Elle tremblait des pieds à la tête.

Alors, que faire ? Partir sans assistante ? Impensable. Elle ne pourrait jamais s'occuper de tout le matériel, en plus, c'était dangereux. Inutile de reprendre contact avec Mr Mundic : il ferait frire des scarabées avant même qu'elle ait le temps de prendre son filet. Elle n'avait qu'une solution. À trois jours du départ, elle envoya une lettre à Enid Pretty pour lui proposer le poste. Elle lui demanda de prendre le minimum. Un chapeau, des bottes, trois robes toutes simples, plus une pour les grandes occasions. Couleurs vives, fleurs, plumes, pompons, rubans… étaient de mauvais goût et à éviter. Elle conclut en lui donnant rendez-vous à neuf heures du matin sous l'horloge de la gare de Fenchurch Street, où elle serait reconnaissable à sa tenue de safari. Comme on pouvait s'y attendre, la réponse d'Enid Pretty était inepte.

« Cher miss denson. Ravi d'axepté ! chapo rose ! »

Margery envoya une lettre à la compagnie maritime en ajoutant le nom d'Enid Pretty à la liste des passagers. Elle avait donc avec elle un casque colonial et des bottes ; une assistante qui avait du mal à distinguer un « b » d'un « d », un passeport – avec la photo d'une femme qu'elle ne connaissait pas –, ainsi que le guide du révérend Horace Blake, un kit complet de chasseur d'insectes, et de quoi fournir une petite ville entière en papier toilette. C'est vrai, elle avait été trahie au dernier moment, mais son histoire ne s'arrêtait pas là. Au contraire, c'était le début d'une nouvelle aventure.

Elle avait réussi. Elle était sur le point de partir en Nouvelle-Calédonie.

6

Un petit jeu

Tout commença par un petit jeu. Histoire de la remettre à sa place. En plus, il avait une dent contre les profs. Il n'avait jamais oublié l'imbécile qui l'avait transféré dans la classe des élèves en difficulté.

— Je sais parfaitement lire, s'était-il défendu.

— Très bien, avait répondu l'enseignant, dans ce cas, montrez-le-nous, Mundic.

Il avait pris le livre et s'était mis à lire les mots un par un, mais le professeur avait raison, il n'y arrivait pas. Les mots valsaient dans tous les sens et il était incapable de les fixer. À la fin de la journée, toute la classe s'était déchaînée contre lui. Ils avaient commencé à le traiter de Mongol et ne s'étaient plus jamais arrêtés : « *Mongooool !* » hurlaient-ils en s'esclaffant.

Alors non, il n'aimait pas les profs.

À la fin de l'entretien, il avait attendu dehors, devant le Lyons Corner House. Il voulait faire peur à Margery parce qu'il était vexé : elle avait éclaté de rire quand il lui avait dit qu'il devait y avoir des serpents. Après tout, qu'en savait-elle ? C'était une femme. Elle avait besoin d'un homme pour mener son expédition. Cela faisait cinq ans qu'il était rentré de Birmanie et il n'avait pas de travail. Soit il finirait par tomber malade, soit il partirait à cause d'un incident ou d'une mauvaise nouvelle et ça se terminerait en bagarre. Il voyait les gens qui faisaient la queue pour avoir de quoi manger, qui prenaient le bus, qui attendaient avant de traverser, mais il avait oublié – il avait oublié ce que c'était que d'être normal, comme ces gens, parce qu'il avait vu des choses en Birmanie qu'eux n'avaient pas vues. Il lui arrivait de ne plus savoir qui il était. Il avait toujours son passeport sur lui au cas où. Par moments, il allait bien, puis il ouvrait le journal et tombait sur un article annonçant qu'un prisonnier de guerre s'était pendu, et aussitôt, il était de nouveau en Birmanie. Parfois, il n'avait qu'une envie, ficher le camp.

Il la suivit quand elle sortit du salon de thé – ce n'était pas difficile, avec le brouillard et le reste, c'était même très drôle : il se cachait dans les entrées et riait sous cape dès qu'elle se retournait. Il était piqué par la curiosité. Il se demandait comment ce genre de femme vivait. Il imaginait une maison ouvrière. Certainement pas une superbe demeure à Kensington.

Le lendemain, il revint, en dépit du froid qui l'obligeait à enfouir les mains dans ses poches. Il n'avait que ça à faire, et depuis quelque temps, il arrivait qu'il n'ait plus assez d'énergie pour jouer aux cartes, ou, s'il commençait, il ne pouvait plus s'arrêter. Il s'apprêtait à partir quand il l'aperçut à la fenêtre. Il sentit monter l'adrénaline, comme la fois où il avait vu l'armée défiler et qu'il s'était enrôlé sur-le-champ. Il compta le nombre de fenêtres, à voix haute pour éviter de s'emmêler les pinceaux, et il en conclut qu'elle vivait au cinquième étage.

À présent, c'était un vrai travail. Tous les matins, il quittait son foyer comme s'il allait au bureau. Un jour, il s'acheta un carnet qu'il baptisa le « Livre de Miss Benson ». Il notait ce qu'il savait sur elle, par exemple son adresse, et il le gardait soigneusement au fond de sa poche avec son passeport et la carte de Nouvelle-Calédonie.

Il fouilla dans ses poubelles et comprit qu'elle aimait les conserves de soupe et les biscuits. Il devina aussi qu'elle vivait seule. Un jour, il la suivit jusqu'à une agence de voyages, et dès qu'elle sortit, il se précipita sur le vendeur en lui avouant :

— Je rêve de faire une croisière au bout du monde.

Le type éclata de rire. Quelle coïncidence, il venait justement de vendre deux billets pour un départ quelques jours plus tard à bord de l'*Orion*.

— Quand est-ce que le bateau part, et quand reviendra-t-il ?

Ce fut sa première gaffe. Il n'aurait pas dû poser la question – il s'était trahi. Du coup, il se frotta les mains d'un air penaud, mais l'agent n'y avait vu que du feu.

— Il part de Tilbury le 19 octobre, et quitte Brisbane le 18 février.

Mundic nota aussitôt les dates dans le Livre de Miss Benson.

— Prenez une brochure, je vous en prie, ajouta l'agent, si vous êtes intéressé.

Mundic la glissa dans son carnet.

Plus il avait de détails précis, plus il se sentait puissant. Il lui arrivait même de se dire : « Dans cinq minutes, Miss Benson va descendre marcher dans la rue. » Si c'était le cas, il avait l'impression d'être tellement fort que plus rien ne pouvait l'atteindre. Miss Benson n'était pas facile. Elle était moins commode à suivre que ce qu'il pensait, mais justement, il aimait ça. Ça le maintenait en alerte. Le jour où son matériel de collecte arriva, il fit signe aux livreurs pour leur dire qu'il s'en occupait. Il cassa deux ou trois ustensiles pendant qu'ils avaient le dos tourné. Des petites choses. Juste pour qu'elle sache qu'il la surveillait.

Il la suivait depuis trois semaines, et non seulement il se vengeait, mais il avait enfin le sentiment d'être un homme. Sauf qu'elle était sur le point de partir. Sur le point de disparaître en Nouvelle-Calédonie.

Comment ferait-il pour vivre sans elle ?

7

Où est passée Enid Pretty ?

Gare de Fenchurch Street, 19 octobre 1950. Neuf heures pile. Aucun signe d'Enid Pretty. Aucun signe de personne au pied de l'horloge. Margery y était seule avec son casque colonial, ses bottes, son filet à insectes qu'elle tenait comme une sucette géante, et son regard oscillant de droite et de gauche pour vérifier qu'il n'y avait pas de policier.

La veille, elle n'avait rien avalé. Elle qui détestait pourtant jeter de la nourriture, elle avait tout balancé à la poubelle. Elle avait mal dormi. Elle n'arrêtait pas de se réveiller et elle était hantée par le même rêve, une histoire de montre cassée. Elle aurait mieux fait de rester assise à regarder le mur. Le matin, en attendant le taxi, elle avait jeté un coup d'œil à sa fenêtre et elle avait flanché. C'était la dernière fois qu'elle la voyait, elle en était sûre. Soudain, elle avait aperçu quelqu'un au bout de la rue et elle s'était éloignée de peur que la personne lui propose de l'aide.

La gare était une pagaille sans nom : les gens s'agitant dans tous les sens, les locomotives changeant de voie en grinçant, les sifflements résonnant, les portières claquant, les pigeons se précipitant vers les poutres en battant des ailes. La suie, la fumée… Certains remarquaient le casque de Margery et ralentissaient pour l'observer – elle aurait pu porter une coupe de fruits sur la tête. Cinq minutes s'écoulèrent. Dix… Au milieu de la foule se tenait une petite jeune femme avec une chevelure barbe à papa jaune vif, qui fumait fébrilement. Neuf heures et quart. Le train partait à neuf heures trente…

Là, c'était elle, Enid Pretty. Une petite dame impeccable avec une valise et des gros godillots marron, qui se précipitait vers l'horloge comme si sa vie en dépendait.

— Miss Pretty ! Miss Pretty ! héla Margery en brandissant son filet.

La petite dame aperçut Margery et blêmit.

— Désolée, je ne sais pas qui vous êtes. Je ne m'appelle pas Miss Pretty. Je vous en prie, fichez-moi la paix, dit-elle avant de s'éloigner.

Margery était entourée de badauds qui devaient se croire au spectacle et s'attendaient à ce qu'elle saute dans un cercle de feu ou fasse apparaître une scie et se coupe en deux. Elle ne savait plus où se mettre.

— Marge ?

C'était la femme aux cheveux jaunes, qui sortit de sa poche un machin rose qu'elle posa sur sa tête.

— C'est bien vous, Marge ? demanda-t-elle.

Margery n'en revenait pas. Tout semblait arrêté. Même les pigeons. Même l'horloge. Les badauds se retournèrent du côté de l'inconnue aux cheveux jaunes qui se démenait pour soulever non pas un, mais trois énormes bagages et une valise rouge, avant de dévisager longuement Margery et son casque, comme si elles étaient reliées par un fil qui n'avait aucun sens. Elle ne voyait plus qu'un mur d'yeux oscillant de droite et de gauche.

— Marge ! C'est moi !

Margery fut tentée de ne pas répondre, en feignant d'être une autre qui, il se trouve, transportait le filet à insectes d'une tierce personne. Elle le cacha sous son manteau quand un gentil monsieur intervint.

— Je doute que vous attrapiez grand-chose, dit-il.

Autour d'elle, les gens étaient pliés de rire.

Pendant ce temps-là, la petite femme s'approchait en chancelant, mais ses bagages étaient si lourds qu'elle fut obligée de saluer Margery avec le pied. Ses cheveux étaient une espèce de houppe sur laquelle était épinglé son bibi rose : aussi efficace contre le soleil qu'un sous-verre plaqué sur le haut du crâne. Elle avait une tenue de voyage rose vif qui accentuait sa poitrine et ses hanches rondes, des petites sandales avec un pompon au bout, et les doigts de pied vernis, couleur de bonbons acidulés. Une vraie bombe, blonde, vingt-cinq ans au bas mot. Margery aurait pu être, sinon sa mère, du moins sa tante célibataire.

— Je peux savoir ce qui vous fascine à ce point ? demanda-t-elle aux badauds, qui détournèrent le regard et s'éloignèrent.

Comme elle était juste à côté de Margery et deux fois moins volumineuse qu'elle, la jeune femme devait lever le menton pour parler. Elle était si fardée qu'elle avait le visage orange. Ses lèvres, elles, étaient rose pétard et ses sourcils, noirs et épais. Et ses cheveux ! Ils étaient d'un jaune tellement lumineux que si on l'avait enfermée dans l'obscurité on l'aurait tout de suite repérée. Seuls ses yeux étaient naturels : vert foncé, émaillés de petites taches dorées.

— Enid Pretty, se présenta-t-elle joyeusement, comme si elle arrivait à un bal.

Margery était sans voix. Enid Pretty avait autant de chances de se fondre dans le paysage qu'elle-même en avait de gagner un concours de beauté. L'humiliation dont elle avait souffert, la blessure que lui avait infligée Miss Hamilton, et autre chose, un sentiment si ancien, si enfoui, qu'elle n'aurait su le nommer : tout remonta, elle avait envie de se venger contre Enid et de la punir, comme s'il était normal d'arborer un casque colonial au milieu d'une gare et absurde de ne pas en porter.

Elle indiqua le petit bibi de la jeune femme en demandant :

— C'est quoi, ce truc ?

— Hein, pardon ? réagit Enid.

— Qu'est-ce que vous portez ?

— Des vêtements avec des accessoires, répondit-elle sans se démonter.

— Il ne s'agit pas d'aller passer des vacances dans une vulgaire station balnéaire. Il s'agit d'une enquête de terrain dans le Pacifique sud. Désolée, le poste vient d'être attribué.

Elle pivotait pour attraper sa valise quand, soudain, Enid la prit par le coude. Elle avait une sacrée force, insoupçonnable vu sa taille et ses couleurs pétantes.

— S'il vous plaît, murmura-t-elle, ne me faites pas ce coup-là, Marge.

Elle s'adressait à elle comme si elles se connaissaient depuis toujours, la suppliant de faire une exception pour elle. Pour une fois, Margery refusa de céder. Elle se libéra de l'emprise d'Enid et empoigna son grand sac Gladstone.

Elle avait tellement hâte de s'éloigner qu'elle fit un faux mouvement et sentit une douleur fuser dans sa hanche. Son corps piqua en avant et elle crut mourir, comme si on lui arrachait la jambe. Même respirer la faisait souffrir.

— Marge ? chuchota Enid en se penchant vers elle. Vous ne pouvez vraiment pas bouger ? Parce qu'il faut se dépêcher.

— C'est rien. Un problème de hanche.

— De hanche ? s'écria Enid, comme si Margery n'était pas seulement bloquée, mais sourde comme un pot.

— J'ai la hanche coincée.

— Vous voulez que je tape dessus pour la décoincer ?

— Non. Je vous en prie, ne touchez rien, sinon je vais me casser la figure.

— Il faut y aller, Marge, répéta Enid en jetant un regard paniqué du côté des quais. Le train risque de partir sans nous.

Un déclic se fit dans sa tête et elle ajouta :

— Deux secondes, j'ai une idée.

Margery n'eut pas le temps de dire « ouf », Enid fila à petits pas pressés, les jambes comme deux lames de ciseaux – sa jupe rose avait la largeur d'une manche. Heureusement, elle avait eu la présence d'esprit de laisser ses bagages.

— Norman Skinner pendu pour le meurtre d'une prostituée ! s'écria un vendeur de journaux.

L'affaire durait depuis des mois, mais les gens en redemandaient.

— Marge ! Marge !

C'était Enid, déjà de retour avec un chariot poussé par un jeune porteur tout sourires. En deux temps trois mouvements, il chargea la valise et le matériel de Margery, et les bagages d'Enid.

— Vous êtes formidable ! Et sacrément costaud ! Heureusement que vous êtes là ! s'ébaudit Enid en arrachant sa valise rouge avant que le porteur mette la main dessus.

— Votre train démarre dans cinq minutes, dit-il. Il faut qu'on pique un sprint.

C'était bien gentil de piquer un sprint… mais Margery ? Elle était complètement bloquée.

— Chiche ? demanda Enid.

Soudain, ce fut l'assaut. Enid bondit derrière Margery, la saisit par la taille avec une force herculéenne et la souleva. Margery crut mourir tant elle avait mal. Tout à coup, miracle, la douleur avait disparu. Disparu, comme si une longue fente s'était ouverte du haut de son crâne jusqu'au bout de ses pieds pour l'évacuer par le bas.

— Ça va mieux ? s'enquit Enid en époussetant ses gants.

— Oui, ça va.

— Vite, il nous reste trois minutes.

Elles avaient l'air malignes, toutes les deux – la grande autruche et le canari au chapeau rose –, courant derrière le porteur comme des grues. Elle avait beau être essoufflée, Margery remarqua tout de suite la tête des hommes qui voyaient Enid filer à toute vitesse, les deux mains agrippant sa valise comme un moteur ; mais soit la jeune femme s'en fichait comme de l'an quarante, soit elle était habituée et jugeait normal que l'on s'arrête pour la regarder. Ouf ! Le contrôleur brandissait son petit drapeau quand ils foncèrent sous la barrière et pilèrent au pied du train.

— Je vous laisse, mesdames, dit le porteur. Vous ne voulez toujours pas que je prenne votre valise ? ajouta-t-il en ouvrant la première portière.

— Non, non, fit Enid en la saisissant d'une main tandis qu'elle tendait l'autre à Margery.

— Je vous remercie, je vais y arriver, répondit Margery en se hissant tant bien que mal.

La portière du wagon à peine fermée, le coup de sifflet retentit et le train s'ébranla.

— Vous auriez dû voir la scène, Marge. Moi, je lui ai fait, je me souviens, je lui ai dit : « Vous ne pensez quand même pas que je vais acheter ce machin. Parce que c'est un casque, je lui ai dit, c'est pas un chapeau ! Jamais je ne porterais une chose pareille ! »

Ou encore :

— Je la connaissais, cette femme, je vous jure, Marge, le jour où elle est morte, elle avait un immense ver solitaire dans le ventre, un vrai tuyau d'arrosage !

Margery n'avait jamais été très bavarde, elle avait toujours préféré écrire des lettres ou des cartes. Une fois, elle avait eu une longue correspondance avec une personne qui adorait les scarabées, comme elle, jusqu'au jour où elle lui avait donné rendez-vous pour prendre le thé.

— Je pensais que vous étiez un homme, avait déclaré la femme.

— Mais je m'appelle Margery..., s'était-elle défendue.

Fini. La femme ne voulait plus entendre parler de scarabées. Elle avait consciencieusement émietté son scone et tourné les talons.

Hélas, Enid Pretty était l'antithèse de Margery : à peine installée dans le train, elle avait ouvert la bouche pour ne plus la refermer. Un vrai moulin à paroles. Margery avait l'impression qu'on avait appuyé sur « *on* » et qu'il fallait trouver le bouton « *off* », sinon elle ne se tairait jamais. Elle parlait, parlait, parlait... Elle passait du coq à l'âne, sautant d'un sujet à l'autre comme une démente. Elle ne prenait pas le temps de marquer la ponctuation. Non contente de dire je ne sais combien de fois qu'elle avait du mal à croire que Margery était une exploratrice envoyée par le Muséum d'histoire naturelle – Margery n'avait pas encore pu la corriger – et qu'elles allaient à l'autre bout du monde, Enid évoquait au passage les chapeaux de safari, les parasites épouvantables, la météo, Mr Churchill, le rationnement, encore la météo, sa vie personnelle... Son père et sa mère – adorables ! – étaient morts de la grippe espagnole quand elle était toute petite – c'était tellement triste ! – et elle avait été élevée par des voisins. Pire que tout : elle n'arrivait pas à enregistrer le prénom Margery et l'appelait « Marge », on aurait dit le nom d'un nouvel ersatz de beurre.

Une femme traversa le wagon avec un bambin. Enid embraya aussitôt.

— Les bébés ! Ah, je ne vous dis pas !

— Non, je vous en prie, répondit Margery, qui redoutait que ça reparte.

Trop tard.

— J'adore les bébés. Sans doute parce que j'avais pas de famille. J'avais une jumelle, mais elle est morte à la naissance. Mon mari dit que c'est pour ça que je suis bavarde comme une pie…

— Pardonnez-moi. Vous êtes mariée ?

Margery n'avait pas réagi tout de suite, mais Enid allait tellement vite qu'on aurait dit qu'elle tenait des propos ésotériques.

— Je vous l'ai pas dit dans ma lettre ?

— Non, vous n'avez jamais évoqué de mari.

Enid s'arrêta. Pâlit. Elle était sous le choc.

— Oh, c'est pas grave. Il est parti.

— Parti où ?

— Je vous demande pardon ?

— Parti travailler ?

Margery était confuse. Enid avait les larmes aux yeux – ses pupilles étaient encore plus tachetées.

— Oui, voilà, c'est ça, il est parti travailler !

Ça y est, une fois de plus, elle enchaîna avec une sordide histoire de chien qu'elle avait attaché à un mur et qui s'était mangé la patte. Rien, pas le moindre incident ne pouvait lui arriver sans qu'elle en donne une version emberlificotée et noyée sous les détails.

Il pleuvait. Les gouttes d'eau perlaient le long des vitres. Des rangées et des rangées de maisons se succédaient. Des lotissements désolés avec des sous-vêtements suspendus sur un fil et des toilettes communes. Margery était perplexe : cinq semaines sur un bateau et trois mois en Nouvelle-Calédonie avec Enid.

Comment tiendrait-elle ? Le temps qu'elles arrivent au port de Tilbury, elle avait des envies de meurtre. Si elle avait pu, elle l'aurait tuée à petit feu, loin des regards – franchement.

Le hall des départs était bondé. Elle avait du mal à croire que l'Australie soit assez grande pour accueillir tout ce monde – et que dire alors de l'*Orion* ? Le paquebot attendait à quai et donnait une image d'ordre, loin du chaos qui les entourait : solide, massif, avec une coque jaune crème et une cheminée unique. Les hublots étaient éclairés et brillaient comme en ville, même en plein jour.

Enid jeta un regard derrière elle, comme pour voir si elle connaissait quelqu'un.

— Attendez, il faut que les choses soient claires ! hurla-t-elle pour couvrir le bruit. On part à l'autre bout du monde à la recherche d'un scarabée qui n'existe peut-être pas, c'est bien ça ?

— Il n'a pas encore été trouvé. Simplement vu.

— Ça revient au même, non ?

— Non, Mrs Pretty. Un insecte n'existe pas tant qu'il n'a pas été capturé et soumis au Muséum d'histoire naturelle. Le jour où celui-ci acceptera d'examiner le scarabée et de lire ma description et mes notes, le jour où il certifiera qu'il s'agit d'un nouveau spécimen, alors on lui donnera un nom. Là, il existera.

— Même si on l'a déjà trouvé ?

— Oui.

— C'est bien ce que je dis, on part à la recherche d'un scarabée qui n'existe pas.

Retour à la case départ. Heureusement, un agent des douanes surgit et Enid changea de sujet.

— Vous pensez qu'il va nous laisser monter ?

Margery sourit. Non pas qu'elle commençât à apprécier Enid. Elle éprouvait plutôt le plaisir rare, très rare, de s'apprécier elle-même. Aller à l'autre bout du monde à la recherche d'un scarabée ? L'idée était si simple et si merveilleuse.

— Bien sûr. Il suffit d'avoir un passeport, Mrs Pretty.

— Hein, pardon ? répondit Enid, blanche comme un cachet d'aspirine.

8

Y aller, c'est déjà marrant

Rater le train pour Tilbury, c'était une chose, mais rater le bateau pour se rendre à l'autre bout du monde, c'en était une autre.

Margery n'avait pas l'intention d'attendre Enid Pretty. Elle était prête à partir sans elle, pour une fois que la chance lui souriait ! Pendant que les douaniers embarquaient Enid pour l'interroger dans une pièce à part, elle expliqua à un autre agent qu'elle venait de faire sa connaissance et qu'elles n'étaient pas amies. Le type croisa alors les bras, et lui demanda pourquoi, donc, elles voyageaient ensemble.

Piégée, Margery fut elle aussi embarquée pour être interrogée.

— Vous pouvez me dire pourquoi il y a deux femmes sur votre photo ? lui demanda l'agent en ouvrant son passeport.

Ils étaient dans une pièce grande comme un mouchoir de poche. Et l'agent avait un œil qui disait merde à l'autre, si bien qu'elle avait beau être polie, elle ne savait jamais lequel fixer quand elle lui parlait.

— L'autre femme, c'est la blonde ?

— Non, répondit Margery.

— Elle lui ressemble, pourtant.

— Non, non, rien à voir. La femme que vous voyez sur la photo était châtaine. Je ne la connaissais ni d'Ève ni d'Adam. Elle s'est précipitée dans la cabine au dernier moment.

— Encore une inconnue ? Décidément !

Il continua en lui demandant d'enlever sa montre, son chapeau et ses chaussures. Margery était assez intelligente pour comprendre que c'était un moindre mal, mais elle avait serré les lacets tellement fort qu'elle n'arrivait pas à retirer ses chaussures.

— Quand je pense qu'elles ne sont pas à moi, lâcha-t-elle.

— Vous voulez dire que vous les avez volées ?

Plus tard, Margery comprit que c'était une plaisanterie, mais sur le moment, elle piqua un fard et se défaussa avec une maladresse pire que celle de saint Pierre le jour du reniement.

Tout à coup, deux agents de police déboulèrent et, sans l'ombre d'un bonjour, se jetèrent sur ses affaires pour les inspecter – elle glapit en les voyant prendre sa bouteille d'éthanol, non seulement parce qu'elle n'en avait qu'une, mais vu l'exiguïté de la pièce, il suffirait qu'elle tombe pour que tout le monde soit asphyxié.

— Vous m'avez l'air bien nerveuse, fit l'un.

De grosses gouttes de sueur perlaient à la racine de ses cheveux et son cœur battait à tout rompre.

— À croire que j'ai commis une faute, je dirais même plus, un meurtre ! lança-t-elle en gloussant. Encore un peu et vous allez m'envoyer à la potence !

Les trois hommes lui décochèrent un regard suspect – y compris celui dont les yeux louchaient, l'un visant la tête de Margery, l'autre ses pieds. Décidément, le comique n'était pas son fort.

Brusquement, le rire d'Enid retentit de l'autre côté du mur. La porte s'ouvrit et un quatrième loustic se faufila dans la pièce – ils étaient serrés comme des sardines – pour murmurer à l'oreille de ses collègues, qui sourirent.

— Elle n'a pas froid aux yeux, votre copine, déclara le nouveau venu.

Margery faillit leur rappeler que ce n'était pas sa copine, mais elle se ravisa.

— Allez, c'est bon, dit-il.

Les douaniers lui rendirent gentiment ses chaussures, sa montre, son casque et son sac Gladstone. Elle en avait les larmes aux yeux. Ainsi s'acheva le premier et le dernier interrogatoire de Margery – comme par magie.

Le temps que la porte de la pièce voisine s'ouvre et qu'Enid sorte en se reboutonnant, les joues écarlates, elles n'avaient plus une minute à perdre – une fois de plus.

— Venez ! s'écria Enid. Suivez-moi !

— Oh, non, encore ? soupira Margery.

Courir, bousculer, chanceler, elle n'en pouvait plus. Vite, Enid saisit ses valises comme si elle attrapait des gamins par la main et se précipita dehors. Le quai fourmillait de gens qui agitaient des ballons et brandissaient des banderoles en criant. Elles étaient bloquées de tous les côtés. Une fanfare jouait de la musique, une femme pleurait toutes les larmes de son corps, et, pour couronner le tout, il pleuvait, une bruine typiquement anglaise, qui pénètre la peau jusqu'aux os en quelques minutes.

— T'as pas intérêt à partir sans nous ! hurla Enid en s'adressant directement à l'*Orion*.

Le matelot de service descendait du pont pour bloquer l'accès à la passerelle avec un câble, quand la corne de brume retentit. Le paquebot était prêt à quitter le port.

Margery suivait Enid en soufflant. Un long fuseau de douleur l'élançait dans chaque jambe, elle avait du mal à respirer sans forcer sur ses poumons. Son sac Gladstone était beaucoup plus lourd que sa valise, si bien qu'elle changeait sans cesse de main ; mais elle ne savait plus s'il valait mieux avoir des tremblements dans le bras droit ou avoir mal à en crever dans le bras gauche.

— Attends ! Attends ! s'époumonait Enid en direction du matelot.

À peine celui-ci les vit qu'il lâcha le câble et se précipita vers elles.

— Pas moi, mon biquet ! cria la jeune femme en lui passant sous le nez. Donne plutôt un coup de main à la dame qui me suit.

Malgré le mauvais temps, le quai était couvert de monde. Le paquebot commençait à s'éloigner quand la fanfare entama *Rule, Britannia !*. Les passagers sortirent des milliers de serpentins qu'ils déroulèrent en soufflant, voilant la terre derrière une toile de toutes les couleurs, tandis qu'Enid s'époumonait et envoyait des baisers à un destinataire inconnu.

— Au revoir ! hurlait-elle. Au revoir, Grande-Bretagne adorée !

Margery était sur le pont et regardait son pays disparaître à mesure que les formes diminuaient – les quais, la côte, les bateaux de pêche –, jusqu'au moment où l'Angleterre ne fut plus qu'un petit chapeau gris flottant sur l'horizon. Enfin, elle avait osé – osé réaliser le rêve qui l'habitait depuis l'enfance et qu'elle avait abandonné presque vingt ans plus tôt. Elle sentait une pointe d'excitation enfouie au fond d'elle-même, parce qu'elle y était arrivée – elle avait du mal à y croire. C'était tellement facile de se laisser happer par la routine, de s'y accrocher, de renoncer à ses passions alors que cela vous minait. Le temps du rêve et des regrets était fini, elle partait. Le paquebot n'était pas le seul à avoir largué les amarres – elle aussi. Et elle allait à l'autre bout du monde.

Enid repéra un beau steward, à qui elle demanda de les aider à porter leurs valises.

— C'est trop gentil ! s'écria-t-elle. Tu es vraiment serviable ! Merci, mon chéri !... Non, merci, je préfère garder la rouge avec moi !

Le steward en profita pour leur présenter les activités proposées par l'*Orion* : non seulement la piscine et les repas gratuits, mais toutes sortes d'attractions et de clubs. Elles n'avaient encore rien vu. Il leur indiqua les rangées de transats jaunes, une galerie entière de boutiques, un salon de coiffure, un cinéma et, le clou de la traversée, une salle de bal ! Enid l'écoutait, fascinée, caquetant comme une poule qui vient de pondre.

Le jaune était la couleur de la compagnie maritime, précisa le steward, fier comme Artaban. L'*Orion* était même le seul paquebot à avoir une cheminée jaune.

— Assortie à la couleur de mes cheveux ! s'exclama Enid.

— Formidable ! renchérit-il.

Elle poursuivit en débitant tout ce qu'elle savait sur le scarabée d'or, c'est-à-dire pas grand-chose, mais il en fallait plus pour la dissuader. Elle voyageait avec Marge, une exploratrice envoyée par le Muséum d'histoire naturelle.

— Elle m'a choisie comme assistante ! C'est *la* grande aventure de notre vie !

— Si vous voulez, je vous proposerai un autre genre d'aventure !

— Ben dites donc, vous m'avez l'air d'être un sacré coquin !

Ils se dirigeaient vers les cabines de la classe touriste en poursuivant sous-entendus et exclamations, et en cognant les valises contre les marches. Ils étaient déjà tellement descendus qu'ils devaient être au niveau du fond des océans.

Le steward finit par s'arrêter devant une porte.

— C'est là ? demanda Margery.

— Ooh ! Si c'est pas mignon ! roucoula Enid.

La cabine était petite. Très petite. Elle était déjà étroite pour une personne, mais pour deux, une femme un peu forte et une pipelette surexcitée, ce n'était plus une cabine, c'était un vrai placard à balais. Rien à voir avec la photo de la brochure. Et la chaleur rendait l'atmosphère irrespirable, surtout par rapport à l'air froid du dehors. Deux secondes plus tard, Margery ouvrit son manteau et regretta sa veste légère.

D'un côté se trouvaient les lits superposés, de l'autre, un portant pour vêtements, une petite armoire, un évier, une chaise jaune et un bureau minuscules, un miroir et une applique. Un ventilateur tournoyait au plafond, transvasant l'air d'un bout de la cabine à l'autre sans le rafraîchir. Les toilettes et les douches étaient au fond d'une longue coursive, de même que la buanderie. Tout à coup survint une secousse, tout le monde valsa et Enid atterrit dans les bras du steward.

— Aïe ! s'exclama-t-elle comme s'il l'avait pincée. Bas les pattes !

— Ha, ha, ha ! Vous alors, vous m'avez pas l'air triste !

Le steward sortit, laissant place à un curieux malaise, comme si Enid avait retiré quelque chose qu'elle n'aurait pas dû retirer. Margery accrocha ses robes sur le portant et empila ses livres sur le bureau. Elle demanda à Enid de s'installer sur la couchette supérieure, mais la jeune femme était tellement occupée à examiner la serrure qu'elle ne fit pas attention et Margery dut répéter.

— J'ai pris la partie gauche du placard, dit-elle en enjambant les valises d'Enid, qui semblaient encore plus imposantes maintenant qu'elles étaient dans la cabine – un peu comme des cercueils de bébés dinosaures. Je vous laisse la partie droite. Le moins qu'on puisse dire, c'est qu'on est un peu à l'étroit.

— Moi, je trouve que c'est parfait, répondit Enid, manifestement rassurée par le verrou de la porte.

— La cohabitation risque d'être difficile. Nous avons peut-être intérêt à fixer deux ou trois règles.

— Hein, pardon ?

— Disons que cette moitié est la mienne, ajouta Margery en indiquant le côté gauche de la cabine, et cette moitié sera la vôtre.

Techniquement parlant, cela voulait dire que le placard et la lampe, au milieu, étaient propriété commune, mais Margery avait le bureau et Enid, le miroir.

— Il va de soi que je traverserai votre moitié de cabine pour atteindre la porte. Par ailleurs, je tiens à vous préciser que je ne m'appelle pas Marge.

— Non ?

— Non.

— C'est un faux nom ?

— Un faux nom ? Pas du tout. Je m'appelle Margery. Ou Miss Benson, si vous préférez.

— Miss Benson ? répéta Enid d'un air renfrogné.

— Oui.

— Bon, d'accord, Marge. Allez, je vais défaire mes valises.

Margery n'eut pas le temps de répondre. Enid sortit une cascade de flacons et de pots qu'elle posa en vrac dans l'armoire, y compris du côté de Margery. Qui n'en revenait pas. Elle-même n'avait emporté qu'un pot de cold cream qui tiendrait au moins un an. Enid continua à déballer ses affaires, et là… nouveau choc. Elle n'avait pas prévu la moindre tenue de camouflage. Elle n'avait que des vêtements de couleurs vives : des robes légères, un bikini imprimé tigre, un manteau de fourrure qui perdit des poils quand elle le souleva, des pantoufles à talon fleuries, une collection de chapeaux, une robe de chambre rose crevette. Il était évident qu'elle avait entassé toute une vie – dont des pans entiers étaient rapiécés et en loques – dans ses bagages. Le seul qu'elle n'avait pas ouvert était la valise rouge. Enid en vérifia le cadenas et la poussa sous la chaise.

Il était temps de monter dîner. Les deux femmes se changèrent en se frôlant. Margery mit sa jolie robe mauve. Enid se glissa dans un machin plein de fleurs.

— Vous avez les cheveux naturellement bouclés ? demanda-t-elle en tirant sur les siens.

— Oui, oui.

— Vous n'avez pas de permanente ?

— Non, je n'ai jamais eu de permanente. Vous avez besoin d'un cintre ?

— D'un quoi ?

— Pour vos vêtements ?

— Non, je laisse tout par terre. Vous avez de la chance, d'avoir les cheveux bouclés. Moi, je suis obligée de me faire des mises en plis toutes les semaines. Vous avez vu comme ils sont fins ? En plus, c'est pas leur couleur naturelle.

— Sans blague ?

Insensible à la petite note moqueuse, Enid poursuivit :

— Je vous jure que non, Marge. J'ai apporté un produit pour la couleur. Vous voulez que je vous farde ?

— Mrs Pretty, je me permets de vous rappeler que le but de notre expédition est de trouver un scarabée.

— D'accord, mais ça fait pas de mal de rigoler, répliqua-t-elle en appliquant un peu de poudre orangée sur son visage.

Elle finit en s'aspergeant d'un parfum tellement ravageur qu'à côté l'éthanol était une eau de toilette pour bébé.

— J'imagine que vous parlez français couramment ?

— Pour sûr ! lança Enid. *Bon-shoor*.

— En ce qui concerne les scarabées…

— Oui ?

— Je vous demande de ne plus dire que je travaille au Muséum d'histoire naturelle.

— Pourquoi pas ? C'est un beau métier, il y a de quoi être fière !

Inutile d'insister. La cloche du dîner sonna. Margery se redressa en tapotant les volants de son corsage et prit son sac.

— Si vous pouviez arrêter de parler du scarabée…

Distraite, Enid n'écoutait déjà plus. Elle était face au miroir, en train de s'examiner sous toutes les coutures, privilégiant plutôt le regard en biais.

— Hein, pardon ?

— Entre vous et moi, c'est un secret, à cause du marché noir.

— Du marché noir de secrets ?

— Non, du marché noir de scarabées, je vous parle de scarabées, Enid !

— D'accord, mais ils sont charmants, les gens, sur ce paquebot, dit-elle en secouant la tête. Croyez-moi, j'en ai vu, des zozos, dans ma vie, je peux vous dire qu'ils sont pas tous gentils. Ne vous faites pas de bile, Marge. Votre scarabée peut dormir sur ses deux oreilles.

Margery comptait profiter du dîner pour parler à Enid de son passeport et commencer à travailler leur français, mais elle avait oublié qu'en classe touriste les repas se prenaient dans une salle à manger commune : une grande pièce au plafond bas, tapissée de boiseries lustrées, avec des centaines de tables couvertes de nappes jaune vif et de pichets en métal argenté. La plupart des chaises étaient déjà prises et le vacarme était assourdissant. Margery se figea, ahurie devant autant de monde. Et si elle allait se coucher sans manger ? Pendant ce temps-là, Enid avançait en se dandinant et saluait les gens comme si elle les connaissait, jusqu'à ce qu'elle repère deux places libres autour d'une table de dix.

— Par ici, Marge ! Par ici !

Pas idéal pour avoir une conversation à deux…

Margery n'aurait jamais imaginé une telle abondance de nourriture. C'était plus que tout ce qu'elle avait avalé depuis des années de rationnement. Elle finit consciencieusement la soupe de queue de bœuf, le jambon à l'ananas, mais arrivée au dessert, un énorme *trifle*, elle glissa la main sous son gilet et baissa sa fermeture Éclair. De son côté, Enid raclait son assiette à la cuillère – non seulement elle n'utilisait pas de fourchette, mais elle mangeait la bouche ouverte. Jamais Margery n'avait vu quelqu'un se tenir aussi mal à table, et chaque fois qu'un serveur lui proposait de se resservir, Enid éclatait de rire.

Margery se demandait si son assistante n'était pas un peu instable. Comme celle-ci continuait à expliquer que Margery travaillait pour le Muséum d'histoire naturelle, leurs voisins de table n'arrêtaient pas de lui poser des questions. Certains lui demandèrent à quelles expéditions elle avait participé, notamment deux jeunes mariés qui, émigrant en Australie, n'avaient dépensé que dix livres pour leurs billets, un veuf qui faisait le tour du monde, un missionnaire dont l'anglais était un peu hésitant, et deux sœurs qui, elles, descendaient à Naples. Ils étaient fascinés par le métier d'explorateur.

Le veuf demanda à Enid dans quel domaine elle avait travaillé avant de rejoindre Margery, mais elle fut évasive. Elle évoqua un job dans la restauration, sans préciser où, et elle fut aussi vague quand il l'interrogea sur les différentes méthodes de collecte des scarabées.

— Oh, faut juste les ramasser.

— Avec un filet ?

— Ou une cuillère, ça dépend. Ou même à la main.

— Vous n'avez pas peur ?

— Des scarabées ? Non, pas moi.

— Ç'a de la valeur ?

— Ouais, beaucoup. Surtout que c'est un scarabée d'or. Tout le monde en rêve.

— Votre mari a dû regretter de vous voir partir, non ?

— Hein, pardon ?

— Votre mari…

Elle écarquilla les yeux, tel un marsupial pris au piège.

— Mon mari est avocat, dit-elle.

Tout le monde était ravi de le savoir, même si elle ne répondait pas à la question. Sautant du coq à l'âne, elle demanda soudain aux gens s'ils avaient vu *Madame Miniver*, son film préféré.

Margery lui faisait signe qu'il était temps de rejoindre leur cabine, quand un dénommé Mr Taylor s'installa à leur table. Il avait reconnu les deux femmes désopilantes qui avaient presque manqué le départ de leur paquebot. C'était un homme petit, avec une moustache qui aurait pu tomber s'il avait marché trop vite, et deux poutres en guise d'épaules. Il était venu les informer qu'un orchestre jouait dans la salle d'à côté, et leur proposait d'aller danser.

— Non merci, c'est gentil, répondit Margery.

— Sensass, venez, on va s'amuser ! s'écria Enid en bondissant comme un diable.

Margery s'excusa en disant qu'elle avait besoin de se reposer. La journée avait été longue : elles avaient failli rater le train et le bateau, et elles avaient eu droit à une enquête policière éprouvante.

Quel soulagement d'être seule ! Margery pensait à ses voisins de table, fascinés par le métier d'explorateur. Jamais elle n'aurait dit qu'elle était vaniteuse, pourtant – en dépit de ses craintes – c'était impressionnant d'être considérée comme une aventurière. Qu'est-ce que ce serait si elle rapportait deux, voire trois paires de spécimens, mâles et femelles, au Muséum d'histoire naturelle ! Et si elle les présentait au musée avec d'autres espèces de coléoptères rares ! Peut-être qu'ils lui proposeraient un poste. Elle aurait son nom dans le journal…

Margery avait dû s'endormir, parce qu'elle se réveilla sans savoir où elle se trouvait. Son lit était étroit, dur comme du bois, et sans cesse secoué de haut en bas. Ah oui, elle était sur un paquebot… Soudain, panique, elle sentit qu'il y avait quelqu'un dans la cabine : Enid Pretty. La greluche qui n'arrêtait pas de jacasser. Une lumière bleutée filtrait à travers le hublot : Enid était à genoux devant une valise grande ouverte. Le sang de Margery ne fit qu'un tour. La jeune femme fouillait-elle dans ses affaires ?

Elle se retint de peur d'avoir à affronter le pire.

— Mrs Pretty ?

Enid referma brusquement la valise.

— Marge ? Je pensais que vous dormiez…

— Qu'est-ce que vous fabriquez ?

— Rien. Ne vous inquiétez pas.

Elle mentait, c'était clair. Mais Margery vit qu'il s'agissait en fait de la valise rouge, celle qu'Enid avait cachée sous la chaise. La jeune femme venait de pleurer. Ses yeux étaient deux petites fleurs noires.

— Vous avez perdu quelque chose ?

— Pardon de vous avoir réveillée. Bonne nuit, Marge.

Elle se moucha avant de repousser sa valise sous la chaise. Elle se déshabilla, mais au lieu de déposer ses vêtements de son côté, elle les jeta sur la couchette de Margery, avant de se glisser dans la sienne en combinaison. Deux secondes plus tard, elle ronflait comme un sonneur.

Margery n'arrivait pas à se rendormir. Elle n'aurait jamais dû embarquer Enid Pretty pour l'assister. D'accord, elle s'était trompée cette fois-ci, mais la vision de cette fille à genoux devant sa valise avait semé le doute dans son esprit. Elle avait le profil parfait de la petite voleuse qui, si l'occasion se présentait, n'hésiterait pas un instant à passer à l'acte. La première escale du paquebot aurait lieu une semaine plus tard : il fallait qu'elle se débarrasse d'elle. Elle se débrouillerait pour recruter quelqu'un d'autre.

Le paquebot tangua. Elle sentit son estomac valser d'un côté tandis qu'elle glissait de l'autre. Elle vit l'évier pencher, entraînant le miroir et la lampe. Elle n'avait plus qu'une idée en tête : le *trifle*.

Elle comprit – trop tard – qu'elle était sur le point de vomir.

9

Le passager clandestin

Facile.

Il monta dans le train à Tilbury – comme elle. Il ne voyait pas pourquoi elle se permettait de partir en Nouvelle-Calédonie sans lui. Ensuite, il traîna sur les quais au pied de l'*Orion* en tâchant de repérer un visage sympathique. Il vit un steward qui aidait un petit garçon à attraper un ballon. Il attendit que l'homme soit seul et engagea la conversation en lui disant que sa mère avait toujours rêvé de faire une croisière. Il pouvait jeter un coup d'œil ? C'était compliqué, répondit le steward, il y avait trop de passagers à bord. Mundic ajouta que le jaune était la couleur préférée de sa mère. Le jour de ses funérailles, il y aurait sûrement des fleurs jaunes.

Le steward accepta, mais ils devaient faire vite.

Il lui montra les cabines de la première classe. Mundic vit qu'il y avait de vrais lits, de vraies fenêtres et des gars qui entretenaient le parquet avec des espèces de balais-brosses, comme s'ils n'avaient que ça à faire. Une fois en haut des marches, le steward s'arrêta.

— Voilà, cher monsieur, je regrette, mais on ne peut pas aller plus loin. Vous avez vu, quel fabuleux navire !

Ils se dirigeaient vers la sortie, quand Mundic renversa un vase de fleurs, dont l'eau se répandit partout. Le steward demanda de l'aide, aussitôt les hommes de ménage débarquèrent, lâchèrent leurs balais-brosses et prirent des serpillières. Mundic en profita pour détaler. Il se cacha dans les toilettes jusqu'à ce qu'il perçoive le bruit des passagers, puis sortit et se perdit dans la foule qui s'éparpillait en s'étalant comme la mer, veillant à ce que personne ne le remarque.

Il était au bord de la crise de nerfs. Tous ces gens qui parlaient, riaient, excités, comme si c'était le pays de cocagne. Il se boucha les oreilles pour ne plus rien entendre.

Peu après, il descendit discrètement dans les soutes et tomba sur une porte qui indiquait « Entrée interdite ». Il l'ouvrit : c'était la salle des machines, ça sentait le pétrole. Il se glissa au fond, dans un coin, et s'installa sous une grande bâche. Il faisait chaud et sombre, il était rassuré. Il aperçut quelque chose qui ondulait au sol et se mit à trembler. Il crut que c'était un serpent ; heureusement, c'était juste une corde qui traînait. Il vomit, mais ça lui fit du bien. Maintenant, il fallait qu'il tâche de dormir. « C'est rien, il n'y a pas de serpents, c'était juste une corde, c'était juste une corde, ne t'inquiète pas… »

Le jour où il avait été libéré du camp en Birmanie, il n'avait aucune idée de ce qu'il était devenu. Il s'était habitué à voir ses camarades squelettiques, le visage maigre, le ventre gonflé, la peau scarifiée à force d'être battus. Il ne se rendait même pas compte qu'il était dans un état aussi effroyable. Il était si faible qu'il avait complètement oublié son retour. Il avait entendu dire qu'ils avaient eu, en guise d'accueil, à Liverpool, une soirée avec orchestre organisée par le maire, lequel ne s'était jamais présenté. Plusieurs de ses camarades affirmaient alors qu'ils changeraient de nom. Recommenceraient tout de zéro. Partiraient vivre en Australie. Ils pouvaient faire ce que bon leur semblait. Mundic ne voulait plus jamais les voir.

Heureusement, il était caché dans les soutes, réfugié dans le ventre de ce gros paquebot, sous une vieille bâche pourrie où personne n'irait le chercher. Il avait sur lui son passeport et la carte sur laquelle elle avait indiqué le lieu précis. Son carnet, son crayon, la brochure de l'*Orion* et une étiquette qu'il avait décollée d'une de ses boîtes de soupe.

Parfait, il était prêt à la suivre jusqu'en Nouvelle-Calédonie.

10

Jamais vu autant de vomi

— Vite, Enid ! Apportez-moi le seau !

Voilà soixante-douze heures qu'elles étaient en mer, et Margery vomissait depuis leur premier dîner. La valise rouge, le passeport manquant ? Oubliés. Elle n'avait pas non plus dit un mot à Enid sur sa décision de la congédier.

Margery avait enseigné durant des années et n'avait jamais raté la moindre journée de travail. Une fois, pendant la guerre, elle avait été surprise par un raid aérien et avait passé la nuit dans un abri public. Les bombes explosaient si près qu'elle avait l'impression qu'elles résonnaient dans son corps. Elle s'était mise à trembler et ne pouvait plus s'arrêter. En face d'elle, une femme qu'elle ne connaissait pas l'avait prise contre elle. Mal à l'aise, elle lui avait demandé d'un ton glacial de retirer ses mains. Les gens l'avaient regardée d'un drôle d'œil ; elle n'était jamais retournée dans l'abri. Plus tard, elle avait eu honte. Elle aurait voulu s'expliquer, mais comment ? Elle était incapable de le formuler.

La seule chose qu'elle savait, c'est qu'elle n'était pas du genre à se laisser aller.

Ce jour-là, enfermée dans la cabine minuscule, elle pouvait à peine bouger le petit doigt. Le bateau tanguait. Montait. Descendait. S'élevait dans les airs. Sombrait au fond des océans. Elle n'était pas sûre de supporter quatre semaines et demie de traversée. Elle aurait trouvé plus charitable qu'on l'assomme pour qu'elle tombe dans les pommes. Un membre du personnel venait lui demander des nouvelles une fois par jour, passait la serpillière et repartait vite fait. La seule qui s'occupait d'elle, c'était Enid. Enid qui vidait et rinçait le seau. Enid qui trouva des médicaments. Enid qui avoua qu'elle n'avait jamais vu autant de vomi de sa vie. Franchement, Margery était impressionnée. Enid lui proposait souvent de jouer aux cartes, mais chaque fois, Margery lui faisait signe qu'elle ne pouvait pas, alors elle jouait au solitaire, même si elle avait une façon bien à elle d'interpréter les règles, à la limite de la triche.

Margery avait toujours autant de mal à la comprendre ; c'était comme essayer de lire un plan à l'envers. Même dans les moments plus calmes de la journée, par exemple au réveil, surtout après une longue nuit de sommeil, elle était excitée comme une puce.

— Ah, j'ai dormi comme un bébé ! s'exclamait-elle en sautant de sa couchette. Allez, Marge, debout !

Elle participait à toutes les activités : le tricot pour débutantes, la course à trois jambes, la danse country… Elle ne ratait pas une occasion de se regarder, y compris au dos d'une cuillère, et bavardait, bavardait… sans cesse. Margery n'écoutait pas – elle tâchait juste de faire en sorte que la cabine soit en ordre.

— Vous n'êtes pas folle des bébés ? demandait régulièrement Enid, dont c'était le sujet de conversation préféré.

— Non, pas vraiment, non…, grommelait Margery.

— Vous n'avez jamais envie d'en serrer dans vos bras ?

— Non, pas vraiment.

— Ça alors, Marge, vous êtes vraiment originale !

Margery trouvait qu'elle avait déjà assez de mal à s'occuper d'elle-même. Quand elle était plus jeune, elle ne comprenait pas comment on pouvait avoir envie de faire naître des enfants dans un monde aussi affreux.

— Je touche du bois, un jour, j'aurai plein de bébés, j'espère !

Autre chose : Enid était terriblement superstitieuse.

Elle n'arrêtait pas de dire qu'il fallait toujours faire de bonnes actions, car on ne savait jamais quand on aurait soi-même besoin d'aide. Elle avait tout le temps des histoires alambiquées de gens à qui il arrivait des aventures inouïes auxquelles Margery avait du mal à croire. Le veuf dont elles avaient fait la connaissance le premier soir, par exemple.

— Devinez quoi, Marge ?

— Aucune idée.

Il avait rencontré une femme charmante qui voyageait avec son petit garçon. Ils allaient se marier. Enid était aux anges.

La seule personne qu'elle ne mentionnait jamais, c'était son époux. Elle l'appelait Perce, mais elle n'avait jamais dit ni où ni quand il était parti. Une fois, elle avoua avoir eu « le choc de [s]a vie » parce qu'elle avait aperçu un homme chauve qui lui ressemblait trait pour trait. Margery en conclut qu'il était plus âgé qu'elle.

— J'aurais mis ma main au feu qu'il me poursuivait.

— Que qui vous poursuivait ?

— Ce type. Le type qu'a pas de cheveux.

— Pourquoi voudriez-vous qu'un homme chauve vous poursuive ?

Enid fouilla dans son sac pour prendre le chausson qu'elle était en train de tricoter. La quantité de laine qu'il fallait pour un accessoire aussi petit était sidérante.

— Est-ce qu'il vous a dit quelque chose, Enid ?

— Non, pourquoi ?

— Sur le scarabée, par exemple ?

— Le scarabée ? Pour quelle raison me poserait-il des questions sur les scarabées ?

Elles tournaient en rond. Elles auraient pu s'arrêter là, hélas Margery était coincée avec la fille la plus bavarde du monde, et il y avait autant de chances qu'Enid se taise qu'il y en avait qu'elles découvrent le scarabée d'or. Soudain, le paquebot heurta un objet solide et Margery se précipita sur le seau. Fin de la conversation. Enid ne mentionna plus jamais l'inconnu chauve et Margery en conclut que si un homme la suivait c'était pour la même raison que les autres, pour se rincer l'œil.

Elles avaient largement passé le golfe de Gascogne quand une nouvelle tempête se déchaîna. Margery se réveilla, paniquée, elle avait l'impression que les affaires d'Enid lui tombaient dessus comme des noix de coco. Elle n'avait plus la nausée, c'était pire, son corps lui échappait et rendait tout ce qu'il pouvait. Enid nettoya aussitôt la chemise de nuit de Margery, fonça prendre des draps propres dans la buanderie et emprunta un bouquet de fleurs à la première classe. Quoi qu'elle fasse, la cabine était imbibée d'une odeur de vomi. Même les parfums ravageurs de la jeune femme ne servaient à rien.

Portugal. Espagne. Le paquebot entra dans le détroit de Gibraltar, où il resta à quai pour une nuit. Étape suivante, Naples. Margery n'avait jamais dit à Enid qu'elle comptait se séparer d'elle. Au lieu de quoi, elle en profita pour acheter sa première pastèque. Détroit de Messine, Stromboli, Pylos. À Port-Saïd, le navire accosta pour la deuxième fois. Margery n'avait toujours rien dit. Enid descendit faire un tour à dos de chameau, et Margery lui fit remarquer en riant que ses cheveux jaunes n'étaient pas passés inaperçus. Il fallut ensuite seize heures pour convoyer le paquebot le long du canal de Suez, mais une fois qu'ils furent arrivés dans la mer Rouge, le temps était radieux. Enid prenait de longs bains de soleil et revenait rouge comme une écrevisse. Le paquebot jeta l'ancre à Aden, où elle descendit s'acheter un transistor à piles. Elle remonta, effrayée par le spectacle qu'elle venait de voir : les odeurs et la misère étaient cent fois pires qu'en Angleterre. Ils avaient dû « se battre contre une marée de mains de mendiants » pour revenir, dit-elle.

En attendant, il y avait un truc qui la turlupinait. Margery savait-elle comment s'était passée l'exécution de Norman Skinner ? Non, elle n'en avait aucune idée. Depuis quelques semaines, son monde se résumait à ses draps humides et au seau. Elle savait à peine comment elle s'appelait, alors les actualités… Eh bien, elle, Enid, elle savait. Elle avait lu la une d'un journal anglais.

Apparemment, le bourreau l'avait loupé. Il lui avait brisé le cou, mais sans le tuer. Ils avaient dû aller chercher une nouvelle corde et recommencer.

— Le journaliste racontait ça comme si c'était marrant ! s'exclama-t-elle avec une grimace désespérée.

Du reste, à ce propos, elle en avait appris des vertes et des pas mûres. En Nouvelle-Calédonie, ils avaient la guillotine. Ils coupaient carrément la tête des gens.

— C'est pas bien ! C'est pas bien, s'écriait-elle en tournicotant dans la cabine.

— Enid, ce n'est pas parce qu'ils ont la guillotine qu'on ne va pas y aller. En Amérique, ils ont la chaise électrique. Nous avons la pendaison. Ça n'empêche personne de voyager dans ces pays.

Le bateau mit cinq jours pour aller d'Aden à Colombo. Le passage du méridien fut l'occasion d'une grande fête déguisée accompagnée de jeux. Enid confectionna une queue pour son costume de sirène et gagna le concours de Miss Jolies Gambettes – après avoir retiré sa queue, cela va de soi –, recevant une coupe avec le blason du paquebot. Pendant ce temps-là, Margery était enfermée dans la cabine, condamnée à un régime d'eau et de biscuits secs. Elle essayait de lire sa documentation sur les scarabées – tout en tentant de résoudre le mystère Enid, dont les éléments étaient les suivants :

1. Enid tricotait de minuscules accessoires qu'on aurait dit destinés à une fée. Chaque fois que Margery lui demandait pourquoi elle ne tricotait rien de taille normale, elle répondait qu'elle n'était pas assez douée.

2. Enid avait beau crier sur tous les toits qu'elles étaient à la recherche de scarabées, le sujet n'avait pas l'air de la passionner. Il suffisait que Margery lui

décrive le scarabée d'or pour qu'elle bâille et soupire : « Je me demande à quel point c'est difficile de repérer un insecte en or. » Aussitôt elle enchaînait : « Vous trouvez que j'ai grossi ? » Par ailleurs, elle n'avait pas dit un mot de français, à part « *Bon-shoor* ».

3. La mystérieuse valise d'Enid portait des initiales qui n'étaient pas les siennes : N. C. Margery les avait aperçues une fois, mais en général, elles étaient cachées sous un sparadrap.

4. Enid ne rentrait pas dormir tous les soirs. Elle passait des nuits entières à guincher. Cela dit, il y avait un avantage : Margery ne l'entendait pas ronfler.

5. Sans oublier un détail important : Enid ne supportait pas l'idée de tuer.

— Ça sert à quoi, ça ? demanda-t-elle un jour en plongeant la main dans le sac Gladstone de Margery avant de brandir la bouteille d'éthanol.

— Attention, c'est un vrai poison ! Rangez-la vite !

Enid approcha la bouteille pour déchiffrer l'étiquette, comme si elle était myope.

— Ça fait quoi exactement, ce produit ?

— Ça tue les scarabées.

— Ça les tue ?

— Vous déposez l'insecte dans un bocal avec quelques gouttes d'éthanol, répondit Margery, de plus en plus tendue. Attention, Enid, je vous en prie. C'est tout ce que j'ai. En plus, il est très fort.

Enid rangea tout de suite la bouteille, comme si elle risquait de se brûler.

— Je ne savais pas qu'il fallait *tuer* le scarabée.

— Bien sûr qu'il faut le tuer.

— On pourrait le mettre dans une boîte d'allumettes.
— Enid, il n'y survivrait pas davantage. Par ailleurs, on ne peut pas identifier un spécimen sans qu'il soit mort.
— Pourquoi ? Un scarabée, c'est censé être vivant, non ?
— Oui, mais on doit l'identifier pour déterminer son espèce. Je vous parle de différences infimes. Il faut les observer au microscope. Parfois, il s'agit des poils qu'ils ont sur les pattes. Ou des parties génitales.
— Vous êtes obligée d'examiner leur zizi ? Ils en ont un ?
— Bien sûr. Tous différents. Les mâles le cachent à l'intérieur de leur corps.
— Tant mieux. Justement, autant les laisser en vie.
— Enid, réfléchissez un peu. Si le Muséum d'histoire naturelle avait des animaux vivants, ce serait une pagaille indescriptible. Un vrai zoo. Ils courraient dans tous les sens. Personne ne saurait qui est qui, et personne ne saurait si tel ou tel animal manque à l'appel.
— Moi, j'aime bien les zoos. Une fois, j'y suis allée avec Perce. On a vu des chimpanzés, même qu'ils prenaient le thé. Après, ils sont montés sur la table et ils ont jeté la nourriture autour d'eux. Perce en pleurait de rire. Je vous promets, on s'est bien amusés.
L'idée faisait horreur à Margery, mais elle préféra ne rien dire. Enid fit une longue pause, le regard vide, comme si elle était bloquée.
— Ça veut dire que les scarabées étouffent dans le bocal ? À cause de l'éthanol ? C'est ça ? Vous croyez que ça fait mal ?
— Comment ça ?

— Vous croyez que le scarabée souffre ? Comme s'il se brûlait, ou s'il suffoquait ?

— Il meurt très vite. C'est la méthode la plus rapide.

— Plus rapide que la pendaison ? demanda Enid, tremblant brusquement. Je veux pas. C'est pas bien.

Mi-novembre, déjà. Elles étaient en mer depuis trois semaines. Il en restait deux à peine. Ce matin-là, Margery ouvrit les yeux et sentit que quelque chose avait changé. Elle mourait de soif, mais pas d'une soif normale, d'une soif féroce, énorme, comme en plein milieu du désert. Enid dormait à poings fermés parce qu'elle avait fait la nouba. Margery se leva et alla boire au robinet. Tant pis pour le verre. Curieusement, elle avait aussi faim. Une faim de loup, d'ogre. Vite, elle s'habilla.

La faim étant le signe de l'espoir, Margery mangea comme jamais elle n'avait mangé dans sa vie. Œufs, bacon, toasts beurrés, haricots blancs, et elle ingurgita des litres de thé ; un coup de serviette sur la bouche, un coup de fourchette dans une saucisse. Elle se resservit une fois, deux fois… Enfin rassasiée, elle monta en chancelant sur le pont et s'écroula dans un transat, le visage tourné vers le soleil et la mer. Jamais elle n'avait vu autant de nuances de bleu se déployer à la surface de l'eau. La proue du navire fendait les flots et créait de longues rides ourlées d'une écume blanche à la fois souple, agitée et enveloppante. Un banc de poissons argentés bondit des vagues comme s'il appartenait au ciel. Dans la salle à manger, les gens devaient faire la queue pour avoir un thé sucré. Elle se mit à somnoler, mais revint à elle avec l'impression qu'on l'observait.

Elle ouvrit les yeux. Personne. Peu après, elle vit Enid qui bronzait en bikini au bord de la piscine, entourée d'une bande de joyeux drilles. Elle préféra rentrer pour déjeuner, elle mourait de faim. Puis ce fut le thé, le dîner. Elle sortit pour regarder le soleil se coucher jusqu'à ce qu'il ne soit plus qu'un fragment lumineux sur l'horizon, et plus rien, un point ; il disparut et le ciel se mua en un bouquet de flammes mouvantes vert émeraude. Elle n'aurait pu croire à un tel spectacle si elle ne l'avait vu de ses propres yeux.

— Oh ! lâcha-t-elle, subjuguée.

— Oui, chuchota une femme avec un chapeau. C'est magnifique, non ?

Margery avait supporté la présence d'Enid presque un mois. Elle avait écrit à peine quelques pages de son journal et vomi comme jamais dans sa vie, mais elle était à l'autre bout du monde et personne n'aurait pensé un seul instant qu'elle en serait capable. Elle avait vu des merveilles dont elle ignorait l'existence, dont elle n'avait même jamais rêvé. « Oh, après tout, songeat-elle, peut-être qu'Enid fera l'affaire. »

Mais celle-ci n'avait pas fini de la surprendre.

11

Anguille sous roche

C'est la blonde qu'il n'aimait pas. Il ne lui faisait pas confiance.

Pas seulement parce que c'était elle qui avait eu le poste. Non, il le sentait, cette fille était fourbe. Quand il la suivait, souvent, elle se retournait d'un mouvement brusque, comme si elle savait qu'il était sur ses traces. En plus, elle ne livrait pas le moindre indice, contrairement à Miss Benson. Il avait une page qui lui était consacrée dans son carnet, mais le seul élément qu'il avait, c'était son nom, Enid Pretty. D'ailleurs, il se demandait si ce n'était pas un faux.

Mundic avait tenu plusieurs jours enfermé dans les soutes de l'*Orion*. Il n'avait rien mangé, mais il était habitué : en Birmanie, il avait survécu des semaines entières avec des rations de riz minables, et encore, pas du riz blanc, un gruau marronnasse qui fourmillait de vers. Quand il avait soif, il sortait de sa bâche en rampant et allait boire au robinet. Jusqu'au jour où deux mécaniciens l'aperçurent et il crut que c'était la fin.

— Hep ! Hep !

Il essaya de détaler, mais il ne le pouvait pas. Même libre depuis cinq ans, il était encore trop faible. Les types lui avaient mis la main au collet en le prévenant :

— Vous savez que vous pouvez aller au trou ?

Inutile de se battre. Il avait tenté de balancer un coup de poing, mais il avait loupé sa cible. Il comprit qu'un des gars était un ancien prisonnier de guerre. Depuis la Birmanie, il le devinait, ils étaient tous pareils : un ancien prisonnier de guerre distinguait tout de suite ceux qui en étaient. Les autres, ceux qui n'avaient jamais été pris, les toisaient comme si ce n'étaient pas des hommes.

Les deux mécaniciens s'éloignèrent pour en parler entre eux et il les entendit argumenter. L'un voulait le dénoncer. L'autre rétorqua :

— Jamais je pourrai. Tu l'as vu ? Les camps, ça te dit quelque chose ? Tu sais combien y ont cassé leur pipe ? C'est criminel, d'avoir laissé les rescapés se débrouiller seuls.

Peu après, le premier avait disparu et le second vint le voir pour le rassurer : personne n'irait cafter, mais il avait intérêt à être discret et à ne pas semer la zizanie. Le type lui tendit les deux mains, comme si Mundic était un chien pris au piège et prêt à mordre.

Depuis, il lui donnait régulièrement de quoi se nourrir, et quand Mundic lui demanda un peu de savon et un rasoir, il les lui apporta. Puis une chemise propre. Des restes des cuisines. Le soir, il leur arrivait de jouer aux cartes. Ils n'échangeaient pas un mot. Un jour, le mécanicien lui confia qu'il avait repéré une cabine vide – il ne voulait pas en profiter ? S'il faisait attention, personne ne le remarquerait. Le lendemain, Mundic s'installa dans la cabine, où il avait un petit lit et un bureau sur lequel il déposa son carnet et la carte de Nouvelle-Calédonie. Un jour, il tomba sur les hommes de ménage, à qui il se présenta comme un détective privé travaillant sous couverture, et le type à la serpillière lui donna du « Très bien, monsieur », comme s'il était un personnage important.

C'était la première fois de sa vie qu'il avait sa propre chambre. Quand il était petit, il partageait le lit de sa mère, jusqu'à ce qu'il grandisse et qu'il n'y ait plus assez de place pour deux ; elle avait alors pris l'habitude de dormir dans un fauteuil. Plus tard, prisonnier de guerre dans un camp, il lui arrivait de voir un homme blotti dans un coin, immobile, et il fantasmait ; il se disait que le type n'était pas mort, que c'était sa mère, pelotonnée dans son fauteuil, comme avant, le jour allait se lever et elle viendrait vers lui avec une cigarette en lui soufflant : « Réveille-toi, mon chéri. » Il se rassurait en s'échappant dans son rêve.

Deux semaines après le départ, Mundic se sentait mieux, plus solide. Dès que la situation le permettait, il sortait de sa cabine. Un jour, il piqua un sac à dos, un autre, une serviette jaune, en guise de souvenir, puis un panama, des lunettes de soleil : il rassemblait ce dont il aurait besoin en Nouvelle-Calédonie. Il notait tout dans son carnet, y compris ce qu'il mangeait, et quand le bateau accosta à Aden, il descendit à terre en canot pour garder un œil sur la petite blonde. Elle fonça à l'hôtel Royal et grimpa l'escalier comme une vraie cliente, et il la regarda prendre une liasse de journaux britanniques qu'elle feuilleta page à page, comme si elle cherchait un article précis. Puis elle resta un moment assise, plongée dans ses pensées, jusqu'à ce que le maître d'hôtel lui demande de le suivre et l'accompagne à l'extérieur. Elle alla dans le premier marché qu'elle trouva, où elle acheta un transistor à bas prix. « Il y a anguille sous roche », pensait Mundic, mais comme il n'avait aucun indice, il sortit son carnet. Elle avait dû le semer, parce que soudain il était perdu : il était seul au milieu d'une allée, entouré de centaines de visages qui l'observaient et de mains qui tiraient des rideaux. Il voulut fuir, mais il ne pouvait pas, il était bloqué, paralysé, tout ce qu'il voyait, c'était les visages des hommes du camp de Songkurai. Il ne savait plus s'il était encore là-bas ou s'il en était sorti ; puis il prit son passeport et le regarda longuement, avant de comprendre qu'il était libre. Oui, il était libre.

Heureusement, aujourd'hui était une belle journée. Il était sur le pont et il avait une chance folle : la petite blonde avait disparu et Miss Benson s'était endormie dans un transat. Tapi dans un coin, il l'observait. Il avait l'impression d'être léger, libéré, sans l'ombre d'un sentiment ni d'une pensée, enveloppé d'une paix et d'une douceur inattendues. Si seulement il pouvait vivre toute sa vie dans une telle sécurité.

Il resta là longtemps, simplement à la regarder.

12

La vérité sur Enid Pretty

Margery entendait frapper. Frapper fort, frénétiquement, dans sa tête. Elle grommela en roulant sur le côté pour se rendormir.

— Marge ! À l'aide ! À l'aide !

Non, les coups n'étaient pas dans sa tête ! Ils venaient de la porte. Elle se leva et ouvrit. Enid était là, face à elle, pliée en deux, le visage de marbre.

— Oooohnoooonn, gémit la jeune femme, comme si elle ne pouvait plus articuler.

Elle poussa Margery et se précipita sur l'évier.

Margery faillit s'évanouir en voyant du sang couler sur le bas de sa robe en dentelle. Elle vacilla, elle avait besoin d'air, vite. Autant elle pouvait tuer un scarabée et le fixer avec une épingle, autant la vue du sang la mettait dans tous ses états. Lorsqu'elle avait eu ses premières règles, elle avait hurlé – elle était persuadée qu'elle allait mourir. Barbara était arrivée avec un linge en laine en lui expliquant ce qu'elle devait faire.

Ce jour-là, plutôt que de demander à Enid si elle avait mal ou si elle était blessée, elle attrapa sa robe, l'enfila – à l'envers, découvrit-elle plus tard – et prit ses jambes à son cou.

— Marge ? appela Enid.

Margery ne pouvait plus s'arrêter, c'était plus fort qu'elle. Elle fonça au bout de la coursive et faillit renverser un passager avant d'atteindre l'escalier. Les marches étaient raides et étroites, couvertes de bandes de caoutchouc ondulées, mais elle serra les dents et réussit à grimper, un pied, puis l'autre, en s'interdisant de penser à Enid et à sa robe en sang, et surtout à ce qui avait bien pu se passer, essayant de se concentrer sur le ciel bleu et la mer, jusqu'à ce que la porte du pont apparaisse. Elle tendit la main pour l'ouvrir, quand elle s'aperçut que sa robe était à l'envers ; elle était tellement mortifiée qu'elle rata la poignée et partit en arrière. La chute fut si brutale qu'elle ne savait plus distinguer le haut du bas, ni le dehors du dedans ; ça n'en finissait pas, le temps s'était arrêté. Elle se cogna la tête contre une paroi et vit mille chandelles.

— Ça va ? demanda une voix.

Évidemment que ça n'allait pas, puisqu'elle était là, étalée de tout son long, mais c'est le genre de questions que les gens vous posent.

— Oui, merci, dit-elle avec une voix de la BBC.

Elle fit ce qu'il y a de mieux à faire dans ce genre de situation. Elle tomba dans les pommes.

Elle resta un long moment sans connaissance – elle avait découvert des paysages que personne n'avait jamais vus et épinglé des centaines de scarabées d'espèces jamais identifiées. Quand elle revint à elle, elle était dans un lit et des draps frais, dans une grande pièce ensoleillée qui ne sentait ni le vomi ni le parfum d'Enid, mais dégageait une délicieuse odeur de propreté, un mélange de désinfectant et de menthol.

— Vous avez fait une mauvaise chute, murmura une voix douce tandis qu'apparaissait une coiffe d'infirmière floue, suivie d'un visage aux contours nets. Vous arrivez à bouger ?

Un bref instant, Margery eut la sensation d'être redevenue enfant, à l'époque où elle vivait dans le presbytère – son père était dans son bureau, sa mère dans sa chambre, ses frères jouaient au cricket sur la pelouse.

— Où suis-je ?

— Vous êtes à l'infirmerie. Sur l'*Orion*.

Soudain, tout lui revint en mémoire et ce fut un nouveau choc : le paquebot, Enid Pretty et sa robe tachée de sang. Elle se sentait infiniment faible.

— Comment est-ce que j'ai atterri ici ?

— Un passager vous a trouvée. Vous ne vous souvenez pas ?

Si, maintenant elle se rappelait, mais vaguement, comme si sa mémoire appartenait à une autre. Elle se revoyait allongée par terre, ayant envie d'y rester, les yeux fermés ; puis un inconnu l'avait aidée à se relever, et elle avait honte, elle était obligée de se laisser faire, il l'avait prise par le bras pour la soutenir, mais elle voulait que tout s'arrête, se rendormir et ne plus jamais se réveiller.

— Vous avez de la chance, vous n'aurez pas besoin de béquilles, la rassura l'infirmière.

Cette femme devait être comme Pollyanna, une héroïne de roman toujours optimiste, qui se casse une jambe mais qui est contente parce que l'autre fonctionne.

— Attention, ne faites pas de mouvement brusque, ajouta-t-elle avec une voix de crème glacée.

Elle était tellement gentille que Margery eut envie de lui demander si elle ne voulait pas l'accompagner en Nouvelle-Calédonie. Elle se retint, parce qu'elle avait déjà une assistante. Le problème, c'est qu'elle était couverte de sang, là-bas, dans la petite cabine qu'elles partageaient. Dans son esprit, Enid était moins proche de Pollyanna que de Lady Macbeth.

Margery essaya de nouveau de bouger, impossible.

— Ne forcez pas, dit l'infirmière. Vous aurez un méchant bleu. Et j'ai peur que vous ayez mal. Je vais vous donner de l'iode et des pansements. Quand nous arriverons à Brisbane, il faudra que vous vous reposiez. Vous avez quelqu'un pour vous aider ?

Margery ne prit pas la peine de répondre.

Lorsqu'elle regagna sa cabine, il était plus de midi. Elle avait non seulement un flacon d'iode, mais aussi une canne, pas vraiment nécessaire, juste au cas où, comme une roue de secours. Par miracle, ses deux hanches étaient intactes ; en revanche, ses genoux étaient méchamment écorchés et elle avait du mal à s'asseoir. Enid était allongée sur sa couchette, enveloppée dans sa robe de chambre rose crevette.

— Enid ?

Elle dormait – du moins, elle avait les yeux fermés. Elle était bien vivante, puisqu'elle avait un cendrier sur la poitrine qui montait et descendait au rythme de sa respiration, comme un petit bateau. Sa robe avait été lavée et était suspendue sur la chaise.

— Qu'est-ce qui se passe ? demanda-t-elle en ouvrant un œil.

— Rien, je suis tombée.

— Ah ! Au cas où ça vous intéresserait, j'ai perdu mon bébé la nuit dernière. Je vous remercie d'avoir foutu le camp. C'était délicat de votre part.

Margery crut qu'une pluie d'objets lourds se déversait sur sa tête. Elle faillit retomber dans les pommes.

— Enid... vous... vous étiez enceinte ?

La jeune femme hocha la tête, non pas vers Margery, mais vers le plafond.

— De combien ?

— Qu'est-ce que ça peut vous faire ?

— Je ne sais pas, Enid, je ne sais plus.

Elle pensa aux petits chaussons qu'elle tricotait et à cette façon qu'elle avait de caresser son ventre, de temps en temps, avec quelque chose qui ressemblait à de l'effroi. Elle tâcha de réunir tout ce qu'Enid lui avait dit sur son mari, Perce, mais elle avait très peu d'éléments.

— J'en étais pas sûre, finit par murmurer Enid. Ça se voyait pas, ni rien. Le bébé aurait dû naître en mai.

— En mai ? Et vous ne m'avez rien dit ?

— Non, parce que vous m'auriez pas embauchée.

— Bien sûr que je ne vous aurais pas embauchée. L'expédition doit durer cinq mois, et il est possible qu'on ne rentre pas. Vous pensez que vous auriez pu crapahuter en montagne dans cet état ?

— Ben, maintenant, c'est plus un problème, dit-elle sèchement.

— Quelqu'un est au courant ?

— Hein, pardon ?

— Au courant pour le bébé, Enid.

— Non.

— Et votre mari ?

Enid grommela, comme si Margery n'arrivait pas à voir quelque chose qui lui crevait les yeux. Puis elle se tourna vers elle, en larmes.

— Je les perds. Je les perds à tous les coups, Marge. Vous voulez savoir combien j'en ai perdu ? Un, deux, trois…

Elle caressait ses doigts un à un comme si c'était des nourrissons. Elle compta jusqu'à dix et s'arrêta en éclatant en sanglots.

— Je voudrais avoir un bébé. C'est tout ce que je veux. Un bébé. Je pensais que celui-là, il tiendrait.

— Enid, je suis désolée. Désolée de ne pas vous avoir aidée. J'ai peur de…

Elle n'osait pas prononcer le mot.

— J'ai peur du sang, avoua-t-elle.

Enid lâcha un claquement sarcastique, comme une mini-explosion dans sa bouche.

— Ça, c'est le comble, pour une femme.

— Je sais.

— Mais Marge, vous ne m'avez même pas tendu la main. Je suis votre assistante, pas votre bonne. Au cas où vous ne le sauriez pas, les domestiques, c'est fini depuis la mort de la reine Victoria. Par ailleurs, vous n'êtes pas duchesse, que je sache. Vos vêtements sont aussi miteux que les miens.

Margery l'écoutait, tête baissée. Elle avait l'impression qu'on attendait d'elle plus que ce qu'elle était capable de donner ; elle se sentait dépassée par la situation. Pour l'instant, elle ne demandait qu'une chose, s'asseoir, mais la chaise était prise par la robe d'Enid. Alors, elle patienta en proposant à la jeune femme une tasse de thé.

Enid n'entendait plus, elle était en train de parler à une silhouette qui semblait l'intriguer au plafond.

— J'aurais dû m'en douter que j'allais le perdre. J'ai jamais eu la nausée. C'est un signe. Un signe que le bébé est en bonne santé, quand on a la nausée.

Elle lâcha un rire qui exprimait tout sauf la joie :

— Ha ! Faut croire que c'était ma dernière chance. Je n'aurai jamais de bébé.

Le jour des funérailles de sa mère, Margery avait dix-sept ans et n'avait pas versé une larme. Ses tantes lui avaient demandé de bien se tenir en public, or, même en privé, elle se tenait bien. Elle avait regardé le cercueil s'enfoncer dans la terre, elle avait pris une motte, elle l'avait jetée dessus comme ses tantes, mais elle avait l'impression de balancer de la boue dans un trou. Le geste n'avait aucun sens. Elle avait entendu un reniflement étrange, un léger bruit qui ressemblait à celui d'un animal qu'on étrangle, et elle avait eu la surprise de constater que c'était Barbara. Contrairement à ses tantes, Barbara ne portait pas de voilette noire, mais elle avait le nez rouge et les traits de son visage étaient complètement chiffonnés, comme si on l'avait écrasé contre un mur. Plus tard, Margery s'était mise devant un miroir en grimaçant comme Barbara, elle avait essayé de pleurer, mais elle n'y pouvait rien, elle avait les yeux secs. Sa mère lui manquait, elle l'aimait, mais cette absence appartenait à un monde et elle vivait dans un autre, comme si les deux étaient entièrement séparés.

Enid était tout le contraire. Elle avait pleuré longtemps et bruyamment après sa fausse couche. Mais elle ne sanglotait pas seulement parce qu'elle avait mal – même s'il lui arrivait d'être blanche comme un linge et de se tordre de douleur. Enid ne comprenait pas pourquoi son corps réagissait comme ça. Elle ne comprenait pas qu'il lui refuse ce à quoi elle tenait le plus.

— C'était une fille, disait-elle, en larmes. Je sais, j'en suis sûre, c'était une fille.

Elle avait peur de disparaître, avouait-elle. Quand elle était enceinte, elle se sentait vivante, mais chaque fois qu'elle perdait un bébé, c'est une partie d'elle-même qui s'en allait. Margery essayait de la consoler en lui apportant de petites choses – un jour, un sandwich aux œufs, le lendemain, un vernis à ongles. En vain. Enid ne quittait plus sa couchette, elle pleurait toutes les larmes de son corps et commençait à sentir mauvais ; elle gardait son transistor à l'oreille pour écouter les nouvelles d'Angleterre. Plusieurs personnes étaient venues frapper à la porte pour savoir comment elle allait, mais elle les ignorait, même Taylor. Margery ne comprenait pas qu'on puisse être aussi frivole tout en ayant une telle douleur en soi. Enid ne demandait rien d'extraordinaire, au fond, elle voulait être mère, c'est une des choses les plus naturelles au monde. À la fin de la trentaine, quand Margery avait compris qu'elle n'aurait pas d'enfant, elle s'était interdit d'avoir des regrets. Ça faisait partie des choses qui la distinguaient, ni plus ni moins.

Comme s'occuper des autres. Ce n'était pas inné chez elle. Alors qu'Enid était toujours prête à prendre soin de toutes les personnes seules ou souffrantes qui toussaient pour lui faire signe, l'idée mettait Margery mal à l'aise. On ne lui avait jamais demandé de l'aide, au contraire, ses tantes avaient enduré la maladie comme s'il était vulgaire de s'avouer faible, et Margery avait peur de mal faire.

Elle proposa à Enid de sortir prendre l'air avec elle, mais la jeune femme disait qu'elle ne supporterait pas de croiser des enfants. En revanche, elle ne voulait pas être seule. Margery rangea toutes ses robes, reboucha ses pots et ses flacons, et passa des heures assise sur la chaise jaune à parler de tout et de rien ; au bout d'un moment, à court d'idées, elle pensa au scarabée d'or et lui montra différents spécimens dans ses livres.

— Le scarabée d'or a plus ou moins la taille d'une coccinelle. Vous avez vu ? Il a de longues antennes, parce que c'est un insecte pollinisateur. Il vit grâce à l'orchidée blanche. Celui-là, c'est un charançon vert, dit-elle en soulevant son livre pour qu'Enid le voie. Il est vert soyeux, et couvert de poils très fins. Vous avez vu ?

Un autre jour, c'était :

— Ça, c'est une cétoine dorée. On l'appelle aussi le hanneton des roses, puisqu'elle se nourrit de cette fleur.

Page à page, elle lui montrait ses scarabées préférés et s'amusait à les décrire.

— Celui-là, c'est un scarabée rhinocéros. Vous avez vu ? Il a une longue corne. Ça, une cétoine qu'on appelle *Chlorocala africana.* Vous avez vu comme elle est jolie, vert et rouge, avec de grosses taches blanches ? Et celui-là ? Un ocype odorant, ou un diable. Il est entièrement noir, avec de grosses mandibules.

Enid ouvrait grand les yeux et hochait la tête à chaque nouvelle espèce. Elle ne disait jamais qu'elle aimait les scarabées, mais elle ne poussait plus de cris d'orfraie comme au début.

— C'est drôle, murmura-t-elle un jour.

— Comment ça, c'est drôle ?

— Le fait que vous me montriez tous ces scarabées. Ça me réconforte.

Aussi Margery s'attendait-elle à tout sauf à ce qui suivit.

À trois jours de Brisbane, l'atmosphère changea. Les passagers qui émigraient en Australie avec un billet à dix livres s'inquiétaient et se demandaient ce qui les attendait. Toutes sortes de rumeurs circulaient : on disait qu'il n'y avait pas assez de travail, que les migrants étaient parqués dans des camps et les familles réparties dans des cabanes Nissen. On entendit même dire qu'en Australie les toilettes n'existaient pas.

Margery était plongée dans un livre quand elle vit Enid descendre de sa couchette. Elle portait une simple combinaison et était pâle comme la mort.

— J'ai changé d'avis, déclara-t-elle. Je reste à Brisbane. Dès que j'aurai trouvé un travail, je vous enverrai de l'argent pour vous rembourser le billet. J'ai décidé d'avoir un bébé en Australie.

Elle était debout, bien droite, les mains derrière le dos, et s'exprimait comme si elle récitait un laïus appris par cœur.

Margery sentit son cerveau bloquer, surchargé. Elle avait entendu les mots « Brisbane », « billet », « bébé », puis plus rien.

— Et l'expédition ? Et… votre mari ? Je vous rappelle aussi que vous n'avez pas de passeport.

— J'ai réfléchi. C'est la meilleure solution, Marge. Il faut que vous embauchiez quelqu'un d'autre.

Point barre. Margery tombait des nues. Elle se demanda si elle avait bien compris. Enid sortit prendre sa douche et revint quelques instants plus tard, les cheveux enroulés dans une serviette et un filet de traces de pas mouillés derrière elle ; elle se mit à farfouiller dans ses flacons et ses tubes.

— Je parie que vous êtes soulagée d'être débarrassée de moi, dit-elle en riant.

— C'est l'éthanol qui vous fait peur ?

— L'étha-quoi ?

— C'est l'idée de tuer des scarabées ? Je vous rassure, je ne vous imposerai pas ça. Vous ne serez même pas obligée de regarder. Je me souviens, la première fois, je n'ai pas supporté.

Elle avait failli tourner de l'œil, mais elle se garda bien de l'avouer.

— Rien à voir, Marge. J'ai changé d'avis. Est-ce que par hasard vous pourriez m'avancer un peu d'argent ?

Là-dessus, elle se sécha les cheveux, avant de les crêper et de se maquiller, tapant et pinçant de toutes ses forces ses pots et ses tubes presque vides pour en tirer un peu de produit. Puis elle enfila une robe en se tortillant, chaussa ses petites mules grotesques et fila rejoindre ses amis. Margery avait du mal à faire le lien entre la jeune femme qu'elle avait vue allongée et en pleurs parce qu'elle venait de perdre son bébé et cette version insouciante et prête à s'inventer une nouvelle vie à Brisbane.

Elle était hors d'elle. Au sens propre, comme si d'un côté il y avait sa rage, et de l'autre, elle, Margery, plantée comme une idiote. Elle explosait, la cabine était trop étroite, elle monta faire les cent pas sur le pont.

— Encore une journée sublime ! s'exclama la dame au chapeau.

Margery se retenait pour ne pas écraser tout ce qui lui tombait sous la main.

Après tout, Enid l'avait devancée, puisqu'elle comptait la virer, mais elle ne lui pardonnait pas la désinvolture avec laquelle elle la mettait devant le fait accompli. Enid avait-elle vraiment eu l'intention d'aller jusqu'en Nouvelle-Calédonie ? Ou Margery lui avait-elle servi de prétexte ? Elle avait le culot de lui dire qu'elle lui rendait un service en la laissant tomber ! Un comble de lâcheté ! Après tout ce que Margery avait vécu, le départ d'Enid lui semblait un nouvel abandon extrêmement douloureux ; elle avait l'impression qu'on injectait du poison dans chacun de ses membres, l'un après l'autre, que la vie s'en allait peu à peu de son corps. Elle était idiote d'avoir fait confiance à cette greluche. Idiote de s'être attachée à elle. Elle lui donnerait ce qu'elle lui devait pour la traversée, et ce serait tout, elle ne voulait plus entendre parler d'elle. Fini.

Quand Enid revint dans la cabine, Margery sortit en prenant sa canne, dont elle n'avait plus besoin, mais elle entendait faire passer un message. Enid en profita pour filer au salon de beauté et se fit teindre les cheveux couleur bonbon au citron. Elle passait de plus en plus de temps avec Taylor, qui avait grossi et s'était acheté un costume de mauvaise qualité. Ce type avait quelque chose de ridicule, pensait Margery ; en même temps, il avait une arrogance qui la mettait mal à l'aise. Enid bavassait des heures avec lui de l'autre côté du pont et riait à la moindre de ses remarques, accrochée à son bras comme si elle ne pouvait plus faire un pas sans lui. Margery était mortifiée.

La veille de leur arrivée à Brisbane, la dame au chapeau lui confia qu'elle savait qu'Enid s'était très mal comportée.

— Entre vous et moi, ça ne m'étonne pas, vu son genre, dit-elle.

Le paquebot se rapprochait de Brisbane, porté par une mauvaise houle du sud. Margery passa la nuit avec son seau – comme par hasard, son assistante avait disparu.

Elle avait entrepris d'étiqueter ses bagages quand Enid entra sans façon.

— Vous ici ! lança-t-elle, comme si elle venait de tomber sur Margery à un arrêt de bus.

Elle fourra deux ou trois babioles dans ses valises, avant de s'asseoir dessus pour que tout rentre. La cheminée du bateau retentit ; vite, elle sortit sa valise rouge – quoi qu'elle cache, elle n'avait pas l'air très lourde.

— Je sais que vous êtes furieuse, dit-elle. Mais j'ai pas le choix, je change de vie. J'ai décidé que j'aurai un enfant.

— Très bien, je ne doute pas que vous savez ce que vous faites. Mais si je puis me permettre, s'installer en Australie sans passeport…

Margery s'apprêtait à sortir, mais Enid lui barra la porte.

— Et vous, que seriez-vous prête à donner pour trouver votre scarabée ? Tout, non ? Eh ben, c'est pareil pour moi. J'ai tellement envie d'avoir un bébé que ça me fait mal. Je suis désolée de vous laisser tomber, mais c'est vous qui me l'avez dit. Vous me l'avez dit la première fois qu'on s'est vues. Je suis pas faite pour ce travail. Trouver un scarabée, c'est votre mission ; la mienne, c'est d'avoir un enfant. C'est notre vocation, Marge. Si on renonce, on mourra de tristesse. Nous n'abandonnerons pas, ni vous ni moi. Hors de question.

Jamais Margery ne l'avait entendue tenir de tels propos. Elle avait dû s'inspirer d'un livre, bien qu'elle ne lise pas une ligne. Dans sa bouche, le mot « vocation » détonnait, comme un fruit sur un arbre en plein hiver.

— Allez, on se sépare, mais on reste amies, ajouta-t-elle en prenant la main de Margery.

La façon dont elle l'agrippait, refusant de la lâcher alors qu'elle lui faisait mal, la scrutant avec une expression à la fois fragile comme une bulle et dure comme la pierre, acheva de convaincre Margery : Enid avait raison, elles en étaient au même point. Elles ne seraient jamais heureuses tant que l'une n'aurait pas trouvé son scarabée et l'autre donné naissance à un enfant. Elles avaient beau être le jour et la nuit, elles étaient pareilles. Prêtes à aller au bout du monde pour obtenir ce qu'elles voulaient.

Margery n'en revenait pas. Elle ne s'attendait pas à s'identifier à Enid. Bouleversée, elle se figea et retira brusquement sa main.

— Au revoir, Mrs Pretty, dit-elle.

Enid prit ses bagages et sortit sans un geste. La porte était refermée quand Margery l'entendit jurer dans sa barbe :

— Allez vous faire foutre, Margery Benson, allez vous faire foutre !

Margery prit son filet, son casque, sa valise et son sac Gladstone. Sa tête se mit à tourner et elle eut l'impression que la cabine s'élargissait. Jamais elle ne s'était sentie aussi seule depuis la mort de sa mère.

13

L'apparition du père et la découverte du Muséum d'histoire naturelle

C'était étrange. Sa mère ne l'avait jamais vraiment réconfortée, mais c'était une présence solide dans la vie de Margery, là depuis toujours, rassurante comme un vieux meuble dans une pièce. Tout le temps assise dans son fauteuil près de la fenêtre, avec une tasse de thé tiède sur la table et un rai de lumière sur sa jolie nuque. Après sa mort, Margery avait eu l'impression d'être retirée encore plus loin du monde. Elle avait pris quelques centimètres. Ses robes lui arrivaient au-dessus des chevilles et elle avait constamment froid. Ses tantes la regardaient parfois comme si elle faisait exprès de grandir, pour se donner en spectacle.

À dix-huit ans, sa chambre ressemblait au laboratoire d'un savant fou. Il y avait des livres sur les insectes qui traînaient partout, des croquis sur les murs, des notes, des revues, sans compter les spécimens vivants qu'elle conservait dans des bocaux et ses boîtes faites maison. Elle s'était offert un filet pour son anniversaire et elle était sortie le jour même à la recherche d'insectes. C'était un des rares moments où elle ne se sentait ni trop grande ni bizarre. Le monde était tellement extraordinaire quand on l'observait au ras du sol. Il était si beau et si raffiné, sans cesse changeant. Sur les mains, les genoux, les yeux rivés par terre, elle oubliait tout – sauf les scarabées. Elle disparaissait et les autres disparaissaient.

Jusqu'au jour où deux événements se produisirent. Elle vit son père. Et Barbara lui parla du Muséum d'histoire naturelle.

Il y avait à côté de chez ses tantes un parc avec un lac et un kiosque à musique où, en été, étaient organisés des concerts. Un après-midi, Margery était dans le parc à la recherche d'*Aromia moschata*, l'aromie musquée, un insecte de plus de deux centimètres de long, d'un vert profond, très fin, avec d'immenses antennes. Un des rares coléoptères à émettre un parfum agréable, et que l'on trouve souvent dans les saules. Or, le lac était entouré de saules, surtout du côté du kiosque. Elle s'agenouilla et observa le terrain. Elle oublia l'heure. Un oiseau chanta. Elle leva les yeux.

Son père était assis de l'autre côté du lac. Il écoutait la musique, une jambe étendue devant lui. Elle ne se rappelait plus qu'il avait une jambe raide et s'asseyait toujours dans cette position. Étrangement, le parc s'éloigna et disparut, il ne restait plus que Margery et, en face, son père à côté du kiosque. Elle sentait autour d'elle une chaleur incroyable et elle était heureuse, tellement heureuse ; c'était tout ce qu'elle voulait, voir son père, être avec lui comme ça, là, à la fois près de lui et loin de lui. Puis elle vit apparaître un petit garçon qui lui donna un ballon et une femme qui lui offrit un sandwich. Son père accepta les deux avec un doux sourire.

Tout à coup, elle crut qu'un fouet claquait en elle. Une rage soudaine fusa. Une douleur si amère qu'elle pouvait à peine respirer. Pourquoi l'avait-il abandonnée en franchissant la porte-fenêtre ? Elle était sa fille, non ? Parce qu'elle comptait pour *rien* ? Elle était là, clouée sous le saule, la bouche tordue par le désespoir, sa tête tournait, mais l'orchestre jouait toujours, son père le regardait, les gens allaient et venaient, la femme continuait à lui offrir des sandwichs, le petit garçon se blottissait contre lui, lançait son ballon et le rapportait. Le concert devait toucher à sa fin puisque les badauds applaudirent, la femme referma son panier de pique-nique, le garçon rangea son ballon, ils aidèrent son père à se lever et s'en allèrent.

Ce n'était pas son père. C'était quelqu'un d'autre. Le père du petit garçon. Elle était bouleversée d'avoir revu ce qu'elle croyait avoir entièrement perdu.

Chaque fois qu'il y avait un concert, elle allait au parc. Elle s'agenouillait au bord du lac et elle attendait. L'homme et l'enfant ne revinrent jamais. Elle envoya des lettres à plusieurs hôpitaux pour savoir s'ils avaient des informations sur son père, mais aucun n'avait de trace de lui. Elle se rendit à la bibliothèque et consulta les journaux de l'époque, mais là non plus, rien. Tout ce qu'elle trouva, c'était le faire-part de décès de ses frères.

« Benson : Archibald, Hugh, Howard, Matthew. Morts en 1914. Mons. Tombes inconnues. »

Son cœur découvrait quelque chose que sa tête savait depuis toujours. Ils étaient morts. Bien sûr qu'ils étaient morts. Non seulement eux, mais son père. C'était une évidence, et ne pas l'accepter était une négligence impardonnable. Le vide en elle se creusait. Quand elle sortit de la bibliothèque, un soleil de fin d'après-midi projetait son ombre sur le trottoir. Elle observa cette longue silhouette étrange, avec sa petite tête, mais elle était si triste, si choquée qu'elle ne savait plus qui c'était. Elle ne savait plus où elle se trouvait. Elle ne ressentait plus rien. Si elle avait pu, elle aurait marché, marché, marché pour s'enfoncer sous la terre et se dissoudre.

— Vous devriez visiter le Muséum d'histoire naturelle, lui conseilla Barbara quelques mois plus tard. Allez. Arrêtez de traîner dans mes pattes. Ils ont plein de scarabées.

Margery fit ce que Barbara lui dit. Elle n'aurait jamais osé lui désobéir. Barbara lui expliqua le trajet en faisant un croquis au dos d'une boîte de paillettes de savon, et Margery, vêtue d'une robe un peu serrée et coiffée d'un drôle de chapeau, partit en tenant son plan comme un livre de prières ou une baguette de sourcier, suivant pas à pas les indications. Arrivée face à cet immense bâtiment gothique, ses hauts murs sombres, ses tours, ses flèches, ses centaines de fenêtres, elle faillit renoncer. Le monument l'intimidait. Soudain, une bande d'écoliers passèrent sous son nez, elle les suivit sans hésiter.

Elle vit le squelette d'une baleine bleue. Des ours polaires derrière une vitrine. Une volière pleine d'oiseaux colorés, suspendus en plein vol. Une autruche, un lion, des chameaux, un éléphant. Des animaux qu'elle avait admirés dans des livres mais pensait ne jamais voir. Elle monta un grand escalier en pierre et prit un long couloir qui résonnait et, sans demander d'aide, tourna au bout et se retrouva dans la galerie des insectes.

Et si c'était ce que Howard Carter avait ressenti quand il avait ouvert la tombe de Toutankhamon ? Elle ferma les yeux pour reprendre ses esprits. C'était presque indécent, tant de beauté. Les scarabées étaient présentés dans des vitrines en verre et exposés dans des tiroirs ; il y en avait des centaines de milliers. Des scarabées argentés, des scarabées noirs, rouges, jaunes, bleu métallique et verts. Des scarabées tachetés, poilus, mouchetés, pailletés, rayés, brunis ; avec des antennes qui ressemblaient à des colliers, des moustaches, des essuie-glaces ; des antennes aussi fines que des boucles légères, des antennes parées de pompons, de perles, de cornes, de pointes, de peignes. Des corps fins, gras, ronds comme une bille, minces comme une tige ; des pattes longues, courtes, poilues, ramifiées, en forme de palme ou de pince.

Des scarabées qui vivaient dans les racines des arbres ou dans les excréments, qui se nourrissaient de pétales de rose ou de chair en décomposition. Des scarabées deux fois grands comme sa main ou pas plus gros qu'un point. Pourquoi les gens allaient-ils chercher le sacré là-haut, dans le ciel ? La preuve du divin était là, sous leurs pieds, ou épinglée dans les vitrines et les tiroirs de la galerie des insectes du Muséum d'histoire naturelle. Margery allait et venait de l'un à l'autre. Étourdie. Extatique. Submergée. Mais elle ne vit nulle part le scarabée d'or de Nouvelle-Calédonie dont lui avait parlé son père.

La cloche sonna pour annoncer la fermeture. Elle leva les yeux. Un gentil monsieur la regardait sur le pas de la porte. Il avait des traits un peu bouffis qui cachaient un beau visage.

— Vous aimez les scarabées ? lui demanda-t-il.

14

Pas un endroit pour une personne comme vous

La chaleur de Brisbane. Margery avait l'impression d'avoir quelqu'un assis sur elle. Les insectes grésillaient comme de l'électricité.

Elle sortit sur la passerelle de débarquement et fut aveuglée. Un soleil d'une luminosité inimaginable vibrait dans le ciel. Autour d'elle, les gens retrouvaient des amis, criaient, agitaient la main, balançaient des valises, indiquaient une route à prendre. Elle avait beau être encombrée par son sac Gladstone et sa valise, elle fut prise dans un courant de centaines de passagers poussés vers le bureau de la Santé et de l'Immigration. Des étincelles de lumière jaillissaient de l'eau et lui brûlaient les yeux. Elle avait des élancements dans la tête. Derrière elle, une femme hurla contre son oreille pour lui dire qu'elles auraient de la chance si elles en sortaient vivantes.

Elle passa plusieurs heures à attendre au milieu de cette marée humaine bouillonnante et puante – essayant de tuer des mouches en évitant de toucher quiconque –, jusqu'à ce qu'un agent médical l'appelle.

— B'jour ! s'écria-t-il.

Il examina ses ongles pour voir s'ils étaient striés, parce que c'était un effet secondaire de la tuberculose. Puis il lui demanda de relever ses manches et palpa ses bras, comme de la viande sur un étal, et, sans prévenir, braqua une lampe sur ses yeux, sa bouche si près de la sienne qu'ils auraient pu s'embrasser. Suivit la vérification de son passeport et de ses billets : il scruta sa photo comme s'il était face à une énigme absolue.

La gorge nouée, Margery n'en menait pas large. Elle mentionna la femme qui s'était précipitée dans la cabine photographique du bureau des passeports à Londres. Elle précisa qu'elle avait des billets pour deux, mais que son assistante était déjà partie. C'était une jeune personne peu fiable. C'était même une menteuse. Dès le début, elle lui avait menti. Mais ce n'était pas grave. Elle pouvait très bien s'en sortir seule. Elle avait toujours vécu seule. À la mort de ses tantes, elle avait hérité de leur appartement et de leur domestique, mais celle-ci était tombée malade, alors on ne pouvait pas vraiment dire qu'elle lui servait à grand-chose…

Elle ne pouvait plus s'arrêter de parler alors qu'elle-même se trouvait ridicule.

L'agent finit par lever les deux mains pour lui dire que cela suffisait.

— Eh bien, dites donc ! s'exclama-t-il. Bienvenue en Australie, Miss Benson. J'espère que vous serez plus heureuse ici, Miss, sincèrement. C'est un grand pays. Vous trouverez sûrement une nouvelle compagne.

Elle n'eut pas le temps de réagir, il fit signe à la personne derrière elle d'avancer.

Margery s'installa dans le car qui les attendait pour les conduire à l'hôtel ; il était bondé et elle ne pouvait même pas ouvrir les fenêtres. À l'extérieur, le paysage lui semblait complètement de guingois. Les arbres étaient de travers, les fleurs n'avaient aucun sens, même le ciel clochait et, à force de regarder, elle avait mal aux yeux. Autour d'elle, les gens avaient l'air ravis et s'extasiaient chaque fois qu'ils voyaient un panneau de bienvenue.

L'hôtel de la Mer était un affreux bâtiment jauni situé à quelques encablures du port.

— B'journée, Margery ! s'exclama joyeusement la jeune femme qui l'accueillit – comme si elles se connaissaient depuis toujours.

Elle lui proposa d'appeler un porteur, mais Margery – traumatisée par l'abandon d'Enid et déterminée à montrer, à elle-même mais aussi à tout l'hémisphère Sud, qu'elle pouvait se débrouiller – refusa et insista pour monter toute seule ses bagages dans sa chambre au troisième. Elle transpirait à grosses gouttes et sa hanche l'élançait si violemment que c'était une torture. Tout ce qu'elle espérait, c'était qu'Enid avait échoué dans un endroit peu accueillant.

La veille encore, elle aurait donné n'importe quoi pour avoir une cabine silencieuse avec de vraies fenêtres et un vrai lit qui ne bougeaient pas. Ce jour-là, elle avait enfin une chambre à elle, mais elle supportait à peine d'en fermer la porte. Elle se rassurait en se disant qu'elle n'avait pas besoin d'Enid.

« Je n'ai pas besoin de vous », répétait-elle tout haut ; mais comme elle n'était pas très apaisée, elle ajoutait : « Je trouverai facilement une autre assistante. »

Le silence se répandait aux quatre coins de sa chambre et semblait l'absorber.

Elle ouvrit ses bagages et sortit sa brosse à dents, son savon et tous ses produits, qui lui faisaient penser à Enid. Au dîner, elle mangea un steak gros comme sa tête, mais personne ne disait un mot, si bien qu'à la fin elle avait envie de tout casser. La serveuse lui demanda si elle était à Brisbane pour des vacances ; n'étant désormais plus interrompue par Enid – qui n'aurait pas manqué de mentionner le scarabée d'or et de s'extasier sur les beaux cheveux de la serveuse avant de l'interroger pour savoir si elle avait des enfants, d'ailleurs, est-ce qu'elle avait des photos sur elle, et, oh, mon Dieu, ils sont tellement mignons ! –, Margery répondit simplement « Non ». Et la serveuse s'éloigna en emportant son assiette.

Allongée sur son lit, elle prit son guide de Nouvelle-Calédonie et tomba sur un bout de papier glissé entre les pages. « Bonn chence, Marge ! Vive le scarabai ! » Le bruissement des arbres à l'extérieur ressemblait à une conversation chuchotée qui lui échappait. Soudain le grésillement de milliers d'insectes cessa. Elle pensa au silence qui précédait les raids aériens.

Cette nuit-là, elle rêva qu'elle avait une valise rouge qui contenait son matériel de collecte, mais elle n'avait pas réussi à la fermer complètement et ses accessoires n'arrêtaient pas de tomber. À la fin, il ne lui restait plus qu'un chapeau rose absurde. Elle se réveilla, se retourna, se rendormit, mais elle fit le même rêve. Alors elle préféra rester éveillée. Elle se voyait là, sur cet étrange lit, dans cette étrange pièce à l'autre bout du monde, et elle se sentait perdue, seule, si seule qu'elle pouvait à peine bouger. Dehors, les insectes bourdonnaient, s'interrompaient, puis recommençaient, en rythme, comme s'ils suivaient une partition. C'était plus fort qu'elle, elle ne pensait plus qu'à ce chapeau rose.

Enid était loin d'être parfaite, mais Margery en avait désormais la conviction, aussi clairement que la lumière qui commençait à vibrer derrière la fenêtre : sans son aide, elle ne mettrait jamais la main sur le scarabée de son père. Brisbane était une grande ville, mais pas assez pour engloutir Enid Pretty : il faudrait presque un continent pour y arriver. Elle avait une journée entière avant le départ de l'hydravion. C'était décidé, elle la retrouverait, coûte que coûte.

— Non, lui répondait-on. Désolé, m'dame. On n'a jamais vu cette jeune femme.

Partout où elle se présentait, elle esquissait un rapide portrait : cheveux jaunes ; costaud, avec une sorte de violence physique ; un moulin à paroles. Personne ne l'avait croisée. Le porteur de son hôtel lui demanda si elle était allée voir au motel. Là-bas, le réceptionniste l'aiguilla vers une pension pour femmes… Mais une fois sur place, aucun signe d'Enid.

La température continuait de monter. Margery avait de plus en plus de mal à se déplacer. Le ciel formait une chape brûlante et éblouissante, presque incandescente, au-dessus des rues de la ville. Son casque lui pesait, elle avait l'impression d'avoir un fer à repasser sur le crâne. Elle entrait partout, dans les cafés, les milk-bars, les magasins où des femmes en robes bleues et rouge cerise achetaient d'énormes morceaux de viande sans ticket de rationnement. Elle avait traversé le canal de Suez, elle avait vu des poissons volants et le rayon vert au crépuscule, elle avait entendu parler de chameaux, de pastèques et de palmiers, et elle était là, essayant de retrouver une fille aux cheveux jaune pétard qui s'était évanouie dans la nature. Qu'elle était sotte ! Elle pensait qu'elle apparaîtrait sur un claquement de doigts, juste parce qu'elle était à sa recherche. Peu après, elle tomba sur un homme qui lui demanda si elle avait été voir du côté de Wacol, dans l'ancienne base militaire américaine reconvertie en camp de migrants.

L'après-midi était déjà bien avancé. Elle prit un bus qui traversa des faubourgs poussiéreux et de plus en plus épars, jusqu'à ce que le paysage ne soit plus qu'une immense étendue de poussière. Elle transpirait tellement qu'elle avait l'impression de fondre sur le siège en plastique et glissait de haut en bas. Le visage tourné vers la fenêtre, elle découvrait des espaces infinis et des couleurs dures, élémentaires, aveuglantes au sens propre. Elle ne pouvait pas s'habituer aux arbres qui n'avaient rien à voir avec des plantes vertes, mais ressemblaient à des tiges avec des haillons en guise de feuilles.

Le car finit par arriver devant l'entrée d'un camp militaire entouré de clôtures de barbelés, qui était surmontée d'un panneau annonçant : « Centre d'accueil et de formation des migrants de Wacol-Est ».

Le camp s'étendait sur plusieurs kilomètres, telle une ville de cabanes Nissen, ces bicoques en tôle ondulée qui ressemblaient à de grosses boîtes de conserve coupées en deux et posées de côté, sur lesquelles la chaleur grésillait. Une fois au portail, Margery fut interceptée par un gardien qui lui demanda ses papiers. Elle lui expliqua qu'elle était à la recherche d'une certaine Enid Pretty. L'homme consulta ses registres, mais aucun ne mentionnait ce nom. Au dernier moment, elle eut une idée : et Mr et Mrs Taylor ? Deux migrants qui viendraient d'arriver ? Le gardien rouvrit ses registres. Parfaitement, ils étaient bien là. Il lui montra le chemin – emprunter la route centrale jusqu'au quatrième croisement, prendre à gauche, puis la première à droite.

Elle suivit ses indications en essayant de passer d'une tache d'ombre à une autre. Elle sentit une odeur de ragoût qui lui mit l'eau à la bouche et se rendit compte qu'elle mourait de faim. Elle détourna le regard des pêchers et des nectariniers couverts de fleurs roses, et des orangers et des citronniers regorgeant de fruits. Elle aperçut de vieux bidons d'essence, des morceaux d'engins cassés, des fils à linge figés par la chaleur. Elle prit une allée et vit des gens arroser leur bicoque pour la rafraîchir. À côté, les voisins étaient assis sous le porche et s'éventaient au ralenti, accablés par la chaleur. Elle ne savait plus ce qu'elle cherchait ni pourquoi.

Une silhouette apparut au loin. C'était elle. Enid.

Margery était séparée d'elle depuis moins de quarante-huit heures, mais elle était méconnaissable, si ce n'étaient ses cheveux jaunes et ses mules à pompon. Enid marchait lentement, comme une petite vieille. Elle était suivie par des chiens, mais elle n'avait pas l'air de s'en rendre compte. Elle avançait comme une somnambule.

Margery n'aurait jamais imaginé que cette rencontre l'affecterait autant. Elle était soudain prise de court, ne sachant comment réagir. Enid continuait à marcher, lentement, très lentement ; Margery décida de lui emboîter le pas, à distance. La jeune femme tourna à gauche, toujours suivie par les chiens, puis s'arrêta devant une des bicoques. Elle jeta un regard effrayé derrière elle et se glissa à l'intérieur.

Margery attendit. Ainsi que les chiens. Tous attendaient. Le soleil brûlait de plus belle. Elle s'assit un moment. Se leva et fit les cent pas. Vit une silhouette trembler, puis disparaître de l'autre côté de la route. Haletants, les chiens tournaient en rond à la recherche d'ombre. Elle rissolait sous le poids de la chaleur. Soit elle s'évanouirait, soit elle se consumerait sur place. Elle n'avait pas le choix, elle alla frapper poliment à la porte de la bicoque – sauf que ce n'était pas une porte, mais un rabat en toile et elle fut précipitée directement à l'intérieur. Elle eut à peine le temps de dire bonjour.

Si elle avait su qu'il y aurait autant de monde, elle se serait donné un coup de peigne et aurait brossé ses chaussures.

— Dieu du ciel, qui est-ce qui pue comme ça ? entendit-elle.

Tous les projecteurs semblaient tournés vers elle. Elle était dans une grande pièce tapissée de panneaux de bois, avec des lits de camp et dix personnes qui la scrutaient, bouche bée. Aucune ne portait de casque pour se protéger du soleil. Aucune n'avait de robe mauve. Et la puanteur venait d'elle : c'était à la fois sa transpiration et l'étron de chien accroché à sa semelle – elle n'avait pas besoin de lever le pied pour en être sûre.

— Marge ?

Enid venait de la reconnaître et tombait des nues.

— C'est qui ? s'enquit une de ses « amies ».

— Il faut que je vous parle en tête à tête, annonça Margery, surprise par le visage plat d'Enid et sa peau grasse – elle n'avait pas un gramme de maquillage.

Taylor s'avança et s'interposa entre les deux femmes. Il transpirait comme un bœuf.

— Si vous avez quelque chose à dire, je vous remercie de vous adresser à moi, déclara-t-il en frappant son poing contre sa paume avec un chuintement mouillé.

Margery ne le méprisait pas : elle le haïssait. Elle entendit une femme ricaner en lui demandant si elle avait vu des lions récemment.

— Hein, pardon ? réagit Margery, interloquée.

Quelle idiote ! Jamais elle ne disait ça. L'expression d'Enid lui était venue toute seule, comme une rampe de secours.

— Marge, mais qu'est-ce que vous faites ici ?

— T'as pas pigé ? Elle est à la recherche de lions, lança la femme agressive.

Elle n'avait pas le choix. Elle s'adressa à Enid devant tout le monde.

— Enid, je vous prie de m'excuser. J'ai mal agi. Je vous ai abandonnée. Jamais je ne trouverai le scarabée si vous ne m'accompagnez pas.

— Le scarabée ? répéta la femme agressive en gloussant. Madame a perdu son scarabée ?

— Je confirme, répondit Taylor. Cette foldingue s'imagine qu'elle est à la recherche d'un scarabée en or.

Jamais Margery ne fut autant meurtrie que quand elle entendit les rires fuser. Non seulement elle avait honte, mais c'était une honte puante, moite, mauvaise, et elle ne pouvait s'en prendre qu'à elle-même. La seule qui ne riait pas, c'était Enid, qui se tenait face à elle, tête baissée.

— Je vous conseille de décamper, Miss Benson, fit Taylor. Accompagne-la au portail, Enid. Et tu reviens illico.

La jeune femme avança et écarta le rabat. Un courant d'air brûlant entra dans la pièce.

— Venez, Marge. Ce n'est pas un endroit pour une personne comme vous.

Une fois dehors, Enid ramassa un morceau de verre pour nettoyer la semelle de Margery, qui attendait, perchée sur une jambe. Elle était persuadée qu'Enid lui annoncerait qu'elle avait changé d'avis, mais pas du tout, elle s'acharnait sur sa semelle et parlait à toute vitesse pour lui dire qu'elle avait rencontré plein de gens très sympathiques dans le camp. La fin de l'après-midi approchait, mais le soleil tapait, déterminé. Un petit nuage errait dans le ciel, esseulé. Abandonné.

— Merci d'être venue, Marge ! déclara-t-elle en se redressant.

Son ton était celui d'une maîtresse de maison le soir d'un cocktail plus que celui d'une femme réfugiée dans un camp de migrants.

— Enid, je sais que je suis ridicule, j'en ai conscience.

Un immense oiseau piqua vers elles et se mit à rebondir sur les branches d'un arbre famélique.

— Je ne peux pas vous accompagner en Nouvelle-Calédonie, Marge. Je vous l'ai dit quand on était sur le bateau.

Margery savait que c'était le moment de se confier à Enid, mais elle ne voyait pas comment lui expliquer pourquoi cette expédition lui tenait tant à cœur. Elle avait été élevée par des femmes dont l'art de taire ce qui était délicat atteignait des sommets de virtuosité. La vérité était devenue quelque chose de tellement fuyant qu'elle était aussi douée pour exprimer ses sentiments que pour monter à dos de mule. Tout ce qu'elle trouva à dire à Enid, c'est que les scarabées avaient deux paires d'ailes. C'était minable, mais elle ne pouvait pas faire mieux.

— Ils ont ce qu'on appelle des élytres, qui forment un bouclier protégeant les ailes du dessous. Quand le scarabée s'envole, la première paire se fend et se soulève, et l'autre – deux ailes très fines, comme une simple pellicule – peut se déployer entièrement. L'ouverture des ailes de scarabée est un des phénomènes naturels les plus minutieux qui soient.

— J'admire votre intelligence, Marge.

— Un scarabée ne pourrait pas voler s'il n'avait qu'une seule paire d'ailes. Il a besoin des deux. Il a besoin que les ailes plus solides protègent les ailes plus élaborées. Les papillons sont beaucoup plus simples.

Enid soupira longuement.

— Je suis désolée, dit-elle enfin. Il faut que vous trouviez une autre assistante.

— Vous êtes venue au bout du monde pour finir dans cette étuve ? répondit Margery en indiquant les cabanes Nissen et la route brûlée par le soleil.

Un chien apparut, couvert de plaies.

Enid n'écoutait pas. Tout était prévu. Taylor lui proposait un toit. Il attendait d'avoir tous les papiers dont il avait besoin pour être en règle et ils quitteraient le camp.

— C'est ça, la vie dont vous avez envie ? Vous enterrer avec Bill Sikes ?

— Avec qui ?

— C'est le personnage d'un livre de Dickens, pas très sympathique, si vous voulez mon avis.

Elles passèrent devant une rangée de femmes assises sur des chaises, leurs robes remontées aux genoux et les pieds dans un long bac à eau. Elles bavardaient en riant, et dès qu'elles reconnurent Enid, elles l'appelèrent.

— Tu as vu, quelle canicule !

Enid leur fit un signe amical en leur présentant son amie Marge, celle qui travaillait au Muséum d'histoire naturelle.

— Bonjour, Marge du Muséum d'histoire naturelle ! répondirent-elles joyeusement.

— Enid, reprit Margery un peu plus loin. À propos de…

— Vous voulez savoir comment j'ai réussi à monter dans le bateau à Tilbury, je parie ? J'avais caché du liquide dans mon soutien-gorge. C'est tout.

Margery s'arrêta brusquement. Elle se demandait ce qui était pire : qu'Enid ait osé faire une chose pareille ou qu'une liasse de billets soit l'équivalent d'un passeport britannique.

— Pourquoi ? dit-elle. Pourquoi ?

— Parce que je ne suis pas le genre de fille dont vous avez besoin, Marge. Si je pars avec vous, je vous attirerai des ennuis, vous le savez. Oubliez-moi, Marge. Organisez-vous autrement.

Elles arrivaient à la sortie du camp. Margery arracha une page de son carnet, sur laquelle elle nota les indications pour le départ en Nouvelle-Calédonie.

— L'hydravion décolle à huit heures demain matin, mais il faut arriver avant pour faire peser les bagages. Je ne pense pas que vos valises soient un problème, et vous êtes petite. Même si, pour être honnête, vous risquez d'avoir à laisser votre manteau de fourrure – le poids total autorisé est de cent kilos.

Enid prit le morceau de papier et le lut d'un œil perplexe, comme si elle hésitait.

— Faut que j'y aille, dit-elle brusquement. Taylor n'aime pas que je m'éloigne.

— Et votre mari ?

Enid regarda Margery droit dans les yeux, le visage ravagé par l'inquiétude.

— C'est trop tard, Marge. En plus, Taylor a un pistolet. C'est pas le genre de type qu'on laisse tomber comme ça.

Margery était désespérée. Elles continuèrent à marcher sans un mot. La mention du pistolet avait perturbé le fil de leur conversation. Elle ne voyait pas ce qu'elle pouvait ajouter. Arrivées à la porte, elles se serrèrent la main poliment, comme deux étrangères. Au dernier moment, Margery ouvrit son sac et donna une poignée de chèques de voyage à Enid.

— Tenez, dit-elle.

— Vous m'avez déjà payée, Marge.

— Enid, je vous en prie, vous aurez besoin d'un minimum d'indépendance. Prenez cet argent.

Enid refusait toujours, alors que Margery se dirigeait déjà vers la sortie. La jeune femme prit finalement les chèques. Margery était de l'autre côté de la clôture quand elle l'entendit hurler son nom.

— Merci, Marge ! J'aurais pas cru que vous chercheriez à me retrouver ! Personne n'a jamais fait ça pour moi ! Bonne chance pour le scarabée !

Elle était accrochée au fil barbelé et lui envoyait des baisers en riant. Margery en était malade ; sous la chaleur toujours aussi accablante, elle s'éloigna lentement, sans se retourner. Elle avait fait tout ce chemin pour demander à Enid de revenir et de l'aider, alors que c'est elle qui aurait dû aller à la rescousse de la jeune femme. Oui, elle lui avait donné de l'argent, mais ce n'était pas de cela qu'elle avait le plus besoin. Elle se rappelait Enid le jour de sa fausse couche, au moment où elle lui avait jeté un regard rapide avant de fuir. Elle avait l'impression de voir la vie à travers une paroi de verre, une paroi craquelée et fissurée, si bien qu'elle ne distinguait jamais exactement ce qu'il se passait de l'autre côté, et quand elle y arrivait, c'était trop tard. Elle pensa à la brochette de femmes qu'elle avait vues bavarder les pieds dans l'eau : elles avaient l'air tellement contentes d'être ensemble, sans heurts ni secrets. Quelque chose en elle lui faisait mal, Margery en avait conscience, et ce quelque chose, c'était ça : elle ne serait jamais comme ces femmes. Elle serait toujours à côté, à l'écart.

Le bus apparut, soulevant la poussière. Le chauffeur la salua en lui souhaitant une bonne journée. Sans rien dire, elle acheta un ticket et alla s'asseoir. Enid avait débarqué dans sa vie et tout chamboulé. Privée de sa présence, elle se sentait non seulement diminuée, vide, mais minable. Elle essaya d'ouvrir la fenêtre, c'était impossible, elle renonça et se résigna à la chaleur.

Sa solitude lui était plus familière que son propre corps.

15

Plus près

Il était si près qu'il aurait pu la toucher. Il aurait pu tendre la main et faire toc toc sur le sommet de son casque.

Quand il était petit, Mundic ne comprenait jamais les règles. Ou plutôt, il ne comprenait jamais celles que ses camarades maîtrisaient. Par exemple, il bousculait un copain dans une bagarre, mais il allait toujours un peu trop loin et lui donnait un coup de pied, et tout le monde se vengeait et se jetait sur lui. Ou alors, il entendait une blague et lâchait « ha-ha-ha », mais quand les autres avaient fini de rire depuis longtemps, et tous se moquaient de lui en le traitant de débile. Il sentait une rage folle monter en lui, comme si quelqu'un avait appuyé sur un interrupteur et qu'il ne savait plus comment l'éteindre.

Sa mère pleurait quand elle voyait qu'il était blessé. Elle était bouleversée. C'était son petit chouchou. Chaque fois qu'il se faisait mal, elle souffrait pour lui et il était désolé. Un jour, elle lui avait expliqué qu'il était différent : il avait une flamme en lui, mais tout le monde ne comprenait pas, alors il fallait qu'il la cache sous un couvercle, comme un gentil garçon, sinon il aurait des ennuis. Hélas, la flamme s'embrasait souvent malgré lui.

Tout allait bien jusqu'à ce que le paquebot accoste à Brisbane. Il avait une cabine et un lit. Il avait découvert Miss Benson inconsciente dans les coursives de l'*Orion* et lui avait sauvé la vie. Il consignait tout dans son Livre de Miss Benson parce que cela lui permettait de garder la tête froide. Puis un jour, il avait vu la blonde avec un nouveau gars. Il les avait suivis et les avait entendus parler de Brisbane. Il en avait conclu que Miss Benson aurait besoin de quelqu'un d'autre pour mener son expédition, et ça l'avait rassuré. Il avait la carte de Nouvelle-Calédonie et tout ce qu'il fallait. Il était prêt.

Arrivé au bureau de l'Immigration, il avait rencontré un médecin, qui l'avait rapidement examiné et l'avait interrogé à part : il avait inventé toute une histoire, racontant qu'il avait été envoyé en France pendant la guerre et n'avait jamais eu de maladies tropicales. Le temps qu'il sorte de l'entretien, Miss Benson avait disparu et il n'y avait plus que la jeune femme blonde. Il était monté dans le car avec elle et s'était retrouvé dans le camp de migrants.

C'est là qu'avaient commencé les ennuis. À cause des cabanes Nissen et du fil barbelé. Tout lui était revenu en mémoire. Il s'était retrouvé nez à nez avec une bande de gardiens qui lui avaient lancé : « Qu'est-ce que tu fous là, le rosbif ? » Plutôt que de sourire et de passer son chemin comme sa mère le lui recommandait, il avait balancé un premier coup de poing dans la bouche du type et, excité par la sensation de douceur humide, un second dans l'œil. Les gars s'étaient jetés sur lui et l'avaient roué de coups ; il s'était laissé faire jusqu'à ce qu'ils en aient assez. Il avait la bouche et les mains en sang, mais il ne sentait rien. Il était resté sur place, protégé par une paix et un calme si profonds qu'il s'était endormi.

Dans l'après-midi, il avait décidé de retrouver la fille blonde et il avait eu la chance de tomber sur Miss Benson. Elle aussi la cherchait. Ils se suivaient tous.

On aurait dit un jeu.

Il brûlait d'envie de tout noter dans son carnet, mais il ne pouvait pas parce qu'il était aux aguets et risquait de la perdre de vue.

La fille blonde avait pénétré dans la bicoque tandis que Miss Benson patientait dehors, énorme, mourant de chaud. Il était au bord du fou rire. Ensuite, il l'avait vue entrer, il avait attendu qu'elles sortent pour les suivre. Puis Miss Benson avait donné de l'argent à la jeune femme, avant de s'éloigner toute seule.

À présent, il était dans le bus avec elle. Assis juste derrière, fébrile à l'idée de hurler « Bouh ! » et de frapper sur son casque, mais il se retenait parce qu'il était blessé et couvert de sang. Il valait mieux qu'il nettoie ses plaies. Le car s'arrêta devant l'hôtel de la Mer. Elle descendit. Elle avait tellement de mal à avancer qu'elle semblait faite en plomb.

Le lendemain, ils partiraient tous les deux. La blonde avait disparu. Il prendrait la tête de l'expédition.

16

Londres, novembre 1950

C'est une voisine nommée Mrs Clark qui alla prévenir la police. La maison qui appartenait au couple d'en face était silencieuse. Les rideaux étaient fermés depuis des semaines, le courrier s'accumulait au pied de la porte et il y avait tellement de bouteilles de lait que le livreur ne passait plus. Mr Clark, le mari de Mrs Clark, pensait avoir aperçu l'épouse partir tôt un matin avec des valises, mais sa vue était un peu défaillante à cause d'une attaque au gaz à Verdun, et il n'en était pas sûr. Ce qui était certain, c'est qu'il n'y avait plus le moindre signe de vie en face de chez eux depuis cinq semaines. Mrs Clark était allée frapper à la porte plusieurs fois. Elle avait jeté un coup d'œil derrière la maison, d'ailleurs, pour être honnête, sa voisine n'était pas le genre de femme à s'intéresser beaucoup au jardin ou au ménage – elle ne prenait même pas la peine de nettoyer les marches de son perron. Une jeune femme adorable, cela dit, ajouta Mrs Clark. Un cœur en or. Le mari était un peu…

— Vous voyez ce que je veux dire, insinuait-elle en agitant le doigt comme si elle remuait l'air avec une baguette. Il avait ses mauvais jours.

C'était la guerre. Il était trop âgé, mais il s'était quand même enrôlé. Avait perdu une jambe pendant l'entraînement. Même pas réussi à partir outre-mer. Parfois, sa femme le mettait dans le jardin avec le linge pour qu'il prenne un peu le soleil.

— Une femme adorable, redit-elle. Qui travaille de nuit.

La police venait de forcer la porte quand l'odeur les prit à la gorge. Pas une odeur de meurtre, non, plutôt de quelque chose qui pourrit. (Il se trouve que c'était bien ça : un vase de fleurs commençait à empester dans la cuisine. Le corps ne sentait rien parce que la maison était glaciale.) Au début, ils crurent qu'il dormait, mais l'inspecteur retira les couvertures et un des jeunes officiers vomit. C'était un bain de sang. Mrs Clark, qui avait réussi à les suivre à l'étage, vit les draps et hurla.

Ils la calmèrent en lui donnant des sels.

— Dites-nous simplement son nom, lui demanda l'officier responsable. Nous avons besoin de son nom.

Elle prenait de grandes bouffées d'air, comme si c'était un médicament. Un, deux, trois.

— Nan…, dit-elle enfin. Une femme adorable. Nancy Collett. Que Dieu la bénisse. Qu'est-ce qu'elle a fait, la pauvre ?

Deux jours plus tard, une annonce apparut dans le *Times* : « Avis de recherche : toutes informations bienvenues sur Nancy Collett, vue pour la dernière fois le 19 octobre, avec une valise rouge. »

17

Deux paires d'ailes

Peu avant l'aube, Margery était seule dans la queue avec sa valise et son sac Gladstone. Son cœur battait la chamade.

Des officiers en civil faisaient signe aux voyageurs de monter un par un sur une machine de pesage géante. La règle était la même pour tous : chacun grimpait avec tout ce qu'il embarquait, la limite autorisée était de cent kilos, passager et bagages compris. Margery était de plus en plus angoissée. Autour d'elle, les gens étaient tous minces et propres sur eux, même les hommes. Personne n'avait de filet à insectes ni de casque colonial. Certes, elle avait maigri au début de la traversée, mais elle avait largement repris après. Qui sait si elle n'avait pas grossi.

Curieusement, elle pensait tout le temps au professeur Smith, alors qu'elle l'avait chassé de ses pensées depuis des années. Le jour où elle avait appris sa mort dans le journal, elle était dans la salle des professeures et elle s'était brusquement figée, comme si une nouvelle partie d'elle-même était effacée. Au fond, c'était normal qu'il lui revienne à l'esprit. C'était le professeur Smith qui lui avait souri dans la galerie des insectes. Et c'était lui qui lui avait tout appris au cours des dix années suivantes. Il lui avait montré les archives privées dont il était le conservateur et l'avait autorisée à l'aider. Elle adorait les présentoirs qu'on ouvrait comme des tiroirs, les séries bien ordonnées, les épingles minuscules, l'odeur du liquide de conservation, les étiquettes blanches avec le nom latin de chaque spécimen, la date et le lieu où il avait été trouvé, écrits à la main, en pattes de mouche.

Ce matin-là, dans la queue, elle pensait à la fois où il lui avait expliqué comment tuer un insecte. Suivant soigneusement ses instructions, elle avait déposé dans un bocal un petit carré de tissu avec quelques gouttes d'éthanol, elle avait soulevé le scarabée avec une pince aux extrémités fines comme une aiguille, en veillant à ne pas l'abîmer, et elle l'avait placé au fond du pot de verre. Elle avait bien vissé le couvercle. Contrairement à ce qu'elle espérait, le scarabée avait résisté, refusant de mourir : il avait agité les ailes en aspirant l'air brûlant, soulevé ses antennes, écrasé ses pattes contre la vitre pour l'implorer – imaginait-elle – d'arrêter, étonné et consterné par ce qu'elle lui infligeait alors qu'elle le manipulait avec tant de délicatesse. Elle avait détourné le regard jusqu'à ce que le scarabée se couche sur le dos, les pattes contractées, les ailes repliées, comme s'il n'avait jamais été en vie. Elle était tellement blême que le professeur Smith l'avait emmenée dans un salon de thé pour qu'elle reprenne ses esprits.

— Miss ! Miss !

Le passager qui était devant Margery venait de se faire peser. C'était son tour. L'agent lui fit signe d'avancer en lui jetant un regard sceptique, comme si elle était un animal dangereux.

— Miss, par ici, s'il vous plaît.

Elle entreprit de grimper sur la balance avec ses bagages, mais la marche était plus haute que prévu et il fallut qu'on la pousse. La petite aiguille ralentit… ralentit… Elle avait l'impression de grossir en direct. La balance pesait peut-être les cœurs lourds.

Une fois l'aiguille immobile, le poids total fut consigné sur un bout de papier rose par un agent qui avait du savon à barbe dans l'oreille et qui remit le billet à un collègue – qui, lui, avait un toupet.

— Non, fit Toupet en secouant la tête.

— Non ? répéta Margery.

— Non, vous êtes trop lourde. Vous ne pouvez pas monter dans l'hydravion.

Point barre.

Elle avait souffert plusieurs semaines du mal de mer et perdu son assistante, et ces deux blancs-becs voulaient lui interdire de partir alors que la Nouvelle-Calédonie était enfin en vue ? Ces deux petits bureaucrates, l'un avec du savon dans l'oreille et l'autre avec une perruque grotesque ?

— Il est à moi, ce sac ! Poussez-vous !

Margery faillit bondir de joie. La tenue de voyage rose, le joli petit chapeau, les cheveux comme une ampoule jaune, les trois bagages et la valise rouge… Ça ne pouvait être qu'elle. Sans oublier des lunettes de soleil tellement larges qu'elles semblaient l'empêcher de marcher droit.

— Deux paires d'ailes ! s'écria Enid.

Vite, elle n'avait pas le temps de lui demander comment elle avait réussi à fuir ou ce qu'elle avait fait du pistolet de Taylor, encore moins la vérité sur son mariage et son époux en Angleterre. Enid bondit sur la balance et manqua s'écrouler sous le volume de ses affaires et de… celles de Margery. Mr Savon-à-Barbe agita la main, sans vérifier le poids ni remplir son bout de papier rose, pour qu'elle lâche ses bagages – ils étaient bien trop lourds pour une jolie jeune femme comme elle et ils les chargeraient à part dans l'hydravion.

Margery n'eut pas le temps de dire « ouf », Enid la prit par le coude et l'entraîna vers le poste de contrôle des passeports. Arrivée devant le guichet, elle sortit son sac et déboutonna le haut de sa blouse avec un clin d'œil à l'agent.

— J'ai besoin d'un petit quart d'heure avec lui, dit-elle à Margery.

Outrée qu'elle continue à s'exhiber ainsi, Margery dégaina son passeport en indiquant au douanier la deuxième femme sur la photo : c'était elle, Enid, à l'époque où elle avait les cheveux châtains. Enid en profita pour se reboutonner et abonda dans le sens de Margery, essayant d'emberlificoter l'agent avec une histoire à coucher dehors sur les merveilles des teintures pour cheveux – en plus, il était tellement aimable, elle adorait son uniforme et elle était excitée comme une puce parce qu'elle partait à l'aventure avec sa meilleure amie.

— Allez-y, vite, répondit l'agent, écarlate, comme s'il venait d'être embrassé et largué en même temps.

Elles l'avaient eu. C'était bon.

Margery et Enid montèrent dans un petit canot à moteur qui les emmènerait jusqu'à l'hydravion. Couvert de hublots dont la lumière se reflétait dans l'eau, l'engin brillait de mille feux. Arrivé à quelques mètres, le pilote éteignit le moteur et l'embarcation dériva pour s'arrêter sous une aile immense.

À l'intérieur, le fuselage était divisé en cabines garnies de sièges et de tablettes, mais il dégageait une forte odeur de graisse et de paraffine. Tout sourires, une hôtesse les accompagna à leurs places et leur remit une brochure illustrée sur les voyages aériens, tandis qu'un steward leur donnait des berlingots pour qu'elles n'aient pas mal aux oreilles. Surexcitée, Enid avala les siens sans les sucer, si bien qu'il fallut lui taper dans le dos pour les faire passer.

— Attendez, je comprends pas, dit-elle. Ce gros machin s'élève au-dessus de l'eau et *vole* ?

Un par un, les moteurs se mirent à vrombir. L'hydravion vibra et commença à avancer, lentement, oscillant de droite à gauche et laissant dans son sillage un long ruban d'eau écumeuse. Le flotteur bâbord s'éleva de quelques centimètres tandis que les ailes penchaient à tribord. Enid hurla et agrippa la main de Margery en serrant tellement fort qu'elle ne sentait plus rien jusqu'au coude. Balayé par les vagues des deux côtés, l'appareil prenait de la vitesse, et l'écume jaillissait derrière les hublots en projetant une lumière verte à l'intérieur.

— Oui, oui, oui ! criait Enid.

Le nez de l'hydravion se dressa, le niveau de la mer chuta dans un poudroiement de perles, et une explosion sourde retentit. L'engin décolla de l'eau et prit son envol dans le ciel du matin. Margery était figée, tous les muscles de son corps – même les muscles de ses pieds – tendus pour accompagner l'appareil, qui montait dans les airs, tremblant, vibrant, dans un vacarme assourdissant. Soudain, ses oreilles se bouchèrent, comme si le fracas s'était déplacé au fond de sa poitrine. « Ne regarde pas en dessous, se disait-elle, ne regarde pas. »

— Regardez ! s'exclama Enid en l'attrapant par le cou.

Elle n'avait pas le choix, elle regarda.

L'ombre de l'hydravion se déplaçait, tel un grand scarabée noir. Tout avait rétréci. Les maisons avaient la taille de bobines de coton. Les routes étaient de longs rubans ponctués de voitures réduites à des points. Tout semblait si minuscule, si fragile – elle avait l'impression de pouvoir tenir le monde dans ses mains. Les nuages étaient de petites bulles gazeuses, et en dessous, la mer, une immense tôle en étain.

Un picotement, une onde électrique fusa soudain de la plante de ses pieds. Si la planète était si extraordinaire et si riche, pleine de poissons volants, de rayons verts, de nuages vaporeux – de filles aux cheveux jaunes folles et farfelues –, elle devait bien contenir des scarabées d'or… non ? Alors, quelles merveilles l'attendaient au bout du monde ? Quelles merveilles qui ne demandaient qu'à être découvertes ?

Les stewards passèrent entre les rangées avec du champagne et du homard, puis de la glace et du café servi dans de petites tasses blanches, mais Margery avait les yeux collés contre la vitre. Elle était fascinée. L'océan Pacifique s'étendait à perte de vue, bleu cobalt, semé d'îlots flottant comme des pierres précieuses. Les paquebots de la taille de l'*Orion* étaient de minuscules fourmis. Puis apparut l'archipel de Nouvelle-Calédonie : un chapelet d'îles vert émeraude entourées d'une collerette de corail, comme si un enfant avait colorié à la craie autour, et enfin, au bout, une longue bande de terre en forme de rouleau à pâtisserie.

Elle faillit oublier de respirer tant elle était sidérée. Interdite. Même Enid était coite. La Grande-Bretagne, la bruine et le rationnement appartenaient à un autre monde.

— Enid, il faut que je vous dise. Je ne suis pas exploratrice, je n'ai jamais travaillé pour le Muséum d'histoire naturelle. J'ai enseigné les arts ménagers pendant vingt ans.

— C'est pas grave, répondit Enid en haussant les épaules. Moi, je ne connais pas un mot de français, à part « *bon-shoor* ».

Suspendue dans l'immense voûte bleutée du ciel, avec Enid à ses côtés, Margery était là où elle avait toujours voulu être.

Nouvelle-Calédonie,
fin novembre 1950

À vos marques !

18

Une île superbe :

Petite introduction à l'histoire des îles,
du révérend Horace Blake

« Bienvenue au paradis ! La Nouvelle-Calédonie, terre de palmiers et de récifs de corail, pays du peuple kanak où chante le kagou huppé !

« Le premier Européen à avoir découvert l'île est le capitaine Cook, qui débarqua en 1774. Comme le paysage lui rappelait sa patrie britannique, il l'appela la Nouvelle-Calédonie. Près de cent ans plus tard, Napoléon III ordonna l'annexion de l'île pour y fonder une colonie pénitentiaire.

« Hélas, l'histoire de l'île est douloureuse. Au début du XIXe siècle, ce magnifique archipel d'îles vierges attira la pire racaille de la race blanche – baleiniers, trafiquants de bois de santal, aventuriers à la recherche d'esclaves, boucaniers – qui marqua le lieu de l'empreinte du vice, de l'alcool, de la poudre à canon et de la maladie. Le peuple indigène, les Kanak, des gens beaux et hospitaliers qui vivaient des présents de Mère Nature, faillit disparaître.

« Aujourd'hui, ces îles fertiles regorgent de forêts et de chutes d'eau tumultueuses, et elles sont également peuplées d'Européens, essentiellement des Français, et d'Asiatiques du Sud-Est d'origine indonésienne et vietnamienne. La population kanak vit en tribus et possède ses propres coutumes. Les Kanak sont fort sympathiques. Chez eux, il est même de bon ton d'appeler un homme "mon garçon" ! Lequel se retournera avec un grand sourire en agitant la main. »

Margery était assise sous un bananier avec le guide illustré du révérend Horace Blake en main, mais le livre lui était à peu près aussi utile qu'une théière en chocolat.

Face à elle s'étendait Nouméa : d'un côté, une immense plage blanche, de l'autre, des palmiers dont la cime ressemblait à un chapeau de plumes. Une longue chaîne montagneuse se déployait derrière. Il avait plu pendant la nuit et des tresses de gouttes d'eau étaient suspendues aux feuilles. La nature embaumait le pin et le frangipanier. Le soleil se leva et le ciel se métamorphosa en un bouquet de couleurs surprenantes : vert feu-de-circulation, rose bougie-d'anniversaire, jaune d'œuf, rouge boîte-aux-lettres. Même les montagnes furent colorées par ces teintes inattendues.

Elle n'avait jamais vu un tel spectacle. La chaîne montagneuse… Elle se déroulait à l'infini et se prêtait à mille jeux d'ombre et de lumière, tel un visage traversé par diverses émotions. À l'aube, c'était une longue masse rose ; à midi, verte, surmontée de nuages-ombres en forme de mâts ou décapitée par la brume ; au crépuscule, elle était bleue, et la nuit, d'un noir plus profond que celui du ciel. Margery découvrit un sommet en forme de triangle, un autre en forme de calotte de curé, un troisième en forme d'éléphant endormi. Mais aucun n'avait la forme d'une dent de sagesse émoussée.

Les prières exaucées sont parfois effrayantes parce qu'elles vous obligent à agir. Margery avait retrouvé son assistante. Elle était arrivée en Nouvelle-Calédonie. Elle logeait avec Enid dans une pension près du port depuis une petite semaine. Elle avait déniché un bungalow bien aménagé à la pointe nord de l'île, baptisé « La Dernière Place », et elle avait déjà payé pour une location de six mois. Elle s'était acheté une nouvelle carte et avait repéré un car qui traversait l'île dans sa longueur deux fois par semaine. Elle avait découvert les bâtisses coloniales ; les rues étroites et les maisons peintes en jaune, rose et bleu ; les cafés et les bars français, les boulangeries, les places avec des palmiers et des fontaines. Les fruits de toutes les couleurs. Les poissons de toutes les tailles. Les kauris géants. Les palmiers au tronc poilu. Les fougères avec des feuilles larges comme des pagaies. Les fleurs qui ressemblaient à des lanternes. Les gens habillés de mille et une façons, dont certains vêtus d'habits européens légers. Des enfants entièrement nus. Des hommes en jupe. Des femmes exposant leurs seins à la vue de tous, d'autres en robe de missionnaire couvrant même leurs pieds. Et des insectes, des insectes partout. Pas seulement des scarabées, mais des mouches, des sauterelles, des mites… Tant de nouveauté, d'étrangeté. De merveilles. C'était un comble, Margery avait beau être prête à partir en expédition, elle était bloquée.

Premier problème : l'administration. Il fallait qu'elle fasse tamponner ses autorisations et proroger son visa dans différents bureaux du gouvernement français. Sans des papiers en règle, elle ne pourrait pas soumettre le scarabée au Muséum d'histoire naturelle, et sans visa, elle ne pourrait pas rester en Nouvelle-Calédonie plus d'un mois. Or, il y avait vingt-trois bureaux à appeler en tout et aucun d'entre eux n'avait les mêmes horaires. « Les Calédoniens français, écrivait le révérend Horace Blake, ne sont pas comme les Britanniques. Ils sont très sociables. Ils aiment la pêche et le cricket. » Le texte était accompagné de l'illustration d'un Kanak avec une batte de cricket, et d'un homme blanc avec une canne à pêche ; mais le révérend Horace Blake ne disait nulle part que les Français abandonnaient parfois leurs bureaux pendant des semaines, quand ils ne les fermaient pas pour les restaurer ou les transformer. L'Office central des permis, par exemple, était désormais un boui-boui qui servait des milk-shakes et des hamburgers.

Margery avait écrit à deux reprises au consul britannique pour lui demander de l'aide, mais elle n'avait reçu aucune réponse. Chaque jour, elle sortait avec Enid et elles empruntaient des rues qui débouchaient sur des places brûlantes, des ruelles et des marches en pierre, où des vêtements de couleurs vives faseyaient comme des drapeaux et les enfants portaient des paniers de poulets et d'asimines – une fois, elle vit un gamin avec un petit cochon. Plusieurs bureaux n'avaient jamais existé à l'adresse indiquée et d'autres n'existaient peut-être pas du tout.

Autre problème : le français. Partout où elle allait, elle entendait des mots et des sons qui lui échappaient. Des voyelles qui vrombissaient comme de petits moteurs, des langues qui ronronnaient, des combinaisons de consonnes explosives. Elle avait appris les formules usuelles proposées par son guide, mais les gens la regardaient comme si elle était folle lorsqu'elle les prononçait. Certains avaient même l'air inquiets. Quoi qu'elle fasse, elle était incapable de se corriger.

Heureusement, Enid avait l'art de communiquer dans une langue étrangère, surprenant tout le monde autour d'elle, y compris ceux qui parlaient la langue en question. Elle se fichait des règles. Elle avait appris sur le tas les mots essentiels, *fromage* et *café au lait*, par exemple, ou *scarabée*, et dès qu'elle était coincée, elle mimait. « *Bon-shoor !* s'écriait-elle. Vous avez vou déjà une scarabée en or ? » Ou encore : « Connaissez-vous montagne dans le forme de le dent de la sagesse ? » Elle agitait les bras comme des ailes ; elle souriait et comparait son ventre à un scarabée ; elle allait jusqu'à montrer aux gens les molaires du fond de sa bouche.

Souvent, elle attirait une petite foule de gens qui riaient joyeusement et lui offraient des cadeaux, des fruits, du lait de coco – une fois, elle eut même droit à une vieille casquette de base-ball. Un jour, Margery et elle virent qu'elles étaient suivies par un chien errant qui puait, à mi-chemin entre un lapin blanc et un bébé phoque. Enid l'adopta tout de suite et le baptisa Mr Rawlings. Pour Margery, c'était le chien le plus encombrant qui soit, mais il ne lâchait pas Enid d'une semelle. Dès que Margery avait le dos tourné, elle lui donnait des restes, et le soir, elle le faisait entrer en cachette pour qu'il dorme sur son lit.

Troisièmement : le grave problème des bagages de Margery. Seule sa cantine de provisions et de matériel de camping était arrivée. Les bagages d'Enid avaient tous été livrés, notamment la valise rouge, qu'elle avait tout de suite glissée sous son lit. Mais Margery n'avait aucune nouvelle de sa valise ni de son sac Gladstone, qui contenait son précieux matériel de collecte.

— Vous l'avez étiqueté, j'espère ? lui avait demandé Enid.

Margery avait esquivé la question. Oui, elle était sur le point de l'étiqueter, juste avant que l'*Orion* accoste à Brisbane, mais Enid avait débarqué dans la cabine et elle avait oublié. Quoi qu'il en soit, tous les matins, elles allaient au siège de la compagnie de transports, où on leur conseillait de ne pas s'inquiéter, les bagages arriveraient dans l'après-midi, après la sieste.

(La sieste ! Encore un mystère. Qui eût cru qu'à midi une population entière pouvait tout abandonner pour s'affaler sur un lit ? Inutile de dire qu'Enid adopta cette pratique sans demander son reste.)

Enfin, dernière chose, encore plus difficile à admettre : maintenant qu'elle était arrivée là, sur place, Margery était submergée. Pas seulement par la beauté de l'île. Les couleurs. Les parfums et la lumière éblouissante. Pas seulement par les papiers et la perte de ses bagages. Elle ne savait plus que faire. Elle était en Nouvelle-Calédonie pour trouver le scarabée d'or, mais il était beaucoup plus facile de l'imaginer, de rêver de sa découverte quand elle était à mille lieues de là.

Comment l'avouer à Enid ? Elle pouvait à peine se l'avouer à elle-même. Elle s'accrochait à ses papiers comme à une bouée de sauvetage. Elle se disait qu'il fallait d'abord qu'elle règle les questions administratives. C'était essentiel. Dès qu'elle obtiendrait la prolongation de son visa et les vingt-trois tampons officiels sur ses autorisations, tout – y compris sa valise et son sac avec son équipement, mais surtout sa foi et sa capacité de jugement – reviendrait. Elle y croyait dur comme fer.

Deux yeux clignotèrent dans l'ombre. Un lézard vert gros comme un chien apparut. Il avança lentement vers elle et s'arrêta pour avaler une fourmi. Elle n'en revenait pas de voir le temps qu'il prenait. Ses petites mâchoires, les chiquenaudes de sa langue, l'onde qui se propagea le long du muscle sous son épaule. Une fois l'insecte englouti, le lézard se retourna, agita la queue vers elle et fila discrètement.

Elle sortit réveiller Enid.

19

Le problème, c'est que vous pensez qu'on a du temps

— Je ne comprends pas pourquoi on reste à Nouméa, déclara Enid. Je croyais que vous aviez peur que quelqu'un trouve le scarabée avant nous.

— Nous restons à cause du problème des papiers. Par ailleurs, je vous rappelle que je n'ai toujours pas mes bagages.

— Pourquoi on ne peut pas partir sans ?

— Parce que je me vois mal escalader une montagne en robe du dimanche, Enid. Nous ne pouvons pas nous passer du matériel. Vous n'avez même pas de chaussures de marche. En outre, sans visa, nous pourrions être arrêtées. Dès que j'aurai tout réglé, nous irons nous installer dans le bungalow. Il y a un car deux fois par semaine.

— Un car ? On est venues ici sur un bateau volant et l'aventure de notre vie finit en car ?

— C'est le seul moyen d'y arriver.

— Et les mules ?

— Non, Enid. Nous n'irons pas dans le nord de l'île à dos de mule.

Elles prenaient leur petit déjeuner dans un des jolis cafés français de la baie des Citrons, mais Enid s'était réveillée de mauvaise humeur et feuilletait le *Times* d'un air distrait. Elle n'apprenait pas grand-chose, puisqu'il datait d'août 1950 : tout ce que le journal signalait avait eu lieu quand elles étaient encore en Angleterre. Manifestement, la presse britannique avait du mal à arriver en Nouvelle-Calédonie. Peut-être même qu'elle n'aurait pas de nouveaux magazines avant Noël. Quant à la radio, Enid avait beau essayer, elle n'entendait rien à cause de la montagne. Elle n'avait pas dit un mot sur Taylor ni sur son pistolet, et chaque fois que Margery évoquait le nom de Perce, elle se contentait de secouer la tête.

Face à elles, dans la baie, des vagues blanches venaient lécher le récif de corail, et au-delà se déployait la mer, bleu foncé. Le corail formait un arc irrégulier encadrant une eau aussi étale qu'un lac – déclinant toutes les nuances de bleu, et différentes ombres de vert et de violet. Des pêcheurs déchargeaient leurs bateaux sur le sable et une femme accroupie à côté d'eux récupérait les entrailles des poissons qu'elle jetait dans un seau. Des oiseaux sautillaient autour d'elle.

— Un kagou, dit Margery en prenant un second croissant.

— Un ka-quoi ? répondit Enid.

— Le grand oiseau blanc, là. Avec des pattes rouges fuselées. C'est une espèce endémique de Nouvelle-Calédonie. Ce sont des oiseaux qui ne volent pas.

— Ah bon. C'est sans doute pour ça qu'ils sont endémiques.

Enid poussa le journal en jetant un coup d'œil à gauche et à droite, comme si elle cherchait quelqu'un.

— C'est idiot, reprit-elle. On devrait y aller. Quelle différence ça fait si vous n'avez pas les papiers ?

— Si vous voulez tout savoir, j'ai déjà commis ce genre d'erreur. Je ne la commettrai pas deux fois.

— Quelle erreur ?

— Si vous voulez tout savoir, répéta Margery, la bouche en forme de prune, les chaussures que je porte, je les ai volées.

— Vous les avez volées ? C'est-à-dire ? Elles viennent d'où ?

— De l'école où je travaillais.

— Vous les avez volées dans une école ?

— Oui, Enid. Ça n'a rien de drôle. Aujourd'hui, l'affaire est entre les mains de la police britannique.

Enid était pliée de rire.

— Je rêve, vous avez volé des chaussures ! Qu'est-ce qui vous a pris, Marge ?

— Je ne sais pas.

Elle-même se demandait toujours pourquoi elle avait fait ça.

— En tout cas, poursuivit-elle, on ne peut pas partir en expédition comme ça. Je devrais avoir des nouvelles du consul britannique. J'attends une réponse d'un jour à l'autre.

— Pourquoi ?

— Parce que nous sommes britanniques. Nous avons besoin d'un minimum de contacts, Enid. Le consul nous aidera. Il pourra s'occuper de mon visa.

Enid sortit une cigarette et l'alluma. Un nuage de fumée s'échappa du coin de sa bouche, comme si elle était en feu.

— Il y a quelqu'un qui me suit, dit-elle.

— Personne ne vous suit. Ou plutôt, tout le monde vous suit, mais vous ne l'aviez jamais remarqué. Même les chiens galeux vous suivent.

Enid l'ignora. Elle tapota sur Mr Rawlings, à qui elle donna une moitié de croissant.

— Le type était sur le bateau. Vous vous souvenez ? Il m'a suivie à Aden. Je suis sûre qu'il était dans le camp de Wacol.

— Qui ?

— Je ne sais pas. Je ne l'ai jamais vraiment vu. Je crois qu'il n'avait pas beaucoup de cheveux.

— Pourquoi vous aurait-il suivie ?

— Le problème, c'est que vous pensez qu'on a du temps, alors qu'on n'en a pas, Marge, dit-elle en haussant les épaules, ou peut-être en frissonnant. Il faut qu'on parte d'ici et qu'on commence notre recherche.

Heureusement pour Enid, les bagages perdus arrivèrent l'après-midi même à la pension. Mais il y avait un hic.

— C'est pas à elle, déclara Enid. En plus, son sac Gladstone a disparu.

Le livreur répondit (en français) que les bagages ressemblaient à ceux de Margery. C'était un très jeune homme habillé en blanc, avec des espadrilles assorties. Quelqu'un avait cousu un galon de brocart sur les épaules de sa chemise – sans doute sa mère, car il devait avoir douze ans à peine. Il avait encore une peau d'enfant, dorée et veloutée comme une pêche.

— Comment pouvez-vous savoir à quoi ressemblent ses bagages ? répondit Enid. Vous ne les avez jamais vus.

Elle parlait en anglais en mimant quelqu'un à la recherche de quelque chose, tout en portant une valise. Le jeune livreur s'amusait tellement qu'il s'assit pour la regarder.

— Où est mon matériel ? demanda Margery.

Le garçon lui indiqua la valise qu'il avait apportée, mais ce n'était évidemment pas la sienne, ne serait-ce que parce qu'elle était flambant neuve. Enid proposa quand même de vérifier. Elle essaya de l'ouvrir, mais la serrure était bloquée. Margery était sur le point d'appeler la compagnie de transports quand Enid eut une nouvelle idée. Et si elles forçaient la valise et regardaient ce qu'elle contenait ? Elles n'allaient quand même pas la rendre sans y jeter un coup d'œil.

Margery croyait aux talents de crocheteuse d'Enid autant qu'à sa capacité à la boucler quand elle n'avait plus rien à dire. Elle avait tort. La jeune femme examina la serrure, prit une barrette et l'ouvrit en trois secondes. Elle sortit tout de suite les affaires : plusieurs bermudas, des chemises à manches courtes – certaines unies, d'autres à fleurs –, des chaussettes, des fixe-chaussettes, une saharienne pleine de poches.

— Idiot ! s'écria-t-elle. Bien sûr que c'est pas à mon amie ! Tu sais qui tu as en face de toi ?

Le garçon secoua la tête avec un air étonnamment enjoué pour quelqu'un qui venait de livrer une tenue d'homme à une dame d'un certain âge et sa compagne un peu givrée.

— C'est une exploratrice célèbre, déclara Enid. Elle a été missionnée par le Muséum d'histoire naturelle pour rapporter un scarabée.

— Et mon matériel ? renchérit Margery. Où est-il ?

Enid prit aussitôt la relève. Elle donna un pourboire au garçon et le congédia, puis montra une chaise à Margery pour qu'elle s'assoie.

— Marge, il faut que vous restiez calme. Je dois savoir exactement ce que vous avez perdu.

— Un bocal, un aspirateur à insectes… Ah, oui, et j'ai oublié, je n'ai pas d'éthanol !

— Marge, calmez-vous, je vous en prie. Dites-moi à quoi servent tous ces trucs.

Margery n'arrivait plus à se concentrer. Découragée, elle ne voyait pas comment poursuivre sans le matériel que contenait son sac Gladstone.

— Autant limiter les dégâts et rentrer, dit-elle. Je pourrais essayer d'obtenir un nouveau poste d'enseignante.

Sa voix s'était évanouie au moment même où elle avait prononcé cette phrase. L'idée la tuait.

— Hors de question ! s'écria Enid.

Elle faisait les cent pas en se tordant les mains, suivie par le fidèle Mr Rawlings.

— On va se débrouiller. On peut acheter du matériel ici, vous pensez ?

— Où ? De toute façon, je n'ai pas les moyens, répondit Margery.

— D'accord, d'accord. Qu'est-ce que vous appelez un aspirateur à insectes ?

— Un aspirateur à insectes ?

— Oui, Marge. À quoi ça ressemble ? Ne me dites pas que vous ne savez plus. Réfléchissez.

Lentement, hésitant beaucoup, Margery lui expliqua que c'était un petit appareil sur lequel étaient fixés deux tubes en caoutchouc, dont l'un se plaçait contre le scarabée et l'autre servait à aspirer.

— Quelle longueur, les tubes ? demanda Enid, qui cessa d'arpenter la pièce.

— Un peu moins de cinquante centimètres.

— Comme dans un kit de chimie ?

— J'imagine, oui.

— Très bien. Quoi d'autre ?

— De la naphtaline.

— C'est quoi, ça, la naphtaline ?

— Un produit qui empêche les autres insectes de ronger les spécimens.

— D'accord. De la naphtaline. J'ai compris. Quoi d'autre ?

— Des épingles. J'ai besoin d'épingles.

— Des épingles ordinaires ? De couturière ?

— À la limite, ça pourrait aller. Il faut qu'elles soient très fines.

— Quoi d'autre ?

— Des tenailles. Des pinces. Des pièges. Un couteau tranchant. Une brosse. Sans oublier du papier buvard, de l'encre, des stylos.

Margery avait la tête qui tournait. C'était pire que sur le bateau.

— Pigé, déclara Enid. Je fais ma petite enquête et je reviens, lança-t-elle en se précipitant vers la porte.

Margery se demandait qui elle pouvait interroger à Nouméa, même s'il lui arrivait souvent de revenir du marché avec des produits qu'elle y avait trouvés : un sac de mangues, un chromo qui représentait l'Enfant Jésus, un carré de tissu aux couleurs vives. Ainsi qu'avec l'histoire d'une personne malheureuse avec qui elle s'était liée. Elle ne rencontrait jamais de gens normaux, encore moins de gens ayant de quoi collecter des insectes.

Dix minutes plus tard, elle était de retour, mais toujours aussi évasive.

— Alors ? demanda Margery.

— Tout est réglé.

— Comment ça ?

— Faites-moi confiance.

Enid enfila un pantalon et des gants, et mit sa casquette de base-ball. Margery estimait que si son assistante avait rendez-vous, il fallait qu'elle l'accompagne, mais Enid lui coupa vertement la parole et lui rappela qu'elle n'avait rien à se mettre, à part des vêtements qui appartenaient à un homme qu'elles ne connaissaient ni d'Ève ni d'Adam. C'était soit ça, soit sa robe du dimanche.

— Désolée, Marge, le type que je vais voir, il faut le séduire, pas le repousser.

Elle embrassa Mr Rawlings et rassura Margery qui voulut lui donner de l'argent. Elle avait toujours ses chèques de voyage, donc tout allait bien.

Jamais le temps n'avait passé aussi lentement. Enid serait absente jusqu'à la fin de la soirée au moins. Le soleil commençait à se coucher et les montagnes luisaient comme des baleines roses. Margery sortit promener Mr Rawlings sous les palmiers, mais l'animal était si désemparé qu'il n'arrêtait pas de poser la tête sur ses pattes en soupirant comme s'il se dégonflait. C'était vraiment le chien le plus ridicule du monde, pensait Margery.

Peu après, de retour à la pension, elle vit que le courrier de l'après-midi avait été distribué – il y avait une lettre pour elle ; mais aucun signe d'Enid.

Quand elle finit par rentrer, il faisait nuit noire. La pleine lune brillait, des nuages violacés flottaient sur l'horizon. Enid donna un coup de pied dans la porte, déboulant avec une boîte tellement énorme que le haut de son corps était caché et elle était réduite à deux petites cannes et une tête avec une casquette de base-ball. Son visage rayonnait de bonheur.

Deux bouteilles d'éthanol, trois de naphtaline, plusieurs bocaux en verre Kilner, de l'Elastoplast et des bandes, des tubes en caoutchouc à n'en plus finir, des pots à insectes, une boîte d'épingles, un manche à balai, des scalpels et des lames, des ciseaux, des pinces, du ruban adhésif, plusieurs petits contenants vides, une vieille paire de chaussures de foot.

— Enid ? Où avez-vous déniché tout ça ? D'où ça vient ?

Enid marmonna deux ou trois mots sur un médecin adorable et très serviable, et se jeta sur le lit comme un gamin se jette dans la neige.

— Vous avez votre équipement. J'ai des chaussures. C'est bon, on peut y aller, non ? On peut enfin quitter Nouméa ?

Margery souriait, triomphante, et se tenait plus droite que jamais.

— Moi aussi, j'ai des nouvelles, Enid. Mes efforts ont été récompensés. Je viens de recevoir un carton du consul britannique. Nous sommes invitées à une garden-party demain à dix-huit heures.

20

Brisbane

Il était bloqué à Brisbane, furieux. Elle avait quitté l'hôtel de la Mer et embarqué sans lui dans un hydravion pour la Nouvelle-Calédonie.

Il s'était présenté à l'accueil en disant qu'il venait voir Miss Benson pour une expédition.

— Vous ne savez pas qu'elle est déjà partie ? lui avait répondu la réceptionniste en le toisant.

Il avait frappé sur le bureau tellement fort qu'elle avait bondi, et il s'était retrouvé entre deux armoires à glace avec des casquettes de portier, qui l'avaient escorté *manu militari* hors des lieux.

Mundic avait passé toute la semaine sur le port, mais personne ne l'avait autorisé à prendre un bateau de tourisme sans billet, dont le prix était supérieur à un salaire mensuel moyen. C'était absurde : il avait réussi à venir jusqu'ici, au bout du monde, mais la dernière étape – un bateau vers un misérable archipel – lui était interdite.

Puis un jour, sur la jetée, il repéra un vieux cargo déglingué qui allait en Nouvelle-Calédonie. L'équipage devait charger des caisses avant de faire monter les passagers. Il appela les marins sur le pont pour savoir dans combien de temps ils rejoindraient l'archipel. Un mois, répondirent-ils. Il leur demanda s'il pouvait jeter un coup d'œil au bateau. Les types lui ordonnèrent de s'éloigner.

L'*Orion* lui manquait. Brisbane était une ville grouillante. D'un côté s'étalait une mer aveuglante, de l'autre, des grues et des hordes d'individus qui hurlaient et sentaient mauvais. Au vacarme se mêlaient les couleurs, la chaleur, la brume, et, s'il tendait l'oreille, la rumeur lointaine des gens qui mangeaient et riaient. L'agitation le déstabilisait et il lui arrivait souvent de ne plus savoir où il était. Il se croyait en Birmanie. Ses pieds l'élançaient et il avait peur que ce soit le retour du béribéri. Tout avait commencé au camp où ils étaient sous-alimentés, n'ayant droit qu'à une tasse de riz par jour. Il était si faible et respirait si mal qu'il vomissait et avait les jambes en coton. Parfois, quand ils devaient marcher, il s'attachait une liane de l'orteil au genou pour pouvoir avancer. Autour de lui, les hommes tombaient comme des mouches, incapables de faire un pas de plus. À présent, il ne demandait plus qu'une chose, arriver en Nouvelle-Calédonie.

Depuis qu'il avait perdu de vue Miss Benson, il dormait sur des bancs. Errait dans le port. Se terrait dans des coins où personne ne le dérangerait. Son sens de l'orientation lui faisait parfois défaut. Il avait son passeport sur lui et le sortait en se disant « Je suis un homme libre », mais il n'écrivait plus rien dans son carnet. C'était absurde.

Le cargo était chargé et les passagers commençaient à embarquer. Il balaya la foule du regard pour repérer une faille dont il pourrait profiter.

Le départ fut retardé. Une femme était en train de semer la zizanie parce qu'on lui avait volé ses billets. Quelqu'un lui avait pris son sac à main. Le capitaine refusait de la laisser monter. Elle se défendit en disant que ce n'était pas sa faute, qu'elle avait été distraite par l'un de ses enfants qui pleurait. Elle était de plus en plus hystérique. Le capitaine prit le haut-parleur pour demander si quelqu'un avait vu son sac à main.

Mundic avait réussi à trouver un siège à l'avant du bateau. Il était parfaitement calme. Il vit le visage choqué de son voisin et sa bouche qui retombait, il l'imita, affichant la même moue sidérée. Le bateau s'éloigna du quai. La femme et les enfants n'avaient pas pu embarquer. Il avait son sac à main et pourrait s'acheter de quoi manger. Dans un mois, il serait en Nouvelle-Calédonie.

21

Il est temps de filer au nord

Non seulement le consul n'avait jamais entendu parler de scarabée d'or, mais il crut que Margery plaisantait quand elle lui demanda de l'aider pour son visa.

— Je ne suis pas sûr que ce soit dans mes cordes, dit-il en riant. La bureaucratie française, c'est quelque chose ! Mais je suis ravi d'avoir fait votre connaissance, Mary, ajouta-t-il avant de se retirer.

La résidence du consul était une grande villa française construite sur le mont Coffyn, qui donnait sur la baie et l'îlot Maître, une petite formation rocheuse perdue au large, comme une espèce de bouton poilu. Le jardin était parfaitement entretenu : l'herbe était aussi verte qu'une pelouse anglaise et descendait en pente douce vers un bosquet de figuiers, de bananiers et d'hibiscus aux fleurs rouges, fines comme du papier, où étaient accrochés des drapeaux du Royaume-Uni faits maison. Les hommes avaient des costumes d'été et des cravates un peu surannées, et se tamponnaient le cou avec des mouchoirs comme s'ils avaient des petites plaies.

Les femmes portaient des robes de cocktail évasées à la taille qui ressemblaient à des abat-jour. Des employés à la peau basanée se déplaçaient entre les invités, habillés comme des serveurs britanniques, avec des gants et une toque pour dompter leur épaisse chevelure.

— C'est dingue, ils ont des esclaves, Marge ! murmura Enid, qui s'était fait prier pour venir.

Elle avait les cheveux crêpés vers le haut et portait une tenue moulante qui laissait peu de place à l'imagination. De son côté, Margery avait simplement nettoyé sa robe du dimanche.

— Mais non, ce ne sont pas des esclaves, Enid. Ce sont des employés.

— Je suis mal à l'aise, Marge. On n'aurait pas dû venir.

Un serveur passa et leur remit à chacune une boisson servie dans une moitié de noix de coco avec une paille et une mini-ombrelle en papier. Enid but la sienne d'un trait et en demanda une seconde.

— On n'a rien à faire ici, dit-elle.

— Si. Parce que nous sommes britanniques.

— Si c'est ça, être britannique, je préfère être autre chose.

— Comme quoi, par exemple ? Qu'est-ce que vous aimeriez être ?

— Euh, je ne sais pas. En tout cas, pas ça. Je ne veux pas de ça.

Mrs Pope, l'épouse du consul, les interrompit pour se présenter. C'était une jolie petite dame mince et soignée, le genre de femme à côté de qui Margery avait l'impression d'être énorme. Elle se pencha pour paraître un peu moins massive, mais c'était pire, elle avait l'air bossue. Enid en profita pour aller voir Mr Rawlings, qu'elle avait laissé à l'entrée. Margery était soulagée. Elle préférait être seule avec Mrs Pope pour lui parler du scarabée et de son projet d'expédition à Poum, sans qu'Enid intervienne et l'inonde de questions sur les bébés.

Mrs Pope lui demanda si elle était du Muséum d'histoire naturelle. Margery fit un oui ambigu de la tête, comme si ce n'était pas impossible. Quelques secondes plus tard, Mrs Pope éclata de rire quand elle lui avoua que la Nouvelle-Calédonie était le rêve de sa vie.

— C'est un enfer, vous voulez dire ! s'exclama-t-elle. Il ne se passe rien. Et au nord, c'est pire. Vous pouvez faire des kilomètres sans voir un visage blanc. Vous ne préféreriez pas aller ailleurs ?

Elle présenta Margery à un petit cercle de femmes qui lui ressemblaient, telles des variations sur un thème nommé Mrs Pope. Elles étaient toutes bien mises, immaculées, parfumées. Et blondes, comme Enid, mais d'un joli blond naturel, pas chimique.

— Miss Benson est collectionneuse d'insectes, dit-elle.

— Ciel ! chantonnèrent les femmes.

— Elle travaille pour le Muséum d'histoire naturelle.

— Ciel !

— Elle est à la recherche d'un scarabée d'or qui vit dans le Nord. Dans la région de Poum.

— Ciel !

— J'attends mes bagages perdus et mes papiers, confirma Margery.

La Nouvelle-Calédonie était un endroit épouvantable, elles en convenaient toutes. La chaleur, les insectes, en plus, on était tellement loin de chez soi – on pouvait passer des mois entiers sans avoir d'informations d'Angleterre. Leurs maris étaient là parce qu'ils dirigeaient des mines de nickel, mais elles avaient hâte de partir. D'ailleurs, plusieurs épouses étaient déjà rentrées. (« Problèmes psychologiques », précisa Mrs Pope en se tapotant l'aile du nez.)

— Vous devriez prendre contact avec mon mari, proposa une femme avec une voix de petite fille.

Elle portait une robe couverte de froufrous blancs, si bien que Margery avait l'impression de parler à une pièce montée.

— Peter dirige une mine dans le Nord. Je vous donne notre adresse. Il doit rentrer pour Noël.

Elle nota leurs noms, Mr et Mrs Peter Wiggs, et leurs coordonnées sur un bout de papier. Margery n'avait aucune envie de leur rendre visite, mais elle rangea poliment le papier dans son sac.

Ces femmes s'ennuyaient tellement, les pauvres, qu'elles guettaient la moindre information venue d'Angleterre. (« Le dernier journal britannique que j'ai vu datait de l'été », déclara Mrs Pope.) Était-il vrai que la situation là-bas était aussi compliquée que pendant la guerre ? Le rationnement sévissait-il toujours ? Que savait-elle sur le meurtrier Norman Skinner ? Le bourreau aurait bâclé l'exécution et aurait dû lui repasser la corde autour du cou, était-ce exact ? Suivit la liste de tout ce qui leur manquait : les files d'attente, la bruine grise, les magasins bien approvisionnés, les cornichons Branston, les pelouses anglaises. Et le Festival de Grande-Bretagne au mois de mai ? Margery serait-elle rentrée à temps ? C'était formidable, non ?

Margery, qui n'éprouvait aucune nostalgie, se surprit à en rajouter. Oui ! Oui ! Elle avait hâte d'assister au Festival de Grande-Bretagne.

— Venez prendre le café avec nous, proposa Mrs Pope.

— Nous nous retrouvons tous les vendredis entre épouses, précisa Mrs Peter Wiggs. Nous faisons des travaux manuels. N'est-ce pas, Mrs Pope ? Nous confectionnons toutes sortes d'objets.

— Nous devons fêter les Rois le 6 janvier pour marquer la fin des fêtes de Noël. Venez, je vous en prie.

— Nous nous déguiserons toutes en rois, fit Mrs Peter Wiggs. On va s'amuser comme des folles !

— Combien de temps restez-vous, Miss Benson ?

— Trois mois.

— Pas plus ? Quelle chance ! s'exclamèrent en chœur les femmes.

Un serveur passa avec un plateau de petits sandwichs qu'elles repoussèrent de leurs jolies mains gantées.

— Par pitié, mon garçon ! Surtout pas, surtout pas !

Margery aurait préféré refuser, mais elle mourait de faim, et comme les sandwichs étaient minuscules, elle dit oui, avec plaisir, et en prit un.

Hélas, ils n'étaient ni si petits ni si minces. Quand elle en mordit une extrémité, la garniture jaillit de l'autre côté ; et elle avait oublié de prendre une serviette.

— J'imagine que vous avez entendu la dernière, Miss ? demanda brusquement Mrs Pope.

Sans doute par politesse, elle avait posé la question en s'adressant à Margery. Tous les regards étaient tournés vers elle.

— Non, marmonna-t-elle, la bouche pleine de pain et de mayonnaise aux œufs durs.

Difficile d'en dire plus sans partager son sandwich avec tout le monde. Margery était mortifiée.

— Il y a eu un cambriolage au lycée catholique hier soir. Ils ont volé du matériel du département de chimie, et tout un tas d'instruments.

Margery vacilla. Le monde s'arrêta de tourner avant de repartir à toute vitesse. Les femmes poussaient de petits cris d'indignation.

— Ils ont arrêté quelqu'un ? demanda Mrs Peter Wiggs.

— Pas encore, Dolly. Mais ça ne devrait pas tarder. C'est sûrement quelqu'un d'ici. Il faut que vous le sachiez, Miss Benson, les GI ont eu une influence déplorable sur les indigènes. La vie sur l'île n'est plus la même depuis la guerre.

— Tout à fait, confirmèrent les femmes.

— C'est pire quand on quitte Nouméa. Le Nord est plus dangereux.

— Il y a des disparitions, renchérit Mrs Peter Wiggs. Des gens qui vont dans le Nord et ne reviennent jamais. Vous n'avez pas peur des cyclones ? Vous savez qu'en cas de tempête toute l'île est bouclée.

— J'imagine qu'un homme vous accompagne ?

Margery ne dit rien. Elle avait les yeux rivés sur Enid qui faisait le pitre au milieu d'un cercle de maris de l'autre côté de la pelouse, telle une tache de couleur au centre d'une grande roue grise. Manifestement, elle leur racontait des blagues. Le consul riait tellement qu'il se tapotait la fesse.

Margery se retourna vers le groupe de femmes, mais trop tard. Elles avaient suivi son regard et observaient Enid. Le visage de Mrs Pope était un grand O horrifié. Soudain, Enid s'esclaffa – son décolleté était plus décolleté que jamais… Margery ne savait plus où se mettre. Elle comprit que c'était fichu. Enid était grillée, c'était l'étrangère, la semeuse de troubles.

— Mais qui est cette fille, Dieu du ciel ? demanda Mrs Pope.

Les femmes n'en avaient aucune idée. Margery fit comme si elle n'avait rien entendu et admirait les fleurs.

— Vous n'étiez pas avec elle, tout à l'heure, Miss Benson ?

— Oui et non, répondit-elle avec désinvolture. Mrs Pretty est venue me donner un coup de main, mais c'est tout.

— Vous voulez dire que vous la connaissez ?

— Professionnellement, oui, mais je ne dirais pas que c'est une amie.

Un nouveau serveur passa avec des mini-sandwichs, mais Margery n'en avait pas fini avec le précédent. Et Enid avait disparu de sa vue.

Vite, elle salua les épouses. Elle la retrouva derrière la maison en train de fumer avec les employés et de récupérer des restes pour Mr Rawlings.

— Ça y est ? lança Enid en bâillant.

— On y va. Maintenant.

Le soleil se couchait. À l'ouest s'étiraient de longues masses compactes de nuages roses, comme une chaîne de montagnes, et le paysage était baigné d'une lueur couleur de flamant rose. Même les poils de Mr Rawlings et les cheveux d'Enid étaient teintés de rose. Elle et Margery longeaient la baie des Citrons en silence. Les cafés et les magasins commençaient à fermer, et les rues étaient ponctuées de feux rouges et verts. Plus bas, sur la plage, les pêcheurs réparaient leurs filets. L'eau clapotait doucement contre la coque des bateaux et la crête des vagues lançait des reflets fluorescents. Au loin vibraient des éclairs. La tempête approchait.

Elles avançaient sans un mot. Plus exactement, Margery marchait, tandis qu'Enid – qui avait relevé sa robe au-dessus des genoux pour être plus à l'aise – sautillait. À chaque pas, des moustiques s'envolaient dans un poudroiement rosé.

— Il paraît qu'il y a eu un vol au lycée, lâcha brusquement Margery. J'imagine que vous êtes au courant.

Silence.

— Vous me prenez pour une idiote ? Je n'ai jamais eu autant honte de ma vie !

— C'était pour vous aider !

Enid se retourna si soudainement que Mr Rawlings s'écrasa contre elle.

— Je faisais ma B.A. ! Comment vous croyiez que j'avais dégotté tous ces trucs ? Vous pensiez que je m'étais fait sauter par le médecin ?

Margery frémit. Elle n'avait jamais entendu une femme parler aussi mal. Mais le pire, c'est qu'elle avait bel et bien pensé cela, et qu'elle était même prête à fermer les yeux parce qu'elle avait obtenu ce qu'elle voulait.

— De toute façon, ajouta Enid, vous avez volé vos chaussures.

Margery avait l'impression d'avoir été frappée au tibia. Elle chancela avant de se reprendre.

— Ça n'a rien à voir. J'ai essayé de les rendre.

— Quand c'est vous, tout va bien, quand c'est moi, rien ne va plus ?

— Je vous demande de tout rapporter demain, et vous avez intérêt à vous excuser et à vous expliquer.

— Mais encore ?

Margery avait à peine commencé à répondre qu'Enid lui coupa la parole. À quoi bon attendre d'avoir tous leurs papiers ? Qu'est-ce qu'elles foutaient à la garden-party du consulat britannique ? Le retour de Margery était prévu pour la mi-février. Elles avaient à peine trois mois devant elles.

— Trois mois ! C'est tout ! On a déjà perdu une semaine !

Margery n'allait pas mettre la main sur son scarabée avec le bon cachet sur le bon papier. Ni en bavassant avec une bande d'expatriées. Et encore moins en portant une jolie petite robe comme il faut.

Elle le découvrirait en crapahutant dans les montagnes, en rampant sur les coudes et les genoux, en soulevant chaque pierre et en priant pour qu'on l'aide. La voix d'Enid était montée d'une octave et n'était plus qu'un filet sec et tendu. Elle y croyait dur comme fer et s'exprimait avec conviction, mettant son âme et tout son corps dans chaque mot. Même ses cheveux avaient l'air en colère.

Et la prière ? Elle venait de lui dire qu'il fallait prier. Margery n'avait pas prié depuis l'enfance. Ses tantes imploraient si souvent le ciel qu'elle se sentait exemptée. Par ailleurs, depuis qu'elle avait découvert la vérité sur son père, elle avait renoncé à Dieu. Ou plutôt, elle Lui avait tourné le dos. Cela dit, ce n'était pas le moment de se demander si elle était athée ou agnostique.

— Vous savez quel est votre problème, Marge ?

— Non, mais je serais ravie de l'apprendre.

— Vous êtes snob. Snob comme un pot de chambre. Vous vous êtes mis en tête une idée complètement dingue et vous pensez que vous pouvez y arriver en faisant tout dans les règles. Je vais vous dire un truc, les papiers, je m'en fous. Demain, je fiche le camp, direction le nord.

— Je peux savoir comment ? Le car part dans deux jours.

Enid accéléra et fonça droit devant elle en arrachant des fleurs d'hibiscus sur son passage. Mr Rawlings la suivit. Elle trébucha à cause de ses sandales. À peine arrivée à la pension, elle se déshabilla et se coucha sans installer la moustiquaire. Elle plongea dans le sommeil, ainsi que son chien.

Margery était assise de son côté de la chambre et fulminait contre son assistante. Les éclairs avaient beau zébrer le ciel, il ne pleuvait toujours pas. Elle avait l'impression d'être enfermée avec un insecte qui vrombissait comme une moto. Même l'air avait quelque chose d'oppressant.

C'était à cause d'Enid qu'elle avait quitté la garden-party, non ? Comment osait-elle ? Comment osait-elle la traiter de snob ? C'est elle qui avait un problème. Margery, au moins, ne s'habillait pas comme une catin. Elle mangeait la bouche fermée et savait manier un couteau et une fourchette. Elle n'était pas snob, elle était bien élevée. Et Enid qui buvait son thé en levant le petit doigt ? C'était pire que snob. Si elle s'écoutait, elle la réveillerait en la secouant pour lui dire ses quatre vérités. Mais elle se retint car au fond, malgré ses protestations, elle savait qu'Enid n'avait pas complètement tort. Si Margery était si contente d'aller à la garden-party, c'est parce qu'elle voulait l'aval des autorités, et que tous ses papiers soient en règle. Elle était bonne élève. Elle voulait faire plaisir au consul. La vérité, c'est que le consul l'avait à peine remarquée et s'en fichait.

Mais son « idée complètement dingue » ? Qu'est-ce qu'Enid fichait avec elle si c'était ce qu'elle pensait de son projet ?

La jeune femme était dans son lit, la bouche grande ouverte, et ronflait comme un sonneur. Margery prit sa robe et l'accrocha sur un cintre. Elle perçut le parfum d'Enid – un parfum incroyablement saturé et doux – et vit un peu de poudre rose sur le col, qu'elle retira en frottant. Un vêtement n'était rien tant qu'on ne connaissait pas la personne qui le portait, pensa-t-elle, c'est alors qu'il devenait vivant. Curieusement, la robe à pois d'Enid lui semblait presque courageuse. Elle la défroissa d'un coup de main. Elle tira la moustiquaire au-dessus d'Enid en la fermant soigneusement, et caressa même Mr Rawlings.

Puis elle se glissa dans son lit, sans réussir à s'endormir. Non pas à cause de l'humidité, ni de l'insecte qui vrombissait. Le cambriolage au lycée ? Il y avait pire, les regards de Mrs Pope et sa bande de pimbêches sur Enid, comme si elles la découpaient en morceaux. Et son silence à elle, Margery. Rien, elle n'avait rien dit, elle préférait flatter Mrs Pope, alors que la seule qui lui était fidèle, c'était Enid. Elle avait la même impression que dans le camp de Wacol : elle voyait la vie à travers une paroi de verre fissurée, et quand elle réagissait, c'était trop tard.

Il lui restait cinq cachets à obtenir pour ses papiers. Sa valise était toujours manquante et son visa n'avait pas été prolongé. Tant pis, Enid avait raison. Il était temps qu'elle s'affranchisse des règles et file au nord.

Un coup de tonnerre retentit et il se mit enfin à pleuvoir.

22

Londres, décembre 1950

Une semaine s'était écoulée depuis l'avis publié par la police dans le *Times*, et on recensait déjà plus d'une vingtaine de signalements de Nancy Collett. Autant dire que cette femme avait laissé une trace écarlate derrière elle.

Ce jour-là, la conférence de presse fit salle comble : journalistes, policiers, badauds, voisins friands de ragots, tous se bousculaient pour avoir une place au balcon. L'affaire était lancée. Non seulement parce que la victime était un ancien combattant qui avait perdu une jambe, mais parce que « le tueur » était son épouse. À cela s'ajoutait le fait que Nancy Collett était une femme de réputation douteuse, qui portait des robes provocantes et se teignait les cheveux. Enfin, même si personne ne le formulait clairement, elle avait le défaut d'être de basse extraction. « Froide », « calculatrice », « astucieuse » : tels étaient les qualificatifs que les journalistes purent lire sur le tableau ; ainsi que « femme fatale ».

— Avant de rencontrer la victime, poursuivit le commissaire, Nancy Collett travaillait à mi-temps dans une boîte de nuit.

Chacun le nota dans son carnet. C'était du lourd.

— Son mari avait dix ans de plus qu'elle. Avant la guerre, il était avocat. Ils étaient mariés depuis sept ans et n'avaient pas d'enfants.

Seuls quelques-uns notèrent ces détails.

— Nous savons que Nancy Collett a passé plusieurs jours avec le corps du défunt avant de fuir.

Le commissaire n'en dit pas plus car il n'en savait pas plus, mais la pause qui suivit fut suffisamment longue pour que chacun remplisse le blanc avec ses fantasmes. Le public gribouillait fébrilement.

— Un voisin l'a vue quitter la maison qu'elle partageait avec Percival Collett le 19 octobre, à l'aube. Elle avait trois bagages et une petite valise rouge.

L'officier qui tenait la craie alluma le projecteur de diapositives et afficha la photo d'une valise rouge, au cas où personne ne saurait à quoi ressemble une valise rouge.

La valise en question les intriguait, commenta le commissaire. Elle contenait sûrement des preuves essentielles du crime.

Une nouvelle diapositive suivit : c'était un plan intérieur de la maison, avec une croix signalant le lieu où le mort avait été découvert – autrement dit le lit.

— On a constaté sur la victime des signes d'étouffement, ainsi que des traces d'agression violente avec un instrument pointu, peut-être un scalpel, ou un couteau.

Le public était bouche bée. Heureusement, il n'y avait pas de diapositives.

— Nous pensons que Mrs Collett est partie du côté de Fenchurch Street, où elle a été aperçue par des témoins. Elle a demandé de l'aide à un porteur de la gare, tout en refusant de se séparer de la valise rouge. Il semble qu'elle ait pris un train pour Tilbury afin d'embarquer sur un paquebot à destination de l'Australie, mais elle a eu des problèmes de passeport et elle a été interrogée. Nous savons qu'elle est montée à bord du navire l'après-midi même, car elle a fait des allusions obscènes et inconvenantes à plusieurs membres de l'équipage, sans jamais se séparer de sa valise rouge.

La nouvelle de son départ provoqua un rire jaune au balcon. Les hommes avaient l'impression d'avoir été dupés par cette femme et lui en voulaient. Au premier rang, certains vieux reporters s'apprêtaient à partir.

— C'est fini, dit l'un d'entre eux. Elle est au pays du magicien d'Oz.

— Ce que nous ne comprenons pas, ajouta le commissaire, c'est le rôle de sa complice…

Les journalistes qui avaient rangé leur carnet le ressortirent.

Nancy Collett avait en effet été aperçue à la gare de Fenchurch Street avec une compagne. Une diapositive apparut, qui montrait une grosse dame sans tête. Ils n'avaient pas de portrait complet de la suspecte, expliqua le commissaire. Son appartement avait été fouillé par la police, mais elle avait une longueur d'avance. Un dernier flash crépita et l'on éteignit les appareils photo.

— Vous êtes en train de nous dire que vous cherchez une femme fatale et une grosse dame sans tête, résuma un des vieux briscards.

Le commissaire répondit que oui, c'était à peu près ça.

— Bon sang de bonsoir ! lâcha un type au premier rang. C'est encore plus juteux que l'affaire Norman Skinner.

Le lendemain, le mystère faisait la une de tous les journaux.

23

Vous avez de très belles jambes

Ce matin-là, Enid partit acheter une pastèque pour le petit déjeuner et revint au volant d'une vieille Jeep de l'armée américaine. Elle prit le virage à toute vitesse et apparut dans une nuée de poussière rouge avec un crissement assourdissant. Elle coupa le moteur et sauta du véhicule – qui n'avait pas de toit. Elle était complètement orange, ainsi que le chien. Il avait même les dents et les oreilles saupoudrées de particules orangées. Une petite foule s'était rassemblée pour les regarder, dont une femme avec un pot sur la tête et plusieurs pêcheurs édentés.

Margery tombait des nues.

— Enid ? Où avez-vous dégotté cette guimbarde ?

— J'ai vu un panneau. Elle valait des clopinettes.

— Je ne savais pas que vous aviez le permis.

— Si, si, j'ai été ambulancière.

— Ah bon ?

— Pendant la guerre. J'étais dans l'équipe de nuit. Une fois, j'ai pris Pall Mall[1] à quatre-vingts kilomètres-heure !

1. Une rue de Londres, dans le quartier de Westminster.

Les deux femmes chargèrent leur attirail dans la Jeep jusqu'à ce que l'arrière s'affaisse. Elles embarquaient non seulement leur nouveau matériel, mais la cantine qui contenait les affaires de camping, divers objets qu'Enid avait rapportés, dont son trophée de Miss Jolies Gambettes, le chromo de l'Enfant Jésus et le transistor à piles. Enid était pressée. Elle termina par la valise rouge, qu'elle enfouit sous un cric et une pelle, à côté de deux planches au cas où la voiture s'embourberait.

— Enid ? demanda Margery en chargeant les dernières bricoles. Avez-vous… Vous n'avez rien remarqué me concernant ?

Elle s'attendait à ce qu'Enid finisse d'entasser ce qu'elle entassait et la regarde. Mais celle-ci se retourna à peine et haussa les épaules.

— Nan…, marmonna-t-elle avant de s'affairer de nouveau.

— Je suis habillée en homme, répondit Margery en indiquant son bermuda et sa chemise à fleurs.

Après avoir surmonté la gêne d'avoir à enfiler un pied dans une jambe, puis le second, après avoir remonté le zip, fermé les boutons à la taille et découvert que le bermuda n'était ni trop large ni trop serré, après avoir glissé les bras dans les manches de la belle chemise à fleurs et apprécié leur ampleur, Margery avait poussé un long soupir, comme si elle émergeait d'un puits et pouvait enfin respirer. Elle avait fourré les mains dans les poches de sa nouvelle tenue et vu qu'elles n'étaient pas si petites que ça. On pouvait y mettre beaucoup plus qu'un dé à coudre – une boussole et un rouleau de ficelle, par exemple. Par ailleurs, elle ne trouvait pas plus étrange que ça de porter une tenue d'homme : ça lui rappelait l'époque où elle était affublée des vêtements de ses frères. Elle n'avait même pas mis de bas.

— Vous trouvez..., bafouilla-t-elle en rougissant, que j'ai l'air bizarre ?

— Pas du tout.

— Vous pensez que les gens vont se moquer ?

— Marge, vous êtes au bout du monde à la recherche d'un scarabée. Vous croyez que personne ne s'est jamais moqué de vous ? Et puis, ici, la moitié des hommes sont en jupe. Bon, s'impatienta-t-elle, on ne va quand même pas perdre de temps à parler de fringues. On y va, oui ou non ?

Elle siffla pour appeler Mr Rawlings et le prit dans ses bras.

Margery fit la grimace.

— Le chien ? Vous prenez le chien ?

— Qu'est-ce que vous croyez ? Il nous aidera à flairer le danger.

Margery n'avait jamais vu Mr Rawlings flairer quoi que ce soit, mais elle préféra ne pas en rajouter.

— On ne part pas en expédition avec un animal de compagnie, marmonna-t-elle. C'est ridicule.

Enid fit la sourde oreille. Elle déposa le chien sur le siège arrière et sauta à travers le toit inexistant.

— C'est Mr Rawlings et moi, ou vous y allez seule.

Elle démarra à une vitesse terrifiante pour une ancienne ambulancière – même si ses passagers allaient bien en entrant dans l'ambulance, ils devaient en sortir sacrément malades. Le pire, c'est qu'elle n'arrêtait pas de parler, comme si elle oubliait qu'elle était au volant. Margery essaya de le lui dire, mais elle se prit une volée de bois vert en pleine figure. Entre-temps, Mr Rawlings s'était précipité sur ses genoux, encore orangé et angoissé à cause du trajet précédent. Il tremblait de tous ses membres.

— Enid… Enid, je vous en supplie, vous roulez trop vite.

— Fermez les yeux ! Profitez-en pour vous reposer.

Fermer les yeux ? Même droguée, Margery n'aurait pas pu. Les quartiers de la ville défilaient sur le côté à une allure folle, comme sur un tapis roulant. La place des Cocotiers – une jolie place agrémentée de fontaines et de flamboyants – fila à la vitesse de l'éclair. Les palmiers n'étaient qu'un brouillard de poils. La Jeep passa devant le marché en soulevant des tourbillons de poussière et dérapa contre un trottoir. Elle faillit renverser un vendeur avec son chapelet de poules attachées par les pattes à un piquet.

Quelques minutes plus tard, elles arrivèrent au port et se dirigèrent vers les taudis de la périphérie. De grands bananiers ployaient au-dessus de la route qui montait, jusqu'à ce qu'il n'y ait plus que des arbres : des pins, des manguiers et d'énormes banians qui se mêlaient aux bougainvillées. Au-dessus se dressait la crête des falaises de basalte, qui ressemblait à de la dentelle noire. Le guide du révérend Horace Blake conseillait de prendre la route qui longeait l'ouest de l'île et serpentait entre l'océan et les montagnes. « Pour le voyageur curieux, c'est l'occasion de découvrir de charmants villages indigènes, des restaurants et des bars colorés. » Les illustrations représentaient des femmes en pagne cuisinant devant un feu, ainsi que des chefs de tribu.

La route était plus ou moins carrossable jusqu'à Païta – à une trentaine de kilomètres –, mais il n'y avait pas de charmants villages. Ni de restaurants colorés. Encore moins de femmes cuisinant au feu. Et pas de station d'essence. Puis, de Païta à Boulouparis, soit sur une cinquantaine de kilomètres, la chaussée était couverte d'ornières et franchement périlleuse. Il fallait éviter tantôt une fissure, tantôt un éboulis de roches impossible à distinguer des flancs caillouteux de la montagne. Ou alors, la route disparaissait. Il arrivait même qu'elle se transforme en ruisseau.

À Boulouparis, Enid repéra la pancarte d'une échoppe qui faisait office de station d'essence et de popote. Elle s'arrêta brusquement et bondit de la Jeep, Mr Rawlings sous le bras. Elle avait les cheveux en pétard et était couverte de poussière – sa bouche, quand elle l'ouvrit, était étonnamment rose par rapport au reste de sa personne.

— Vous venez ?

Margery était en état de choc. Elle avait l'impression que certaines parties de son corps vibraient malgré elle, et mit un moment à sortir.

La lumière extérieure était tellement éblouissante que l'échoppe semblait plongée dans le noir. Enid regarda s'il y avait des journaux britanniques et se consola avec un magazine de mode français.

— Quel genre de plats vous proposez ? demanda-t-elle au propriétaire en mimant quelqu'un d'affamé se goinfrant.

Elle paya l'essence, et commanda une omelette et des huîtres après avoir consulté le menu.

Margery et elle déjeunèrent à l'extérieur. De l'autre côté de la piste se trouvaient des huttes de terre d'où sortirent des enfants qui vinrent saluer Enid en montrant ses cheveux du doigt. Les arbres alentour déclinaient mille nuances de vert – du jaune vert brillant au vert noir –, et le bleu du ciel resplendissait. Mais toujours pas l'ombre d'un sommet en forme de dent de sagesse émoussée.

— Vous croyez vraiment qu'on a besoin d'aller aussi vite ? demanda Margery.

— Je suis trop excitée à l'idée d'arriver, répondit Enid en pinçant une huître au fond de sa coquille. Même si, maintenant, on est à l'abri.

— À l'abri de quoi ?

Enid ne dit rien. Elle avala son huître et prit une bouchée d'omelette.

— Des regards ? s'inquiéta Margery. Vous avez vu comment je suis habillée ? Vous ne pensez pas que les gens nous scrutent ?

— On est au bout du monde. On s'en fout du qu'en-dira-t-on. Vous êtes qui vous êtes. De toute façon, vous êtes mieux en bermuda qu'avec votre robe… si je peux me permettre, Marge.

— Je vous en prie, Enid.

— Vous ressemblez à une baleine échouée dans cette vieillerie.

— C'est gentil, je vous remercie.

— Je les ai vues, les femmes qui se moquaient de vous chez le consul.

— Qui se moquaient de moi ? Où ? Quand ?

— J'en étais malade. C'est pour ça que je suis partie.

Margery se contracta. La caricature de ses élèves lui revint en mémoire, comme un de ces vieux souvenirs que l'on croyait perdus dans un lointain passé. Elle se revoyait boitillant comme un hérisson dans les couloirs, essoufflée. Elle jeta un coup d'œil à ses bras, nettement plus à l'aise dans une chemise d'homme. La douleur de ce dernier jour d'école était cuisante. De même que l'idée que ces femmes se moquaient d'elle. Heureusement, Enid ne riait pas. Elle était en train d'arracher des morceaux de pain pour nourrir Mr Rawlings sous la table. Margery était soulagée. Sa douleur diminua, comme un bleu virant au jaune. Ça allait, elle était supportable.

— Je voulais aussi vous dire quelque chose, ajouta Enid. Vous avez de très belles jambes. Vous devriez les entretenir. C'est vous qui auriez dû gagner le trophée de Miss Jolies Gambettes.

À la sortie de Boulouparis, la route se détériorait nettement. Le paysage était le même : les montagnes s'étiraient sur leur droite et l'océan sur leur gauche, mais l'escarpement entre la chaussée et la mer devenait vertigineux La route continuait à monter en tournicotant comme un tire-bouchon. Les flancs de la montagne étaient noyés sous la brume. Soudain, elles découvrirent une forêt d'immenses pins colonnaires, ponctuée d'oiseaux de paradis rougeoyants et de bosquets de cocotiers, et un bâtiment au toit de chaume – à gauche se déployait le Pacifique, bleu comme une fleur d'iris.

Elles dépassèrent plusieurs camions qui devaient aller et venir d'une mine, et dont les chauffeurs klaxonnaient pour demander à Enid de se pousser. Puis, tout à coup, ce fut une immense étendue de broussailles : la forêt avait été coupée et brûlée pour permettre de nouvelles plantations. Le spectacle était un choc, surtout après une telle foison d'arbres, et l'odeur était épouvantable.

Enid jeta un coup d'œil dans le rétroviseur et écarquilla les yeux.

— Qu'est-ce qui se passe ?

— Rien, Marge.

— Comment ça, rien ?

Margery se détourna pour regarder. Une voiture de police venait d'émerger de ce paysage désolé. Enid appuya sur l'accélérateur et sa passagère eut un haut-le-cœur.

— Enid ! La police nous suit. Je vous en prie, ralentissez !

Ralentir ? Surtout pas. Enid était blême, le visage fermé comme une huître et les cheveux en bataille. Le véhicule de police lança des appels de phares bleutés. Enid accéléra encore. La Jeep cahotait et rebondissait sur les nids-de-poule ; la voiture les suivait en rebondissant sur les nids-de-poule. Enid prit un virage sur trois roues. La sirène de la police retentit et la voiture prit le virage. Enid accéléra de plus belle. La voiture de police accéléra. Un arbre apparut. Des pierres. Des chèvres. Les pneus de la Jeep crissaient et frôlaient tous les obstacles qu'elle dépassait.

— Enid ! Enid ! hurlait Margery, hors d'elle.

Cette fois, Enid était allée trop loin. Elle était folle. Margery, qui n'avait jamais conduit de sa vie, lui arracha soudain le volant. La Jeep pencha dangereusement au-dessus de l'océan qui déferlait en contrebas. Vite, Enid reprit le volant en hurlant et pila en dérapant dans un nuage de poussière.

— C'est quoi, ce bordel ? s'écria-t-elle. Vous avez failli nous tuer !

Pas le temps d'épiloguer. La poussière retombait et la voiture de police s'arrêta. Un officier ouvrit la portière. Même les insectes se tenaient cois.

L'homme semblait avancer au ralenti et mit un temps infini pour arriver à la Jeep. Il frappa du côté d'Enid – une précaution inutile vu que la Jeep n'avait pas de toit. Elle baissa sa vitre de quelques centimètres. Tout aussi inutile. Il se pencha poliment.

— *Bon-shoor !* lança Enid avec un grand sourire qui révéla deux jolies fossettes que Margery n'avait jamais remarquées.

Le policier répondit en français.

— Qu'est-ce qu'il dit ? demanda Margery.

— Aucune idée. Souriez.

L'officier se gratta l'intérieur de l'oreille avant d'observer son doigt. Au moins, il semblait distrait.

Margery, elle, n'était pas distraite. Elle était tendue comme un élastique.

— Les papiers, chuchota-t-elle.

— Quoi ?

— On n'a pas de papiers, Enid.

— Vous ne pourriez pas avoir l'air moins terrifiée et sourire, Marge ?

Le policier paraissait avoir terminé l'inspection de ses oreilles, il était prêt à se consacrer à Enid.

— *Bon-shoor*, répéta-t-elle, en susurrant cette fois.

L'officier répondit en français.

Margery sortit son guide de son sac et l'ouvrit à la page « Quelques formules utiles du révérend Horace Blake ». Lesquelles comprenaient : « Pourriez-vous m'indiquer la route du phare, s'il vous plaît ? » Ou encore : « Au secours, à l'aide, je me noie ! » Ou même : « Je vais vendre les poules de ma grand-mère au village. » Découragée, Margery laissa tomber le révérend Horace Blake et tendit son passeport. Elle entreprit d'expliquer qu'Enid était la jeune femme aux cheveux châtains sur la photo, mais l'officier était ailleurs. Il tapotait gentiment sur le capot de la Jeep, comme si c'était une extension d'Enid.

— Voiture ? dit-il en français.

Margery s'effondra au fond de son siège.

— Je suis sûre que c'est à cause de mes vêtements, gémit-elle. Il nous a arrêtées parce que je suis habillée en homme.

— Rien à voir, Marge. C'est parce qu'on n'a pas de plaque d'immatriculation.

— Pourquoi on n'a pas de plaque d'immatriculation ?

— Parce que j'ai piqué la bagnole. J'ai volé la Jeep.

— Vous avez volé la Jeep ?

— Arrêtez de crier, Marge. Oui, j'ai chouré la Jeep. Vous pensiez que je l'avais achetée ?

Margery crut mourir. Son cœur palpitait. Non seulement elles étaient arrêtées par la police, mais elles n'avaient pas de papiers, pas de visa, elle était habillée en homme et elles voyageaient dans un véhicule volé.

— Donnez-lui un petit bakchich, murmura Enid avec un sourire en coin.

— Vous voudriez que je soudoie un officier de la police française ?

— Oui, Marge. C'est ce que je voudrais. Je vous rappelle que c'est à cause de vous qu'on s'est fait arrêter. Si vous n'aviez pas pris le volant, j'aurais pu le semer.

Elle sourit au policier en ajustant son haut pour le distraire. L'homme plongea automatiquement les yeux dans son décolleté.

Margery sortit de la monnaie de son sac. Les mains tremblantes, elle tendit les pièces à mi-chemin entre le buste d'Enid et l'officier. Elle avait l'impression de nourrir un vautour.

— Vous vous fichez de moi ? lança la jeune femme. Il s'agit de le soudoyer, pas de lui filer de quoi prendre le car pour rentrer chez maman.

Elle lui arracha son sac à main et sortit dix billets que le type compta soigneusement en se léchant les doigts. Enfin satisfait, il leur permit de repartir. Pendant qu'Enid redémarrait, il fit de grands signes, comme souvent les hommes qui pensent qu'une femme est incapable de faire une manœuvre sans que quelqu'un gesticule – tout en lui bloquant le passage. Quoi qu'il en soit, il pouvait toujours gesticuler. Elles étaient libres.

— On l'a eu les doigts dans le nez, murmura Enid. Allez, prochain arrêt, Poum !

Elle avait raison. Elles étaient sauvées. Margery mit quelques instants à retrouver la parole et déversa un flot de mots qui n'avait ni queue ni tête. Elle n'en pouvait plus, finit-elle par articuler correctement, elle ne voulait plus entendre parler de vols ni de pots-de-vin.

— Je suis collectionneuse amatrice de coléoptères, Enid. Vous m'en demandez trop.

— Vous m'avez dit que vous étiez prête à tout, vous vous souvenez ? dit-elle en agrippant le volant avant un virage. À tout pour réaliser le rêve de votre vie.

C'était vrai, même si leurs définitions de « tout » n'étaient pas rigoureusement identiques. Margery voulait bien s'affranchir des règles, d'accord, mais pas au point de vivre comme un malfrat.

— Quoi qu'il en soit, reprit Enid, on pourra facilement se débarrasser de la Jeep. Une fois dans le Nord, on n'en aura plus besoin. Et si vous commenciez à regarder où exactement se trouve la fameuse dent de sagesse ?

Margery avait les yeux rivés sur l'horizon. Les montagnes se déployaient à perte de vue et formaient des séries de lames, mais elle ne voyait pas le moindre sommet en forme de dent de sagesse, pointue ou émoussée. Le soleil se couchait. Les crêtes lancèrent un dernier reflet d'or et le ciel se fit couleur de mûre. La nuit tomba comme si on avait éteint la lumière. Les phares de la Jeep perçaient l'obscurité. La voûte céleste était tapissée d'étoiles, troublée çà et là par les éclats lointains de la foudre. Enid ralentit. Margery sentait à la fois son excitation et la présence des montagnes qui les enveloppait, plus ancienne que la présence de la vie même.

— Regardez, Marge. Vous avez vu ? C'est sublime, non ?

Il était vingt et une heures quand elles arrivèrent à Poum. « La ravissante ville de Poum, écrivait le révérend Horace Blake, couverte de huttes sur pilotis, où les Kanak transpercent des poissons tropicaux et dansent joyeusement autour du feu. »

Margery commençait à se demander si le révérend était allé en Nouvelle-Calédonie. Le lieu-dit Poum n'était pas une ville, mais un amas de hangars délabrés où vaquaient des vieillards et des chèvres. Le café où elles devaient récupérer la clé du bungalow était fermé, si bien qu'elles passèrent la nuit dans la Jeep qu'elles avaient couverte d'une moustiquaire, bercées par le bourdonnement des insectes, le roulement de l'océan et le rire lointain de gens ivres.

Le lendemain à l'aube, elles se débarbouillèrent au robinet d'un square – dont l'eau était couleur de rouille –, au milieu d'un attroupement de vieux Kanak et d'Européens esseulés. Enid se dirigea vers l'unique magasin de Poum, deux rayons qui proposaient des œufs, du maïs, des goyaves, des ignames, des noix de coco, des petits ananas doux et des bananes vertes, outre des sacs de sel, de la quincaillerie, des piles et des boîtes de conserve avec une étiquette de poisson.

Margery acheta des fruits, mais comme le café était fermé, elles descendirent au bord de l'eau, là où l'océan Pacifique rejoignait la mer de Corail, et où d'immenses vagues se fracassaient contre les rochers en projetant des bouquets d'embruns. Au large apparaissaient des îlots de plus en plus petits, comme des fragments de bois flotté dérivant vers l'horizon. Elles étaient au bout du bout du monde.

Grisée, Enid grimpa sur un ponton de bois en sautant entre les lattes, les cheveux balayés par la brise. Oubliée, la Grande-Bretagne ! C'était une autre époque. Jamais elles n'avaient été aussi loin de chez elles. Ni Margery ni elle n'étaient les mêmes que le jour où elles s'étaient rencontrées.

Enid rejoignit Margery en éclatant de rire.

Elles tournèrent le dos à l'océan pour admirer la montagne qui leur paraissait à portée de main, fusant à une altitude où plus rien ne poussait. La crête était en pierre rouge, surmontée d'une dent de sagesse émoussée – fidèle à la description du révérend.

— Vous le trouverez, le scarabée, affirma Enid en tendant le bras vers la dent. Et moi, je l'aurai, mon bébé. J'en suis sûre, je le sens.

Là-dessus, elles partirent récupérer la clé du bungalow.

24

Sur le cargo

Chaque jour le rapprochait de la Nouvelle-Calédonie. Et il n'était plus obligé de se cacher. Il était assis à l'avant du cargo, face à l'horizon, ses grandes mains sur les genoux. Il était tendu, les muscles de son corps rigides et contractés. Il ne parlait à personne. Il attendait en silence.

Mundic portait son panama et ses lunettes de soleil, et il notait dans son carnet le temps qu'il faisait, ce qu'il mangeait et ce qu'il découvrait, notamment les poissons. Il observait les gens et consignait certains noms dans le Livre de Miss Benson. Il entendait leurs voix qui se mêlaient au fracas de la houle contre le navire, reconnaissait l'odeur de graisse de la salle des machines ou les effluves rances de noix de coco à moitié desséchées, et s'en laissait imprégner comme par une seule et même vague. Il avait repéré une cabine du côté des soutes, mais elle était occupée par des marins hollandais qui faisaient du commerce de bois de santal. Méfiant, il préférait rester sur le pont et dormir en chien de fusil sous un banc.

Tous les matins, un membre de l'équipage sortait pour lire une lettre. Il la tirait de sa poche et la parcourait en se frottant les yeux. Puis il la repliait et la glissait dans sa veste.

Mundic se souvenait de l'expression des gars du camp quand un colis de la Croix-Rouge arrivait et qu'ils lisaient les lettres envoyées de chez eux. Ils parlaient de leur fiancée, de leur femme ou de leurs enfants. Mundic préférait ne rien recevoir. Tout ce qui venait de Grande-Bretagne lui semblait hors de propos alors qu'il passait des nuits dans une hutte avec un semblant de toit, des rats qui couraient au-dessus de sa tête et des hommes à l'agonie et entassés comme du bétail.

Parfois, un des matelots s'asseyait et jouait de l'harmonica, mais cela lui rappelait encore les camps. Il revoyait les types qui cherchaient à se cultiver en jouant de la musique et en lisant, comme s'ils étaient plus intelligents. Peu importait que vous soyez intelligent quand un Jap vous bastonnait.

Mundic se perdait dans les souvenirs. Il ne savait plus s'il était sur un bateau, ou de retour au camp et rêvait d'un bateau. Il ne savait plus si les hommes qui riaient étaient des Japs ou des Hollandais qui faisaient commerce de bois de santal. Il se cognait la tête et sortait son passeport en se répétant : « Je suis un homme libre. Je suis un homme libre », avant que la flamme explose et qu'il craque.

Ce matin-là, il était calme et attendait que les souvenirs s'estompent. Il n'en notait aucun. Il ne rapportait que des faits : la mer bleue, un oiseau blanc qu'il venait d'apercevoir. Tant qu'il vivait dans le présent, il était serein.

25

La Dernière Place

Pour trouver un nouveau scarabée, lui avait expliqué le professeur Smith, il fallait trois choses. La première, c'étaient les connaissances – il fallait avoir le plus de connaissances possible. Ensuite, il fallait être sur place, là où l'on pensait que le scarabée vivait. Enfin, il fallait du courage.

Découvrant le bungalow, Margery sentit qu'elle n'en avait plus.

— Enid, je…

— Abracadabra ! lança Enid en riant.

Le nom disait tout : « La Dernière Place » n'était pas seulement le dernier bungalow de la piste. C'était le dernier endroit où on aurait eu envie de vivre.

À Poum, les deux femmes avaient récupéré la clé dans un café dont le propriétaire était l'homme le plus gros et le plus poilu que Margery avait jamais vu. Il les avait prises dans ses bras comme s'il retrouvait ses filles, en s'exprimant dans un sabir français qui leur échappait. Elles avaient compris qu'il voulait absolument qu'elles mangent et il leur avait apporté un énorme plat de crevettes et de homard, avant, enfin, de leur indiquer le chemin. Elles avaient pris une piste qui longeait un bidonville où des gamins en haillons couraient à côté de la Jeep en agitant la main et en hurlant comme des petits diables. Certains brandissaient des animaux domestiques – en majorité des gallinacés – qu'ils cherchaient à leur vendre. Quelques kilomètres plus loin, la piste disparaissait et on tombait sur le bungalow, une bicoque entourée d'herbe à éléphant épaisse et de kauris géants, derrière laquelle se dressait la montagne fourchue.

Enid coupa le moteur. Seul résonnait le bourdonnement de millions d'insectes.

Le bungalow n'était pas la jolie petite case qu'elles imaginaient. C'était une baraque en bois montée sur pilotis à deux mètres environ du sol, avec des marches défoncées qui donnaient sur une terrasse aussi défoncée qui faisait le tour. Le toit était un méli-mélo de tuiles, de bâche et de feuilles de bananier, et la porte d'entrée ne fermait qu'avec un cadenas à moitié cassé. La clé, dans le sac de Margery, n'était qu'un leurre.

Enid bondit de la Jeep en s'accrochant à la barre avec Mr Rawlings, mais Margery eut plus de mal à descendre.

À l'intérieur, le bungalow était en meilleur état, mais il était couvert de détritus et sentait franchement mauvais. De la terrasse, on entrait dans une pièce tout en longueur qui en jouxtait une deuxième, minuscule ; puis il y avait trois chambres reliées par un couloir étroit, et chacune avait un vieux lit moisi et une fenêtre. L'eau courante était courante au sens propre, puisqu'elle se résumait à quelques trous dans le toit pour la pluie et des tuyaux de traviole. Les toilettes étaient une simple cuvette équipée d'un conduit qui allait directement dans une fosse à l'extérieur.

— J'ai vu pire, répétait Enid, j'ai vu pire.

— J'aimerais bien savoir où et quand.

— Pendant la guerre, Marge. J'ai vu dix fois pire. Au moins, c'est charmant et privatif. En tout cas, on est loin de tout.

— Loin de tout ? Même un ermite n'en voudrait pas. On sent que rien n'a vécu ici depuis des lustres.

Margery se trompait, le vivant pullulait. Elle trébucha sur une boîte de conserve et vit une colonie de cafards s'en échapper. Partout des insectes morts formaient de petits tas de poussière, et le papier peint, à moitié rongé, se décollait. Dans un des coins se déployait une immense toile d'araignée remplie de mouches – un vrai garde-manger de tueuse en série arachnéenne. Une demi-carcasse d'oiseau traînait un peu plus loin.

— Ne vous inquiétez pas, Marge. On ne sera pas beaucoup sur place. On sera plus souvent sous la tente en montagne.

— Sauf que c'est notre camp de base. C'est là que nous stockerons notre collecte et que nous reviendrons en fin de semaine pour nous débarbouiller et nous réapprovisionner.

Peu à peu, Margery allait pourtant s'attacher à ce lieu. Elle adorerait s'asseoir sur la terrasse et admirer le paysage avec Enid après avoir crapahuté plusieurs jours. Elle adorerait les couchers de soleil qui ressemblaient à un ciel de géraniums, la mosaïque d'ombre et de lumière sur les arbres, les pluies de papillons.

Elle adorerait préparer des œufs pour Enid, remplir un seau d'eau quand elle aurait mal aux pieds ou contempler avec elle le ciel virant au mauve. « Regardez, Marge ! Celui-là, il a la forme d'un scarabée ! » s'écrierait Enid à la vue des rubans de nuages telle une dentelle autour de la lune.

Mais le jour de leur arrivée, Margery était atterrée. Elle s'en voulait et elle enrageait de voir que cette ignoble masure n'avait rien d'un joli bungalow bien aménagé. Elle était tellement furieuse qu'elle donna un coup de pied par terre et perça le sol, créant un trou de près de deux mètres de profondeur – encore un dégât qu'elles devraient réparer.

Un oiseau croassa à l'extérieur comme si on étranglait quelqu'un.

De son côté, Enid se métamorphosa. Littéralement. Elle retira sa robe, et deux secondes plus tard, elle était dans un bikini avec une espèce de tablier autour de la taille : Miss Jolies Gambettes était de retour !

— Vous ne feriez pas mieux de vous rhabiller ?

— Relax, Marge, personne ne me voit.

Ni une ni deux, avec toutou Rawlings qui la suivait, elle remonta plusieurs brocs d'eau d'un ruisseau qui coulait sous la terrasse, puis fonça à la Jeep et rapporta tout ce qui pouvait servir à récurer. Quelques heures plus tard, elle avait briqué le bungalow de fond en comble avec de l'eau savonneuse rose, sans s'arrêter et sans dire un mot ou presque. Elle dégagea ensuite la ferraille et balança une mangle qui traînait. Elle ramassa tous les mégots et toutes les revues porno qu'elle brûla en faisant un feu à l'extérieur, puis passa un nouveau coup d'eau savonneuse pour que le bungalow sente bon. Elle attrapa une volée de lézards dans un filet et courut de l'autre côté de la piste pour les libérer, persuadée que ces petites bêtes étaient trop peureuses ou trop obéissantes pour traverser une route. (Les lézards firent aussitôt demi-tour pour la suivre.)

Elle dénicha deux vieilles chaises cannelées dans le jardin, qu'elle installa sur la terrasse. Comme ça, dit-elle, elles pourraient admirer la vue en se balançant, même si ce n'étaient pas des fauteuils à bascule, mais des chaises dont les pieds branlaient très sérieusement. Elle prit deux matelas qu'elle tira sur le balcon avant de taper dessus pour dégager la poussière et le mildiou, puis elle prépara les lits avec les draps qu'elles avaient apportés et accrocha les moustiquaires.

Une vraie fée du logis. Les lieux revivaient grâce à elle. Le bungalow était non seulement plus propre, mais beaucoup moins effrayant. Enid réfléchit et proposa de mettre telle table ici, telle lampe au kérosène là, voire quelques étagères. La pauvre Margery avait vaguement passé le balai et fait cuire des ignames, mais le résultat était tellement immangeable que même les insectes s'éloignaient. Elle pouvait enfin se rendre utile en allant chercher les affaires dans la Jeep. Finalement, c'est elle qui était l'assistante, ou, mieux, l'assistante de son assistante.

En fin d'après-midi, Enid retourna à Poum pour acheter des clous et des allumettes, et rentra avec une brochette d'enfants du bidonville – « Ils voulaient faire un tour en Jeep » – et un petit tapis. Les gamins se précipitèrent dans le bungalow et découvrirent leur matériel de camping. Ils tripotèrent la tente, les hamacs, le réchaud à gaz Primus, les poêles et les casseroles. Enid leur donna du chewing-gum en leur disant au revoir, mais ils revinrent pour lui vendre une chèvre. Elle fit non de la tête et essaya de leur faire comprendre qu'elles étaient à la recherche du scarabée d'or. Enchantés, ils ramenèrent de nouveaux copains et une sélection d'escarbots luisants, ainsi qu'une sauterelle des cocotiers grosse comme une main. Il fallut plus que du chewing-gum pour se débarrasser d'eux ! Enfin, Enid sortit son trophée de Miss Jolies Gambettes et accrocha le chromo de l'Enfant Jésus avec son visage poupon, ses pieds potelés et son petit air repu, comme s'il débordait de lait.

Elle qui était si négligée sur l'*Orion* aménageait le bungalow avec amour. C'est ainsi qu'à la fin de la journée elles avaient deux chambres plus ou moins confortables au fond, une kitchenette et un fil à linge dans le jardin. Enid avait même dégotté une vieille planche avec laquelle elle avait comblé le trou que Margery avait fait dans le sol, même si c'était un endroit à éviter. Elle posa le tapis dessus pour que ni l'une ni l'autre ne l'oublie.

— Venez voir ! dit-elle, le dos couvert de piqûres d'insectes. Regardez ce que j'ai aménagé pour vous… Un cabinet de travail ! s'exclama-t-elle en sautillant vers la petite pièce, avant d'indiquer différents objets.

Derrière les fenêtres, des fougères aussi hautes que des arbres semblaient s'incliner pour l'accueillir, et l'air embaumait le pin. Enid avait déjà ouvert la naphtaline, rangé les livres de Margery et préparé les plateaux en bois sur lesquels déposer les spécimens. Elle lui avait même donné des flacons et des pots vides dont elle ne se servait plus. C'était la première fois de sa vie que Margery avait son propre cabinet de travail.

— C'est joli, non ? lança Enid.

Margery était bouleversée. Personne ne lui avait jamais fait un tel cadeau. Elle se demandait si elle le méritait. Quand elle vit la pièce, elle eut la sensation inédite que tout ce à quoi elle tenait était là, à portée de la main, du moment qu'elle avait le courage de le revendiquer – peut-être était-ce parce qu'elle était habillée comme un homme ? « Non, c'est parce que je suis une femme, et une femme prête à l'aventure. Je ne suis pas venue en tant que sœur ou épouse d'untel. Je suis là parce que c'est ce que j'ai voulu et j'ai enfin un endroit où travailler. »

— C'est magnifique, Enid. Je vous remercie du fond du cœur. C'est magnifique.

Margery avait du mal à s'endormir. Elle se demandait ce qui l'attendait le lendemain. Plongée dans le noir, sa chambre l'angoissait, et elle finit par se lever pour déplacer son lit, à cause d'un frottement dans le toit juste au-dessus de sa tête. Son inquiétude la tenait éveillée, pourtant elle avait dû trouver le sommeil, puisqu'elle fut réveillée par Enid qui lui demanda si elle dormait.

— J'ai fait un cauchemar, Marge.

Margery alluma sa lampe de poche. Des phalènes dont les ailes étaient comme d'immenses châles de laine émergeaient de partout et se cognaient contre les vitres. La lune diffusait une lumière bleutée qui transformait Enid en spectre. Il faisait doux.

— Quel cauchemar, Enid ?

— Il ne me restait plus qu'un an à vivre. J'étais terrifiée.

— C'était un rêve, c'était pas vrai.

— Et si ça l'était ? Et si justement ça l'était ?

— Une prémonition ?

— Ouais, répondit Enid.

Elle s'assit au bout du lit en remontant les genoux sous le menton, mais ses pieds remuaient. Même au repos, elle s'agitait.

— Je ne vois pas en quoi un rêve serait prémonitoire, Enid, ni comment le cerveau pourrait savoir ce genre de chose.

— J'ai l'impression que mon cauchemar était un avertissement, Marge. Comment je pourrai avoir un bébé si je n'ai qu'un an à vivre ?

— Vous n'avez pas qu'un an à vivre, Enid. Vous êtes jeune.

Enid était l'être le plus vivant qu'elle avait jamais connu. Une vraie pile électrique.

— J'ai vingt-six ans, Marge.

— Et alors ?

— Je n'ai plus beaucoup de temps. Vous faisiez quoi, vous, à vingt-six ans ?

— Rien de spécial. Des recherches.

— C'est bien ça, vous aviez une vocation.

— Votre rêve n'était pas une prémonition, Enid. Vous êtes inquiète parce que nous commençons nos recherches demain. Moi aussi, je suis inquiète. C'est normal.

— Qu'est-ce que vous feriez s'il vous restait un an à vivre ? Vous continueriez votre quête du scarabée d'or ?

— Bien sûr. Et vous, vous n'avez pas envie d'être maman ?

— Si, mais qui s'occuperait du bébé ? Qui serait là pour le dorloter ? ajouta Enid en crispant ses doigts de pied qu'elle fixait comme si elle découvrait leur existence. Et un mois à vivre ? Si vous aviez un mois ?

— Je poursuivrais ma quête.

— Un jour ?

— Comment ça ?

— S'il vous restait vingt-quatre heures, vous abandonneriez ?

Margery secoua la tête. Elle préférait ne pas y penser.

— S'il me restait un jour, je renoncerais à mon rêve, fit Enid en soupirant. La seule chose que je voudrais, c'est mourir avec une main dans la mienne.

La jeune femme était éclairée par la lune, les pieds tremblants, les cheveux presque blancs et les bras couverts de sueur. Au loin, le tonnerre grondait, quand un éclair illumina la pièce. Margery était bouleversée par ses propos parce qu'elle savait qu'Enid avait vu juste. Elle n'avait aucune idée de ce qu'elle ferait si c'était sa dernière journée sur terre. Sans doute creuserait-elle un trou et attendrait-elle la fin en espérant ne pas trop souffrir. En outre, Enid avait tort de dire qu'à vingt-six ans elle savait quelle était sa vocation.

— Il faut dormir, Enid. Une longue journée nous attend.

— Je peux rester ? J'ai horreur de dormir seule.

— Si vous voulez.

— Vous me racontez des histoires de scarabées, comme sur le bateau ?

Margery lui parla du scarabée Goliath, gros comme la paume d'une main, des passalidés, de *Lepicerus inaequalis*, tellement petit qu'il passait dans le chas d'une aiguille… Quelques instants plus tard, Enid ronflait.

Incapable de se rendormir, Margery se redressa pour s'asseoir dans son lit. Elle n'arrêtait pas de penser au professeur Smith.

26

Tuer ce que vous aimez

Tout ce qu'elle savait sur les scarabées, c'était lui, un homme qui avait l'âge d'être son père, qui le lui avait appris. Ensemble, ils ne parlaient que de ça, de scarabées. Tout avait commencé le jour où il lui avait souri dans la galerie des insectes avant de l'inviter à boire un thé. Jamais un homme ne lui avait offert un thé avec une part de gâteau, et jamais aucun ne lui avait posé autant de questions. Où vivait-elle ? Ses parents étaient-ils en vie ? D'où lui venait son intérêt pour l'entomologie ? Ils s'étaient retrouvés la semaine suivante, puis celle d'après, et peu à peu, c'était devenu une habitude. Avec lui, le temps passait à toute vitesse et la vie était tellement gaie, tellement amusante qu'elle en avait presque le tournis. Elle voyait tout en rose, même la patère sur laquelle elle accrochait son manteau. Il devait avoir une quarantaine d'années, il était passionné par son travail, mais elle avait le cœur serré comme par une main invisible à l'idée de la solitude dont il souffrait.

Il lui avait expliqué que le nombre de nouvelles espèces augmentait très vite, tout comme, malheureusement, le nombre d'espèces qui disparaissaient – certaines avant même d'avoir été découvertes. Les savants, qui voulaient mesurer ce qu'ils perdaient, et pourquoi, devaient commencer par établir ce qui avait existé. C'était une course contre le temps. Il lui avait montré des coléoptères qu'elle ne connaissait qu'en images. Il lui avait expliqué les centaines de milliers de détails qui les différenciaient les uns des autres. Quand elle avait enfin osé évoquer le scarabée d'or de Nouvelle-Calédonie, il n'avait pas éclaté de rire ni balayé l'idée. Il lui avait promis de se renseigner sur cette espèce. Elle était sur un petit nuage depuis qu'elle avait compris que c'était possible : la gloire qu'elle imaginait le jour où son père avait feuilleté avec elle le livre de créatures incroyables n'était ni une illusion ni une chimère. Elle était à sa portée. Si elle avait osé, elle l'aurait pris dans ses bras pour le remercier.

Le professeur Smith écrivit à un collègue qui vivait au Belize. Le professeur était tellement content de recevoir une réponse qu'il oublia de retirer son chapeau quand il retrouva Margery.

— Nous savons qu'il existe des scarabées d'or. De même que des carabes et des charançons dorés. Il y a aussi la casside dorée, évidemment. Cela dit, personne, que l'on sache, n'a découvert de coléoptère des fleurs doré, avec des ailes délicates. Ce ne serait pas rien, d'en trouver un. Ce serait même important. Très important pour le musée.

Elle rit et il rit. Elle était grisée de voir qu'il était si heureux et que c'était un peu, un tout petit peu, grâce à elle. Elle-même sentait qu'elle s'épanouissait comme une nouvelle fleur.

— Maintenant, il faut des preuves.

Voilà. Elle avait compris. Soudain, sa vie avait un sens. Le professeur se débrouilla pour lui obtenir une autorisation grâce à laquelle elle allait tous les jours à la Bibliothèque nationale. Elle lut la lettre que Darwin avait écrite à Wallace, puis le journal d'un missionnaire, et la chronique d'un amateur d'orchidées rares. Elle découvrit l'existence d'entomologistes qui collectionnaient les coléoptères de Nouvelle-Calédonie : Xavier Montrouzier, un prêtre français qui y avait vécu de 1853 jusqu'à sa mort, en 1897 ; Émile Deplanche, qui y avait fait deux séjours, en 1858 et 1860, avec un pharmacien qui l'accompagnait, Arthur Bavay. Il y avait aussi Alexis Savès, un certain Godard et un Mr Atkinson ; et, plus récemment, plusieurs GI qui s'y étaient intéressés pendant la guerre. Elle lisait et relisait leurs carnets, leurs journaux de bord, leurs correspondances. Ils étaient plusieurs à avoir entendu parler du scarabée d'or, mais aucun ne faisait le lien avec l'orchidée blanche.

— Voilà, maintenant, tâchez de savoir pourquoi ce scarabée vit là, dit le professeur, et nulle part ailleurs.

Elle avait suivi son conseil. Elle avait l'impression d'essayer de percer un mystère. Elle notait le moindre indice et chaque fois qu'elle se retrouvait dans une impasse, loin de renoncer, elle revenait en arrière et recommençait. Si le collectionneur avait raison, le mâle se nourrissait du nectar de cette rare orchidée blanche.

Un jour, elle apporta une série de carnets au professeur.

— C'est inouï, dit-elle. Le scarabée d'or a besoin de l'orchidée blanche, mais l'orchidée blanche a aussi besoin du scarabée d'or.

— Vous avez bien travaillé.

Il frôla son bras par hasard et elle piqua un fard.

— Maintenant, essayez d'en savoir plus sur cette orchidée.

Elle passa des mois à faire des recherches, jusqu'au jour où elle repéra une petite orchidée blanche qui ne poussait qu'à très haute altitude sur une montagne de Nouvelle-Calédonie.

— Très bien. Maintenant, où se trouve cette montagne ?

Elle découvrit qu'il existait un mont au nom inconnu situé à l'extrême nord de l'île. Un sommet qui ressemblait à une dent de sagesse émoussée. Aucun collectionneur européen n'avait été jusque-là. Ou alors, ils avaient essayé et s'étaient fait dévorer.

— Heureusement, les cannibales ne sont plus un problème, déclara le professeur Smith en plaisantant.

Elle éclata de rire, à tel point qu'elle eut le hoquet. Il lui offrit son mouchoir. Qui sentait son odeur, un parfum étonnamment féminin. Elle garda le mouchoir.

— Il faut que vous alliez en Nouvelle-Calédonie pour trouver ce scarabée.

« Vous viendrez avec moi ? » avait-elle envie de répondre. Elle l'imaginait déjà ouvrant la voie à dos de mule, et elle, le suivant à pied mais ravie, transportant des casseroles, des instruments de cuisine et tout ce dont ils auraient besoin.

— Évidemment, il faudra le tuer, ajouta le professeur. Je sais que vous y répugnerez. Mais vous ne pourrez pas y couper, Margery.

Bien qu'elle sache pourquoi, il prit le temps de le lui expliquer. Si le scarabée d'or de Nouvelle-Calédonie existait, ce serait à elle de l'examiner et de le décrire le plus précisément possible. On ne pouvait pas tout connaître d'un spécimen en le regardant simplement mâcher une feuille. Il fallait l'observer au microscope. Analyser son anatomie intérieure. En rapporter trois paires. Les coléoptères se reproduisaient facilement. Trois paires, ce n'était rien.

Elle hocha la tête : elle avait compris, mais elle souhaitait le laisser parler pour l'écouter. Elle avait beau être silencieuse, c'était une vraie conversation.

— Un entomologiste n'est pas un tueur de scarabées. Il s'agit de tuer ce que vous aimez pour préserver l'espèce.

Aimer. Elle rougit en entendant le mot. Désormais, elle allait au musée non plus une fois par semaine, mais deux ou trois fois. De temps en temps, ses tantes lui faisaient remarquer qu'elle était en retard pour le dîner ou qu'elle courait trop vite dans l'escalier, mais jamais elles ne lui demandaient ce qu'elle avait fait dans la journée. Sans doute préféraient-elles ne pas savoir. Elle accompagnait le professeur Smith aux archives du département d'entomologie, où elle prenait des notes pour lui. Elle épinglait de nouveaux spécimens. Elle les décrivait avec précision, comme il le lui avait appris. Ce n'était pas un travail officiel, mais peu importait, elle avait de la chance. La plupart des employées du musée étaient femmes de ménage.

Elle était amoureuse d'un homme d'âge mûr, entièrement dévoué à son métier, et personne n'en savait rien. Pas ses tantes, encore moins lui. Barbara l'avait peut-être compris, parce qu'il lui arrivait d'y faire allusion. Un jour, Margery vit sur son lit un manuel de poche intitulé *Une bonne épouse*, dont les chapitres expliquaient comment préparer un bon repas pour son mari ou comment être séduisante quand il rentrait du bureau. Margery le lut intégralement et découvrit qu'elle devait se rendre plus intéressante et porter du fard à joues. D'accord, mais jamais elle ne pourrait l'épouser : il était beaucoup trop intelligent pour se marier avec une fille comme elle. Alors, elle se résigna au secret – quoi qu'il arrive, il ne devait rien savoir de ses sentiments ni mesurer l'étendue de son ignorance. En silence, de tout son cœur, elle aimait la douceur de sa voix, le brio de son esprit, la façon dont il se coiffait pour cacher son crâne dégarni. Un jour, elle sentit sa main sur son genou sous la table du salon de thé ; elle se raidit en pensant que c'était une erreur et elle était trop polie pour lui faire une remarque. Elle se serait fait couper la jambe pour lui épargner d'avoir honte.

L'erreur se répéta au fil des semaines. Il posait la main sur sa jambe sous la table. Parfois, il la caressait et la serrait plus fort.

Margery ne disait rien. Elle aurait passé sa vie entière avec sa main sur son genou du moment qu'elle pouvait être avec lui et l'assister dans son travail.

27

Sortir de la brume

Margery fut réveillée par une masse blanche qui lui obstruait la vue. Les arbres, le ciel, même la montagne avaient disparu. On aurait dit que le monde s'était évanoui pendant la nuit. Elle se leva et se précipita sur la terrasse.

Le bungalow était noyé dans une brume tellement épaisse qu'elle absorbait tous les bruits. Margery n'entendait plus les insectes. Il y avait une odeur de vase, il faisait très froid, et elle ne voyait que les deux premières marches de l'escalier. Elle eut un court instant de panique, où elle crut que le bungalow s'était envolé et flottait dans les nuages. Elles avaient traversé la planète pour venir jusqu'ici et, tout à coup, elles ne distinguaient plus leurs pieds.

La disparition du monde dura trois jours. Trois jours blancs qui interdisaient de se lancer dans la moindre expédition. Enid prit la voiture pour aller à Poum, mais elle rentra dans un arbre et préféra s'y rendre à pied. Margery était réfugiée dans son cabinet de travail avec une couverture et rédigeait son journal de bord, mais elle n'avait pas grand-chose à noter, sinon qu'elles étaient bloquées. Même sa montre s'était arrêtée. Enid revint de Poum avec des piles pour son transistor et une ribambelle de gamins qui profitèrent de la brume pour grimper sur le toit et regarder à l'intérieur : soudain, Margery découvrit six paires d'yeux qui la fixaient et poussa un hurlement. Enid essaya de capter une station, en vain. Elle s'ennuyait tellement qu'elle s'amusa à empiler leurs boîtes de conserve et fit en tout cinq petites tours. À la fin, les deux amies décidèrent de travailler sur l'orchidée blanche et le scarabée d'or. Margery dessina un spécimen de forme ovale avec de longues antennes. Enid s'exerça à aspirer avec le tube de leur aspirateur à insectes. Mais ce n'était pas idéal pour passer le temps. Elles tournaient en rond et n'aboutissaient à rien.

Puis, du jour au lendemain, la brume s'évanouit. La montagne, les arbres, le ciel infiniment bleu réapparurent, et Margery repéra des détails qui lui avaient échappé jusqu'ici : une fleur rouge en forme de mains en prière ; un cactus de la taille d'un homme. Cela dit, ces trois jours de brume lui servirent de leçon : elle comprit que le climat était plus fort qu'elle et que c'était un élément essentiel à prendre en considération. Contrairement à elle, il pouvait changer du tout au tout. Ce soir-là, elles préparèrent leurs affaires et se couchèrent tôt.

Le lendemain à l'aube, un nouveau monde s'offrait à elles. La montagne baignait dans une belle lumière dorée et mouvante. L'air embaumait les fruits mûrs et résonnait de la stridulation des insectes.

Avec son short orange, son haut rose vif, sa casquette de base-ball et ses chaussures de foot, Enid ne passait pas inaperçue, mais le vrai problème était Mr Rawlings. Il avait déjà la langue qui pendait, comme s'il la suppliait de l'emmener. Margery n'eut pas le temps de dire quoi que ce soit, Enid le prit dans ses bras.

— Il nous accompagne. Il porte bonheur, mon petit toutou, dit-elle.

— Je ne parierais pas là-dessus, Enid.

La jeune femme attrapa son sac à dos en ignorant Margery. Qui vérifia une dernière fois qu'elles n'oubliaient rien : les hamacs, la tente, les lampes au kérosène, la paraffine, les serviettes, les moustiquaires, des boîtes de conserve et des flocons d'avoine pour tenir une semaine, des jerricans d'eau, une trousse d'urgence, une marmite, des assiettes, des journaux, des crayons, un flacon pour les spécimens et un bocal pour les étouffer. Puis elles descendirent prudemment les marches de la terrasse.

Les gamins les attendaient déjà. Certains avaient même grimpé dans les arbres. Pour une fois, ils n'agitaient pas la main, ne faisaient pas de saltos arrière et ne brandissaient pas d'animaux à moitié morts. Ils regardaient Enid et Margery les yeux grands ouverts, comme deux prisonnières escortées pour être exécutées.

— Je ferme à clé ? demanda Margery.

Le silence était si compact que sa voix produisait un son artificiel, comme si elle parlait dans un mégaphone.

— Fermer à clé ? Pourquoi ?

— Parce que tout ce que nous avons est là.

— Si les gosses veulent nous voler, ils n'ont qu'à flanquer un coup de pied dans le mur.

— Et s'ils nous suivent ?

— Ils ne nous suivront pas. Ils croient que la montagne est hantée.

Elles traversèrent, à l'arrière du bungalow, un tunnel d'herbe à éléphant et de fougères. Cela leur prit un certain temps. Enid avait raison : les gamins les avaient abandonnées. Devant elles se déployait à présent une forêt dense et obscure, plus épaisse qu'un mur, où résonnaient des sons étranges. Il n'y avait pas l'ombre d'un sentier.

— Bonne chance, Marge.

— Merci, Enid.

— On va peut-être trouver le scarabée aujourd'hui.

— Ça m'étonnerait.

— Ça se pourrait. Si on se force à avoir des pensées positives. C'est excitant, non ? En tout cas, moi, ça m'excite.

— Enid, on ne le trouvera pas à force de pensées positives. On le trouvera quand on sera au sommet.

— Vous savez quel est votre problème ?

— Non, je ne sais pas, Enid.

— Vous voyez tout en noir. Vous croyez que le verre est à moitié vide alors qu'il est plein aux trois quarts.

— À moitié.

— Hein, pardon ?

— L'expression dit « à moitié plein ». Par ailleurs, la science n'a rien à voir avec ces histoires de pensées positives. Elle repose sur des preuves. Bon, on y va ?

— Oui.

— À partir d'ici, j'ai besoin de silence.

— D'accord.

— Je dois me concentrer sur la montée. Je ne veux plus vous entendre. Ce n'est pas trop vous demander ?

— Je vais essayer.

Margery lui rappela que leur idée était de se frayer un chemin jusqu'à ce que la forêt s'éclaircisse suffisamment pour qu'elles puissent tenter de repérer l'orchidée blanche. Entre-temps, elles s'arrêteraient pour collecter divers spécimens, poser des pièges ou ramasser du petit bois. Si Enid apercevait un scarabée d'or ou un coléoptère plus ou moins proche, elle ne devait plus faire un geste. Juste lever la main. Surtout, ne pas hurler ni agiter les bras ni quoi que ce soit : il fallait qu'elle attende que Margery arrive avec son filet et son bocal. Elle ne devait pas se précipiter.

— On revient au bungalow dans une semaine, c'est ça ? s'enquit Enid.

— Oui, avec un peu de chance, on aura trouvé des scarabées. On aura peut-être même atteint le sommet d'ici à Noël.

La montée commençait. Elles déposèrent leurs sacs à dos pour sortir leurs machettes. Elles taillaient quelques mètres, revenaient prendre leurs sacs, taillaient de nouveau quelques mètres… Margery ouvrait la voie, et Enid et le chien la suivaient. Des arbres jaillissaient de tous côtés et se déployaient à perte de vue, formant comme un immense crépuscule marécageux. Des rideaux de lianes épaisses retombaient, des plantes grimpantes brandissaient d'énormes fleurs rouges. Le sol était envahi de racines emmêlées comme des câbles, et de hauts troncs couverts de fleurs pâles fusaient vers la canopée.

C'était un cauchemar. Bien pire que ce que Margery imaginait. Dix minutes plus tard, elle était à bout de souffle et transpirait comme un bœuf. Ses doigts étaient gonflés par la chaleur, même le cuir de sa ceinture avait enflé, et elle avait beau avoir un foulard autour du cou, elle sentait des fourmis se glisser sous sa chemise. Elle repoussa une longue liane qui lui revint en pleine figure et faillit la renverser. Elle se retourna pour vérifier que les gamins ne les suivaient pas et se retrouva les quatre fers en l'air.

Leurs machettes ne coupaient plus rien. Autant se servir de cuillères en bois. Les troncs étaient monstrueux, cerclés de vrilles et de branches torsadées. Les broméliacées étaient gigantesques. Les racines aériennes des banians ressemblaient à des coudes et des genoux, dépassant de tresses et de rouleaux de tiges noueuses que l'œil ne distinguait plus.

L'air était moite et infesté d'insectes. Soudain, une branche cligna d'un œil bleuté : c'était un gecko. Au moindre souffle d'air, elles s'arrêtaient, étendaient les bras et ouvraient grand la bouche pour aspirer, comme si c'était de l'eau.

Enid était silencieuse et soupirait ostensiblement. Sans doute à bout de nerfs, après une demi-heure de soupirs, elle demanda à Margery si elle avait déjà eu un animal domestique.

— Un animal de compagnie ?

Margery essuya la transpiration sur son cou. Sa chemise collait contre son dos.

— Pardon, s'excusa Enid. Je réfléchissais tout haut. J'aurais pas dû. Cela dit, vous en avez eu ?

— Eu quoi ?

— Un animal de compagnie ? Vous pouvez répondre par oui ou par non. Comme ça, je n'y penserai plus.

— Non, je n'ai jamais eu d'animal de compagnie. Je n'avais pas le droit.

— Vous n'aviez pas le droit ?

— Mes tantes étaient très strictes.

— Quel dommage.

— Oh, je m'en suis remise. On continue ?

— Pas de scarabées ?

— Comment ça, pas de scarabées ?

— Vous en aviez, non ? C'étaient pas des animaux de compagnie ?

— C'étaient des spécimens.

— Vous voulez dire que vous les tuiez ?

— Non. Ils mouraient. Les scarabées ont une durée de vie très courte.

— Et le scarabée d'or ? Vous allez le tuer ?

— Enid, je n'ai pas le choix si je veux le rapporter et le présenter au musée. Nous en avons déjà parlé. Vous ne serez pas obligée de regarder. Je le ferai.

Enid hocha la tête en avalant sa salive.

— Je me vide l'esprit, dit-elle.

— Je vois.

— Sinon, mes pensées m'empêchent d'avancer.

— Ça y est, votre esprit est vidé ?

— Pas tout à fait. Moi, j'avais deux souris. La femelle est morte et le mâle était désespéré. Ça m'a fendu le cœur. Les animaux ont horreur de la solitude. Et puis j'ai eu un chat…

— Enid, nous ne pouvons pas nous lancer dans une vraie conversation.

— Très bien, Marge. J'arrête.

La forêt formait un toit au-dessus de leur tête et semblait aussi impraticable à pied qu'une étendue d'eau. Marcher en silence à côté d'Enid, c'était pire qu'attendre devant un volcan endormi. La jeune femme se mit à fredonner. Doucement, tranquillement, comme pour rappeler qu'elle était bien vivante. Sa hantise était de ne pas être remarquée.

Deux heures plus tard. La situation s'était encore dégradée. Tailler, couper, dégager, grimper. Faire un pas. Puis un autre. Pourquoi Margery avait-elle attendu d'être aussi âgée pour réaliser le rêve de sa vie ? Tout ce qui mordait évitait Enid et fonçait droit sur elle. La forêt était si dense qu'on y voyait à peine – Enid et son chien n'étaient que des silhouettes vertes. Un perroquet surgit des arbres en battant des ailes. Ses cris résonnèrent tout autour d'elles.

À midi, elles firent une pause pour déjeuner. Margery ouvrit une boîte de pâté Spam pour chacune, et Enid versa du curry sur la sienne pour éloigner les mouches. Margery n'avait jamais rien mangé d'aussi répugnant et elles avaient à peine parcouru un kilomètre.

Enid lui demanda la permission de reprendre leur conversation et lui avoua qu'elle avait passé la matinée à penser aux bébés qu'elle avait perdus. Elle pensait aussi à sa sœur jumelle, mort-née. Sa voix montait et descendait, comme dans une chanson.

— Chaque fois que je vois un papillon, je me dis que c'est elle. Je suis sûre qu'elle est là, comme mes bébés. Ils sont tous avec moi.

Enid pointa le doigt sur un papillon bleu qui déploya ses ailes sur une feuille. Margery n'en avait vu qu'un, mais Enid en avait aperçu des centaines. Margery essaya d'imaginer que ses frères étaient des papillons, mais elle trouvait cela aussi absurde que de croire qu'ils étaient en vie. Dès qu'elle pensait trop longtemps ou trop fort à eux, elle n'arrivait plus à voir leurs visages. Et puis, il faisait trop chaud pour réfléchir. Trop chaud pour écouter. Elle ne voulait pas vexer Enid, mais la plupart des papillons mouraient au bout de quelques semaines, même les grands papillons bleus.

Elles passèrent l'après-midi entier à ouvrir la voie le long d'une arête qui s'avéra être un petit plateau. Margery souffrait, son sac à dos pesait le poids d'un âne mort, et ses habits étaient imbibés de sueur et de poussière, presque douloureux à porter. Sa hanche commençait à l'élancer, mais elle préférait ne rien dire à Enid, qui l'avait dépassée et criait chaque fois qu'elle apercevait un insecte. Mr Rawlings se retournait régulièrement alors qu'elle prenait du retard et s'éloignait d'eux. Pire encore, elles avaient bu toute l'eau et elle ne pensait plus qu'à ça. Elle avait l'impression d'avoir la gorge tranchée tellement elle avait soif. Sa bouche était pleine d'une pâte blanchâtre épaisse. Tout à coup, les arbres s'éclaircirent et elle aperçut un sommet qui s'élevait dans le ciel en se divisant en deux, comme une dent de sagesse émoussée.

Le sommet était aussi haut qu'à l'aube, voire un peu plus. À ce rythme, elles n'y arriveraient pas avant février, et encore, elles n'auraient même pas commencé leur recherche de scarabées.

— De l'eau ! hurla Enid en frappant et en taillant les branches et les lianes avec une telle énergie que Margery était incapable de la suivre.

Elle avait raison. Margery l'entendit couler avant de la voir. Un grésillement proche de l'huile dans une poêle. Enid était si excitée qu'elle prit la main de son amie et la tira pour la hisser sur un gros rocher – Margery crut que sa hanche allait exploser. Elles dominaient une clairière en contrebas : un cercle d'arbres légèrement éloignés et un puits de lumière qui donnait sur un étang d'une eau si bleue et si limpide qu'elles voyaient le fond. L'eau sillonnait librement le long du rocher en projetant des jets d'écume aux couleurs de l'arc-en-ciel. Elles commencèrent à descendre en s'accrochant à la paroi, puis Enid, n'en pouvant plus, se laissa doucement glisser sur les fesses. Quelques minutes plus tard, elles étaient à genoux au bord de l'étang sous le soleil et recueillaient de l'eau entre leurs mains. Elle avait un goût de pierre. Jamais Margery n'avait bu une eau aussi glaciale. Enid retira sa casquette et se déshabilla ; Margery n'eut pas le temps de dire quoi que ce soit que son amie avançait toute nue dans l'étang en riant et criant « Yeehaa ! Yeehaa ! », comme dans un western. Elle avait la peau très blanche, les seins ronds et couverts de veinules bleutées, et un triangle noir entre les cuisses. Margery eut l'impression qu'elle avait grossi.

— Yeehaa ! C'est génial ! Allez, Marge, venez !

Margery n'avait jamais nagé de sa vie. Elle n'avait même jamais manié une pagaie.

— Non, Enid.

— Allez, Marge !

Enid frappait l'eau avec ses poings et criait pour entendre l'écho.

— Youpi ! Vive la vie !

Elle plongea sous l'eau, ses cheveux se déployant comme une anémone de mer.

Mr Rawlings leva les yeux vers Margery. Elle le regarda et vit qu'il avait la gueule fermée et ne haletait plus, comme s'il s'attendait à ce qu'elle dise quelque chose.

— Après vous, murmura-t-elle.

Il continuait à la dévisager. Il n'avait manifestement pas l'intention de plonger – ni elle. Mais c'était un chien, un chien inutile, et elle était une femme. Pour montrer qu'elle appartenait à une espèce supérieure, elle enleva ses chaussures et son bermuda, mais garda son haut et ses sous-vêtements. L'eau était glacée. Elle avait l'impression d'être mordue, ou que quelqu'un lui brisait les os. Elle agrippa une racine qui lui éclata entre les mains, et perdit pied : elle avait de l'eau non pas aux genoux, mais à la poitrine, puis au menton, à la bouche… la tête. Elle paniqua et agita les mains en l'air. Frappa de toutes ses forces. Improvisa des mouvements de bras pour flotter, lutter contre la noyade. Elle faillit s'étouffer, mais elle tint bon et parvint à rejoindre l'autre rive, où elle avait pied. Elle souffla et resta sur place, le regard tourné vers la cascade qui dévalait, les massifs de pins vert forêt et le ciel bleu sublime, telle une immense plaque de verre.

Elle crut entendre une petite voix en elle, gémissant de plaisir et chuchotant : « Margery Benson, tu es folle, tu as vu ce que tu viens de faire ? »

28

Une arme, c'est hors de question

Soudain, la nuit tomba. Plus exactement, le jour disparut. Les rayons de lumière entre les arbres s'évanouirent pour laisser place à une obscurité totale. Enid se précipita pour prendre sa lampe au kérosène et l'alluma. Elle brillait comme la lune.

— Je ne comprends pas pourquoi vous n'avez jamais essayé de monter cette tente, dit-elle. Vous avez enseigné les arts ménagers pendant des années.

— Ça n'a rien à voir avec l'art de monter une tente. Mes élèves étaient des jeunes filles à qui j'apprenais à repasser les chemises d'homme et à faire cuire des légumes.

— C'est tout ? C'est tout ce que vous leur appreniez ?

Elles revenaient de l'étang après avoir rempli leurs jerricans d'eau. La forêt était de nouveau très dense et infestée d'insectes. En dépit de leurs serviettes, elles sentaient l'humidité pénétrer tous les pores de leur peau, et l'euphorie de Margery, qui venait de découvrir le plaisir de la baignade, avait disparu. Elle était là, trempée, avec toutes les pièces de leur tente triangulaire à ses pieds. La vérité, c'est qu'elle ne s'en était jamais occupée parce qu'elle ne savait nullement comment s'y prendre ; c'était une tâche qui revenait – du moins, dans son esprit – à son assistante. Assistante qui était en train de dérouler les hamacs en se concentrant sur les cordes et les crochets.

— Je pensais quand même que vous aviez essayé de la monter, insista Enid.

— Je vous rappelle que mon appartement était bourré d'accessoires que j'avais emballés et d'équipement. Je pouvais à peine bouger.

Margery fit un effort et commença à assembler les montants, pour finalement réussir à former le toit de la tente. Elle y accrocha un grand morceau de toile, mais on aurait dit un drapeau – pas vraiment un abri où se loger. Elle enfonça les piquets sur les côtés. Elle tâcha de fixer les extrémités des cordes au sol de façon que la tente tienne debout. Soudain, Mr Rawlings l'effleura et tout s'écroula.

— Vous l'avez déjà fait ? demanda Enid. Vous avez déjà monté une tente ?

— Non.

— Jamais ? Mais vous avez déjà organisé des expéditions, non ?

— Pas du tout.

— Vous avez quand même déjà participé à une expédition, non ?

— Pas vraiment.

— Vous n'avez jamais participé à une expédition ? répéta Enid en martelant chaque syllabe comme si elle martelait directement le crâne de Margery. Jamais ? Jamais de la vie ?

— Non, Enid, je n'ai jamais participé à une expédition. Je vous l'ai déjà dit, j'étais professeure.

— Eh ben…, murmura-t-elle. Bon, d'accord.

Elle prit un bout de corde, dont elle mouilla l'extrémité avec sa bouche.

— Dans ce cas-là, on ferait peut-être mieux de rentrer au bungalow pour la nuit.

Pour Margery, l'idée de faire un pas était inimaginable. Par ailleurs, si elle descendait, elle n'était pas sûre d'avoir le courage de remonter un jour.

— Non ! Hors de question de rentrer. Le but, c'est justement de continuer à avancer.

— OK, pas besoin de m'en dire plus, répondit Enid en levant les mains comme si elle dirigeait la circulation. En tout cas, moi, je m'amuse bien.

— Enid, vous pourriez vous rendre utile et suspendre les hamacs, s'il vous plaît ?

— Pardon, Marge, je ne veux pas vous vexer, mais les hamacs ne sont-ils pas censés être à l'intérieur de la tente ?

— Vous ne pourriez pas simplement vous débrouiller pour les fixer quelque part ?

Enid se débrouilla. En deux temps trois mouvements, elle les avait accrochés, comme si elle avait campé dans la forêt tropicale toute sa vie. Elle prit même la peine d'ajouter une moustiquaire sur chacun, puis embarqua Mr Rawlings et descendit à l'étang pour remonter de nouveaux jerricans d'eau. Elle ramassa des pierres de la taille de balles de ping-pong qu'elle disposa en cercle, déposa de grandes feuilles sèches au centre, et tenta d'y allumer un feu. En vain. Elle ne fit que gâcher des allumettes. Dans l'impossibilité de faire chauffer quoi que ce soit pour le dîner, elles mélangèrent leurs flocons d'avoine avec de l'eau froide. Mais les flocons flottaient à la surface, comme de la sciure. Elles poursuivirent leur repas avec une nouvelle tranche de Spam relevée d'une pincée de curry. De temps en temps, Enid essayait de craquer une allumette, et y arrivait parfois. Les fougères et les pins géants se mettaient à briller, ponctués d'ombres furtives, mais la flamme s'éteignait très vite.

Margery était trop épuisée pour rédiger quoi que ce soit, à part une brève description du terrain autour d'elles. Elle avait des élancements douloureux entre les sourcils. Les feuilles de son carnet étaient trempées et le stylo faisait des trous. Par ailleurs, leur tente avait des allures de cercueil, en dépit de leurs efforts. Donc, soit elles dormiraient à la belle étoile, soit elles seraient plus ou moins écrasées par la toile. Le sol grouillait de fourmis rouges.

Margery retira ses chaussures. Ses pieds étaient ramollis, bouillants. Elle mit un peu de talc dessus pour les soulager.

— Allez-y, faites comme moi, dit-elle à Enid en lui donnant le flacon. Sinon, vos pieds risquent de pourrir.

Enid avait les orteils rouges et des débuts d'ampoules aux talons. Elle versa tellement de talc qu'on aurait dit qu'elle avait des socquettes.

— Vous voulez savoir comment j'ai réussi à échapper à Taylor ? demanda-t-elle tout de go, en craquant une allumette. Je me suis tirée pendant qu'il dormait.

Logique, pensa Margery en hochant la tête.

— Vous aviez raison, Marge, c'était pas un type bien. C'est un de mes défauts.

— Quoi ?

— J'en pince pour des hommes pas bien. Tout le temps. C'est plus fort que moi.

— Et votre mari, il est comme ça ?

— Lui, non, dit-elle en serrant les poings si fort que ses articulations étaient complètement blanches – blanches comme les os. Je ne sais ce que je serais devenue si vous n'étiez pas venue me chercher. Je me suis souvent retrouvée dans des situations inextricables. Mais Taylor, lui, c'était pas un mec bien. En plus, il m'a piqué tout mon fric. J'ai fini par sauter par la fenêtre, mais au moins, j'ai pris son pistolet.

Soudain, la forêt s'écroula. Margery sentit qu'il fallait qu'elle s'assoie, mais elle était déjà assise. S'allonger, il fallait qu'elle s'allonge.

— Enid ? Vous avez volé son arme ?

— Oui, elle est dans mon sac à dos.

— Avec vous, là ?

— Je pensais qu'on pourrait en avoir besoin.

— Non, Enid. Nous n'avons pas besoin de pistolet. Nous n'en aurons jamais besoin. Une Jeep volée, je veux bien, mais une arme, c'est hors de question.

La réponse de Margery fusa avec une telle force qu'elle en fut elle-même choquée. Comme si cela ne suffisait pas, elle éclata en sanglots, pleurant non pas des larmes, mais des torrents de larmes entrecoupées de hoquets. Elle ne voyait plus que la porte-fenêtre du bureau de son père.

Enid la prit dans ses bras en la serrant contre sa poitrine. C'était à la fois douloureux et étrangement rassurant. Elle entendait les battements sourds du cœur d'Enid.

— Je suis désolée. Je suis désolée. Je ne voulais pas vous blesser, Marge. Tenez, ajouta Enid en lui tendant un minuscule carré de tissu. Mouchez-vous.

Margery obéit, mais elle n'avait rien à évacuer, elle était surtout submergée par ses émotions.

— Ça va mieux, Marge ?

— Oui.

— On va se débarrasser du pistolet.

— Merci, Enid.

— On l'enterrera demain matin.

— Merci.

— Il faut que je vous dise autre chose.

— Du même ordre que le pistolet ?

— Non, à propos de mon mari…

Margery l'interrompit de peur qu'Enid lui avoue qu'elle avait d'autres armes.

— Oh, Enid, j'ai compris, pour votre mari.

— Vous avez compris ?

— Il y a longtemps, oui.

— Ah bon ?

— Vous êtes divorcée. Vous ne portez pas d'alliance. Je ne sais pas pourquoi vous voulez le cacher.

Enid était muette. Elle fit craquer une autre allumette, révélant une expression que Margery ne lui connaissait pas. Ses yeux scintillaient comme des éclats de verre.

— Enid ? Quoi qu'il arrive, nous n'aurons pas besoin de pistolet.

— Vous êtes sûre ?

— Sûre et certaine.

— Hum…

— Allez, il faut dormir.

Comment une femme n'ayant jamais vu un hamac de sa vie pourrait-elle s'installer dans un hamac ? Enid lui demanda si elle avait besoin d'aide, mais Margery – vexée d'avoir dû lui avouer qu'elle n'avait jamais monté de tente ni participé à une expédition – insista pour se débrouiller seule. De son côté, Enid grimpa dans le sien sans coup férir, et s'y allongea avec Mr Rawlings, dont les oreilles brillaient dans le noir.

— Dormez bien, Marge !

Margery était moins agile. Elle essaya une jambe. Le hamac oscilla avec elle, juste un peu. Elle essaya de le prendre par surprise en grimpant d'un coup. Le hamac encaissa le poids avant de se retourner, la projetant par-dessus bord sur un tas de piquants. Elle finit par s'élancer en bondissant. Elle atterrit sur le ventre, la bouche écrasée contre la toile et se balançant violemment ; mais elle y était. Techniquement, elle était dans son hamac, même si elle ne pouvait pas faire un geste sans risquer de se retrouver par terre. Elle eut du mal à rouler sur le côté. Enfin, elle tira la moustiquaire pour se protéger.

Dormir ? Comment pouvait-elle dormir ? Même simplement fermer les yeux ? Le bungalow avait au moins une espèce de toit et des murs. Elle était terrifiée. Tous ses sens étaient aux aguets, affûtés comme des crayons bien taillés – sa torche était à peu près aussi utile qu'un canot au milieu de l'océan. Elle entendait des sifflements et des cris de créatures mystérieuses qu'elle n'avait jamais imaginées. Des croassements rauques, des hululements démentiels, un claquement sourd. Soudain, une ombre pâle apparut, Margery était tendue comme un ressort, les yeux tellement écarquillés qu'elle avait l'impression qu'ils allaient sortir de leurs orbites. L'ombre s'ébroua et elle souffla : c'était un cochon. Nouveaux sifflements. Nouveaux tiraillements. Une bête hurlait comme si elle était dévorée vivante. Margery pensa au pistolet d'Enid. Un truc mou atterrit sur son visage.

C'était peut-être une petite bête inoffensive qui l'avait prise pour une créature amicale, du moins inanimée. Mais Margery ne se sentait pas amicale, encore moins inanimée. Son premier réflexe fut de la frapper. Mauvaise idée. La bestiole s'emmêla dans la moustiquaire en agitant les ailes et en couinant. Une chauve-souris ! Elle avait frappé une chauve-souris. Margery paniqua, la chauve-souris paniqua. Margery se retrouva avec un machin dans la bouche qui n'était pas une chauve-souris, c'était la moustiquaire ; des milliers de moustiques fonçaient maintenant sur elle.

Le chœur de l'aube retentit bien avant l'aube. Au cœur de la nuit. Les oiseaux de Nouvelle-Calédonie se réveillaient très tôt et célébraient le jour à venir en chantant. Puis les cigales se joignirent à la fête, entonnant une marche, plus qu'un concert strident. Une lumière argentée s'infiltrait peu à peu dans l'obscurité. Les formes floues retrouvaient leurs contours. Un bananier. Un rocher. Les oiseaux se rendormirent. Les cigales se calmèrent. Si elle avait dû être mordue, ce serait déjà fait, pensa Margery qui osa enfin fermer les yeux. Elle tint trente minutes en tout et se réveilla. Il pleuvait.

Ce fut la nuit la plus cauchemardesque de sa vie. Il y avait un abîme entre la théorie et la pratique : rien de ce que le professeur Smith lui avait appris ne l'avait préparée à une telle expérience. Rien de ce qu'elle avait lu non plus. Elle était couverte de piqûres d'insectes – y compris dans les oreilles. Elle était trempée, en train de se décomposer, et brisée de fatigue. Pire encore, son corps était ankylosé. La seule façon de descendre du hamac, c'était progressivement, centimètre par centimètre, comme le long d'une règle graduée. Elle n'était pas sûre de pouvoir poursuivre. Elle s'était lancée dans une aventure beaucoup trop ardue pour elle.

Elle pensa aux épouses du consulat énumérant tout ce qui leur manquait : les cornichons Branston, la bruine, les belles pelouses anglaises. Comme elle les comprenait ! Elle se sentait si seule, si désemparée, dans cette forêt tropicale. Chez elle, elle aurait un appartement avec un lit, des draps propres et une jolie lampe de chevet. Les réverbères, les fenêtres, les rideaux, les rues avec des noms lui manquaient. Le rationnement valait mieux que leurs provisions ignobles. Toute sa vie, ses tantes lui avaient dit que ça ne se faisait pas de pleurer – elle n'avait pas versé une larme à l'enterrement de sa mère –, mais mille petites pointes salées lui picotaient le nez et ses yeux étaient remplis de torrents de larmes. Elle se demandait ce qu'elle faisait là, allongée dans un hamac à l'autre bout du monde, à moitié handicapée, à la recherche d'un scarabée que personne n'avait jamais trouvé – elle pouvait mourir sur place, sous ces étoiles étrangères, personne ne le saurait. Elle pensait à son père, à sa mère, à ses frères. Elle pensait au professeur, à Barbara et à ses tantes. À tous ces gens qu'elle avait perdus ; elle mourait d'envie de les revoir. Elle ne pleurait plus parce que l'Angleterre lui manquait. Les cornichons Branston, les pelouses vertes, les rues avec des noms ? Non, c'était autre chose. Un poids qu'elle portait en elle depuis que son père avait franchi la porte-fenêtre et l'avait abandonnée. Elle pouvait aller à l'autre bout du monde, ça ne changeait rien : quelle que soit la douleur que vous aviez en vous, elle vous suivait.

Margery était allongée au fond de son misérable hamac et pleurait toutes les larmes de son corps.

29

Des paillettes et des étoiles en papier

À Nouméa, les épouses britanniques s'étaient retrouvées chez Mrs Pope pour leur séance de travaux manuels du vendredi avant que la journée soit trop chaude. Ces réunions étaient une réjouissance, surtout pendant la saison des cyclones, quand le temps pouvait changer en quelques secondes, et que la douce idée de passer Noël chez soi devenait un rêve désespéré. Certaines femmes avaient été renvoyées en Grande-Bretagne parce qu'elles étaient trop déprimées.

Ce café hebdomadaire était l'occasion de montrer une nouvelle robe, d'échanger des recettes et d'agir ensemble – même si les fusées spatiales tricotées pour l'orphelinat local, leur dernier projet, ressemblaient à des préservatifs, faisant d'elles la risée de tous. Même les Australiens avaient ri. Mrs Pope ne s'en était jamais remise. Son mari lui avait proposé d'inviter d'autres épouses – néo-zélandaises et néerlandaises. Après tout, elles parlaient anglais ; mais Mrs Pope refusait. Parler anglais, ce n'était pas être britannique. Elles étaient peu nombreuses, mais tant mieux, une minorité devait se serrer les coudes.

Noël approchait. Elles découpaient de grandes feuilles de papier de couleur pour décorer le consulat le jour de la fête des Rois organisée par Mrs Pope. Elles imaginaient les tenues extravagantes qu'elles arboreraient – cette année, Mrs Pope porterait de l'or – et évoquaient les nouvelles d'Angleterre, même si les derniers journaux dataient d'octobre. Les nouvelles n'étaient donc plus très nouvelles, il s'agissait plutôt de ouï-dire. Le rationnement. Le Festival de Grande-Bretagne. Le procès de Norman Skinner. Elles en revinrent alors aux événements locaux. Apparemment, le vol au lycée catholique n'était pas resté sans suite. La police française avait une nouvelle piste.

— Non ! s'exclamèrent les femmes.

— Si ! répondit Mrs Pope en découpant une étoile en papier. Maurice m'a confié que le suspect est sans doute britannique.

— Britannique ? répétèrent-elles, sous le choc. Britannique ?

— J'ai du mal à croire que ce soit un Britannique, ajouta Mrs Peter Wiggs. Je pensais plutôt à un indigène.

— Il semble que non, objecta Mrs Pope. C'est épouvantablement gênant.

Les femmes étaient d'accord, la situation était à la fois effrayante et embarrassante ; c'était comme si toute la communauté britannique était accusée de vol.

— Que va faire la police française ? Elle va tous nous interroger ?

Mrs Peter Wiggs, connue sous le nom de Dolly, était le bras armé de Mrs Pope. C'était une femme gentille, qui réservait cependant son intelligence pour les grandes occasions.

— Non, Dolly. Ils ne nous interrogeront pas. À moins que notre comportement ne soit suspect, ce qui n'est pas le cas, puisque nous sommes citoyennes britanniques et que nous ne sommes coupables d'aucun délit. J'ai entendu dire qu'ils examinaient les papiers de tous les nouveaux arrivants.

— Ç'a l'air compliqué. Tout ça pour un vol.

— C'est une question de principe, Dolly. D'ailleurs, les Français ont toujours eu une dent contre nous.

Elle déposa de la colle et des paillettes sur son étoile en papier.

— Si vous voulez mon avis, poursuivit-elle, ils ne se sont jamais remis de Waterloo.

— Et les deux femmes un peu originales du Muséum d'histoire naturelle ?

— Oui, Dolly ?

— J'espère qu'elles ne sont pas suspectes. Elles avaient l'air si gentilles.

— Gentilles ? répéta Mrs Pope. Vous n'avez pas vu l'assistante ? C'était une… call-girl, oui.

— J'aimais bien ses cheveux, dit Dolly.

La domestique arriva avec une assiette de petites tourtes, mais Mrs Pope la congédia aussitôt. Les tourtes étaient ramollies et fourrées au ragoût de chèvre alors qu'elle s'attendait à des asimines.

— Elles ne tiendront jamais le coup dans le Nord, reprit Mrs Pope. Elles seront de retour avant Noël, j'en suis sûre.

Et comme s'il y avait un lien avec ce qu'elle venait de dire, elle ajouta :

— J'ai bien l'intention de découvrir qui a cambriolé le lycée.

Un étrange insecte rampait sur la table, doté d'une longue trompe et d'antennes de chaque côté. Mrs Pope l'observa un moment, intriguée par la façon dont il en traînait un second en tâtonnant comme un aveugle. Soudain, elle prit le journal et les écrasa.

30

Grimper un peu chaque jour

— B'jour, Marge ! Allez, on se lève, il fait un temps splendide !

S'il y avait pire que d'être bloquée dans la forêt tropicale, c'était d'y être bloquée avec Enid Pretty. Non seulement elle avait dormi comme un bébé, mais elle adorait camper ; elle n'avait même pas remarqué qu'il avait plu. La forêt rayonnait à présent de lumière. Des rubans de brume tremblaient entre les arbres. Des gouttes étaient suspendues partout, comme de petits poissons d'argent.

— Vous voulez que je vous aide à sortir de votre hamac, Marge ?

— Non, merci. Ça va aller.

— Vous avez l'air coincée.

— J'admire le paysage tropical, Enid.

— Vous avez pleuré ?

Enid, parfaitement reposée, ses cheveux formant un halo, se tenait près du hamac de Margery avec Mr Rawlings.

— Bien sûr que non.

— J'ai envie d'aller me rafraîchir dans l'étang. Vous avez besoin de quelque chose ?

— Comme quoi ? Un bol de corn-flakes ?

La jeune femme éclata de rire. Son chien remuait la queue.

— À tout de suite, Marge.

À peine Enid disparue, Margery décida de descendre de son hamac. Le seul moyen était de se balancer… se balancer… se balancer et hop, se lancer. Elle atterrit sur une bosse malvenue et se redressa. Elle crut mourir de douleur à cause de sa hanche : elle aurait préféré qu'on lui scie la jambe plutôt que d'avoir à marcher. En outre, elle avait tellement pleuré que ses yeux la brûlaient, comme deux braises. Elle prit une chemise propre et mouillée dans son sac. Remonta la fermeture Éclair de son bermuda et rentra sa chemise à l'intérieur. Secoua ses chaussettes pour chasser les fourmis. Enleva les insectes de ses chaussures et glissa les pieds dedans. Elle se concentrait sur chaque geste pour éviter d'avoir à s'avouer : « Laisse tomber. Tu ne peux pas continuer, Margery Benson. »

Peu après, Enid remonta de l'étang avec un régime de bananes vertes. Par chance, elle réussit à allumer un feu et à chauffer suffisamment d'eau pour préparer un café tellement fort que Margery aurait tout aussi bien pu croquer directement les grains. Apparemment, une bestiole munie de dents s'était introduite dans la tente et avait fait des trous dans tout ce qui n'était pas une boîte de conserve, si bien qu'elles n'avaient plus que du Spam. Enid l'écrasa avec les bananes. Mais avec ou sans bananes, le pâté était encore pire au petit déjeuner qu'au déjeuner ou au thé. L'estomac de Margery était révolté.

— Je ne savais pas qu'on pouvait mélanger du Spam avec du sucré, déclara joyeusement Enid en creusant avec sa cuillère. Je pourrais en manger toute ma vie sans me lasser. Bon, mais on a un problème : nos réserves de papier toilette, ajouta-t-elle sans transition.

Le cœur de Margery s'effondra. Ou son estomac. Difficile à dire. Depuis qu'elle avait bu le café d'Enid, elle ne savait plus qui était quoi.

— Nous n'en avons plus ?

— Il a été bouffé. Il est plein de trous. Il va falloir utiliser des feuilles.

— Des feuilles ?

Enid commença à se coiffer et se pomponner tranquillement à l'aide de son miroir de poche. Ce faisant, elle se lança dans une histoire d'acrobate qu'elle avait vu au cirque, un homme qui pouvait monter un poney en tenant un parapluie et un lionceau. Mais cette anecdote totalement absurde était probablement fausse.

— Qu'est-ce que vous avez au visage ? demanda-t-elle brusquement. Il est gonflé, on dirait un punching-ball. Comme si vous aviez été mordue partout.

— J'ai été mordue partout, en effet.

— Humm, marmonna Enid. Au moins, c'est une belle journée et on est en sécurité.

Elle leva les yeux vers les branches et les lianes enchevêtrées au-dessus de leurs têtes. Une gigantesque feuille n'en finissait pas de tomber, comme un ptérosaure percé d'une flèche.

— En sécurité ? Comment pouvez-vous dire ça ?

Margery n'attendit pas la réponse. Assaillie par une envie pressante, elle fonça dans les sous-bois.

Quelques instants plus tard, elle s'était complètement vidée. Et elle puait la chèvre. Enid avait plié les hamacs et la tente, et récupéré ce qu'elle pouvait de leurs provisions. Elle scruta Margery de la tête aux pieds, comme un garagiste examinant une vieille voiture bonne pour la casse.

— Ça va, Marge ?

— Oui, merci.

— On dirait que vous boitez.

— Non, non. Ça va.

— J'aime autant ne pas enterrer le pistolet de Taylor. Vous serez peut-être plus en sécurité si je le garde.

C'était trop. La goutte qui fit déborder le vase. Margery avait déjà supporté le hamac, la chauve-souris, la nuit passée à pleurer, puis le Spam, la diarrhée, elle n'en pouvait plus. Elle était à bout, elle suffoquait, l'air lui semblait de plus en plus épais.

— Enid, martela-t-elle en tremblant, il est hors de question que vous ayez une arme. Un pistolet n'est pas un objet anodin. Je ne veux plus en entendre parler. Faites-le disparaître. Vous comprenez ? Pas de pistolet, c'est clair ?

Enid se redressa et fixa Margery comme si elle lisait dans ses pensées.

— Vous avez perdu quelqu'un, Marge. Vous avez perdu quelqu'un à cause d'une arme. C'est pour ça que vous ne supportez pas la vue du sang.

— Nous pourrions parler d'autre chose, s'il vous plaît ? Et si nous reprenions notre recherche ?

Enid hocha la tête et jeta le fond de son café par terre.

— Je comprends, Marge. Je vais l'enfouir, le pistolet.

Elle s'éloigna pour l'enterrer et revint les mains vides.

— Ça y est, on n'a plus de pistolet. Ça vous va, Marge ?

Margery soigna ses morsures avec de l'hamamélis, frottant ses jambes si fort qu'on aurait dit qu'elles produisaient de l'électricité. Enfin, elle mit son casque. Prête pour le deuxième jour.

— Si ça se trouve, on va tomber dessus aujourd'hui ! s'exclama Enid.

Plusieurs heures passèrent. Elles taillaient, grimpaient, dégoulinaient. Margery avait l'impression d'être sous une douche constante. Sa hanche hurlait de douleur. Une de ses chaussures lui frottait le pied. Elle avait la tête lourde, brûlante, l'estomac noué, les fesses endolories. Les mains boursouflées, éraflées. Des arbres s'étendaient à perte de vue, avec des racines en forme de pieds palmés géants, des branches épaisses, couvertes de lianes grimpantes. La chaleur était un enfer.

Enid la précédait, mais elle ne se faisait jamais piquer ni mordre. Elle transpirait beaucoup moins que Margery et s'amusait comme une folle. Elle crapahutait avec sa casquette de base-ball et son chien – qui souvent n'était plus qu'une heureuse tache fluorescente sous la canopée verdoyante –, bondissait entre les rochers, enjambait les ravines, sautait dans l'eau en faisant des éclaboussures.

— Par ici, Marge ! Vite, vite, par ici ! ne cessait-elle de crier.

Elle semblait possédée. Elle voyait des scarabées dorés qui n'étaient en fait que des jeux de lumière. Et quand elle ne repérait rien et ne saluait pas les papillons, elle volait au-dessus des ruisseaux, s'accrochait aux lianes ou frappait sur les noix de coco pour boire du lait. Margery traînait de plus en plus loin derrière elle, soulevant la moindre pierre, regardant sous la moindre feuille. Elle était exténuée, mais elle se concentrait sur chaque pas, comme elle se concentrait sur chaque bouton de sa chemise, s'attachant aux détails pour oublier sa douleur.

Enid pensait qu'elles avaient intérêt à installer leurs hamacs avant que la nuit tombe. Ce soir-là, elle réussit à faire un feu et repéra une roche plus ou moins plate où Margery put écrire son journal. Elle souffla même sur les pages pour les sécher, bien que l'humidité en fasse du papier bible. Puis elle insista pour aider Margery à monter dans son hamac en lui faisant la courte échelle, et installa sa moustiquaire. Et elle parla, parla, parla de tout et de rien, jusqu'à ce que Margery n'en puisse plus et tombe de sommeil. Cette nuit-là, elle dormit comme un loir. Des rats auraient pu ramper sur son corps. Des chauves-souris auraient pu atterrir sur son visage. Des moustiques auraient pu lui sucer le sang. Elle n'aurait rien senti.

Le lendemain matin, Enid dénicha un point d'eau, où elle courut se baigner. À son retour, elle prépara un café tellement corsé qu'il aurait ressuscité un cheval mort. Elle mentionna à peine, si ce n'est indirectement, l'histoire du pistolet.

— Je comprends que vous ayez des secrets, Marge. C'est pas grave. On a tous des secrets. Mais ne renoncez pas au scarabée. Ne renoncez pas à votre vocation. Vous ne vous le pardonneriez jamais.

Elles continuèrent ainsi. Jour après jour. Couvertes de poussière rougeâtre et de sueur. Trempées. Mordues. Piquées. Suivies par des porcs. Des lézards. Des rats. Avec des crampes d'estomac, de la diarrhée. Quand il pleuvait, c'étaient des trombes d'eau. Quand il y avait de la brume, elle était indélogeable. Enid disait que pour trouver un scarabée il fallait penser comme un scarabée. Margery disait, elle, qu'il fallait être aux aguets et rester silencieux.

Elles connurent de vrais instants de bonheur. Même dans les pires situations, la vie réserve des moments inoubliables. Le cinquième jour, après avoir passé la nuit dans une clairière, elles firent bouillir une casserole d'eau avant de boire un café bien chaud en parlant tranquillement à la lueur de l'aube.

— C'est quoi, votre couleur de vernis préférée, Marge ?

— Je ne porte pas de vernis, Enid.

— Mais si vous en portiez, qu'est-ce que ce serait ?

— Je ne sais pas.

— Rouge ?

— Non.

— Vous avez raison. Le rouge ne vous irait pas. Vous êtes plutôt du genre rose.

— Rose ? Je ne pense pas.

— Pas rose bonbon, je veux dire ce rose-là, précisa-t-elle en indiquant le lever du soleil.

Il était de la couleur de la tenue de voyage d'Enid.

— D'accord, Enid. Cette nuance, j'aime bien.

— Vous voyez ? Je vous avais dit que vous aimeriez le vernis. C'est pas parce que vous n'en avez jamais mis que c'est fichu. Un jour, quelqu'un vous en offrira.

De temps en temps, des centaines ou des milliers d'oiseaux bleus jaillissaient des arbres et s'égaillaient dans les airs en formant un immense carré de soie qu'elles admiraient. Une fois, Margery ramassa une jolie plume bleue qu'elle donna à Enid.

— Merci, Marge. Vous êtes sûre ? demanda-t-elle en la glissant dans sa poche. C'est le plus beau porte-bonheur que j'ai jamais eu. Je le garderai toute ma vie.

Une nuit, elles s'allongèrent côte à côte dans leurs hamacs et virent une comète filer à travers les constellations.

— C'est un signe, Marge. Un signe comme quoi on va trouver le scarabée.

Après une semaine de recherche, elles retournèrent bredouilles au bungalow, avec un besoin vital de sel. Margery n'aurait jamais pensé qu'elle tiendrait le coup. C'est vrai, elle avait souffert, mais elle n'avait pas abandonné : elle avait réussi à suivre Enid et le chien, et même si elle n'avait pas éprouvé de « plaisir », elle s'était découvert une endurance inattendue.

Les gamins du bidonville étaient entrés dans le bungalow pendant leur absence. Ils n'avaient rien pris, mais des objets avaient été légèrement déplacés ou même rangés. Margery ouvrit la boîte où elle avait mis son passeport et son argent : tout y était. Enid et elle firent une grande lessive et se réapprovisionnèrent. Margery dormit quinze heures d'affilée. Enid alla en voiture à Poum et revint avec du sel, des œufs, des ignames, des pastèques et des pâtisseries françaises. Elles firent un repas si copieux qu'elles s'assoupirent au soleil sur la terrasse.

Quelques jours plus tard :

— Prête, Marge ?

— Oui, Enid.

— Vous avez votre casque ? Votre moustiquaire ?

— Oui, Enid.

Cette fois-ci, il ne s'agissait plus de dégager la voie. Elles passèrent à l'étape supérieure. Elles déposaient des pièges. Observaient des feuilles mortes, des branches tombées au sol, des bûches pourries, des crottes de porc. Margery montra à Enid comment utiliser l'aspirateur à insectes, mais la jeune femme était tellement enthousiaste qu'elle en avalait et ne parvenait à les recracher qu'en enfonçant ses doigts dans sa gorge. Elles isolaient des zones qu'elles inspectaient à quatre pattes. Elles secouaient les branches et attrapaient ce qui tombait dans une bâche. La nuit, elles brandissaient leur lampe au kérosène et piégeaient les insectes attirés par la lumière. À la fin de la semaine, elles avaient collecté dix espèces d'escarbots luisants et un scarabée *Rhantus alutaceus*, extrêmement rare, de la taille d'un haricot noir, parsemé de taches rougeâtres. Margery classait et rangeait pendant qu'Enid fermait les yeux et fredonnait.

Quand elles rentrèrent au bungalow à la fin de la deuxième semaine, elles constatèrent que les gamins étaient revenus. Mais ils n'avaient rien pris, à part du chewing-gum. Margery fit tremper ses spécimens avant de les épingler et de faire des croquis accompagnés de légendes. Enid nettoya les moustiquaires et les filets et les mit à sécher, et elle alla faire des courses à Poum. Puis elles repartirent en montagne.

Quel que soit le repas, leur régime était le même : Spam, café, noix de coco et fruits frais (dans la mesure où elles pouvaient les porter), feuilles vertes comestibles. Enid essayait toutes les plantes qu'elle trouvait et finit par tomber sur une espèce qui avait un goût de miel. Elles découvrirent aussi un nouvel escarbot luisant rare et deux spécimens d'*Uloma isoceroides*, qui ressemblaient à deux noix brun foncé et brillantes. Et identifièrent trois variétés d'orchidées roses.

Peu à peu, la perception du temps de Margery changeait. Les jours se suivaient, mais tantôt ils duraient des semaines, tantôt quelques heures à peine. Quand est-ce qu'elle s'était baignée dans l'étang ? La semaine précédente ? Celle d'avant ? Sa montre s'était arrêtée le jour de leur arrivée au bungalow. Plus rien ne lui semblait présent, à part le lieu où elle se trouvait – et encore, elle savait qu'en s'éloignant, il deviendrait aussi irréel. Elle n'avait que deux repères : sa quête du scarabée d'or et son assistante.

Enid ouvrait la voie en crapahutant avec son filet à insectes et son chien. Margery la suivait tant bien que mal, mais ses pieds commençaient à se décomposer : leur peau, brûlée, se desquamait. Elle les soignait en les enduisant de cold cream. Ses carnets étaient complètement détériorés. La couverture était détrempée et le papier ressemblait à de la pulpe ; les feuilles se détachaient presque toutes seules. Par ailleurs, elle pouvait à peine tenir un stylo. Sans oublier la chaleur, la pluie, les morsures… Il ne manquait plus qu'un cyclone.

Enid, quant à elle, imaginait un futur où Margery aurait un poste au Muséum d'histoire naturelle et deviendrait une collectionneuse célèbre.

— Vous pensez que vous arriverez à tuer le scarabée d'or ? demandait-elle régulièrement. Je sais que c'est important, mais je ne vois pas comment vous allez pouvoir le faire.

À la fin de la troisième semaine, elles rentrèrent avec cinq spécimens d'une espèce rare de charançon, deux scarabées herbivores sautant comme des puces, ce que Margery n'avait jamais vu, et plusieurs cassides vertes. Cette fois-ci, les gamins n'étaient pas entrés dans le bungalow, mais ils les attendaient dehors pour leur vendre un panier d'anguilles d'eau douce vivantes. Margery refusa fermement, mais ils les leur laissèrent en cadeau. Enid remit consciencieusement les anguilles dans le ruisseau, mais elles revenaient, attirées par la lumière de la lampe au kérosène : elles remontaient dans les canalisations et ressortaient dans le bungalow. Enid finit par les mettre dans un seau qu'elle déposa dans la pièce de devant pour ne pas avoir à les tuer.

Elle fit la lessive, accrocha les hamacs pour qu'ils sèchent un minimum, fit des courses et remballa le tout. Margery épingla les spécimens en ajoutant des croquis et des notes. Une fois de plus, elles repartirent en montagne.

Le soir, les ombres étaient si noires que des fragments du monde semblaient disparaître. À l'aube, la brume empêchait de voir les arbres. Le jour, des rais de lumière tranchaient les sous-bois. Enid ramassait des feuilles qu'elle faisait bouillir pour avoir de la soupe.

— Marge ? l'appela-t-elle un soir dans son hamac. Vous savez que j'ai couché avec des hommes qui n'étaient pas mon mari. Il aimait les garçons, Perce, si vous voyez ce que je veux dire. En fait, on aimait tous les deux les garçons. Parfois, on était même jaloux.

Margery aurait pu tomber de son hamac, mais pas du tout, elle était restée calmement allongée et comprenait parfaitement.

Quelques jours plus tard, Enid lui avoua tranquillement, encore dans le noir :

— Les hommes ne m'ont pas toujours bien traitée. Quand j'étais gamine, notamment. Ils en profitaient.

Margery devina un poids, un chagrin qui venait de loin, très loin. La guerre était finie depuis longtemps, mais pas sa douleur – une douleur tue, cachée derrière des portes, là où personne ne pouvait la voir.

Pourtant, le lendemain matin, Enid sauta de son hamac et se maquilla devant son miroir de poche posé sur un tronc d'arbre, puis prépara son café ultra-corsé. Le monde était plongé dans les ténèbres, comprit Margery, et ces ténèbres contenaient une souffrance indescriptible ; mais il y avait les tâches de tous les jours – dont la recherche du scarabée d'or – qui étaient réelles, concrètes, même si elles n'annulaient pas l'effroi. Elle n'en dit rien à Enid. Elle préférait l'écouter lui confier des secrets comme des petits cailloux qu'elle lui glissait dans la poche. Elle lui demanda une deuxième tasse de café et lui fit des compliments sur ses talents de collectionneuse d'insectes.

— Vous trouvez ? demanda Enid, fière comme Artaban tout en feignant l'indifférence.

En se concentrant sur de petites récompenses, Margery réussit à survivre quelques jours supplémentaires. Un rayon de soleil inattendu entre les arbres. Un plongeon dans un étang. Un pied qui glissa et qu'elle sut retenir au dernier moment.

Deux jours avant Noël, Enid atteignit le sommet. La vue était dégagée. La terre était lisse, rougeâtre, nue, à part quelques cactus. Les pics de la dent fusaient comme deux cheminées orange vif. Pantelante, Margery rejoignit enfin Enid.

Un silence profond régnait, à peine troublé par le souffle du vent.

— On y est ! On y est, Marge ! Youpi ! s'écria Enid en balançant sa casquette en l'air.

Elle avait raison. Elles n'avaient pas attendu février pour atteindre le sommet. Elles avaient mis moins d'un mois pour ouvrir un chemin qui allait du bungalow jusqu'à la dent. Pendant des jours et des jours, elles avaient marché, lutté et persisté jusqu'à ce que la vue s'élargisse à trois cent soixante degrés. Le monde entier semblait s'offrir à elles, un monde encore plus vaste et plus lointain qu'elle ne l'imaginait. La canopée infinie des arbres. Les étincelles rougeoyantes des flamboyants. Les toits de Poum. Les douces traînées de brume. La chaîne de montagnes qui s'étendait sur des kilomètres et des kilomètres, à perte de vue, se fondant dans l'horizon bleu comme une surface bosselée sans fin. L'océan qui brillait comme une immense nappe liquide turquoise. La barrière de corail à peine visible. Les îles innombrables. Et au loin, un cargo.

Mais pas le moindre signe d'une orchidée blanche ni d'un scarabée d'or.

31

Une histoire extrêmement fâcheuse

Il était en mer depuis près de quatre semaines quand il aperçut l'île. Vue de loin, elle brillait d'or et de rose, mais de près, elle n'était que roche noire et maquis, ponctuée çà et là par une plage blanche, un bouquet de palmiers ou une cabane. Il n'aurait pas été surpris que tout disparaisse et qu'il ne reste plus que l'étendue désolée du Pacifique.

La foule s'était rassemblée sur le quai. Trop de bruit, trop de couleurs, trop d'odeurs. Mundic se recroquevilla avec son sac à dos pour se protéger. La puanteur du sel, du poisson et de la transpiration, le soleil brûlant et aveuglant, l'océan derrière lui, les montagnes devant lui…

Il pensait voir Miss Benson. Il y croyait, il l'imaginait assise là, sous un parasol, à l'attendre. Il arpenta le quai, puis il entra dans tous les bars français et dans un magasin de milk-shakes, mais pas le moindre signe d'elle. Il était perdu. Soudain, il se souvint du jour où il était revenu de la guerre et avait découvert que sa mère était morte ; personne ne lui avait écrit pour le lui dire. Ou du jour où les gardiens les avaient obligés à rester sous le cagnard parce qu'un de leurs camarades avait volé de la nourriture.

Il avait du mal à tenir debout et ne savait que faire de ses émotions. Il se soûla et vit un type se moquer de lui. Il sentit la flamme en lui brûler. Deux secondes plus tard, il était arrêté par la police.

Les flics lui confisquèrent son passeport et l'enfermèrent dans une cellule. Dans un coin gisait un seau plein de pisse. Les murs grouillaient de cafards.

— Mon passeport, hurlait-il. Rendez-moi mon passeport !

Il n'était pas dans un camp de prisonniers de guerre. Les gardiens n'avaient pas de matraque. Ni de baguette. Le lendemain matin, ils lui offrirent du café et des pâtisseries. Et un seau propre. Il criait parce qu'il avait la diarrhée et il crut que c'était des serpents. Les types lui avaient laissé son carnet, et quand son crayon cassa, ils lui donnèrent un stylo.

Il était obnubilé par Miss Benson, qu'il imaginait montant toute seule dans le nord de l'île. Ça le rendait fou. Il ne savait pas où exactement elle allait. Tout ce qu'il avait pour le guider, c'était la croix sur sa carte. Hors de lui, il frappa contre le mur et brandit le poing.

— Je suis un homme libre ! Je suis un homme libre ! criait-il. Rendez-moi mon passeport !

Le lendemain, les gardiens le sortirent de sa cellule et l'accompagnèrent dans la salle des interrogatoires. Un homme en costume de lin était assis là, livide et se tamponnant le visage.

— Vous pouvez me poser toutes les questions que vous voulez, je ne sais pas ce que je fous ici.

— Je suis le consul britannique, je vous remercierais de parler correctement, Mr Mundic.

Apparemment, il y avait eu un cambriolage dans un lycée quelque temps plus tôt. On avait volé de la naphtaline et du matériel de chimie. Le lendemain, une Jeep avait disparu.

— Vous êtes le principal suspect, je suis désolé.

— Moi ? Je viens de débarquer.

Le consul insista, c'était un incident très grave.

— On a retrouvé un chèque de voyage britannique près du lycée. La police y voit un indice. Il n'y a pas beaucoup de Britanniques ici. Cette histoire est extrêmement fâcheuse.

— Ce n'est pas moi, monsieur. Je suis venu travailler.

— Quel genre de travail ?

Le consul fixa Mundic d'un regard si dur et si long que le pauvre se tortillait sur sa chaise.

— Où avez-vous été envoyé pendant la guerre ?

— En Extrême-Orient.

— Je m'en doutais. Affreux.

— Je vous le confirme.

— Vous avez de la chance. Au moins, vous êtes en vie.

— C'est vrai.

Mundic ne pouvait plus regarder le consul. Il serra le poing qu'il avait frappé contre le mur, jusqu'à ce que la douleur remonte en haut de son bras, mais il n'avait pas vraiment mal. La douleur était là sans y être.

— Vous avez raison, déclara le consul. Je ne vois pas pourquoi ils vous garderaient si vous n'étiez pas ici il y a un mois. J'ai votre passeport. Où logez-vous ?

— Je dois aller au nord. Vous connaissez le nom de la ville la plus au nord ?

Le consul n'écoutait plus. Il avait ouvert le passeport de Mundic et l'examinait.

— Vous n'avez pas de visa ! Vous ne pouvez pas rester en Nouvelle-Calédonie sans visa. Je ne sais pas comment la police a laissé passer ça. Bon, je vais voir ce que je peux faire. N'oubliez pas que tout ferme pendant la saison.

— Quelle saison ?

— Dieu du ciel, c'est Noël ! Repassez au consulat britannique dans une semaine.

— Je ne peux pas me déplacer sans visa ?

— Malheureusement non. Les Français ne plaisantent pas avec les formalités.

Le consul se leva en gardant le passeport à la main. Mundic se sentait nu comme un ver. Comment survivrait-il sans passeport ?

— Qu'est-ce que je suis censé faire en attendant ?

— Profitez du beau temps. En cas de problème, voici mon adresse personnelle. Mais tâchez de vous maîtriser, Mr Mundic. Je vous entends souvent crier. Je vous conseille de vous comporter plus dignement.

— Oui, monsieur.

Les deux hommes échangèrent une poignée de main et le consul lui donna un billet de vingt francs. Puis il fila en laissant la porte grande ouverte. La lumière était si forte que Mundic vit tout en noir, puis en un blanc vertigineux – il recula pour se protéger.

Il était libre, comme à Songkurai, le jour où les Alliés étaient arrivés. Il s'était retrouvé au milieu d'une foule de prisonniers assistant à l'évacuation des gardiens qui les avaient humiliés et torturés. À côté de lui, un Australien avait ricané. « À leur tour », avait-il lâché.

Hélas, la guerre n'avait pas fini le jour où la trêve avait été signée. La guerre se poursuivait en Mundic et elle ne le quitterait jamais.

Il repéra un salon de coiffure où il se fit raser. Il se sentait enfin propre et il avait faim. Sur le quai, des types étaient en train de débarquer des piles de journaux.

— Des journaux britanniques, ça vous intéresse ?

Il passa son chemin. Il se fichait des nouvelles de chez lui. Il n'avait aucune envie d'entendre parler d'un autre prisonnier de guerre qui s'était pendu. Il ne demandait qu'une chose, récupérer son passeport et rejoindre Miss Benson.

32

Londres, décembre 1950

Depuis qu'elle avait été découverte, l'affaire Nancy Collett faisait tous les jours la une des journaux britanniques. Les gens en redemandaient.

La coupable était qualifiée de rusée, de froide, de calculatrice. Le *Sunday Mail* publia une photo d'elle, assise avec son mari et entourée de chimpanzés lors d'un thé. Elle n'avait l'air ni rusée, ni froide, ni calculatrice. Elle portait un foulard à pois. Elle et son époux mangeaient de la glace en riant.

Le *Daily Mirror*, le *Yorkshire Evening Post* et le *Sunday Dispatch* publièrent une autre photo de Nancy Collett, prise avant qu'elle se teigne les cheveux. Elle était méconnaissable. C'était une jeune femme simple, qui arborait un chapeau avec des cerises en plastique. On remarquait plus le chapeau que celle qui le portait.

Troisième photo, prise le jour de son mariage, publiée par le *Times*, le *Daily Sketch* et le *Manchester Evening News*. Son visage était caché par un bouquet de fleurs et son mari (feu Percival Collett, quarante-deux ans) portait un costume. Elle le tenait par le bras. Elle avait l'air très jeune. Le visage rond. Elle était sur la pointe des pieds.

Toutefois, Nancy Collett était une prédatrice sexuelle, affirmait la presse. Trente messieurs s'étaient même présentés pour dire qu'ils la connaissaient intimement. Plus tard, une nouvelle photo fit la une de tous les journaux quotidiens et dominicaux : elle posait sur un canapé vêtue d'un chemisier à froufrous, de jarretelles, de bas et chaussée de talons hauts, mais sans jupe. Elle avait la tête appuyée dans la main – une position provocatrice –, mais le cou tendu et un sourire figé, comme si elle eût préféré garder sa jupe.

Partout, les gens commentaient son histoire. Frustrée à cause des blessures de guerre de son mari, Nancy Collett avait eu de nombreux amants. (« J'ai échappé à une tueuse », titrait un quotidien.) La nuit du crime, Nancy Collett – qui, dans certaines versions, était ivre, mais dans d'autres, absolument sobre – s'était jetée avec un couteau tranchant sur son mari endormi, s'y reprenant à plusieurs fois pour l'achever. Elle l'avait tué parce que c'était dans sa nature, elle s'était même assise en jubilant avant de s'échapper en plein jour.

Nancy Collett était l'incarnation même de la passion, de l'instinct animal, du refus des contraintes de toute société civilisée. Les gens étaient à la fois consternés et fascinés, et se précipitaient sur le moindre élément nouveau du dossier. Certains allaient voir la maison. Toute la journée, la voisine les accueillait en leur expliquant comment elle avait découvert le cadavre. Elle leur donnait des bouts de papier peint de la chambre qui était la scène du crime.

« Où est passée Nancy Collett ? »

« Une femme à abattre. »

« La criminelle la plus recherchée de Grande-Bretagne. »

La vérité était la suivante : la coupable avait été repérée sur l'*Orion* à la mi-octobre, pourtant la liste des passagers ne mentionnait nullement le nom de Nancy Collett et il n'y avait aucune trace de son arrivée à Brisbane. Elle avait disparu. Peut-être sous un autre nom. Mystère.

Démunis, les journaux se concentraient sur sa complice, la femme sans tête. On savait très peu de chose sur elle. Elle vivait seule. Elle avait enseigné les arts ménagers pendant vingt ans. Le dossier de la police précisait que c'était une voleuse minable. « Une vieille prof prise dans un obscur triangle amoureux ! » Comme personne n'avait de photo, les caricaturistes s'en donnaient à cœur joie.

L'affaire Nancy Collett domina les actualités de l'année 1950 et dépassa l'affaire Skinner. Elle prit une telle ampleur que même le roi y fit allusion dans son allocution de Noël. « Scotland Yard poursuit les recherches pour retrouver la criminelle nommée Nancy Collett et sa mystérieuse complice. »

33

Joyeux Noël, Margery Benson

Enid était livide.

— Combien de temps il faut pour que les journaux britanniques arrivent en Nouvelle-Calédonie ? demanda-t-elle.

Elles étaient dans le bungalow. Enid avait son transistor à la main – elle avait enfin réussi à capter un signal – et une couronne en papier sur la tête.

— Je ne sais pas, Enid. Quelques mois ?

Noël. Jour férié. Elles s'étaient échangé des cadeaux : Enid avait donné à Margery un carré de tissu rose pour qu'elle se fasse un foulard, Margery lui avait offert un ananas. Elles avaient mangé des ignames, des œufs et des bananes sucrées, mais pas de Spam. Margery avait épinglé leurs derniers spécimens sous l'œil intrigué des gamins. Elle avait passé le reste de la journée les pieds dans un seau d'eau tiède et une compresse sur sa hanche. Ses jambes n'étaient plus des jambes. Elle ne l'avait pas dit à Enid, mais sa hanche la faisait atrocement souffrir. La peau de ses mollets était violette, enflée – elle redoutait que les piqûres d'insectes s'infectent.

Elle avait dû s'assoupir. Elle avait vaguement entendu Enid dire qu'elle essayait d'avoir la radio d'outre-mer pour écouter l'allocution du roi pour Noël. Puis il y avait eu un problème. « Je l'ai ! Ça marche ! » s'était écriée Enid. Mais la minute d'après, elle s'était mise à hurler comme si la radio l'avait mordue.

Et maintenant, elle était là, assise en silence, avec son transistor sur les genoux.

— Vous pensez que les journaux britanniques vont bientôt arriver ?

— Il y a quelque chose qui cloche, Enid ?

— Non, non.

— Vous avez reçu de mauvaises nouvelles ?

Enid secoua mollement la tête.

— Ne me dites pas que la guerre recommence, Enid ?

Margery, qui avait vécu deux guerres, avait conscience de la fragilité de la paix. Avant leur départ, on parlait de la Corée. Sans compter la Russie.

— Non, non. Ne vous inquiétez pas. Il n'y a pas de guerre, répondit Enid en sortant fumer.

Peu après, elle revint, mais elle avait l'air très mal en point.

— J'imagine que des journaux britanniques envoyés à Nouméa mettraient une éternité à arriver ici.

— Je n'ai jamais vu le moindre quotidien britannique à Poum. Tout ce qu'on trouve, c'est des ignames, des œufs et des boîtes de conserve qui ont l'air de dater d'avant-guerre. Je ne m'y risquerais pas pour un empire.

Enid n'esquissa pas l'ombre d'un sourire. Elle se passa la main dans les cheveux et tomba sur sa couronne en papier. Elle l'enleva comme si c'était idiot et la froissa.

— Enid ? Pourquoi vous me parlez des journaux britanniques, tout à coup ?

— Pour rien. Je n'ai aucune envie d'en lire. Je ne veux pas savoir ce qui se passe en Angleterre.

Sa réponse était absurde, puisqu'elle écoutait sans cesse la radio, mais elle était tellement nerveuse que Margery n'insista pas.

— Vous voulez qu'on aille manger une glace à Poum ?

— À vrai dire, Marge, je pense qu'on ferait mieux de ne pas utiliser la Jeep et de faire profil bas quelques jours.

C'était aussi absurde, puisqu'elle adorait conduire. En plus, l'idée de faire profil bas au bout du monde était ridicule. Elle faisait les cent pas dans la pièce et était difficile à suivre. Elle mit sa radio de côté et alla chercher un livre sur les coléoptères. Elle prit Mr Rawlings, s'assit aux pieds de Margery et lui demanda de lui parler de scarabées. C'était plus important.

— Tout ira bien tant qu'on sera dans le Nord, murmura-t-elle un peu plus tard tranquillement, plus pour se rassurer elle-même.

Le lendemain, elle donna la radio aux gamins du bidonville. Elle n'en avait plus besoin.

Dix jours plus tard, elles étaient de nouveau en route vers le sommet de la montagne. La moiteur de l'air était insupportable. Même les mouches semblaient alourdies

– Margery se recouvrit la bouche d'un foulard pour éviter d'en avaler. Le temps avait changé : rubans d'éclairs silencieux au loin, grondements de tonnerre constants. Les couchers de soleil avaient de nouvelles couleurs : vert table-de-billard, jaune poudre-d'œuf, rouge soupe-de-tomate. Les insectes s'activaient plus que d'habitude, et elles trouvèrent six nouveaux spécimens de scarabées. Soudain, la forêt se fit muette, comme si elle leur cachait quelque chose. Comme si elle retenait son souffle. Même l'eau était silencieuse.

Il n'y avait pas que le temps qui était étrange. Enid aussi avait changé. Elle ne bondissait plus de rocher en rocher, ni au-dessus des ruisseaux. Elle n'arrivait plus à monter dans son hamac du premier coup. La nuit, elle appelait Margery pour s'assurer de sa présence. Ou alors, elle commençait une phrase et s'arrêtait en soupirant. Elle qui pouvait se lancer dans un monologue sans fin à partir d'une liste de courses ! Elle marchait beaucoup moins vite, à tel point que Margery aurait pu la dépasser, même avec sa hanche et ses piqûres.

Un soir, elle se débarrassa de son sac à dos et s'allongea, les bras et les jambes étendus, comme une étoile, en fixant le ciel. Installé à côté d'elle, Mr Rawlings s'étira, les quatre pattes en l'air, exposant son gros ventre rose.

Margery eut du mal à s'asseoir. Elle n'était pas sûre de pouvoir se relever. Elle se déchaussa et versa du talc sur ses pieds pour les soulager. Des colonies de fourmis se précipitaient dans des trous autour d'elle, dont les nids ressemblaient à de petits tas de grains de café ou de céréales. Il y avait de la tension dans l'air.

— Vous avez deviné, non ?

— Deviné quoi, Enid ?
— Ce qui m'arrive.
— Qu'est-ce qui vous arrive ?
— Oh, mon Dieu, dit-elle en soupirant.
— Vous avez un pépin de santé ?
— Je suis enceinte.

Margery plaqua une main sur sa bouche, comme si ladite bouche pouvait tomber. Enid venait bien de dire qu'elle était enceinte ?

— Oui, confirma Enid, lisant dans ses pensées. Je vais avoir un bébé.

Margery perdait pied – regarder en bas revenait à regarder en haut. Elle était dépassée. Elle savait qu'Enid priait et était très superstitieuse. Qu'elle était ingénieuse. Mais elle ne pouvait pas tomber enceinte par la bonté du Saint-Esprit au sommet d'une montagne. Et ça faisait un mois qu'elle sautait comme une chèvre entre les rochers et les ravins. S'il y en avait une qui avait du mal à avancer, c'était Margery. Elle retira la main de sa bouche, toujours grande ouverte. Barbara lui aurait dit qu'elle risquait de gober des mouches. Soudain, Margery regretta l'humeur égale de la vieille femme de chambre. Contrairement à Enid, Barbara était incapable de vous surprendre – même quand elle avait quelque chose de gentil ou d'amusant à dire, elle ne se déridait pas. C'était la dernière personne de sa famille à avoir disparu. Elle avait eu un problème de cataracte et avait failli devenir aveugle, mais elle avait vécu chez Margery jusqu'à la fin. Elle était morte sans un sou, sans rien, à part une paire de chaussures neuves qu'elle avait laissées à Margery.

Enid était trop occupée à bavarder pour remarquer que Margery avait la tête ailleurs. La jeune femme admirait le vert extraordinaire des arbres, tout en reconnaissant que sa situation était difficile à comprendre. C'était un choc, pour elle aussi. Elle pensait avoir perdu le bébé sur l'*Orion*, mais depuis Noël, elle avait des doutes. Elle n'avait pas osé lui en parler avant d'être sûre, elle ne voulait pas jouer avec le feu – là-dessus, elle croisa les doigts –, mais désormais, elle en était certaine. Elle sentait le bébé bouger. Il remuait tout le temps. C'était un miracle. Ce bébé était un miracle. Le jour de Noël, elle avait eu peur que ce soit fichu, et soudain, il était là. En vie. Ce bébé était sa dernière chance.

— Marge ? demanda-t-elle après avoir marqué une pause. Qu'est-ce que vous faites ?

Margery restait coite.

— Vous avez entendu ce que j'ai dit ? Ce bébé est ma dernière chance.

— Donc, vous n'avez pas fait de fausse couche sur le bateau ?

— Non. Je me suis trompée.

Une fourmi piqua la cuisse de Margery. Elle la ramassa et l'examina.

— Je vois.

— Qu'est-ce qui se passe, Marge ?

— Rien.

— Vous n'avez pas l'air ravie.

— Si.

— Je pensais que vous seriez contente pour moi.

— Je le suis.

— On va s'en sortir. La recherche du scarabée se poursuit.

— Vous êtes folle ? Nous sommes en montagne dans le nord de la Nouvelle-Calédonie. Vous ne pouvez pas rester ici alors que vous êtes enceinte.

Enid s'assit, les mains sur ses hanches. Elle avait la forme d'une cruche, la bouche grande ouverte, comme un bec. Bizarrement, son ventre dépassait de son short. Margery avait l'impression qu'il s'était caché jusqu'à ce qu'elle lui annonce la nouvelle, et qu'il pouvait enfin se répandre.

— Et alors ? Vous pensez qu'il faut tout arrêter ?

— Vous ne pouvez pas rechercher un scarabée en étant enceinte. Le bébé est prévu pour quand ?

— Je ne sais pas.

— Vous ne savez pas ?

— Je suis un peu dans le flou question dates.

— Sur le bateau, vous m'aviez parlé de mai.

— Alors, c'est mai.

— Vous n'avez pas l'air très sûre.

— Si, si, je suis sûre.

— Nous ne partirons pas avant février.

— Parfait. Ça nous laisse plein de temps.

— Ne soyez pas sotte, Enid. Vous ne pouvez pas rester ici dans votre état. Et si vous tombez ?

— Et vous ? Vos jambes sont mal en point. Vous pensez que je ne l'ai jamais remarqué ? Que vous traînez la patte derrière moi ? C'est vous qui devriez être à l'hôpital.

Les deux femmes hurlaient. Elles étaient en haut d'une montagne, sur une petite île tropicale, à l'autre bout du monde… et elles se crêpaient le chignon comme jamais. Quelques minutes plus tôt, Margery était assise à côté d'Enid, incapable de se relever, mais heureuse

– du moins, en paix –, et soudain, elles se criaient dessus. Margery n'avait pas besoin d'un miroir pour savoir qu'elle était écarlate.

— Enid. Vous avez fait des choses graves. Vous avez cambriolé un lycée. Vous avez volé une voiture. Vous avez soudoyé un policier. Vous avez même enterré une arme. Mais ça, c'est le comble. Il faut rentrer.

— Où, Marge ?

— Chez nous, Enid. Chez nous. L'expédition est terminée. C'était une idée folle. Ça l'a toujours été. L'orchidée n'existe pas. Le scarabée n'existe pas. Je n'ai même plus de visa. Il faut rentrer.

Voilà. Elle l'avait dit. Elle l'avait enfin dit. Le scarabée était tout pour elle, elles avaient tout essayé, elles avaient tout fait pour l'identifier, elle avait traversé des épreuves inouïes, mais elles devaient abandonner. Non pas à cause de Margery. Mais parce que Enid était enceinte et que c'était trop risqué. Curieusement, Margery n'éprouvait aucun regret. Au contraire, c'était un soulagement. Dans son esprit, elle avait déjà commencé à faire ses valises.

Mais elle avait oublié qu'elle parlait à Enid, une fille imprévisible, irrationnelle et complètement déchaînée. Qui se redressa si brutalement que son haut s'ouvrit. Elle avait l'air d'une vraie furie, presque dangereuse. Elle attrapa Margery par l'épaule et la tira en arrière d'un geste tout sauf amical, puis la fusilla du regard.

— Margery Benson, elle est où, la femme qui a volé une paire de chaussures ? Qui a organisé une expédition à l'autre bout du monde ? Qui porte un bermuda d'homme ? Cette recherche de scarabée est votre vocation, Margery ; la mienne, c'est d'avoir un bébé.

Et maintenant, vous voulez tout larguer ? Je croyais que vous aviez quelque chose dans le ventre, c'est le cas de le dire, et un peu plus de courage.

Margery essaya de répondre, mais Enid était partie comme en quarante.

— Marge, ce bébé ne pourra pas naître tant qu'on n'aura pas trouvé le scarabée. Je le sais parce que mon corps le sait. J'ai fait tout ce qu'il faut – m'allonger les pieds en l'air, éviter de soulever des trucs trop lourds –, mais je les ai quand même perdus. Et sur le bateau, j'étais persuadée que j'avais perdu celui-ci. Je me suis trompée. Il a tenu bon. On a escaladé, couru, crapahuté, mais il a tenu bon. Il veut vivre. Il le veut, Marge. Alors, arrêtez vos conneries, n'abandonnez pas. C'est vous qui nous avez amenées ici. Maintenant, on va jusqu'au bout, et on le dégotte, ce scarabée.

Elle était tellement remontée qu'elle faillit renverser Margery. Elle prit son chien et le caressa comme une peluche en lui frottant les oreilles.

Margery, les poings serrés, regardait le diamant de soleil qui perçait le ciel. Elle compta le temps qu'il leur restait. Une, deux, trois, quatre… six semaines. Six semaines jusqu'à la mi-février. Ce n'était rien. Les chances de trouver le scarabée étaient presque nulles. Elle pensait à tout ce qu'il fallait qu'elle prenne en charge maintenant qu'elle savait qu'Enid était enceinte. Porter les deux sacs à dos. Installer les hamacs. Ouvrir la voie. Elle n'était pas assez forte. Elle était beaucoup moins agile qu'Enid. Elle avait les poings si serrés qu'ils étaient prêts à craquer.

— Enid, je suis désolée. Je ne peux pas…

— C'est quoi, ce raffut ? l'interrompit-elle.

Un courant glacial inattendu traversa la forêt et l'atteignit en plein cœur. L'air était soudain humide et âcre. Margery comprit que le silence qui régnait un peu plus tôt était un signe. L'absence d'insectes. À présent, les rafales de vent faisaient vrombir les arbres comme les hélices d'un hélicoptère, des milliers de sifflements dans les branches. Le ciel était une masse solide et noire. La tempête approchait. Elles auraient dû redescendre il y a longtemps.

Soudain, les cheveux d'Enid s'envolèrent. Elle posa les deux mains sur son ventre et hurla.

— Merde, Marge ! Qu'est-ce qu'on fait, maintenant ?

34

La fête des Rois

Ce fut le pire cyclone depuis des lustres. Tout ce qu'il pouvait détruire, il le détruisit. En quelques heures, il y eut des inondations partout. Des glissements de terrain. Des arbres déracinés. Des rivières qui débordaient, une mine de nickel qui s'effondra. Les deux grandes routes côtières traversant l'île du nord au sud étaient fermées. Les maisons de Nouméa étaient privées d'électricité, les bidonvilles, rasés. L'océan était démonté et les brisants allaient s'écraser au-delà de la plage, dévastant tout sur leur passage, les habitations, les magasins et les restaurants. Le consul fit savoir à tous les citoyens britanniques qu'ils ne devaient boire que de l'eau bouillie, et leur proposa des couvertures et des colis de vivres.

Le vent et la pluie avaient beau continuer, la fête des Rois de Mrs Pope eut lieu. Les guirlandes de papier, la crèche, l'arbre de Noël, tout y était. Elle avait dit à Dolly qu'elle attendait une cinquantaine de personnes au moins.

Il y en eut finalement plus de deux cents. La villa du consul était bondée. Maurice avait dû faire signe à tous les pauvres gens qu'il avait rencontrés. Mrs Pope avait fait venir un quatuor qui jouait des cantiques de Noël dans l'entrée, et elle portait son costume de roi pailleté d'or, mais au bout d'une demi-heure, toutes les tourtes à la viande avaient disparu. Pire encore, très peu de gens s'étaient déguisés. Ils ne parlaient que du cyclone. Et de l'affaire qu'on venait d'apprendre en Nouvelle-Calédonie : l'histoire de Nancy Collett et de la femme sans tête.

— Techniquement parlant, elle a sûrement une tête, affirma Mrs Pope à Dolly. Les journaux sont idiots de l'appeler comme ça.

— C'est parce que c'est une femme. Si c'était un homme, ils n'oseraient pas se moquer.

Le consul présenta alors son épouse au prisonnier de guerre arrivé récemment. C'était ce qu'il faisait toujours : il se débarrassait des gens qui l'ennuyaient en les présentant à sa femme avant de tourner les talons. Le type le harcelait depuis qu'il l'avait sauvé des mains de la police française. Il n'arrêtait pas de venir voir si son passeport était prêt. Maurice lui avait donné des vêtements de rechange et un peu d'argent. Mais il faisait le pied de grue devant le consulat. Mrs Pope l'avait même vu dormir au fond du jardin.

Ce jour-là, il lui montra fièrement son passeport et l'ouvrit à la page où figurait le cachet du visa qu'il venait d'obtenir.

— Vous pensez que vous allez pouvoir aller dans le Nord ? demanda Mrs Pope pour lancer la conversation.

Quelque chose chez lui la gênait. Ses cheveux étaient rasés de trop près et il parlait en regardant par-dessus son épaule à elle. Il transpirait et il était maigre comme un clou. Évidemment, c'était un ancien prisonnier de guerre, mais elle aurait préféré qu'il soit un peu moins rustre.

— Après le cyclone, ce sera plus facile. Il n'y a que deux routes qui vont vers le nord et elles sont toutes les deux fermées, Mr Mundic.

Il marmonna un truc incompréhensible. Peut-être le nom d'une personne qu'il cherchait. D'une femme ?

— Oh, il y a beaucoup de jolies femmes ici ! s'exclama-t-elle joyeusement.

Loin de rire, son interlocuteur parla d'un scarabée.

— Ah, vous voulez dire les deux originales qui sont allées dans le Nord ? Elles sont parties il y a plus d'un mois.

Il se frappa la tête, comme pour en déloger quelque chose.

— Deux ?

— Oui, oui. Elles sont venues ici pour un cocktail.

— À deux ?

— Oui.

— Ça m'étonnerait. Miss Benson voyage seule.

— Pas du tout. Elle avait son assistante avec elle, Mrs Pretty. Vous la connaissez ?

Mrs Pope lui avait posé la question pour faire diversion, parce qu'elle le voyait frotter les doigts de ses mains immenses et faire craquer ses articulations avec un air bizarre. Puis il fit quelque chose de plus étrange encore. Au bord des larmes, il implora :

— Pourquoi ? Pourquoi m'a-t-elle abandonné ? C'est moi qui mène cette expédition. C'est moi qui lui ai sauvé la vie.

Mrs Pope jeta un coup d'œil du côté de son mari, mais il était en pleine conversation avec une jeune femme qu'elle ne connaissait pas.

— Miss Benson n'a jamais mentionné cela, dit-elle.

— Ah bon ?

Il sortit un vieux carnet de sa poche, un machin en lambeaux dont les pages étaient couvertes de notes, de gauche à droite et de haut en bas. Il s'essuya les yeux avec sa manche et le feuilleta pour tomber sur une page blanche.

— Elles allaient où ?

— À Poum, dit-elle.

— Vous épelez ça comment ?

Il n'arrêtait pas de barrer le mot et de recommencer, elle dut lui répéter plusieurs fois chaque lettre.

— J'espère qu'elles ont survécu à la tempête. Nous leur avions conseillé de ne pas y aller. Maurice ne m'avait pas dit que vous étiez du Muséum d'histoire naturelle.

Il éluda. Il essayait toujours d'écrire correctement « Poum ». Le mot était simple, mais il n'arrivait pas à mettre les lettres dans le bon ordre.

— Elles ont passé une semaine à Nouméa. Un problème de bagage perdu. Savez-vous si elles l'ont retrouvé ?

— C'était pas son matériel de collecte ?

Il éclata de rire, déstabilisant Mrs Pope, qui se demandait si c'était du lard ou du cochon. Elle changea brusquement de sujet.

— Vous serez là pour la Saint-Valentin, Mr Mundic ? Nous organisons une grande soirée au consulat. Avec plein de jolis cœurs en papier. On va s'amuser comme des fous.

Aussitôt, elle regretta son invitation. Jamais elle ne trouverait une femme à lui présenter, or elle adorait jouer à la marieuse à cette occasion. Un jour, elle s'était déguisée en Cupidon, avec les ailes et tout le reste. Heureusement, Mr Mundic serait sans doute dans le Nord.

— Poum, dit-il en fixant le mot dans son carnet de notes. C'est une grande ville ?

Cette fois, c'est Mrs Pope qui s'esclaffa.

— Une ville ? Un trou paumé avec quelques huttes, oui. Vous trouverez vos collègues en un rien de temps.

Mundic ne riait plus. Il posa sur elle un regard de pierre, comme si elle l'avait insulté, puis tourna les talons et sortit.

Peu après, Mrs Pope convoqua les épouses dans la cuisine. Comme des employés faisaient la vaisselle, elle baissa la voix pour qu'ils ne comprennent pas.

— Il y a anguille sous roche, dit-elle. Les deux femmes dans le Nord sont en train de fomenter un coup.

— Vous parlez d'une histoire d'espionnage ? s'écria Dolly, qui avait lu trop de romans.

— Je ne sais pas, en tout cas, je ne pense pas qu'il s'agisse de scarabées. Le type qui doit les rejoindre a quelque chose de louche.

Elle fut interrompue par une des domestiques qui ne trouvait plus le grand couteau de cuisine. Il avait disparu, dit-elle. Disparu du tiroir.

35

On va mourir !

Elles avaient de la chance d'être en vie. Elles descendaient du sommet de la montagne lentement, hébétées, épuisées, accrochées l'une à l'autre, trop choquées pour avoir faim. Leurs vêtements étaient trempés et leur collaient à la peau, et leurs chaussures crissaient. Autour d'elles, les arbres étaient couchés, les troncs déracinés, les ruisseaux démontés. Le bungalow – si elles y arrivaient – avait dû être emporté.

— Ça va, Enid ?

— Oui, merci.

— On y est presque.

La tempête avait duré quarante-huit heures. Quarante-huit heures de vents violents et de pluies torrentielles. « En cas de cyclone, écrivait le révérend Horace Blake, il est conseillé de sécuriser toutes les portes et fenêtres et de s'abriter sous une table ou un matelas pendant toute la durée de la tempête. Débranchez tous les appareils électriques. Ne sortez surtout pas. »

Margery avait découvert une crevasse entre deux rochers, où elles s'étaient réfugiées, blotties l'une contre l'autre, agrippées au chien et à leurs affaires. Elles avaient perdu un filet, plusieurs pièges, une bouteille d'éthanol et la casquette de base-ball d'Enid. Le vacarme était assourdissant. Margery n'avait jamais entendu un tel boucan. Le vent soufflait en rafales, c'était pire que de se frapper la tête – son casque ne servait strictement à rien. Les plus hauts pins ployaient sous les bourrasques, des bananes fusaient dans les airs, ainsi que des noix de coco, des feuilles, des branches, des volées d'oiseaux. On entendait des éclats, des chocs sourds, des sifflements, des bruits de succion, des crépitements plus forts que des coups de feu. Au loin rugissaient les brisants qui se fracassaient contre le récif. La foudre était incessante : des éclairs violacés, jaunes, blanc argenté illuminaient un fragment de forêt et s'éteignaient. La tempête était tellement intense qu'il était difficile d'imaginer qu'elle puisse s'arrêter un jour. Leurs cheveux volaient dans tous les sens.

— On va mourir ! criait Enid. On va mourir !

Terrifiée, Margery réagit comme jamais elle n'avait réagi. Alors que tout valsait autour d'elle, elle se mit à parler toute seule, à faire des phrases sans queue ni tête.

— Margery Benson, tu es une machine parlante, je t'interdis d'abandonner, martelait-elle.

Tandis qu'Enid se recroquevillait et sanglotait, elle s'inventait des charades et égrenait tout ce qui lui venait à l'esprit. Elle commença par énumérer chaque lettre de l'alphabet en y associant un animal. Puis fit la même chose avec des pays, puis des grandes villes, puis des capitales. En parlant, elle avait le sentiment de maîtriser sa peur.

— Arrêtez, Marge, qu'est-ce que ça peut faire ? Qu'est-ce que ça peut me faire que vous trouviez un animal qui commence par X ? Taisez-vous, je vous en supplie ! On va mourir !

Têtue, Margery continuait à compter et égrener. Elle avait l'impression qu'Enid et elle étaient des cerfs-volants filant dans deux directions opposées, mais dirigés par la même main. Il fallait non seulement qu'elle se maîtrise mais qu'elle surveille Enid, enceinte et persuadée que c'était son dernier jour sur terre. Elle passait sans cesse d'un sujet à l'autre tandis que la jeune femme répétait que c'était la fin. Plus Margery parlait, plus elle était sûre qu'elle était en vie et qu'elles n'allaient pas mourir, ni elle ni Enid. Elle n'avait qu'à parler.

Citer des noms de garçons. Des noms de filles. Des dates de batailles célèbres. Des épouses d'Henri VIII. Des rois et des reines britanniques depuis Alfred le Grand. Des saints. Des poètes. Des ingrédients pour des recettes de guerre. Des listes de tout ce qui lui venait à l'esprit.

La nuit tomba, le vent rugissait mais elle continuait. Il faisait si froid qu'elle tremblait de la tête aux pieds.

— On va mourir gelées ! pleurait Enid.

Malgré ses oreilles et ses orteils glacés, Margery résistait. Elle avait tellement froid qu'elle avait presque chaud et envie de dormir. Elle prit Enid dans ses bras et la secoua pour qu'elle reste éveillée, récitant les mois de l'année dans un sens puis dans l'autre, jusqu'à ce qu'elle ait l'idée d'énumérer les familles, les sous-familles et les espèces de coléoptères et de scarabées, y compris leurs noms latins. Elle qui voulait tout abandonner, elle était soudain galvanisée par le danger, plus forte que la mort, déterminée à protéger son amie qui redoutait de perdre son bébé. Elle prit la mesure de sa ténacité, de sa volonté de vivre. Oui, elle voulait vivre. Elle voulait qu'Enid et son bébé vivent. Il suffisait qu'elle continue à parler.

Le vent hurlait dans les hauteurs, mais le ciel commençait enfin à s'éclaircir – légèrement. Elle n'aurait su dire combien de temps s'était écoulé avant qu'il y ait assez de lumière pour voir.

Soudain, la pluie tomba, une pluie comme jamais Margery n'en avait connu, même en Nouvelle-Calédonie. Des trombes d'eau s'abattaient, emportaient les troncs d'arbres, arrachaient les feuilles, coulaient à perte de vue, noyaient la forêt, écrasant et broyant tout jusqu'à ce que Margery n'entende plus qu'un immense fracas. Une cascade dévalait du sommet et formait des torrents d'une eau rouge et écumeuse qui jaillissait sous leurs yeux. Balayés, les arbres et les rochers suivaient le courant, ballottés, secoués, à moitié immergés. Plus rien ne semblait enraciné ni accroché nulle part.

— On va se noyer, pleurait Enid, agrippant son ventre comme si la tempête pouvait l'emporter. On va être assommées par les pierres et les branches.

Et Margery continuait de parler.

— Vous savez combien de types d'antennes de scarabées je connais ?

— Non ! hurla Enid. Je m'en fous !

Pas grave. Margery avait décidé de toutes les passer en revue : les antennes courtes, les antennes plus lourdes, celles en forme de brosse à dents, celles qui ressemblaient à une plume…

Et les schémas d'accouplement compliqués du lucane cerf-volant ? Enid les connaissait-elle ? Ou les différences entre un charançon et un carabe ?

— Bien sûr que non, Marge !

— Très bien. Ne bougez pas, Enid. Je vais vous expliquer.

Tout à coup, un craquement tonitruant retentit et la montagne bascula, comme si la moitié se détachait et commençait à glisser, telle une table renversée. Troncs d'arbres, branches arrachées, rochers, déluge d'eau, de feuilles et de pierres… Margery était agrippée à Enid, qui était agrippée à son chien, tous recroquevillés dans leur abri, alors que le sol tremblait et rugissait comme si la terre entière était emportée. Enid sanglotait tandis que Margery poursuivait son cours improvisé sur l'anatomie des scarabées et leurs différentes variétés. Et elle en savait suffisamment pour tenir des semaines.

La seconde journée finissait quand le vent diminua et la pluie s'arrêta. Le calme semblait suspendu comme un point d'interrogation. Margery se risqua à l'extérieur pour voir si leur sentier existait toujours, mais elle avait à peine fait quelques mètres que le vent reprit. Encore plus fort qu'avant. Elle comprit, trop tard, que c'était l'œil du cyclone, juste une pause trompeuse avant que la nature se déchaîne à nouveau. Soudain, une bourrasque lui arracha sa lampe, qui vola en éclats dans un fracas assourdissant. Elle leva un pied pour retourner auprès d'Enid et fut projetée au sol. Elle rampa à quatre pattes, fouettée par les branches, les feuilles, les pierres.

— On va mourir, gémissait Enid. On va mourir, personne ne peut nous sauver !

Une seconde nuit suivit. Une seconde nuit à parler et pleurer. Le matin, enfin, le vent diminua et la lumière revint. Les nuages dérivaient au loin et la pluie était moins violente. Margery sortit de leur cache et aida Enid à se lever, puis elles prirent leur courage à deux mains et commencèrent à descendre prudemment, comme si elles étaient encordées. Enid était très affaiblie et Margery avait la voix rauque. Curieusement, son bocal à insectes avait résisté au fond de son sac à dos, de même que son casque et son filet. Et le chien était en vie. En revanche, Enid et elle avaient perdu tout le reste. Le sol était couvert de gravats, de débris de roches et d'arbres arrachés. D'énormes blocs de pierre leur barraient le passage. La caillasse tintait comme de la porcelaine sous leurs pas. Ailleurs, l'eau des ruisselets leur arrivait aux genoux. D'immenses nuages de vapeur s'élevaient. L'air bruissait de sifflements et de pépiements. Margery portait les deux sacs à dos et soutenait Enid. Elles enjambaient des troncs d'arbres, pataugeaient souvent dans l'eau et la boue, Enid tenant son ventre d'une main et Margery de l'autre.

— Enid, ça va ? Et le bébé ? Vous le sentez bouger ? Encore un pas, Enid. C'est bien. Continuez. Un pas, c'est ça. Continuez, voilà. Regardez. Il n'y a presque plus de vent. Nous allons y arriver. Nous sommes en sécurité. Ça va, Enid ?

— Ça va, merci. Le bébé va bien aussi. Mais pourriez-vous arrêter de parler, Marge ? J'ai besoin de me concentrer.

Un oiseau de proie tournoyait au-dessus de leurs têtes, prêt à les dévorer.

Miracle. Le bungalow avait tenu. Il était encore debout. Il avait même l'air en meilleur état. La bâche sur le toit ne s'était pas envolée, elle était juste un peu aplatie, et il manquait quelques feuilles de palmier, mais elles pourraient facilement être remplacées. Les marches étaient intactes – c'est-à-dire qu'elles n'étaient pas plus cassées qu'à leur arrivée – et la terrasse n'avait pas bougé. La porte était moins de travers. Le bungalow avait dû en voir tellement qu'il était immunisé, pensait Margery, armé contre les cyclones. Ce jour-là, en le regardant, elle eut un coup de cœur – c'était le bungalow le plus solide du monde.

— Enfin chez nous ! s'écria Enid. On est de retour ! On y est arrivées !

La pauvre, elle parvenait à peine à monter les marches et Margery dut pratiquement la porter jusqu'à la dernière. Après, il fallut aller chercher le chien.

Enid n'était pas seulement à bout de forces, elle était sur les nerfs. À peine Margery ouvrit la porte qu'elle poussa un cri d'horreur. Quantité de bestioles, dont une anguille, avaient envahi le bungalow. Le sol était une immense flaque où flottaient des branches, des papiers, des boîtes de Spam, des débris de tous les spécimens qu'elles avaient rapportés. Le chromo de l'Enfant Jésus était tombé. Plusieurs présentoirs et bocaux avaient été projetés hors du cabinet de Margery et étaient cassés. Ses livres étaient trempés.

— Ça aurait pu être pire, dit lentement Margery. Ça aurait pu être pire, Enid.

Margery risqua un premier pas à l'intérieur. L'essentiel était de ne pas désespérer, pensait-elle, Enid comptait entièrement sur elle. Ses chaussures clapotaient dans l'eau en écrasant des morceaux de verre brisé. Au fond de la pièce, le toit avait tenu. Les chambres n'étaient pas inondées. Les moustiquaires étaient intactes. Il faudrait juste un peu de temps pour tout remettre en ordre.

— Ne vous inquiétez pas, Enid, ça va.

Elle agrippa le bras de Margery, qui l'accompagna dans sa chambre et l'aida à se déchausser et se déshabiller. Enid se baissa pour voir si sa valise rouge était bien sous son lit, puis enfila une combinaison. C'était la première fois que Margery la voyait nue depuis qu'elles s'étaient baignées. Elle était mince, musclée, la peau sombre, sauf le torse, très pâle, comme un gilet naturel. Elle avait les seins gonflés et couverts de veines bleutées, et le ventre déjà très arrondi. Mais elle avait l'air trop petite pour être enceinte, et Margery ne put s'empêcher de rire. C'était sans doute une façon d'exprimer son soulagement d'être enfin à l'abri, en sécurité. Enid regardait son ventre en le caressant, toute fière, et elle aussi riait.

Margery improvisa une sorte de baldaquin au-dessus du lit avec une bâche et des piquets puis tira la moustiquaire autour.

— Marge, on s'en est sorties, murmura Enid, allongée dans son lit, au bord des larmes. Plus rien ne nous empêchera de trouver le scarabée.

Elle tombait de sommeil, une main sur son ventre. Elle dormit toute la journée. Elle ne se leva que pour manger et boire un bon litre d'eau, puis elle prit son chien et retourna se coucher. Elle avait besoin de se reposer, dit-elle, après ça, elle serait prête à reprendre leur recherche.

Pendant ce temps-là, Margery s'activa comme une folle. Elle dégagea le verre brisé, passa la serpillière, fixa des panneaux de bois sur les vitres cassées, raccrocha le chromo de l'Enfant Jésus d'Enid. Elle ramassa les conserves dont elle refit des piles et jeta les paquets de flocons d'avoine irrécupérables. Elle sortit cueillir des bananes pour cuisiner et nourrir Enid. Elle remit en place les feuilles sur le toit en les fixant avec de la corde. Elle remonta plusieurs seaux d'eau du ruisseau, qui avait presque débordé. Elle fit la lessive pour débarrasser leurs vêtements des traces rougeâtres et de l'odeur de transpiration – les couleurs d'origine avaient quasiment disparu. Elle raccommoda les accrocs, et prit les aiguilles à tricoter d'Enid pour percer leurs chaussures afin que l'eau puisse s'écouler en cas de pluie. Puis elle fit tout sécher – vêtements, sacs à dos et chaussures – à l'extérieur. Enfin, elle prépara un plat à base d'œufs et d'ignames, qui embaumait tellement qu'Enid se leva et mangea sans dire un mot.

La nuit tomba, elle alluma leur dernière lampe au kérosène et s'attela à sa collection de scarabées. Elle mit de côté les spécimens qui avaient résisté et les emballa soigneusement pour pouvoir les rapporter. Elle rassembla tous les livres et les documents encore lisibles, et cloua certaines pages au mur pour qu'elles sèchent. Elle passa la nuit entière à recopier des notes. Le ciel était une gigantesque boule de verre, sombre et parsemée d'étoiles. Elle entendait le murmure des insectes et la rumeur lointaine de l'océan. Elle sentait l'odeur des pins et le parfum vanillé des fleurs qui s'allumaient comme des bougies dans le noir.

Enid avait raison. Elles auraient pu mourir. Or, elles avaient survécu. Elles n'avaient été emportées ni par les crues ni par les chutes des pierres ou des noix de coco qui rebondissaient. Margery réfléchissait : elle avait abandonné Enid quand elles étaient sur le bateau, elle l'avait laissée filer à Wacol, elle s'était détournée d'elle plusieurs fois dans la montagne – elle avait honte. À partir de maintenant, elle veillerait sur elle. Quelle que soit la vie qu'Enid avait menée, elle reprenait les choses en main. Curieusement, le fait d'avoir parlé quarante-huit heures d'affilée avait débloqué un nœud en elle. Elle se sentait beaucoup plus forte, non seulement vis-à-vis des autres, mais vis-à-vis d'elle-même. Elle avait beau s'interroger – le scarabée d'or ne vivait peut-être pas en Nouvelle-Calédonie, ou bien il y avait peut-être vécu mais avait fini par disparaître –, elle retournerait au sommet de la montagne et poursuivrait sa quête. Le visa ? Qu'est-ce que ça pouvait faire ? C'était sa dernière chance.

« Dernière chance » : l'expression lui disait quelque chose. Elle l'avait entendue récemment. Elle réfléchit, jusqu'à ce que la scène lui revienne en mémoire. C'était juste avant le cyclone, quand Enid lui avait avoué qu'elle était toujours enceinte, elle lui avait dit qu'elle avait eu peur que tout soit fichu le jour de Noël et que le bébé était sa dernière chance. Étrange… Pourquoi ? Le jour de Noël, elle n'avait rien fait, à part confectionner des couronnes en papier et essayer de capter une station de radio. Margery se demandait ce qu'Enid avait voulu dire.

Pourtant, jamais elle n'aurait osé lui poser la question. Tout ce qui l'avait exaspérée chez Enid, désormais elle l'acceptait. Être l'amie d'Enid, c'était s'attendre à tout. Sa valise rouge, par exemple. « Enid, mais qu'est-ce que vous avez dans cette valise, diable ? » avait-elle failli lui demander quand elle l'avait vue se tortiller pour vérifier que le bagage était sous son lit. Par respect, elle s'était abstenue. Elles avaient beau être proches, elle n'avait aucun droit sur les souvenirs d'Enid ni sur sa vie d'avant. L'amitié était aussi fondée sur des différences et des inconnues. « Regardez comme ma jambe est grosse ! Regardez comme la vôtre est fine ! Vous ne trouvez pas que ces différences sont extraordinaires ? Alors que nous vivons dans le même monde ? » Peu à peu, Margery rectifiait l'image qu'elle avait d'elle-même. C'était grâce à la présence d'Enid, qui était devenue une amie, elle le savait.

Elle prit un crayon et du papier, et compta le nombre de boîtes de conserve qu'elles avaient. Assez pour un mois. Pas plus. Elles tiendraient jusqu'au début de février. Elle alla chercher son sac et regarda combien elle avait en tout. En faisant attention, elle avait de quoi payer l'essence pour retourner à Nouméa et il lui resterait un peu d'argent au cas où. Leurs vêtements et leurs chaussures étaient en mauvais état, l'un des hamacs craquerait dans la semaine. Mais le vrai problème était ses jambes.

Elle se leva pour aller chercher sa loupe et un couteau. Elle baissa ses chaussettes et retira les bandes et les pansements. Plusieurs piqûres s'étaient infectées, elle le voyait à la peau rouge vif et gonflée. Elle prit un stylo et traça un petit cercle autour de chaque plaie. Dix en tout. Elle plaça le couteau sur une première plaie et enfonça la pointe en détournant le regard pour faire sortir le pus. Une douleur atroce fusa. Une douleur telle qu'elle en oublia sa hanche. Elle nettoya la blessure avec de la teinture d'iode, puis la recouvrit d'une compresse et d'une bande propre, mais ça continuait à la piquer. Une nuée de moustiques attirés par le sang s'envolèrent.

Cinq semaines plus tôt, elle avait dormi dans un hamac pour la première fois de sa vie, et elle voulait alors tout abandonner. Aujourd'hui, son assistante était enceinte et ses jambes étaient dans un état catastrophique. Elle avait perdu l'essentiel de son matériel et il leur restait juste assez de boîtes de conserve pour tenir un mois. Qu'importe, elle y arriverait, coûte que coûte, elle s'accrocherait. Elle prit le couteau, le désinfecta et s'attaqua à une deuxième piqûre.

36

Facile

Il avait son couteau, son panama, la serviette jaune de l'*Orion*, ainsi que son carnet de notes, la carte et son passeport avec le cachet de son visa. Il était tapi juste assez loin pour voir le bungalow sans se faire repérer.

Rejoindre Poum avait été facile. La femme du consul britannique disait n'importe quoi. En plus, elle n'avait pas le droit de se moquer de lui. Il avait quitté la villa avec tout ce qu'il voulait – le couteau, le portefeuille du consul et une bouteille de vin rouge. Il avait fait de l'auto-stop et il était tombé sur deux Hollandais qui travaillaient dans les mines du Nord. Il leur avait montré le nom « Poum » dans son carnet et la croix sur la carte, les types pouvaient l'emmener à mi-chemin, c'était d'accord, il s'était assis derrière à côté de leurs affaires. Ils avaient essayé de prendre la route de la côte ouest, mais elle était fermée à cause du cyclone, si bien qu'ils avaient pris celle de la côte est. Ils avaient demandé à Mundic s'il était là pour travailler, il n'avait pas répondu, il faisait semblant de dormir. Quelques heures plus tard, ils l'avaient déposé en évoquant un problème de rivière, mais il n'avait pas compris. Il avait piqué les jumelles d'un des deux Hollandais, ainsi qu'une batterie de rechange.

À partir de là, il marcha jusqu'à une petite bourgade avec quelques bicoques et un café. Il commanda une assiette de poisson frit et le nota dans son carnet pour ne pas l'oublier. Il nota aussi le nom des deux Hollandais, puis montra au serveur le mot « Poum », mais l'homme dit « Non » en français. Il prit le carnet de Mundic et dessina une rivière en indiquant le haut, comme si la rivière était dans le plafond. Mundic saisit. Dans les camps aussi, les types utilisaient des noms de code ou des signes pour éviter que les Japs ne découvrent qu'ils planifiaient une évasion. L'homme lui disait que la rivière était au nord. « Non », répéta-t-il. Cette fois, Mundic comprit que le fleuve bloquait la route de la côte est à cause du cyclone. Il ne pourrait pas passer.

Il dessina un bateau. Le serveur se frotta le bout des doigts pour dire qu'il voulait de l'argent.

Ce n'était pas un problème, il avait le sac de la femme du cargo. Il n'avait même pas besoin de taper dans le portefeuille du consul britannique.

L'instant d'après, il montait dans une barque avec un vieil homme à qui il dit « Poum » en montrant le nom dans son carnet, et le type rit en chantonnant « poum poum pidoum ». Ravi, Mundic prit la bouteille de vin du consul. Le ciel était constellé de lucioles, il but en regardant les étoiles filer et en écoutant le clapotis des rames. La rivière était agitée par le vent, mais il sentait un immense bonheur naître en lui. Cela faisait cinq ans qu'il était libre, mais c'était la première fois qu'il en était aussi sûr.

Ils y étaient enfin. À Poum. Le pêcheur amarra la barque à un ponton. Mundic descendit et marcha jusqu'à ce qu'il tombe sur des vieux entourés de chèvres, à qui il montra deux silhouettes de femmes dessinées dans son carnet. Un gros type sortit d'un café et lui indiqua un chemin de terre. Il fit plusieurs kilomètres au milieu de bananiers, de perroquets rouges, de fougères plus hautes que des tours et de cactus de la taille d'un homme, avec la rumeur de l'océan au loin. Il passa devant un bidonville et fut assailli par des gamins lui lançant en français « Bonjour, monsieur ! », mais il leur hurla de déguerpir, comme les marins du cargo à Brisbane le lui avaient crié. Il continua dans la poussière rougeâtre jusqu'à ce que la piste s'arrête : il ne voyait plus que des arbres et n'entendait plus que des insectes – c'était là, cet affreux petit bungalow. Il se demanda si ce n'était pas une erreur.

Puis il aperçut Miss Benson. Elle était sur la terrasse, habillée comme un homme, en train de s'occuper de la jeune femme blonde. Il faillit lui faire signe pour lui dire qu'il pouvait prendre la relève à la tête de l'expédition, mais il ne le fit pas car la jeune femme avait l'air malade. Il se retira en taillant dans les fougères et l'herbe à éléphant, jusqu'à ce qu'il trouve un endroit où il pourrait se cacher et réfléchir.

Il y resta longtemps. Il les épiait et prenait des notes dans son carnet alors qu'elles ne se doutaient de rien – il éprouvait un sentiment inattendu de puissance. Plus tard, il retourna à Poum, où il trouva une chambre et passa la nuit. Le lendemain, il acheta des fruits frais à cause du béribéri, puis regagna sa cachette et prit encore des notes. La blonde sortait de temps en temps sur la terrasse, suivie par un chien galeux, mais elle avait l'air épuisée et tenait souvent son ventre. Il comprit. Elle était en cloque. C'était une assistante pitoyable.

Il pensait aux hommes de Songkurai et aux marches interminables le long des voies ferrées. Quand quelqu'un tombait, ils ne pouvaient pas s'arrêter. Ils n'avaient même pas le droit de regarder. Il pensait aux rails qu'ils devaient fixer ; chaque fois qu'ils en posaient un morceau, un gars s'écroulait. Il pensait aux énormes pierres qu'ils devaient transporter chaque jour, au fleuve à leurs pieds, à la jungle tellement dense qu'il croyait que jamais il n'en sortirait. Il pensait aux morts étendus sur des sacs de riz et à la puanteur des corps qui se décomposaient. Les souvenirs se télescopaient dans son esprit à une telle vitesse qu'il se recroquevilla en croisant les bras. « Tu es libre, tu es libre, ne t'inquiète pas, mon fils, mange des fruits. »

Il passa trois jours à surveiller Miss Benson. Trois jours à noter l'heure à laquelle elle se réveillait, à laquelle elle ramassait des bananes ou allumait sa lampe au kérosène. Tant qu'il pouvait écrire pour fixer ce qu'il voyait, tout allait bien. Il était dans le présent.

Ce jour-là, il prit ses jumelles et vit qu'elle avait les bras brûlés quand elle s'appuya sur la vieille balustrade de la terrasse. Puis il vit ses chaussures en loques, les pansements sur ses jambes, la façon dont elle posait les mains sur ses hanches quand elle avançait. Il en conclut qu'elle n'avait pas encore trouvé son scarabée.

Il était en position de force, puisqu'il savait qu'elle avait volé son matériel. Les rôles étaient inversés, comme quand il lui avait sauvé la vie sur le bateau. Ils se tenaient par la barbichette. Il s'allongea en fermant les yeux pour écouter la musique des insectes et goûter la chaleur, s'enfonçant peu à peu dans un lit de tiédeur, de couleur et de douceur.

Il n'avait plus qu'à se débarrasser de la blonde.

37

Changement de plan

Les deux amies avaient décidé d'aller à Poum pour fêter l'heureux événement. C'était une idée de Margery. Elle venait de se décolorer les cheveux – une idée qui, elle, était d'Enid. Elle préférait sa teinte naturelle, mais Enid avait piqué une crise quand elle avait dit non – elle refusait d'aller à Poum si Margery gardait ses cheveux tels quels. Margery avait fini par céder, parce qu'elle avait surtout envie de s'offrir quelque chose qui ne soit pas du Spam ni des bananes. Enid avait une dernière bouteille d'eau de Javel, et la décoloration lui avait pris une demi-heure à peine. Margery n'imaginait pas qu'un tel saccage soit possible en si peu de temps. Ses cheveux étaient jaune vif, et par contraste, ses sourcils d'un noir mauvais. On aurait dit une tueuse d'enfants. Enid s'en fichait complètement.

— Personne ne vous reconnaîtra, dit-elle, ravie.

Encore un « énidisme » absurde. Personne n'avait jamais remarqué Margery, mais cette fois-ci, on pouvait difficilement la rater. Cela dit, ce n'était pas le moment de contrarier Enid. Une semaine s'était écoulée depuis le cyclone et elle était plus soupe au lait que jamais : en deux secondes, elle passait de la joie à l'inquiétude, puis à la rage. Par ailleurs, elle essayait de le cacher, mais elle perdait un peu l'équilibre. Son ventre s'était beaucoup arrondi, et son cou, ses poignets et ses chevilles avaient enflé. Elle marchait en se tenant comme une cruche qu'elle avait peur de renverser. Elle mettait une éternité à descendre les marches du bungalow, et avait les poches bourrées de pierres et de plumes porte-bonheur. Elle refusait de voir un médecin, alors que Margery avait assez d'argent pour faire un aller-retour à Nouméa.

— Je vais très bien, disait-elle. Je suis enceinte, je ne suis pas malade.

Dans un monde idéal, elle aurait passé la journée sur la terrasse à parler de bébés et à tricoter de la layette. Chaque fois que Margery proposait de reprendre leur expédition, elle disait oui, puis trouvait une bonne raison de ne pas bouger : le brouillard, la hanche de Margery, ou alors elle avait l'intuition que ce n'était pas le bon moment. Un temps magnifique avait succédé au cyclone. Le ciel était d'un bleu limpide, la lumière du soleil vibrait entre les arbres, et l'air était d'une pureté absolue. Margery contemplait souvent la montagne et ce double sommet qui ressemblait à deux cheminées. Elle observait les nuages qui filaient au-dessus de sa tête, les ombres qui traversaient la terre à ses pieds, le soleil du matin qui s'élevait à l'horizon telle une pépite répandant des rayons d'or. Elle avait beau avoir mal aux mollets et à la hanche, elle avait hâte de remonter.

Ce jour-là, Enid avait emprunté la belle robe de Margery parce que tout ce qu'elle avait était trop serré. Ses cheveux étaient un peu moins jaunes – ils étaient entrelacés de mèches noires –, mais elle était maquillée à outrance. Contrairement à Margery, elle n'avait pas l'air mauvaise, elle avait plutôt l'air d'avoir fait la nouba pendant trois semaines. Elle se hissa au volant de la Jeep. Elle semblait énorme, peut-être à cause de la robe mauve. Elle portait ses sandales à pompon, qui, elles, paraissaient minuscules.

— Vous êtes sûre de pouvoir conduire, Enid ?

— Je ne suis pas invalide de guerre, Marge.

Elle confia son sac à Margery et démarra. Elle roulait très lentement, déviant sans cesse de gauche à droite pour éviter les ornières. C'est à peine si elles avançaient. Elles pataugeaient, plutôt. Elles auraient été plus vite à dos de tortue. Même le mouvement des arbres semblait plus rapide.

Depuis le cyclone, Margery avait à peine vu les gamins du bidonville. Ils étaient venus une fois pour essayer de leur vendre des œufs – elle en avait acheté pour Enid. Une autre fois, ils avaient tenté de lui refourguer la vieille radio à piles de la jeune femme. Comme elle n'en voulait pas, elle leur avait donné du chewing-gum avant de leur demander de l'aider à ranger.

Ce jour-là, ils déboulèrent en criant « Youpi ! », sans avoir besoin de courir pour suivre la Jeep. Au contraire, par politesse, ils dégagèrent la voie pour qu'Enid puisse avancer. Elle était accrochée à son volant, son siège bloqué en avant, le regard rivé sur la piste comme en pleine nuit.

— Vous trouvez que je conduis mal ?

— Je n'ai jamais dit ça.

— Je prends trop de risques, c'est ça ?

— Enid, je ne vois pas ce qu'on pourrait heurter sur cette piste.

Elle freina brusquement, et les gamins qui suivaient s'écroulèrent les uns sur les autres, comme des dominos.

— C'est à cause de vous ! Vous me critiquez tout le temps, s'écria Enid, en larmes.

— Mais non, vous êtes une excellente conductrice, Enid.

— Vous croyez ?

— Oui. Mais vous êtes fatiguée et vous avez besoin de manger. Vous avez l'air affamée. Je voudrais aussi vous parler de quelque chose…

— Vous pensez que je serai une mauvaise mère ?

— Pas du tout. Vous serez une mère merveilleuse.

— Vous croyez que mon bébé va bien ?

— Bien sûr que votre bébé va bien.

— Je vous aime beaucoup, Marge.

— Merci, Enid. Je n'ai jamais eu d'amie comme vous. Merci.

— Vous m'avez sauvé la vie. Vous avez sauvé la vie de mon bébé. C'est pas le genre de geste qu'on oublie.

— J'ai fait ce que je pouvais, Enid. Allez, on va à Poum, non ? Ce serait plus agréable d'y arriver avant la nuit.

Enid eut un sourire d'ange, repassa en première et, cette fois-ci, la Jeep avança.

Le bidonville était encore jonché de gravats et de feuilles de palmier, et les habitants étaient en train de réparer les toits et les murs. Margery comprit ce qui lui avait complètement échappé depuis qu'elles étaient ici.

Si les huttes et les abris avaient l'air aussi décatis, c'est qu'ils avaient résisté à des dizaines de cyclones. La ville de Poum n'avait pas changé. Les bâtisses étaient protégées par d'immenses bâches fixées par des cordes, comme d'énormes cadeaux. Loin d'être un agrégat d'abris délabrés, c'était une petite bourgade parfaitement armée pour survivre.

Elles allèrent tout de suite au café et, cette fois-ci, elles commandèrent un vrai festin : une assiette d'huîtres frites, des crabes des palétuviers aux pinces rouge feu servis avec un filet de citron jaune vif, du poulet aux ignames, et une salade de chayote et de tranches d'asimines rosées.

Margery avait décidé d'inviter Enid à déjeuner, car elle avait une nouvelle désagréable à lui annoncer et préférait être dans un lieu public. Elle avait réfléchi, Enid ne pouvait plus participer à ses recherches, il était plus prudent qu'elle reste au bungalow. C'était trop dangereux. S'il y avait un nouveau cyclone, elle risquait de tomber et de perdre le bébé.

Margery avait soigneusement préparé son entretien avec Enid, mais elle avait oublié à qui elle avait affaire. Il était plus facile d'avoir des conversations délicates avec la jeune femme en son absence. Margery ne pouvait pas en placer une. Enid n'arrêtait pas de parler, si bien qu'une foule de vieux messieurs s'étaient rassemblés, approchant des chaises pour la regarder. Elle accompagnait chaque bouchée d'une cinquantaine de mots en moyenne. Margery en était à reprendre sa respiration à la place d'Enid.

— Marge, je n'ai jamais rencontré quelqu'un comme vous. Je n'ai jamais eu de vraie famille. J'aurais tellement aimé connaître ma mère. (Une bouchée.) Ma mère m'aurait dit ce qu'il fallait que je fasse. Elle m'aurait choyée, comme toutes les mères. (Une bouchée.) Je suis passée de famille en famille. Les hommes avaient toujours des idées tordues. Vous comprenez ce que je veux dire ? (Une bouchée.) Les femmes ne me croyaient jamais. Elles me trouvaient pénible et rêvaient de se débarrasser de moi.

Elle cassa une pince de crabe et versa du sel sur ses huîtres frites avant de les manger goulûment.

— La seule personne gentille avec moi, c'était Perce, reprit-elle. On s'amusait bien. Je sais qu'il aimait les garçons, mais on s'en fichait, du côté sexuel. On était copains. Il disait que j'étais faite pour être mère. J'aurais aimé que vous le connaissiez. Vous ne mangez pas votre poulet ?

— Non, merci, Enid. Allez-y.

Elle prit l'assiette de Margery, planta sa fourchette dans un pilon et enchaîna sur leur recherche. Elles formaient une équipe formidable et elle avait hâte de reprendre leurs expéditions. Cette fois-ci, ce serait la bonne. Elle avait une main sur son ventre et tapotait dessus comme si c'était un chaton.

— C'était quoi, ce que vous vouliez me dire ?

Margery prit son verre. Il était vide, mais tant pis, elle le but.

— Vous êtes la seule à me soutenir, reprit Enid. Vous êtes mon amie, Marge. Une amie, on ne l'abandonne pas, vous êtes d'accord, non ? On forme une équipe. On est plus fortes à deux que seules. On va trouver le scarabée, et après, j'aurai mon bébé.

La tête de Margery explosait. Elle pensait avoir compris un certain nombre de choses depuis sa rencontre avec Enid, mais elle avait de nouveau l'impression d'être submergée, dépassée.

— Enid, le scarabée n'a rien à voir avec votre bébé. Vous ne voyez pas ?

Enid lui prit la main et la serra comme un étau. Elle avait beau être enceinte, elle pouvait faire mal.

— Je le sais, c'est une question d'intuition. Mon bébé ne sera pas en sécurité tant qu'on n'aura pas découvert le scarabée.

Elle lâcha la main de Margery, qui sentait encore sa poigne.

— Il faut qu'on le trouve, Marge. On a largement le temps.

Margery se sentait impuissante. Privée d'éducation religieuse, et sans doute d'un environnement sécurisant, Enid s'était construit un monde de croyances superstitieuses plus difficiles à démolir qu'une cathédrale.

Elle finit le poulet et la sauce en consommant une corbeille de pain entière, puis éclata de rire.

— Quand vous m'avez proposé d'aller à Poum, ce matin, je pensais que vous vouliez continuer l'expédition toute seule. Je sais que je vous ai empêchée d'y aller, ces derniers jours. Je sais que j'ai été pénible, que j'ai des hauts et des bas. Mais le cyclone m'a donné des ailes, Marge. Je suis prête à repartir. Surtout après un déjeuner aussi bon, je me sens forte. Je suis désolée d'avoir douté de vous. C'est parce que j'ai connu trop de gens méchants. Mais vous êtes différente. Vous et Perce, vous êtes les seules personnes bien que je connaisse. On est venues ici ensemble, Marge, et on ira jusqu'au bout ensemble.

Elle sortit son mouchoir et éclata en sanglots.

C'en était trop. Margery se précipita à l'intérieur pour régler l'addition. Le propriétaire marqua un temps d'arrêt en la voyant, comme si un truc bizarre avait atterri sur sa tête mais qu'il ne voulait pas qu'elle panique. Elle avait complètement oublié ses cheveux. Elle jeta un coup d'œil par la fenêtre et vit Enid éclairée par un rayon de lumière. Elle était en train de feuilleter un journal qui devait traîner, avec une expression à la fois étrange et terrifiée, en le tenant un peu à distance. Manifestement, il y avait un problème.

Le propriétaire du café continuait à s'adresser à Margery en français. Il devait lui poser une question, puisqu'il mimait quelqu'un cherchant quelque chose. Il dessina la silhouette d'une personne très mince et montra sa tignasse en secouant la tête. Il essayait peut-être de lui dire qu'il l'avait perdue. Ou alors, il faisait de nouveau référence à sa couleur de cheveux. Elle n'en avait aucune idée. Et la panique d'Enid l'intriguait aussi.

Le temps que Margery retourne à leur table, le journal avait disparu. Enid se leva en fermant son sac à main.

— Vous êtes tombée sur un journal britannique, Enid ?

— Non, pourquoi ?

Elle n'en dit pas plus et se contenta de lancer :

— Allez, Enid Pretty, au boulot !

Mr Rawlings se retourna et se mit à aboyer. Ce n'était pas tellement étrange, après tout, c'était un chien et les chiens aboient. Mais Margery ne l'avait jamais vu se comporter comme un chien, sauf quand il trottinait derrière Enid, la langue pendante.

— Ben, qu'est-ce qui se passe ? dit Enid qui le prit dans ses bras en riant. C'est quoi, ces aboiements, petit crétin ?

Margery regardait Enid dans sa robe mauve dix fois trop grande pour elle et ses petites sandales. Elle regardait les bâtisses délabrées, les vieux messieurs, les pins, les chèvres… Le ciel était d'un bleu pur et pailleté. Au loin se détachaient les contours du sommet en forme de dent. C'était un de ces moments où vous découvrez quelqu'un sous un jour entièrement nouveau. Était-ce à cause de la lumière du soleil ou de l'éclat du ciel ? Margery fut brusquement sidérée. Enid était métamorphosée. Elle n'avait plus rien à voir avec celle qui avait sauté du ponton en arrivant à Poum. Elle lui avait confié sa vie. Elle l'avait suivie au bout du monde et elle était prête à gravir une montagne plus qu'hostile.

Ce jour-là, en la voyant dans sa vieille robe, elle sentit un élan de tendresse inouï. Elle avait beau savoir que c'était la décision la plus folle de sa vie, elle dit oui. Oui, elle emmènerait Enid avec elle.

La montagne leur tendait les bras.

38

Des chaussures à boucle

En une semaine, elles récoltèrent une centaine de spécimens. Elles fonctionnaient en tandem. Il suffisait qu'un scarabée agite ses antennes et hop, Enid l'attrapait avec l'aspirateur à insectes et le transmettait à Margery qui l'enfermait dans son bocal. Une fois le coléoptère mort, Enid l'enveloppait soigneusement pour le protéger. Dès que Margery avait besoin d'un outil, elle le lui demandait et Enid le lui passait. Elles étaient ensemble depuis suffisamment longtemps pour tirer parti de leurs différences. Autant leurs vies passées leur étaient étrangères, autant elles partageaient leurs idées et se complétaient dans le travail.

S'il y avait trop de poussière dans l'air, elles avançaient les yeux mi-clos. Si le chemin était trop raide, elles le prenaient en zigzaguant bras dessus bras dessous, comme un crabe. Et si elles abordaient un endroit ravagé par le cyclone, Margery prenait les devants en dégageant les pierres, taillant dans les sous-bois et dénouant les enchevêtrements de lianes pendant qu'Enid attendait. Aucune n'allait très vite, impossible, elles seraient passées à côté des insectes. Chaque soir, elles lançaient une pièce de monnaie pour savoir qui aurait le bon hamac, mais souvent, Margery trichait pour que ce soit Enid – son ventre s'arrondissait de jour en jour. La jeune femme avait du mal à dormir et elle avait tout le temps besoin de faire pipi. Margery lui donnait souvent sa part de Spam et se contentait de café et de bananes – ce qui ne la dérangeait en rien, tant elle ne supportait plus le pâté en boîte.

Leurs chaussures étaient tellement usées qu'elles voyaient la forme de leurs doigts de pied, ce qui turlupinait manifestement Enid. Elles étaient en pleine forêt tropicale, trempées de sueur, leurs vêtements entièrement décolorés et couverts de poussière rougeâtre, quand soudain, celle-ci demanda :

— Marge ?

— Oui, Enid ?

— Quand on est une célèbre collectionneuse de coléoptères au Muséum d'histoire naturelle, on porte quel genre de chaussures ?

— Des bottes ?

— Non, je veux dire dans un musée. Plutôt des chaussures avec un petit talon. Ce qui est bien avec les talons, c'est qu'on s'entend marcher. J'aime pas les gens qui ont des chaussures silencieuses. Ç'a quelque chose de malhonnête.

— Vous croyez que je supporterais des talons ?

— Largement. Vous avez les jambes pour, Marge.

— Peut-être, c'est vrai. Je devrais essayer. Et vous ? Quand vous serez maman ?

— Il faudra que j'aie des chaussures confortables. Mais d'une jolie couleur. Ou alors avec une boucle en or ou un accessoire.

Elles reprirent leur collecte.

Enid ramassait aussi des objets qui, disait-elle, leur porteraient bonheur, à elle et son bébé. Une pierre en forme de cœur. Une plume aux reflets dorés. Elle faisait ses petites affaires avec le monde en parlant toute seule.

— Si un oiseau passe au-dessus de vous dans la minute, ça veut dire que mon bébé tiendra. Si une araignée atterrit dans mon assiette, je garderai mon bébé. Si je touche cet arbre trois fois, mon bébé s'accrochera…

Elle saluait les papillons en leur demandant de bénir son enfant et de veiller sur lui.

De son côté, Margery continuait à badigeonner ses jambes de teinture d'iode et à renouveler ses pansements. Sa douleur avait atteint un niveau tel qu'elle ne la sentait plus, et les zones infectées n'empiraient guère.

Elle serait toujours trop grosse. Elle ne serait jamais légère et agile. Même dans ses rêves, elle ne sautait pas au-dessus des ravins ou des ruisseaux. Mais elle avait trouvé son rythme. Elle aimait l'immensité de la forêt, la majesté des arbres, qui lui semblait liée à quelque chose en elle. Elle avait l'étrange sentiment d'être dans un lieu qu'elle connaissait depuis toujours. Plus elle passait de temps dans la forêt, plus haut elles montaient, plus elle se sentait petite, submergée, mais libérée par l'espace autour d'elle, par la végétation qui s'étendait à l'infini. Elle adorait le café corsé d'Enid – surtout la première tasse de la journée. La nuit, elle aimait s'allonger dans son hamac à côté d'elle et du chien, écouter le bruissement des feuilles de palmier et des pins au loin, contempler le kaléidoscope des étoiles – parfois, elle se réveillait juste pour admirer, écouter, se réjouir d'être là. Son heure préférée était le bref moment qui précédait le jour, quand une lueur argentée filtrait dans le ciel, la lumière semblait remplacer les étoiles, l'air était doux et frais. Tout revenait à la vie et respirait l'espoir.

Il lui arrivait de faire une pause dans ses recherches lorsqu'elle croyait entendre un cochon sauvage, ou un lézard géant, ou un des gamins du bidonville, mais ne voyant rien, elle se remettait au travail. Ou alors, Mr Rawlings se retournait et aboyait jusqu'à ce qu'Enid le prenne dans ses bras. Margery regardait la scène avec une légère inquiétude, un picotement qu'elle ne s'expliquait pas. Elle observait Enid et essayait de voir si elle partageait son appréhension, mais la jeune femme, la tête inclinée et la main sur le ventre, se racontait de petites histoires toute seule en avançant, et Margery tâchait de suivre le rythme. Enid était tellement perdue dans ses pensées que souvent elle ne remarquait pas les mouches dans ses cheveux – c'est Margery qui les chassait. Mais elles revenaient et, au bout d'un moment, Margery se laissait absorber par sa recherche et oubliait son picotement.

À la fin de la semaine, elles commencèrent à redescendre. Leurs sacs à dos étaient pleins de spécimens. Margery en avait même dans les poches. Elle aidait Enid à enjamber les gros rochers et dégageait les lianes pour qu'elle puisse passer. Elles étaient presque arrivées quand Mr Rawlings fit un bond en avant et partit en aboyant.

— Vite ! s'écria Enid. Rattrapez-le !

Margery se précipita dans les sous-bois en plongeant sous les branchages et en slalomant entre les fougères, suivie de loin par Enid. Quand elle retrouva enfin l'animal, elle reconnut l'étang où elles s'étaient baignées la première fois : il était là, bleu comme un paon, reflétant le ciel plus ou moins caché, au pied de la cascade qui tombait tel un couteau dans l'eau le long de la paroi de pierre. Peu après, Enid rejoignit Margery. Muette, elle contempla l'étang.

— Vous n'avez pas envie de nager, Enid ?

Les arbres autour d'elles étaient gris-vert, couverts d'immenses éventails de feuilles. Mr Rawlings les attendait au sommet d'un rocher.

Enid se débarrassa aussitôt de ses vêtements. Son corps était doux et rond, et sa peau, striée de fils d'argent. Son ventre était énorme par rapport à sa petite taille, et son nombril en dépassait, comme une poignée de porte.

Margery retira son bermuda et son haut, et les plia avec soin. Même en gardant ses sous-vêtements, elle avait l'impression d'être plus nue qu'Enid. Après tout, pourquoi pas ? Elle fit glisser sa culotte, puis dégrafa son soutien-gorge. Ses seins étaient lourds, elle sentait la chaleur de l'air. C'était si bon. Elle adorait. Elle enleva les bandes de ses jambes, prit la main d'Enid et elles s'avancèrent dans l'étang, leurs corps arrondis sous le soleil, se laissant peu à peu aller dans l'eau glacée en criant « Ouh, gla gla gla ! », pliant les genoux, remontant, plongeant, la peau, les cheveux mouillés et brillants. Margery improvisa plusieurs brasses en veillant à avoir pied. Elle ne nageait pas vraiment, mais peu importait, elle avait beau être lourde, elle se sentait souple, libre, portée par l'eau. Enid s'allongea sur le dos et commença à crawler, comme un joli petit oiseau avec un œuf dur dépassant à la surface, ses cheveux en étoile autour d'elle. Margery l'imita, tapotant l'eau avec les mains comme elle. Elle s'étira, les yeux grands ouverts sous le bleu du ciel. Enid et elle flottaient.

— Ça vous embête ?

— Quoi, Enid ?

— Que j'aie mon bébé et que vous n'ayez pas encore votre scarabée. Je sais ce que ça représente pour vous.

Margery passa la main sur son visage. Elle avait les larmes aux yeux et ne voulait pas qu'Enid le voie.

— Non, Enid. J'ai une collection magnifique, même si je n'ai pas de scarabée d'or. Et qui vaut beaucoup d'argent. Même un entomologiste professionnel en serait fier.

— C'est vrai, Marge ? Ça vaut de l'argent ?

— Si nous la vendions à titre individuel, nous en tirerions quelques centaines de livres.

— Sauf qu'on ne la vendra pas.

— Non. Nous allons la soumettre au Muséum d'histoire naturelle.

— Oui.

— Avec nos jolies chaussures.

Pourquoi Margery était-elle aussi émue ? Elle était dans un endroit si extraordinaire que c'en était presque une souffrance. Elle avait de la chance, beaucoup de chance, mais Enid la connaissait suffisamment bien pour savoir qu'une partie d'elle voulait absolument trouver le scarabée de son père. Margery savait aussi qu'Enid aurait son bébé en rentrant, qu'un jour elles iraient au

Muséum d'histoire naturelle et qu'elles porteraient des chaussures flambant neuves. C'était peut-être trop et les larmes lui montaient aux yeux. Honnêtement, sa vie ne pouvait pas être plus idéale. Enid flottait à côté d'elle, la main sur le ventre, chantonnant.

— Vous n'avez jamais voulu avoir d'enfants, Marge ?

— Non, Enid.

— Vous étiez une bonne enseignante ?

— Non, épouvantable.

— En tout cas, vous ne cuisinez pas très bien.

— Je sais.

— Vous étiez amoureuse ? Du professeur ? Il vous a fendu le cœur ?

— C'était compliqué.

— Comment ça, compliqué ? Dans quel sens ?

— Je ne sais pas. Il y a des gens qui ne sont pas doués pour le bonheur.

— Oh, non, merde, c'est trop triste ! C'est comme si vous disiez qu'une femme est faite pour souffrir.

Margery commençait à comprendre. Elle avait été élevée par deux tantes qui avaient bâti toute leur vie sur cette idée, mais Enid n'avait pas tort : il y avait une fissure dans leur édifice. Même si elle n'avait pas le courage d'y penser.

— Ce n'est pas très important. C'était il y a des années.

Enid éclaboussa délicatement Margery, comme un cadeau. Que Margery accepta. Puis Enid se tut, elle semblait avoir trop de choses à dire et ne savait par où commencer.

— Vous avez déjà…

— Quoi ?

— Vous avez déjà fait un truc affreux ? Ou été dans la panade complète ?

— Après l'épisode du professeur. J'ai tout abandonné. Pourquoi ? Et vous ?

— Moi ? J'ai eu beaucoup d'emmerdes, répondit Enid en s'esclaffant.

Puis elle arrêta si brusquement de rire que plus rien ne semblait drôle. Le silence était trop bruyant.

— Peu importe que la vie soit horrible, reprit-elle, pour rien au monde je n'abandonnerais. J'ai trop envie de vivre. En attendant le moment où tout ira mieux. Vous devez vous rappeler ça, Marge. Vous ne devez plus abandonner. On n'est pas ce qui nous arrive. On est ce qu'on veut être.

Enid la surprendrait toujours, avec cette façon de regarder dans le vide et de sortir un conseil plein de sagesse, comme si elle lisait à voix haute un livre invisible. Des taches de soleil pointaient autour d'elles et dansaient sur l'eau ; elles remuaient les mains et la lumière chatoyait. Des libellules de la taille d'un oiseau rasaient la surface miroitante.

— Promettez-moi une chose.

— Quoi, Enid ?

— Si je perds ce bébé, ne me dites pas que c'est pour le mieux. Vous serez tentée de le faire car vous êtes ma meilleure amie. Vous ne voulez pas que je souffre parce que, vous aussi, vous souffririez. Vous en êtes consciente, non ?

Margery prit la main d'Enid. Sa peau était froide et ridée.

— Je ne dirais jamais que perdre un bébé est une bonne chose. Je sais ce que ça signifie pour vous.

Enid plongea la tête sous l'eau et en sortit les cheveux si trempés qu'ils paraissaient noirs. On aurait dit un phoque.

— On pourrait aller n'importe où, dit-elle. On pourrait continuer à chercher toute notre vie, vous et moi.

— Mais comment je ferais pour rapporter ma collection ? Pour la présenter au musée ? Et votre bébé ? Vous dites n'importe quoi, Enid.

Le chien aboya. Enid siffla, mais il ne réagit pas. Elles sortirent de l'étang en évitant de glisser. Le soleil tapait sur l'eau si violemment que la lumière semblait de feu.

— Regardez, dit Enid en commençant à se rhabiller. Vous avez vu comme je suis grosse ?

— Vous êtes sûre que vous n'attendez qu'un bébé ? Comment vous allez tenir jusqu'en mai ?

Leurs vêtements étaient aussi trempés que leur peau. Les cheveux de Margery étaient lourds, mais ils lui rafraîchissaient la nuque. Enid siffla de nouveau pour faire revenir Mr Rawlings. Toujours rien.

Une heure plus tard, elles étaient encore en train de le chercher. Enid appelait et criait de plus en plus fort. Elles y passèrent tout l'après-midi, regardant sur le sentier, hors du sentier, là où le chien aimait fureter, tapant des mains. À la fin, elles avaient la voix enrouée. Il faisait déjà nuit quand elles arrivèrent au bord d'un ravin.

— Oh, non ! murmura Margery. Oh non, Enid, non !

Elle était paralysée par la peur. Une peur vive et reptilienne. Enid s'approcha en remuant la langue comme si elle avait soif. Elles étaient immobiles, serrées dans les bras l'une de l'autre, les yeux grands ouverts, bouche bée.

Le chien avait fait une chute de six mètres. Il gisait sur les pierres au fond du ravin, comme une vieille chaussette.

39

Pierres funéraires

Le chagrin d'Enid était comme une forêt sans fin dans laquelle elle n'avait plus de repères. Elle avait souvent le regard vide, perdu, le visage inondé de larmes. Tout lui rappelait son chien et la faisait pleurer, même les sujets qui n'avaient rien à voir.

— C'était un chien adorable, répétait-elle. Adorable. Pourquoi est-ce qu'il a fui comme ça, Marge ? Je ne comprends pas.

Elles avaient enterré Mr Rawlings à côté de la cachette du pistolet. Margery n'avait posé aucune question sur ce choix. Du moment qu'il était logique pour Enid, ça lui convenait. Si la jeune femme lui avait demandé de construire un mausolée et une statue, elle l'aurait fait. Enid n'avait pas perdu son bébé, mais elle avait perdu l'être qui lui était le plus proche, et même si c'était douloureux à voir, Margery devait l'autoriser à faire son deuil. Le jour où elles avaient découvert le chien, elle était descendue dans le ravin en s'agrippant aux racines qui lui filaient entre les mains, les pieds presque dans le vide. Elle avait attrapé le chien, bien plus lourd qu'elle ne l'aurait cru, et s'était accrochée pour le remonter à Enid. Elle n'avait jamais caché qu'elle n'aimait pas beaucoup Mr Rawlings, mais il était tellement important pour son amie qu'elle s'inclinait. Elles n'avaient pas prévu de musique pour l'enterrement, mais la pluie qui tombait ce jour-là sur la canopée joua une douce mélodie.

Enid allait s'asseoir tous les jours sur la tombe de Mr Rawlings en s'éventant le visage de la main.

— Il portait bonheur, ce chien ; en tout cas, il me portait bonheur. J'ai peur que tout déraille, à partir de maintenant.

Son ventre était énorme, elle ressemblait à une baleine, et en même temps, elle semblait avoir rapetissé, comme si elle avait perdu quelque chose, pas seulement un chien, un secret intérieur. On aurait dit une version plus concentrée d'elle-même, ramenée à son essence, à la fois féroce et très vulnérable. Peu importe où elles allaient – et elles n'allaient jamais très loin, jamais jusqu'au sommet de la montagne –, Enid voulait toujours rentrer pour s'asseoir auprès du chien. Elle apportait des pierres qu'elle disposait sur sa tombe en s'adressant à lui. Elle s'en voulait d'être allée se baigner dans l'étang. De l'avoir laissé s'éloigner et d'avoir marché trop lentement. Et même si Margery essayait de ne pas y penser quand elles étaient assises près de la tombe et qu'Enid pleurait, et parlait, parlait, et empilait des pierres, il y avait quelque chose de poignant dans sa douleur qui la touchait en plein cœur. Le professeur lui revenait en mémoire. C'est de sa perte qu'elle souffrait.

L'histoire n'est pas seulement faite d'événements, mais de ce qui vit entre les lignes. L'amitié qui liait Margery et le professeur avait duré dix ans, même si c'était plus une amitié amoureuse qu'une amitié tout court. Car, en évitant de nommer leur relation, elle restait secrète, sans obligation. Margery se disait qu'elle avait de la chance. De la chance d'avoir été choisie par ce grand homme, si distingué, pour travailler à ses côtés. Elle recopiait ses notes et les mettait en ordre, elle l'accompagnait à ses conférences, mais elle ne s'asseyait jamais devant, où les gens auraient pu la remarquer, toujours au milieu. Ils allaient dans des salons de thé, où il la présentait comme sa nièce et caressait son genou, voire un peu plus, sous la table. Tous les ans, à Noël et le jour de son anniversaire, il lui offrait un petit quelque chose, un nouveau carnet, par exemple, mais il aurait pu lui donner un gland et elle aurait été heureuse. Elle l'appelait Peter, ce qui n'était pas son prénom, comme si tout était secret entre eux, et elle avait une place à part dans son cœur, même si ni l'un ni l'autre ne se l'avouait.

Margery avait vingt-sept ans quand ses tantes étaient mortes. Les deux femmes avaient disparu sans faire d'histoires ni chercher à soulager leur douleur. La bronchite les avait emportées l'une après l'autre ; elles étaient mortes ensemble ou presque. Margery avait hérité de tout, y compris de Barbara, pratiquement aveugle, qui refusait de porter des lunettes et vivait dans un flou permanent en se cognant partout. Elle avait disparu un an plus tard. Margery était seule au monde.

Un après-midi, elle était dans le bureau du professeur Smith, en train d'épingler des spécimens, quand elle lui annonça précipitamment :

— Professeur, il faut que je vous dise quelque chose. J'ai les moyens d'aller en Nouvelle-Calédonie. Je peux financer notre expédition.

Elle n'avait pas prévu de le lui révéler, mais maintenant qu'elle avait commencé, elle ne pouvait plus s'arrêter. Jusqu'alors, elle avait eu si peur de se ridiculiser ou de trahir ses sentiments que sa pudeur lui avait servi de guide, mais ce jour-là, elle se lança dans un pays inconnu. Elle vacillait.

— Je vous aime, professeur. Je vous aime de tout mon cœur. Je vous aime depuis des années.

Suivit une pause où elle crut qu'elle allait s'évanouir, et le professeur devint pâle comme la mort. Il lui avoua la vérité. Vérité qui prit moins d'une minute. Puis il lui demanda pardon, les larmes aux yeux, en disant qu'il ne savait pas comment il pourrait vivre sans elle – mais elle était si jeune et avait la vie devant elle. Sa détresse semblait absorber toute l'émotion de la pièce, si bien qu'il n'en restait plus pour elle, et elle répondit, sur un ton neutre inattendu, des choses qu'elle ne pensait pas. Il était sans doute préférable qu'elle ne vienne plus au musée, déclara-t-elle, même si, pour elle, c'était le pire scénario, mais peut-être pourraient-ils reconstruire quelque chose à partir de là. Contre toute attente, le professeur réagit en la remerciant d'être aussi raisonnable. Il savait qu'elle était forte.

Ce fut tout. C'était fini. Dix ans de la vie de Margery furent effacés lorsqu'il lui ouvrit la porte, en pleurs.

Elle mit son manteau, son chapeau, prit son sac à main en se reprochant sa réaction. Elle aurait voulu qu'il l'arrête. Il ne fit pas un geste. Elle sortit du bureau, les joues brûlantes, les jambes en coton mais avançant, marchant comme un automate. Les gens qui la croisaient dans les couloirs détournaient le regard, comme si elle était un parasite, un problème, un objet de risée que personne ne voulait voir. Elle mourait de honte. Elle ne s'en remettrait jamais.

La vérité était aussi limpide que pour son père et ses frères. N'importe quelle femme l'aurait reconnue. Elle était blessée, mais elle n'arrivait pas à comprendre ce qu'elle ressentait. Elle voyait le visage légèrement rouge d'une étrangère se refléter dans chaque vitrine du musée : une jeune femme qui n'était pas assez bien pour aimer, qui avait osé se déclarer et croire qu'elle y était autorisée. L'impasse de sa vie était claire comme de l'eau de roche. La plupart des femmes de son âge poussaient des landaus.

Peu après, elle rentra chez elle. Elle prit toutes les photos d'elle et coupa méticuleusement, méthodiquement sa tête sur chacune.

Une semaine plus tard, elle accepta un poste d'enseignante. Elle troqua sa passion pour les coléoptères contre un amour feint pour les arts ménagers. Finies, les discussions sur la Nouvelle-Calédonie. Elle jeta son filet à insectes, ses bocaux, rangea ses notes dans une boîte. Elle ne revit jamais le professeur. Elle avait vécu quelques années d'émoi, elle avait osé rêver d'aventure et d'inconnu, mais il valait mieux qu'elle se retire sans faire de vagues.

Elle n'avait pas tué son amour. Comment tuer quelque chose ou quelqu'un qui est absent ? Elle s'était juste éloignée.

Elles étaient assises près de la tombe du chien. Enid venait de poser de nouvelles pierres – à ce rythme, elle aurait fini par construire un mausolée, si elles n'avaient pas été obligées de rentrer quelques semaines plus tard.

— Il était marié, je parie ? lança Enid sans crier gare. Il avait des enfants. C'est pour ça que le professeur Smith vous a fendu le cœur. C'est ça qui était compliqué. Du coup, il vous a abandonnée.

— En effet.

— Il vous payait pour votre travail ?

— Bien sûr que non.

— Il ne vous payait même pas ?

— Nous étions au-dessus de ça.

— Marge ! Ce type vous exploitait, c'est clair.

Margery éprouva soudain ce qu'elle n'avait jamais éprouvé à ce point-là, la douleur, l'humiliation, les limites. Comprenant qu'aucun mot ne pouvait guérir sa blessure, et assez honnête pour ne pas essayer, Enid posa sa main sur celle de Margery. Elle était aussi ronde qu'une coquille.

— On n'a pas eu de pot en amour, vous et moi, dit-elle.

— Non.

— Ou alors, on n'est pas allées chercher au bon endroit.

— Peut-être.

— Mais maintenant, on est là pour se protéger. On va s'en sortir.

Margery la regarda, des picotements dans les yeux.

— Oui, Enid. Je crois que ça va aller.

Enid prit une pierre et la tendit à Margery. Elle comprit et, sans un mot, la posa sur les autres. Puis

Enid lui en donna une nouvelle, puis encore une… Une bleue, une plate, une ronde, une percée… Une par une, Margery les ajoutait sur la tombe, concentrée, veillant à les équilibrer soigneusement pour qu'elles ne s'écroulent pas. Peu à peu, le professeur Smith s'éloignait et devenait plus léger, loin des recoins les plus sombres de sa mémoire. Elle n'avait plus besoin de le conserver, ni lui ni son souvenir. Il était parti.

Enid se leva pour aller chercher d'autres pierres. Elle voulait trouver de vraies pépites pour peaufiner la tombe de Mr Rawlings. Margery continua avec celles dont elle disposait et forma un anneau de pierres rose ocre au sommet. Soudain, Enid hurla comme si elle s'était blessée. Margery se redressa.

La jeune femme était livide. Elle était debout, le doigt pointé sur un trou dans la terre rouge, un trou récent, autour duquel les feuilles avaient été dégagées et les aiguilles de pin repoussées en tas.

— Le pistolet, bafouilla-t-elle. Le pistolet, il a disparu, Marge. Quelqu'un a pris le pistolet de Taylor.

40

Un rebondissement inattendu

Mrs Pope avait décidé de faire son enquête de son côté. Non pas qu'elle s'attendît à ce que les deux femmes fussent des criminelles. Elle voulait avoir une explication rationnelle au sentiment qu'elles lui inspiraient, une forme de suspicion et de malaise, qui n'avait peut-être pas de raison d'être.

Elle comptait lancer deux ou trois petites recherches l'air de rien, sans savoir où cela la mènerait.

Tout commença un jour où elle vidait la poubelle de son mari. Maurice devenait de plus en plus négligent. Il laissait dans sa corbeille des papiers que le personnel n'était pas censé voir, pas plus qu'une épouse – c'était plus fort que lui, il ne pouvait s'en empêcher. Cela dit, elle s'attendait à tout sauf à tomber sur une lettre déchirée de la femme du Muséum d'histoire naturelle. Intriguée, elle recolla les morceaux comme les pièces d'un puzzle. Miss Benson lui demandait de l'aide pour obtenir un visa et lui donnait l'adresse où son assistante et elle logeaient. Ce n'était pas loin, le temps était radieux, et Mrs Pope n'avait rien de mieux à faire, aussi décida-t-elle de passer à la pension.

La propriétaire était une de ces Françaises qui avaient un sale caractère. Elle en voulait aux deux femmes d'avoir ramené un chien sans autorisation. Elle était obnubilée par cet animal. Non, elle n'avait pas d'adresse où faire suivre le courrier de Miss Benson ; du reste, si elle en avait eu une, elle lui aurait envoyé la facture pour le clebs. Maintenant que Mrs Pope était là, elle se rappelait qu'il y avait eu un problème de bagages.

— Quel genre de problème ?

— Ils ne sont jamais arrivés.

— Vous voulez dire qu'elles ont quitté Nouméa sans bagages ?

La Française haussa les épaules. Tout ce qu'elle savait, c'est qu'elles étaient parties en Jeep très tôt le matin.

— En Jeep ? demanda Mrs Pope, regrettant de trahir son excitation.

Une sonnette d'alarme vibrait en elle.

— J'imagine qu'elles ont acheté une Jeep pour leur voyage…, ajouta-t-elle.

La propriétaire haussa de nouveau les épaules. Autant qu'elle se souvienne, la Jeep était apparue du jour au lendemain. Mrs Pope la remercia en lui promettant que si elle croisait les deux femmes elle leur parlerait du problème du chien.

Il lui fallut plusieurs appels pour joindre le bureau des bagages perdus de la compagnie aérienne, mais une fois qu'elle eut la bonne personne, elle fonça. Elle prit sa voiture et alla sur place. Oui, ils avaient reçu les deux bagages qui appartenaient à la passagère nommée Margery Benson.

Alors, où étaient-ils ?

Ils étaient dans le placard en attendant d'être réexpédiés en Grande-Bretagne.

— Vous voulez dire que vous les avez ici ? demanda Mrs Pope, stupéfaite.

Oui, oui, dit la responsable, très serviable. Voulait-elle les emporter ?

Mrs Pope remercia. C'était formidable.

La femme lui demanda ses papiers. Mrs Pope rouspéta. Elle voulait seulement aider une de ses compatriotes qui se retrouvait sans ses affaires sur l'île.

La responsable le répéta : si elle n'avait pas de papiers, elle ne pouvait pas la laisser partir avec les bagages.

— Sérieusement ? s'indigna Mrs Pope.

— Parfaitement, répondit l'agente, qui devait penser qu'elle la prenait pour une idiote.

Mrs Pope rentra récupérer ses papiers. Hélas, quand elle revint, le bureau fermait. La responsable était en train de retourner le panneau « Ouvert ». Alors qu'elle tapait sur la porte vitrée, la femme agita la main en baissant le store. Il était à peine dix-sept heures.

Le bureau était fermé pour le week-end, ce qui n'empêcha pas Mrs Pope d'y passer deux fois en voiture pendant que son mari jouait au golf. Elle était de mauvaise humeur ; même le samedi soir, au concert organisé au profit de l'école missionnaire locale, elle avait du mal à sourire.

Elle y retourna avec ses papiers le lundi, à la première heure, et tomba sur un fonctionnaire qui n'avait besoin de rien. Elle attendit qu'il aille récupérer les bagages dans un placard au fond, presque déçue que ce soit aussi simple. Le type revint avec une vieille valise en skaï – même pas en cuir ! – et un sac Gladstone qui pesait des tonnes, et déposa le tout à ses pieds.

Elle eut une seconde de culpabilité, comme un coup de griffe dans la nuque. Elle promit au fonctionnaire qu'elle rapporterait ses affaires à Margery Benson et lui demanda d'aller chercher un chariot et de les charger à l'arrière de sa voiture. Elle sortit plusieurs billets français de son sac à main – un pourboire beaucoup trop généreux, qui lui permettait d'avoir plus ou moins bonne conscience.

Une fois chez elle, elle força le cadenas des deux bagages. La valise était pleine de vieilles nippes qu'elle ne pouvait même pas refiler aux femmes de la mission. En revanche, le sac Gladstone l'intriguait.

Elle découvrit successivement des ampoules en verre, un bocal Kilner, des tubes en plastique, des flacons qu'elle ouvrit et sentit. Du matériel de collecte. Des instruments qu'on pourrait trouver dans un laboratoire de chimie scolaire…

— J'ai pigé, j'ai pigé, murmura-t-elle en riant et en tripotant les perles de son collier.

— Vous voulez dire que…, s'écria Dolly Wiggs le jour de leur séance de travaux manuels. Que ces deux bonnes femmes auraient cambriolé le lycée catholique ?

— Oui, oui, répondit Mrs Pope pour la énième fois.

— Margery Benson et son assistante ?

— Parfaitement.

— Elles auraient volé tout ce bric-à-brac ?

— Oui, Dolly.

— Et ensuite, la Jeep ?

— Je n'arrive pas à croire qu'on les a rencontrées pour de vrai, dit Coral Pepper. Vous aussi, vous pensez que ce sont des espionnes ?

— Je ne sais pas. J'ai écrit au Muséum d'histoire naturelle pour avoir des renseignements sur elles. Je vous rassure, j'y suis allée avec tact.

— On n'en doute pas, répondirent les femmes en chœur.

Comment en douter ? Mrs Pope était le tact incarné.

— Elles avaient l'air tellement gentilles, renchérit Dolly. J'ai du mal à les imaginer en train de voler.

— Qu'est-ce qu'on fait ? demanda Coral Pepper, au bord des larmes. On prévient nos maris ? On envoie la police à Poum ?

Mrs Pope avait goûté sa petite incursion de détective et n'avait aucune envie de s'en remettre aux hommes. La fête des Rois était passée, elle n'avait rien à faire d'ici à la Saint-Valentin, et d'ailleurs, ce n'était pas une fête qu'elle aimait beaucoup. Toutes ces cartes anonymes que recevait Maurice et qui finissaient dans sa corbeille à papier. En plus, elle n'était pas certaine que la gent masculine s'intéresse vraiment à cette histoire. Elle avait remarqué que les hommes étaient moins opiniâtres que les femmes.

— Il faut d'abord attendre la réponse du musée, dit-elle. Après, nous serons sûres.

C'était parti, les épouses avaient trouvé un os à ronger et ne pouvaient plus s'arrêter. Tout ce qu'elles avaient perdu au cours des semaines précédentes leur revenait en mémoire. La robe d'unetelle avait disparu du fil à linge. Coral Pepper avait égaré des pinces à sucre en argent qui appartenaient à sa mère. Daphne Ginger était persuadée d'avoir laissé un steak sur le comptoir de la cuisine, qui n'était plus là quand elle était revenue. Mrs Pope savait parfaitement qu'elles déliraient, puisque la plupart de ces incidents avaient eu lieu avant l'arrivée de Margery Benson et son assistante à Nouméa. Elle avait beau ne pas les aimer, ces deux femmes n'avaient aucune raison de voler une robe sur un fil à linge, encore moins un steak dans une cuisine. Pour finir, Daphne partit en vrille en disant que Margery Benson était peut-être la meurtrière dont parlaient tous les journaux britanniques. C'était peut-être Nancy Collett qui voyageait sous un faux nom et était venue se cacher en Nouvelle-Calédonie, qui sait ? Et si son assistante était la femme sans tête ? Il fallait qu'elles alertent la police française. Ou téléphonent au rédacteur en chef du *Times*…

— Un peu de bon sens ! s'exclama Mrs Pope en frappant dans ses mains. Un peu de bon sens, mesdames ! On a besoin de preuves solides. Soyez patientes, je vous en prie. Il y a forcément quelque chose qui les obligera à revenir. Dès qu'on saura ce qu'elles mijotent, on agira.

41

Le bon schéma

Il les avait en ligne de mire. Il était toujours là, en retrait, jamais assez près pour qu'elles puissent le voir, mais il les avait à l'œil. Il attendait le bon moment. Encore quelques jours et il se manifesterait. La blonde avait l'air épuisée.

Il ne comprenait pas pourquoi Miss Benson était blonde, elle aussi. Pourquoi cherchait-elle à le semer, alors qu'il avait fait tout ce trajet pour prendre la tête de son expédition ?

Pour le chien, c'était un accident. Il n'avait aucune intention de le tuer. Mais l'animal sentait que Mundic rôdait dans les parages, et il aboyait. Miss Benson n'avait pas remarqué la présence de Mundic, mais le chien, lui, remuait les oreilles. Il s'était approché en lui demandant de se calmer : « Voilà, c'est bien, assieds-toi, repose-toi. » Mais l'animal avait essayé de le mordre. Il avait déchiré son pantalon. Et quand Mundic l'avait repoussé, il avait cherché à mordre sa main et à le tuer. Mundic l'avait alors attrapé par la peau du cou, il avait vu ses canines et avait senti la flamme vibrer en lui, dans sa poitrine, sa tête, sa gorge, elle brûlait, il ne savait plus ce qu'il avait entre les mains, il fallait qu'il fasse taire la bête. Juste après, il l'avait maintenu au sol en lui disant : « Tu es un gentil petit clebs. » Mais le chien ne s'était pas réveillé. Alors, il l'avait fait rouler comme les Japs quand ils se débarrassaient d'un corps, parce qu'il ne voulait plus le voir.

Il avait continué à suivre Miss Benson et la blonde. Bien qu'il ait toujours son sac à dos avec ses affaires, il rentrait de temps en temps dormir à Poum, dans sa petite chambre, pour être en forme le lendemain. Chaque fois qu'il voyait les gosses du bidonville essayer de lui vendre des produits, il leur criait dessus pour qu'ils dégagent.

Il notait tout dans son carnet : ce qu'il mangeait, notamment les boîtes de conserve avec une étiquette de poisson achetées au magasin ; ce qu'il voyait ; les moments où il avait soif et trouvait de l'eau. Mais il avait mal aux jambes à cause du béribéri. Il avait beau se faire des cataplasmes de feuilles comme il l'avait appris en Birmanie, il sentait que le volume de ses muscles avait diminué, et il avait une douleur dans la poitrine quand il respirait. S'il transpirait trop, il s'enroulait dans sa grande serviette jaune et se rassurait en se disant que, non, il ne mourrait pas, il était un gentil garçon ; hélas, il avait des aphtes dans la bouche et commençait à avoir du mal à avaler.

Il y avait pire. Un Jap. Depuis l'histoire du chien, Mundic le voyait partout. Le Jap avait un bâton, il l'observait et le suivait. Il pensait que Mundic ne s'en rendait pas compte, mais il se trompait. Mundic devait fuir avant que le Jap l'attrape, même s'il ne savait plus pourquoi il était là. Vite, il se faufilait dans les sous-bois et se glissait entre les lianes, le cœur battant, les jambes en coton ; il s'était échappé du camp de prisonniers – il le supposait –, et il y avait des serpents dans la forêt. Il savait ce qui arrivait aux fugitifs : si le Jap le trouvait, il le tabasserait et le ramènerait au camp *manu militari*, puis il convoquerait les prisonniers et les obligerait à le regarder poser son pistolet sur la tête de Mundic. Alors il fallait se sauver, malgré les serpents. Les serpents étaient partout, enroulés autour des arbres, rampant à ses pieds ; il brandissait son couteau, mais le couteau lui échappait et disparaissait. Il ne souhaitait plus qu'une chose, retourner dans le camp pour être en sécurité.

Soudain, il se rappela. Il était en Nouvelle-Calédonie. Il n'y avait pas de Jap. C'était un arbre. Il n'y avait pas non plus de serpents et il n'était plus prisonnier de guerre. Il était libre.

Mundic sortit les affaires qu'il avait emportées et les déposa sur le sol. Le couteau avait disparu, ainsi que la serviette et le chapeau, mais il avait la carte, son carnet, la batterie, l'étiquette de la boîte de soupe. Il examina le pistolet qu'il avait déniché près de l'endroit où elles avaient enterré le chien. Il fixa chaque objet en essayant de trouver un ordre. Il les aligna : la carte, puis l'étiquette, le carnet, la batterie, le pistolet. Il manquait quelque chose. Car il y avait un autre schéma que celui qu'il avait sous les yeux. Un schéma qui comprenait sa mère – un schéma qu'il ne parvenait jamais à dessiner quand il était petit –, et le camp de prisonniers, les hommes qui mouraient debout, ou le jour où les Japs avaient puni des types qui avaient essayé de fuir, et obligé tout le monde à regarder, puis le voyage de retour, le maire qui ne s'était pas présenté, et son costume de démobilisé dans lequel il flottait. Les objets qu'il n'arrivait pas à voir étaient beaucoup plus gros que ceux qu'il voyait.

Il rangea ses affaires dans son sac à dos, mais il ne savait pas quoi faire de ce qui appartenait au passé. Où glisser ce qui n'existait que dans sa tête ?

Autour de lui, les arbres étaient hauts et formaient une immense corbeille de feuilles. Puis ils se mirent à tanguer lentement, en haut en bas, en haut en bas, jusqu'au moment où il vomit. Perdu, il était perdu et ne savait pas combien de temps il pourrait continuer.

42

La valise rouge d'Enid

— Marge, vous ne pourriez pas arrêter de vous agiter ?

— Enid, j'essaie juste d'organiser les choses. Je vous trouve étonnamment insouciante. Nous partons dans deux semaines. Il faut anticiper.

— Je n'ai aucune envie d'anticiper. J'ai envie de trouver ce maudit scarabée.

— Nous sommes en février. Votre bébé doit naître en mai. Nous devons préparer notre retour en Angleterre.

Jusqu'alors, Enid et Margery avaient vécu suivant le temps de l'expédition, qui avançait avec souplesse, à différents rythmes. Désormais, le temps était solide et compté. Chaque jour les rapprochait de la fin, et elles n'avaient encore trouvé ni scarabée d'or ni orchidée blanche. Il était de plus en plus probable que Margery s'était trompée – ni l'un ni l'autre n'existait. Il eût été logique qu'Enid passe les deux dernières semaines à se reposer sur la terrasse, à compléter sa collection de layette tricotée à la main, à songer à l'avenir, pendant que Margery commencerait à emballer leurs affaires. Mais elle refusait. La disparition du pistolet l'avait terrorisée. Elle passait son temps à regarder par-dessus son épaule.

— Vous pensez qu'il y a quelqu'un qui nous suit, Marge ? Vous pensez que c'est lui, le type de Wacol ? Vous croyez que c'est lui qui a volé le pistolet ?

Margery avait beau essayer de la rassurer – le pistolet avait dû être emporté par les eaux pendant le cyclone ou déterré par des animaux –, Enid avançait en se collant à elle, qui avait du mal à garder l'équilibre. Quand elles dormaient dans le bungalow et que Margery se réveillait en pleine nuit, elle découvrait souvent la jeune femme blottie contre elle.

— Vous êtes sûre que mon bébé va bien ? demandait-elle sans cesse, alors qu'elle ne voulait pas entendre parler d'avenir ni de retour.

La seule chose qu'elle faisait, c'était trottiner à côté de Margery avec une main sur son gros ventre et un filet à insectes dans l'autre.

— Vous vous inquiétez pour des questions d'argent, Enid ?

Enid haussa les épaules.

— Parce que je vous en dois. Je dois vous rémunérer pour votre travail. Je n'y manquerai pas, je vous le promets, dès que nous serons rentrées.

Enid donna un coup de pied dans une pierre.

— Vous pouvez vous installer chez moi. J'ai une chambre d'amis dans mon appartement. Au moins jusqu'à ce que tout soit réglé. Vous avez déjà pensé à un hôpital ?

— Hein, pardon ?

— Où pensez-vous accoucher ? Il faut réfléchir à ce genre de choses, Enid.

— Marge, vous pourriez arrêter de me poser des questions, s'il vous plaît ? Ça me donne le tournis. Vous me parlez toujours des mêmes problèmes. Moi, ce qui m'intéresse, c'est le scarabée d'or. Vous gâchez tout en me parlant du retour.

Le bungalow était un vrai musée. Chaque pièce abritait une partie de la collection qu'elles avaient réunie, au moins cent cinquante spécimens, dont certains étaient épinglés, mais la plupart, conservés dans de la naphtaline, ou délicatement entourés de ouate. Margery recyclait tout ce qu'elles avaient sous la main pour y garder les insectes, que ce soient les flacons et les pots d'Enid usagés ou les boîtes de conserve qu'elle nettoyait soigneusement. Elle n'avait pas besoin d'expédier quoi que ce soit avant leur départ, puisqu'elles n'avaient rien ou presque. Elles profiteraient de leur passage à Nouméa pour acheter deux ou trois vêtements avant la traversée. Margery pouvait difficilement se montrer sur le pont habillée en homme, et Enid avait intérêt à dissimuler sa grossesse – si seulement elle acceptait d'en parler !

Il ne restait plus qu'une semaine. Enid insista pour poursuivre leur recherche, mais elles n'attrapèrent pas grand-chose, à part quelques escarbots luisants. Un jour, alors qu'il pleuvait des cordes, elles découvrirent une brochette de gamins réfugiés dans le bungalow, mais elles n'avaient plus de chewing-gum à leur donner. Le lendemain, Margery commença à charger leurs affaires dans la Jeep. Elle avait abandonné tout espoir de voyager en car. Elle n'en avait pas vu un seul depuis qu'elles vivaient là.

13 février : deux jours avant le départ pour Nouméa. Margery travaillait sur la terrasse, éclairée par sa lampe au kérosène, quand Enid apparut. Elle était tellement ronde qu'elle passait à peine la porte. Margery ne put s'empêcher de rire.

— Enid, pourquoi êtes-vous habillée de cette façon ?

Non seulement elle avait sa valise rouge et son sac à main, mais elle avait réussi à enfiler sa tenue de voyage rose. Elle portait ses sandales à pompon et elle avait joliment arrangé ses cheveux avant de les coiffer de son petit bibi.

— Enid ? Qu'est-ce qui se passe ? Nous avons encore deux jours avant le départ.

Muette, Enid traversa lentement la terrasse, le ventre en avant sous sa jupe dont le tissu était près d'exploser. Comme elle n'avait pas pu remonter la fermeture Éclair jusqu'en haut, elle avait compensé en nouant un foulard autour de sa taille. Elle s'assit sur une chaise à côté de Margery et ne fit plus un geste, le regard fixé sur les arbres noirs et les étoiles, comme pour les enregistrer dans sa mémoire. Margery la regardait et éprouvait une étrange impression d'aise et de liberté, d'autant plus vive qu'elle sentait que quelque chose n'allait pas, que la tranquillité de sa vie était sur le point d'exploser.

— Enid ? Qu'est-ce qui se passe ?

Enid retira son petit chapeau et le posa sur ses genoux.

— Je l'ai tué, Marge, dit-elle en s'adressant au bibi. J'ai tué Perce.

La vérité est souvent difficile à comprendre sur le moment. Elle s'appréhende par fragments, petit à petit. Margery avait besoin de faire une pause, mais elle n'avait pas beaucoup de temps. Plus Enid parlait, plus elle comprenait qu'il fallait agir vite.

Enid ne s'appelait pas Enid, mais Nancy Collett. Elle avait tué son mari avant de fuir leur maison. La police britannique était à ses trousses ; elle l'avait compris le jour de Noël, en captant une station de radio. Enid Pretty était un faux nom.

— OK. Je vois.

Margery descendit au bout de leur jardin de terre et vomit dans le noir. Puis elle revint et s'assit.

Enid voulait se rendre à la police française et avouer. Elle s'exprimait lentement, comme si elle était absente, ou sous hypnose. Elle parlait d'un événement extraordinaire avec des mots ordinaires, si bien que chaque phrase semblait détachée, tombée du ciel, tel un naufragé échoué sur une plage.

La police britannique était aussi à la recherche de Margery, dit-elle. Les flics étaient persuadés qu'elles étaient complices et que Margery était impliquée dans le meurtre. Enid voulait rétablir la vérité.

Margery avait décidément besoin d'une pause, mais elle ne pouvait pas. Elle ne pouvait pas abandonner Enid. Elle leva les yeux et vit les milliers d'étoiles briller dans le ciel. Elle les enviait. Elles semblaient filer comme l'eau vive. Elle se dit qu'elle aurait bien pris une cigarette ; malheureusement, elle n'aimait pas le tabac.

Enid avait besoin de lui parler de Perce. Il aimait les garçons.

— Oui, vous me l'avez déjà dit. J'ai compris.

— Il ne supportait pas de voir tous ces jeunes gens qui mouraient à la guerre. Il en parlait tout le temps et, un jour, il a décidé d'agir. Il était trop vieux pour qu'on l'envoie au front, du coup, il s'est engagé dans la Garde nationale. Il est rentré au bout de six mois. Il avait perdu une jambe pendant l'entraînement. Un de ses camarades lui avait tiré dessus, c'était un accident.

— Je comprends.

— J'ai pris un job de serveuse dans un bar. Je m'occupais de plein de trucs. Du moment qu'il y avait de l'argent, j'y allais. Perce était blessé, on avait besoin de thunes.

— Je comprends. Oui.

Elle comprenait ce que disait Enid, en effet, mais c'était comme si les mots ne collaient pas. Enid avait beau lui raconter son histoire en toute simplicité, Margery devait répéter ses phrases dans sa tête. Elle n'avait pas assez de place dans son cerveau pour les loger. Elle avait besoin d'une extension.

Enid n'arrêtait plus de parler. Lentement, sans lever les yeux du petit bibi rose sur ses genoux, parfois en le caressant, elle revenait sur la longue agonie qu'avait connue Perce.

— Il la sentait toujours, la jambe qu'il avait perdue. Elle n'était plus là, mais c'est tout son pied qui était en feu. Parfois, il me criait dessus pour que j'aille chercher un seau d'eau froide. J'y allais, mais je ne savais pas quoi faire avec. Il avait le doigt sur le moignon et il hurlait en disant que sa jambe le brûlait.

« Je me suis occupée de lui pendant des années – je le soulevais pour l'emmener aux toilettes, pour le mettre au lit, pour lui donner son bain, tout ça, j'y arrivais. J'ai de la force. Mais j'étais incapable de le rendre heureux. Je ne pouvais rien faire contre la douleur. J'ai tout tenté. Je lui préparais ses plats préférés, je lui massais l'autre jambe, j'essayais de penser à des trucs qu'il aimait. Il était enfermé dans la douleur. Prisonnier de sa jambe disparue.

« Un jour, il a vu votre annonce. Il m'a conseillé de répondre. Il irait vivre chez son frère pendant cinq mois, le temps que je me repose. Il voulait que je me distraie. On était vraiment déçus quand on a compris que j'avais pas le poste.

— Vous saviez que vous étiez enceinte ?

— Oui.

— Le bébé n'est pas de votre mari, n'est-ce pas ?

— Marge… je ne sais pas, je ne peux pas vous le dire.

— Vous feriez mieux de me le dire, Enid.

— J'avais deux ou trois amoureux. Ça peut être n'importe lequel. Je ne sais pas qui est le père.

Margery tendit la main pour ne pas vaciller. Elle avait beau être assise, elle avait l'impression que le sol s'inclinait et qu'elle allait tomber. Elle agrippa la vieille balustrade de la terrasse. Elle se faisait du souci pour le bébé, pas pour le père, quelle que soit son identité. Elle l'aimait, cet enfant, c'était la première fois qu'elle s'en rendait compte. Éclairées par la lampe au kérosène, ses mains avaient de petites taches brunes. Ça non plus, elle ne l'avait pas remarqué. Elle vieillissait.

Quant à la suite de l'histoire, Enid la raconta par bribes, toujours en s'adressant à son petit bibi. Manifestement, c'était la seule façon pour elle de tout dire. Margery, elle, ne pouvait l'écouter qu'en évitant de la regarder.

Un soir, Enid était rentrée du travail et avait découvert Perce couvert de sang dans son lit. Il avait essayé de se tailler les veines. Elle voulait appeler un médecin, mais il refusait. Il la suppliait de le laisser partir. Il ne supportait plus de vivre avec cette souffrance. Si elle l'aimait, elle l'aiderait à y mettre fin. « S'il te plaît », insistait-il. Il fallait qu'elle évite de penser, sinon elle ne pourrait pas. Aussitôt, elle prit les oreillers et les écrasa sur son visage. Il n'eut pas un geste de défense. Soudain, elle comprit ce qu'elle venait de faire et retira les oreillers… Tout était allé trop vite. Elle avait une affreuse douleur dans le bras. Ça la troublait encore plus. Elle pouvait à peine le bouger, elle avait fourni un effort énorme, dont le fantôme serait toujours là.

Les épaules d'Enid lâchèrent, elle pencha la tête en avant. Elle sortit son mouchoir, lentement, l'approcha de son nez, fit une boule avec et reprit :

— Je suis restée à la maison. Je me suis brossé les cheveux et j'ai attendu qu'on vienne m'arrêter. J'avais commis un crime et je devais le payer. Dans ma tête, la police aussi le savait. Bizarrement, les flics ne sont pas venus. Après, je ne sais pas ce qui s'est passé. Si j'ai mangé ou dormi, je ne m'en souviens pas.

« Puis il y a eu autre chose ; pas la police, votre lettre. Votre proposition de dernière minute, partir en Nouvelle-Calédonie, je l'ai vue comme un signe. Un signe qui me disait que Perce et moi, on avait fait ce qu'il fallait, il voulait que je m'éloigne de Grande-Bretagne, que je sois en sécurité. C'est là que j'ai fermé tous les rideaux, j'ai vérifié que ses costumes étaient bien accrochés dans l'armoire et j'ai rangé la maison avant de prendre tout ce que j'avais, prête à partir. J'ai mis mon plus bel ensemble rose. J'ai emballé le rasoir que Perce avait utilisé pour se tailler les veines et je l'ai jeté avec les ordures. Au moment où j'ai quitté la maison, une partie de moi s'attendait toujours à ce que la police m'arrête.

Enid s'interrompit. Elle ouvrit son sac à main et sortit une page d'un journal qu'elle donna à Margery. D'un journal britannique. Margery vit la manchette. « Une vieille prof prise dans un obscur triangle amoureux ! » C'était sûrement ce qu'elle l'avait vue lire devant le café. Le titre était complété par un dessin au trait. Plus exactement, une caricature.

— C'est censé être moi, non ? demanda Margery.

— Oui.

— Sauf que je n'ai pas de tête.

— Vous êtes devenue la risée des journaux.

— C'est vrai ?

— Oui.

— En Grande-Bretagne ?

— Je suis désolée, Marge.

Elle avait l'impression de regarder quelque chose sous l'eau. Au début, elle ne comprenait pas ce que c'était, puis peu à peu, elle vit le croquis d'une grosse bonne femme sans tête qui brandissait une hache. L'auteur du dessin l'avait affublée de grandes jambes et, peut-être pour compenser l'absence de tête, de longs pieds qui ressemblaient à des planches. La caricature de l'école lui revint en mémoire, ce dessin atroce, il y a des mois, avec ses cheveux en nid d'oiseau et son nez en patate. Elle se rappelait aussi les femmes du consulat qui s'étaient moquées de sa plus belle robe.

Elle avait chaud, elle mourait de honte, mais curieusement, elle était très calme.

— Des blagues. Bien sûr que je suis l'objet de blagues, dit-elle tranquillement.

Ses mains se mirent à trembler et elle rendit la page à Enid, qui la déchira en mille morceaux.

— Marge ? On a déjà pendu une femme enceinte ?

— Aucune idée.

— Vous pensez qu'ils la laissent accoucher avant ?

— Aucune idée.

— Qui s'occuperait de mon bébé si j'étais morte ?

— Aucune idée.

— Il a fallu deux tentatives pour tuer Norman Skinner. Ils ont dû le rattacher et recommencer.

C'était trop. Margery n'avait pas les mots qu'il fallait pour participer à ce genre de conversation. Rien dans sa vie ne l'y avait préparée : son père était parti, sa mère avait passé le reste de sa vie dans un fauteuil, ses tantes priaient toute la journée et Barbara avait tout cassé. Elle était tellement dépassée qu'elle ne savait même plus comment appeler Enid. Sûrement pas Nancy. Elle était la personne la plus « énidesque » qu'elle avait jamais rencontrée. En dépit des faiblesses, des défauts de sa nouvelle amie, elle ferait tout pour qu'elle s'en sorte. Elle était suffisamment forte pour épauler Enid. Elle n'avait rien à voir avec cet horrible dessin.

Enid tendit une main vers la valise rouge. Elle glissa son autre main dans son soutien-gorge et en sortit la clé du cadenas. Elle s'agenouilla et ouvrit la valise de façon que Margery puisse voir.

Margery crut que c'était une erreur. Une fois de plus, elle faillit éclater de rire.

— Des oreillers ? Nous avons traversé la planète, et tout ce que vous cachiez, c'étaient des oreillers ?

Enid souffla lourdement, comme si elle avait couru trop vite et était sur le point de tomber. Elle prit les oreillers et les serra dans ses bras avant d'y enfouir son visage.

— Je ne sais pas ce qui m'a pris. Je pensais que tout irait bien si je gardais les oreillers avec moi. Seigneur, Marge ! J'ai honte. Seigneur, qu'est-ce que j'ai fait ? J'avais besoin de tout vous avouer. J'en brûlais d'envie. Mais je n'osais pas, Marge. C'est trop atroce.

Accroupie devant sa valise, elle avait l'air si vulnérable. Elle avait beau maintenant faire la taille d'une maison, elle semblait si frêle qu'un murmure de vent l'aurait emportée. Elle était en larmes, le visage dans ses oreillers, à la recherche d'une impossible consolation, quand Margery se leva et l'aida à se redresser, puis la serra dans ses bras. Enid hurlait, tremblait et sanglotait si violemment qu'elle semblait faite de liquide et d'os. L'épaule de Margery était trempée, de même que son cou. Elle remarqua alors ce qu'elle ne remarquait plus depuis longtemps : le parfum d'Enid. Elle inspira. Il avait changé. Il était moins puissant, moins audacieux, moins agressif. Un parfum si seul et si effrayé qu'elle avait du mal à le supporter. Elle inspira à nouveau, essayant de repérer quelque chose qui lui rappellerait la situation d'avant – avant les aveux d'Enid.

Rien. Tout avait changé.

Margery dissuada Enid de se rendre à la police française. Elle l'aida à se déshabiller et se débarbouiller, puis la mit au lit. Elle s'installa sur la terrasse et réfléchit en contemplant les arbres dans l'obscurité, blanchis par la lune, si hauts, si pleins qu'on aurait dit des silhouettes en papier. La vie était tellement courte, songeait-elle. Toutes les peines que les gens transportaient et se battaient pour transporter, jusqu'au jour où ils disparaissaient, avec leur souffrance, et seuls demeuraient les arbres, la lune, l'obscurité. Les étoiles formaient une immense maille de trous. Elles étaient si nombreuses qu'on aurait pu les coudre ensemble et faire une couverture. Elle pensa au musée. À sa collection de scarabées. Au jour où son père était parti. Elle reliait ces histoires comme elle essayait de relier les étoiles, comprenant qu'au fond la Nouvelle-Calédonie n'était pas son but ultime. Et même si elle ne savait pas quel était ce but ultime, pour l'instant, elle savait qu'elle devait agir.

Toute sa vie, elle avait fait comme si le deuil était un danger qu'elle pouvait éviter en s'écartant. Cette fois-ci, c'était différent. Dès le début, elle avait deviné qu'Enid fuyait une tragédie. Elle le sentait, elle le flairait de mille façons, mais jamais elle ne l'avait compris avec son cerveau. Désormais, c'était évident. Tous les détails dont elle se souvenait étaient des indices. Y compris la première fois qu'elle avait vu Enid, fumant nerveusement dans le hall de la gare de Fenchurch Street. Son histoire était une telle succession de malheurs qu'il était difficile d'y croire, mais elle y croyait. Elle croyait chaque mot prononcé par Enid.

Le jour se leva, léger, bleuté. La lune avait viré du gris argenté à une couleur de craie. Margery frappa à la porte d'Enid et entra. La jeune femme dormait sous sa moustiquaire, la bouche grande ouverte, comme un animal chassé de sa tanière. La lumière éclairait la pièce en longues bandes qui ressemblaient à des bambous. On n'entendait que le doux bruissement des feuilles de palmier.

— Enid ? murmura Margery en s'agenouillant à côté du lit.

— Oui ?

— Vous préférez que je vous appelle comment ? Nancy ?

Enid avait les yeux fermés, comme si elle voulait dormir le plus longtemps possible. Elle remuait à peine la bouche.

— Non. Appelez-moi Enid. Je suis Enid, maintenant, dit-elle d'une voix grave.

— Il y a des détails que vous me cachez ? Si vous voulez que je vous aide, il faut que je sache tout.

— Je vous ai tout dit. Vous allez me dénoncer ?

— Non.

— Qu'est-ce que vous allez faire ?

— Rester avec vous.

— Vous êtes fâchée ?

Impossible de répondre à cette question.

— Vous pensez que mon bébé se porte bien ?

— Oui, Enid.

— Et le bateau ? Il part dans moins d'une semaine.

— Je ne le prendrai pas.

— Mais votre collection ? Comment vous la présenterez au musée ?

— Je ne sais pas, Enid. Je ne sais pas encore. Dormez. Vous êtes pâle. Je sors faire des courses. Il faut manger, Enid. J'y réfléchirai après.

Le soleil était déjà haut et Margery était contente. La journée appartient à ceux qui se lèvent tôt, et elle avait une tâche à accomplir. La piste était plus régulière et rougeâtre. Les cimes des arbres formaient de hautes touffes vert vif, une forte odeur de pin embaumait l'air. Au-delà se dressait la montagne avec ses deux pics qui perçaient le bleu du ciel. Elle ne savait absolument pas ce qu'elles allaient faire. Elle ne savait pas où elles allaient se cacher, ni comment rapporter sa collection. Elle ne savait pas non plus comment résoudre les questions d'argent. Elles ne pouvaient pas revendre les billets de l'*Orion*. Soudain, les gamins du bidonville se précipitèrent sur la route pour lui dire bonjour, mais la voyant seule – et à pied, pas dans la Jeep –, ils se détournèrent poliment.

Le scarabée d'or ne comptait plus. Ni son ambition. Elle ne pensait plus qu'à Enid. La nuit précédente, son esprit avait du mal à se concentrer, mais ce matin, il fourmillait d'idées, tels des centaines d'oiseaux dans un arbre. Si seulement elle avait pu en parler avec quelqu'un.

Elle finit par s'adresser à son ombre. Vu les circonstances, c'était la meilleure solution. Et son ombre la suivait, un peu boudeuse.

— Personne ne sait où se trouve Enid. Tant mieux. Mais la police la recherche. Ça, c'est pas terrible. Elle a volé du matériel de collecte et la Jeep. Pas formidable non plus. Pas très prudent de retourner à Nouméa. Mais le bébé doit naître en mai. Il y a aussi le problème du visa. Et Enid n'a pas de passeport. Admettons que nous quittions l'île, où aller ?

Faire profil bas. C'est tout ce qu'elle imaginait pour l'instant. Rester au bungalow, le temps de s'organiser. Personne ne savait où elles étaient. Mrs Peter Wiggs l'avait prévenue, les gens qui s'aventuraient dans le nord de l'île se perdaient. La meilleure chose, pour le moment, c'était de ne rien faire ; ça tombait bien, c'était sa spécialité. Tout à coup, la piste s'arrêta – elle était au cœur de Poum. Elle croisa plusieurs chèvres et plusieurs vieux messieurs ; elle alla au magasin, où elle acheta des œufs, des fruits, des ignames, et du sel pour Enid. Elle balaya des yeux les étagères, mais ne vit aucun journal britannique.

Elle sortit et aperçut son reflet dans la vitrine. Elle s'arrêta. C'était la première fois depuis des semaines qu'elle voyait à quoi elle ressemblait, et elle se reconnaissait à peine. Autant Enid lui paraissait minuscule sur la terrasse, autant elle avait l'impression d'avoir grandi. Mais pas grossi, ni forci. Au contraire. En dépit des bandes qui lui couvraient les mollets, elle sentait que les muscles de ses jambes étaient plus fermes, plus puissants. Enid avait raison. Elle avait de bonnes jambes. Grâce à elles, elle avait crapahuté sans trop de problème dans la montagne. Elle les aimait, ses guiboles, comme ses épaules, robustes, vaillantes. Elles avaient supporté son sac à dos tous les jours sans se plaindre. Finalement, la personne à laquelle elle ressemblait le plus était Margery Benson. Elle retira son casque pour mieux la voir. Elle examina son épaisse chevelure jaune – merci, Enid –, observa ses yeux brillants, sa mâchoire forte, ses joues sombres et rondes.

Il était loin, le visage qu'elle voyait se refléter dans les vitrines du Muséum d'histoire naturelle. Elle n'était pas non plus une femme sans tête. Mais peut-être une femme qui n'avait jamais osé avancer la tête haute. Elle l'aimait, sa tête, après tout. Elle aimait sa force, son intelligence, sa gentillesse. Elle aimait même ses cheveux jaunes. Elle les lissa derrière ses oreilles. Non, ce n'était pas le genre de tête qui renonçait ou laissait tomber une amie.

Elle reprit le chemin du bungalow. Elle ferait l'impensable : elle vendrait sa collection de scarabées. Elle ne la soumettrait pas au Muséum d'histoire naturelle. Elle savait qu'elle contenait des espèces rares. Il y avait des collectionneurs privés prêts à payer cher, qui ne l'enquiquineraient pas avec des histoires de papiers. Elle épinglerait chaque spécimen et les étiquetterait, puis elle les classerait. Elle écrirait à la Société royale d'entomologie pour savoir s'il y avait des acheteurs. En un mois, elle aurait assez d'argent pour évacuer Enid hors de l'île. Elle trouverait le moyen de mettre son appartement en vente. Voilà… Quelques heures plus tôt, elle pensait que la situation était catastrophique, or elle venait de découvrir une lueur d'espoir. Un oiseau criailla au loin, comme si on lui arrachait les entrailles. Elle ralentit pour écouter.

Son sang se figea. Tout en elle se figea. Ce n'était pas un oiseau. C'était Enid. Enid qui hurlait.

Elle lâcha les œufs. Le sel. Les ignames. Et fonça.

Nouvelle-Calédonie, février 1951

Chassées !

43

Victoria, je crains que vous ne vous emportiez

C'était au cours d'une séance de travaux manuels du vendredi. Mrs Pope trônait tout sourires au milieu des épouses et des petits bouts de lapins de Pâques qu'elles devaient assembler pour l'orphelinat. Il y avait des oreilles, des queues et des corps en feutre gris, mais aucune n'y avait touché. Elles n'avaient pas non plus touché à leur café.

— Vous voulez dire qu'elle n'est pas celle qu'elle prétendait être ? demanda Daphne Ginger.

— Parfaitement.

— Comment le savez-vous, Mrs Pope ?

L'attente dans la pièce était aussi forte que la lumière qui inondait les lieux. On aurait dit que Mrs Pope s'apprêtait à entrer en scène. Et elle n'était pas peu fière de son petit effet.

Un tournant important venait de se produire. Elle avait eu des nouvelles du Muséum d'histoire naturelle. Plus exactement, le Muséum d'histoire naturelle avait eu des nouvelles d'elle. Frustrée de ne pas avoir de réponse du musée – et par la soirée catastrophique de la Saint-Valentin, puisque personne ou presque n'était venu, et personne n'avait fait l'effort de se déguiser, et pire encore, Maurice avait ouvertement flirté toute la nuit et disparu quelque temps dans le jardin –, Mrs Pope avait pris les choses en main. Elle avait profité de ses connaissances au consulat pour demander un appel interurbain longue distance avec Londres.

Au département d'entomologie du Muséum d'histoire naturelle, personne n'avait entendu parler de Margery Benson et personne n'avait envoyé quiconque en mission. Qui plus est, le département n'avait aucune femme dans son équipe. Quant à la Nouvelle-Calédonie, ses interlocuteurs n'étaient pas tout à fait sûrs de savoir situer l'endroit sur une carte.

Les épouses étaient stupéfaites.

— Vous voulez dire qu'elles n'existent pas ? finit par demander Daphne Ginger.

— Bien sûr qu'elles existent, puisqu'elles sont sur l'île.

— C'est peut-être des espionnes ?

— Sûrement pas.

— Ou des communistes ?

— Je doute qu'elles aient le moindre engagement politique.

Les épouses étaient face à Mrs Pope, bouche bée, comme des petits poussins attendant qu'on les nourrisse.

— Alors, c'est qui, ces deux inconnues ?

Mrs Pope déposa son ouvrage de couture et releva ostensiblement le menton. Elle fit une longue pause appuyée… Et prononça la phrase suivante :

— Nancy Collett et la femme sans tête.

Les épouses étaient abasourdies. Encore plus stupéfaites qu'une minute plus tôt. Mrs Pope en profita pour sortir une liasse de coupures de presse. Elle avait fait une razzia sur les journaux britanniques. Elle avait de la chance, le consulat recevait tous les journaux, y compris les pires feuilles de chou. Elle balaya tous les objets de la table, les aiguilles, les bobines de fil, les morceaux de lapins en feutre, et disposa soigneusement ses coupures : une photo de Nancy Collett le jour de son mariage ; une autre lors d'un goûter de chimpanzés au zoo ; une troisième où Nancy Collett portait un chapeau avec des cerises. Les femmes se rapprochèrent pour voir à quoi elle ressemblait.

— Elle est difficile à identifier, déclara Coral Pepper. Il n'y a pas de gros plan de son visage. Elle est toujours cachée par quelque chose.

— Et l'autre, celle de la caricature ? C'est qui ? demanda Daphne.

— Miss Benson.

— Je veux bien, mais elle n'a pas de tête.

— C'est un parti pris d'artiste.

Mrs Pope fouilla parmi les coupures avant de retrouver la seule qui donnait le nom complet de Miss Benson. Les épouses la firent circuler entre elles, puis se passèrent les autres articles, un par un. Chacune lisait attentivement les titres, les détails du compte rendu du crime, les témoignages, les propos des amants de Nancy Collett.

« Où est passée Nancy Collett ? »

« Une femme à abattre. »

« La criminelle la plus recherchée de Grande-Bretagne. »

Et elles, que fallait-il qu'elles fassent ? Prévenir la police française ? Contacter le ministère de l'Intérieur britannique ? Écrire au roi ?

— Il faut les arrêter, trancha Mrs Pope. Il faut les renvoyer en Grande-Bretagne. Elles doivent être jugées. Elles ont tué un héros de guerre. On ne peut pas se tourner les pouces pendant qu'elles cavalent en toute liberté.

Les femmes approuvèrent de la tête.

— Victoria, lâcha une voix de fillette.

S'ensuivit un murmure silencieux qu'on aurait pu découper aux ciseaux. Personne n'appelait jamais Mrs Pope par son prénom. Pas même Maurice, sauf, peut-être, quand il était au lit avec elle – ce que personne n'osait imaginer, d'ailleurs, il valait mieux ne pas s'y attarder.

La voix reprit. Sur un ton légèrement plus audacieux.

— Victoria, je crains que vous ne vous emportiez.

Mrs Pope se retourna.

— Mrs Wiggs ? Vous osez me contredire ?

Pauvre Dolly, elle était rouge comme une pivoine. Même son cou était rouge, et les lobes de ses oreilles.

— Victoria. Je suis désolée. Mais le jour où Daphne a fait le rapprochement il y a quelques semaines, vous nous avez rappelées à l'ordre sous prétexte que c'était impensable.

— C'est vrai, Mrs Pope, renchérit Daphne du bout des lèvres. C'est ce que vous nous avez dit.

— Il faut se calmer, Victoria, nous sommes en train de nous ridiculiser. Vous vous souvenez des fusées tricotées à la main ? Bientôt, tout Nouméa se moquera de nous. Qu'est-ce qu'elles nous ont fait, ces deux femmes ? Rien. Elles sont à la recherche de scarabées, c'est tout.

L'allusion aux fusées tricotées jeta un froid. Mais cette fois-ci, le silence était plus proche de la neige britannique – le genre de neige qui ne reste pas mais qui fait déraper. Soudain, Daphne Ginger et Coral Pepper annoncèrent qu'il était temps de se séparer. Elles avaient des affaires urgentes à régler chez elles. Une demi-heure plus tard, tout le monde prit son manteau d'été, son chapeau et son sac à main.

— Il faut intervenir, insista Mrs Pope. Nous ne pouvons pas laisser ces deux femmes gambader librement.

Trop tard. Même Dolly était partie. La séance de travaux manuels était pliée et aucune d'entre elles n'avait touché aux lapins de Pâques. Mrs Pope était contrariée et humiliée. Elle fulminait. Elles allaient voir ce qu'elles allaient voir, non seulement les épouses, mais Margery Benson et Nancy Collett. Il était hors de question qu'elle se laisse marcher sur les pieds.

Elle prit la voiture et fonça au consulat britannique. Maurice était en réunion au sujet du projet d'extension du club de golf. Elle attendit plus d'une heure. Il la rabroua en disant qu'il ne voyait pas comment deux femmes britanniques recherchées pour meurtre avaient pu arriver en Nouvelle-Calédonie. Comment avaient-elles passé la douane ? Il enchaîna en lui rappelant que l'ambassadeur néerlandais venait prendre un verre à dix-huit heures.

— Tu dîneras à la maison ? demanda-t-elle sur le pas de la porte.

— Pas ce soir, non.
— Si je comprends bien, je ne t'attends pas ?
— Non.
— D'accord, dit-elle. D'accord.

Mrs Pope fila au commissariat de police français. Il était bondé, non seulement de gens, mais de chiens et de paniers, il y avait même un cochon.

Enfin, c'était son tour. Un officier lui fit signe d'avancer.

Elle lui expliqua très clairement, en français, la situation. Les personnes recherchées pour le vol du lycée catholique avaient fui à Poum. Elle savait qui c'était. Il fallait immédiatement les appréhender pour les remettre au gouvernement britannique. Il s'agissait de Nancy Collett et de sa complice.

Elle eut beau répéter plusieurs fois les noms, le policier français n'avait aucune idée de ce dont elle parlait.

— Toute la Grande-Bretagne est à leurs trousses, insista Mrs Pope en prenant son dossier.

Elle sortit ses coupures de presse. Ses mains tremblaient comme des petits drapeaux de papier.

— C'est une affaire extrêmement grave.

Le policier examina les coupures de presse sans être sûr de comprendre. Manifestement, il était dépassé.

— Vous êtes à la recherche d'une femme un peu forte avec une épaisse chevelure brune, répéta Mrs Pope en français. Elle a la cinquantaine. L'autre est petite et elle a les cheveux décolorés. Très mince. Il y a peut-être un homme avec elles. Je n'en suis pas sûre.

La grosse femme était habillée comme un sac, mais le policier ne semblait pas juger le détail très important. Il n'avait même pas ouvert son carnet.

Exaspérée, Mrs Pope sortit sa dernière cartouche.

— Vous ne vous rendez pas compte ! Elles n'ont pas de visa. Ces deux femmes sont en Nouvelle-Calédonie en situation irrégulière. Je suis l'épouse du consul britannique. Malheureusement, il n'a rien pu faire pour elles.

L'officier finit par réagir. Il haussa les épaules. Bien sûr, il enverrait une voiture à Poum.

44

Qui aurait cru qu'il y avait autant de sang ?

Deux jours entiers. Enid hurla tout ce qu'elle savait et jurait dans des langues inconnues de l'homme. Elle refusait de faire appel à un médecin. Non pas que Margery ait un nom en tête. Elles étaient dans leur bungalow au pied de la montagne. Même les gamins du bidonville n'osaient pointer leur nez. Enid estimait que c'était à Margery de l'aider à mettre son enfant au monde, parce que c'était elle qui l'avait amenée en Nouvelle-Calédonie.

— Vous n'êtes pas arrivée à terme, Enid.

Ce fut la première réaction de Margery quand elle débarqua dans le bungalow et découvrit qu'Enid n'était pas – contrairement à ce qu'elle redoutait – menacée par un inconnu avec un pistolet, mais debout au-dessus d'une flaque. De l'eau coulait encore le long de ses jambes.

— Enid, déclara-t-elle, vous m'aviez dit que votre bébé devait naître en mai. Vous me l'aviez juré. Je ne veux plus de mensonges. Nous avions dit que…

Enid se mit à souffler comme un bulldog. Elle hurlait autant que si Margery n'était pas encore rentrée.

— Je me suis peut-être trompée dans les dates. Je ne suis pas très précise. En plus, je ne voulais pas vous inquiéter.

— M'inquiéter ? Comment pourriez-vous m'inquiéter davantage ?

Enid grogna – un vrai grognement.

— Enid, je n'ai aucune idée de ce que je dois faire. J'ai la phobie du sang. Vous le savez. Arrêtez. Vous ne pouvez pas accoucher ici. Il faut aller à l'hôpital à Nouméa. Il faut que vous soyez en sécurité.

Enid poussa un cri dans une nouvelle langue inconnue.

— Vous avez peut-être oublié, Marge, dit-elle en serrant les poings, mais nous sommes recherchées pour meurtre. Sans parler des vols. Je ne suis pas sûre que s'enregistrer dans un hôpital soit une très bonne idée. De toute façon, comment y aller, puisque vous ne conduisez pas ? En stop ? J'ai perdu les eaux. Le bébé est prêt à sortir. Le bungalow est l'endroit le plus sûr. S'il vous plaît, ne vous évanouissez pas, Marge. Je vous tue si vous vous évanouissez. En attendant, on a besoin de serviettes et de couvertures propres, d'eau chaude, de couteaux stérilisés…

Des heures et des heures. Ça n'en finissait pas. Margery pouvait à peine fermer les yeux. Parfois, Enid rugissait et rampait sur les mains et les genoux, le visage tordu de douleur : « Ça y est, préparez-vous, Marge, j'accouche », mais ses contractions ne donnaient rien. Elle s'asseyait tranquillement contre le mur, ou elle se recroquevillait et s'endormait. Ou elle arpentait la terrasse en gémissant et en se tenant le bas du dos.

Ou encore, elle tournait comme un lion en cage dans la grande pièce – Margery avait déplacé une chaise au-dessus de la fissure au milieu du sol, de peur qu'Enid tombe. Alors qu'elle devait s'attaquer à sa collection en rentrant de Poum, elle se retrouva à enrouler un grand linge autour de sa taille, et un autre autour de sa tête, comme un turban. Elle fonça ensuite pour remonter des casseroles d'eau du ruisseau et essaya de faire un feu dehors pour les chauffer, elle prit de grandes serviettes qu'elle lava et accrocha sur le fil à linge, et tapa dessus pour qu'elles sèchent plus vite. Elle fit même un rapide ménage dans le bungalow.

Elle n'en menait pas large. Elle apportait de l'eau à Enid, elle lui frottait les tempes, elle lui tenait la main, elle passait la serpillière quand la jeune femme ne pouvait se retenir. Elle réunit toutes les couvertures qu'elles avaient. Elle stérilisa tout ce qui était plus ou moins tranchant. Elle priait pour qu'Enid accouche le plus vite possible, sans avoir besoin d'assistance. Elle ne savait pas combien de temps cela prendrait, ni ce que cela impliquait. La seule personne de son entourage qui avait eu des enfants, c'était sa mère, mais elle ne lui en avait jamais dit un mot. Maintenant qu'elle y pensait, c'était curieux. Sa mère avait mis cinq enfants au monde. Elle avait presque du mal à y croire.

Pendant ce temps-là, Enid hurlait, pleurait, se fâchait, gémissait, transpirait, rampait, se tordait. Son ventre semblait si lourd que tout devait vouloir en sortir d'un instant à l'autre – comment exactement ? Mystère et boule de gomme. Margery se sentait désespérément inutile. Elle pliait et repliait les moustiquaires, récurait les coins, nettoyait des bricoles pour s'occuper. Il faisait grand jour, et soudain il fallait qu'elle allume sa lampe au kérosène.

— Cornichons Branston, bains chauds, feuilles d'automne, toasts et marmelade…

Enid avait des contractions depuis douze heures. Elle était tellement épuisée qu'elle déprimait. Entre deux contractions, elle dressait la liste de tout ce qui lui manquait. Elle n'arrêtait plus. Elle s'asseyait les pieds dans un seau et énumérait tout, comme une liste de courses. Bruine, herbe verte, pigeons. Cricket, *fish & chips*, céréales, poudre à récurer, amidon, paillettes de savon pour le ménage, cacao, blé soufflé, pâte à tartiner au poisson, crème anglaise en poudre.

Le brouillard. Même le brouillard britannique lui manquait. Les fausses cheminées où luisaient des charbons rougeâtres qui ne sentaient rien. Ça aussi, ça lui manquait. Les jonquilles, le pain blanc. Elle était en larmes. Elle ne pouvait se résoudre à renoncer à toutes ces petites choses. La sauce blanche pour la salade, les sacs en papier, les feux de circulation, les files d'attente en ordre, les carnets de rationnement. Les chapeaux de pluie, les chauffeurs de bus, le *Radio Times*.

— Le Festival de Grande-Bretagne, bafouilla-t-elle, le nez plein de morve. Je n'assisterai jamais au Festival de Grande-Bretagne !

Le temps passait. Dehors, la lumière de l'aube commençait à filtrer entre les arbres.

Margery s'agenouilla à côté d'elle. Elle était si éreintée que l'air semblait tanguer ; mais son corps était solide comme un roc. Elle essuya le visage d'Enid avec un linge, elle lui frotta les pieds, elle fit même l'erreur de lui prendre la main : une autre contraction et Enid lui écrasa le bras comme si elle était au volant de la Jeep. Puis elle se détendit. Et se laissa de nouveau aller au mal du pays en pleurant.

— Je suis un fardeau. Tout est ma faute. Sans moi, vous auriez trouvé le scarabée d'or. Et vous retourneriez en Grande-Bretagne avec votre collection. J'aurais mieux fait de rester à Brisbane avec Taylor. Je vous avais dit de me laisser.

— Ce n'est pas vrai, Enid, la rassura Margery en lui rinçant la tête à l'eau froide.

Enid se tortilla comme une chenille et s'allongea, la tête sur les genoux de Margery qui lui caressa les cheveux. Ils étaient noirs, seules les extrémités étaient encore décolorées. Margery vit son gros ventre se tordre et se durcir.

— Parlez-moi, Marge. Dites-moi ce qui vous manque, à vous. La neige ? Les biscuits ? Le palais de Buckingham ?

— Rien, Enid. Rien de tout ça ne me manque.

— Vous dites ça pour me consoler. Vous êtes gentille parce que je vais avoir un bébé.

— Non, Enid. Je vous promets, je n'ai aucune nostalgie.

C'était vrai. Elle était parfaitement sincère. Elle continua à lui caresser les cheveux en pensant à sa vie en Angleterre. Elle se souvenait des cuillères à pamplemousse de ses tantes, aux bords dentelés sur lesquels elle s'était coupé plusieurs fois la langue. De la cage d'ascenseur de son immeuble, toujours hors service parce que les gens oubliaient de fermer correctement la grille. Elle revoyait la porte principale. La lampe dans sa chambre avec l'abat-jour à pompons. Ces objets étaient là où ils étaient, à Londres, contents d'être là-bas, ils n'avaient pas besoin qu'elle les regrette ni même qu'elle s'en serve. Elle allongea Enid sur une couverture et se redressa pour se dégourdir les jambes. Elle sortit sur la terrasse et contempla le soleil flamboyant au-delà des arbres, huma la douceur de l'air, écouta le concert d'oiseaux et d'insectes, et la rumeur de l'océan au loin, elle admira les fleurs rouges comme des mains en prière, les immenses kauris… Elle se sentait chez elle. Elle avait voyagé jusqu'à l'autre bout du monde, et le chemin intérieur qu'elle avait parcouru était incommensurable.

Après tout, qu'est-ce que cela voulait dire, chez soi ? Et si ce n'était pas le pays d'où vous veniez, mais ce que vous emportiez avec vous, comme une valise ? On pouvait perdre sa valise. Ou ouvrir celle de quelqu'un d'autre et mettre ses vêtements. Au début, c'était étrange, déstabilisant, mais quelque chose en vous était toujours là, presque plus fidèle à soi, et plus libre.

Le bébé d'Enid arrivait.

Margery venait de remonter de l'eau du ruisseau. Elle avait mis du temps à cause des petites anguilles qu'il fallait retirer des casseroles. Quand elle entra dans le bungalow, Enid était par terre et se tordait tel un scarabée renversé. Brusquement, elle hurla et se figea, comme si elle avait été fouettée de l'intérieur. Quelques instants plus tard, elle était à quatre pattes.

— Seigneur ! rugit-elle. Ça y est, Marge. Il sort.

La tête de Margery se mit à osciller, comme une lampe sous le vent.

— Enid, dit-elle, il va falloir que vous me parliez pour que ça passe.

Le visage de la jeune femme se crispa à cause d'une nouvelle contraction. Elle éclata en sanglots désespérés, pleurant comme une enfant.

— Je ne peux pas. Je ne peux pas.

— Comment ça, vous ne pouvez pas ?

— J'ai changé d'avis. Marge, je ne veux pas de bébé. Je veux rentrer à la maison, dit-elle en se recroquevillant en une petite boule fragile.

« Allez, se dit Margery. Tu as été au bout du monde. Tu as escaladé la montagne. Tu as dormi dans un hamac. Tu y arriveras. » Elle retroussa ses manches et ajusta son turban. Elle se prenait pour Barbara, pensa-t-elle.

Elle se planta face à Enid et déclara :

— Ça suffit, Enid. Vous allez accoucher. Vous en rêviez, vous vous rappelez ? Vous ne demandiez que ça depuis une éternité. Alors arrêtez de pleurer. Et votre courage ? Vous l'avez perdu ? Vous allez mettre cet enfant au monde, d'accord ?

— Oui, Marge, répondit Enid en basculant la tête.

— Respirez profondément…

— Oui, han ! han ! han ! Il sort ?

Margery n'avait rien appris de sa mère concernant l'accouchement, en revanche, elle savait tout sur la reproduction des coléoptères. Elle savait que les œufs d'insectes sortaient du côté opposé à la tête, et que, aussi joli que soit le visage d'Enid, elle ne regardait pas là où il fallait.

— Je vais jeter un coup d'œil, Enid. Ça ne vous dérange pas ?

— Non, Marge. Non, mais à mon avis, c'est pas beau à voir.

Margery se plaça face aux jambes écartées d'Enid. Son esprit se voila. Enid avait raison. C'était pas beau à voir et l'odeur était affreuse. Mais il ne fallait pas qu'elle tourne de l'œil. Elle le devait à Enid. Elle aperçut un petit bout de crâne sombre et brillant entre ses cuisses. Enid hurlait à mesure que la tête sortait.

— Ne vous évanouissez pas, Marge !

Trop tard. Elle était submergée par la nausée. Tout était démultiplié : au lieu de voir une tête, elle en comptait trois ou quatre. Elle lévitait, dérivait, était prête à s'envoler…

— Penchez-vous ! cria Enid. Attrapez-le !

— Avec quoi ?

— Vos mains ! Vos mains !

Margery s'agenouilla au moment où une épaule apparut. Elle avait l'impression de chercher un secret caché au fond d'un trou. Soudain, Enid rugit comme un ours et expulsa un nourrisson ensanglanté et tout ridé. Jambes, bras, torse, pieds. Tout. Directement dans ses mains, comme un petit lapin écorché à vif.

— Il est vivant ?

— Oui, Enid. Il est vivant.

— Montrez-le-moi !

Que pouvait-elle faire sinon s'emparer de ce miracle – de cette petite chose glissante, couverte de sang et de graisse – et le passer à Enid entre ses jambes.

— Oh, mon bébé ! Oh, mon bébé !

Enid sanglotait. Elle roula sur le dos, et au moment où ses yeux découvrirent le visage de son enfant, elle s'étouffa de joie, comme si elle avait été frappée par la foudre.

— Vite ! De l'eau chaude ! Des couvertures !

Margery apporta de l'eau chaude et des couvertures propres. Mais quelque chose n'allait pas du tout. Il y avait un truc attaché au bébé. Une espèce de ceinture bleue. Margery ne savait comment l'appeler.

— C'est le cordon. Il faut le couper, dit Enid sur un ton détaché. Prenez un couteau. Stérilisez-le.

— Le couper ? Vous êtes sûre ?

Enid demanda à Margery d'aller chercher de la ficelle et de nouer le cordon aux deux extrémités – près du bébé et près d'elle – avant de couper entre les deux. Le couteau pénétra le cartilage caoutchouteux avec une facilité déconcertante, mais Margery pouvait à peine regarder. Enid était muette. Tout juste y prêtait-elle attention. Elle était trop occupée à admirer les doigts, les orteils, les oreilles, la bouche du nourrisson qu'elle nettoyait avec un linge tout en le frottant pour qu'il ait chaud.

Ouf, l'accouchement était fini. Margery avait l'impression d'avoir été écrasée par un troupeau de buffles. Elle préférait escalader les montagnes toute sa vie plutôt que d'avoir à mettre au monde un nouveau bébé. Au moment où elle s'allongea pour se détendre – inutile de perdre du temps en allant chercher une chaise –, Enid hurla en annonçant qu'elle était prête à pousser.

Encore ?

Un jumeau ? Nouveaux cris. Nouveaux halètements. Margery rampa pour aller inspecter l'entrecuisse d'Enid, qui sursauta et cracha un morceau de foie.

— Le placenta, gémit Enid. Il faut vous en débarrasser.

Margery courut chercher un pot, qu'elle emporta le plus loin possible dans le jardin, comme si ce n'était pas son affaire, alors qu'une nuée de moustiques, ayant flairé ce machin immonde, la suivaient. Le temps qu'elle rentre au bungalow, Enid avait débarrassé le bébé du sang et de la substance grasse, et le nourrisson souriait comme un ange.

— Marge ! Vous ne vous êtes pas évanouie ! C'est génial ! C'est vous qui avez mis mon bébé au monde !

Euphorique, Enid posa le nouveau-né sur sa grosse poitrine. Le bébé tendit spontanément les lèvres avant de prendre un mamelon pour téter. C'était ça. L'amour. Margery le regardait, les larmes aux yeux : elle avait beau les essuyer, elles coulaient, coulaient…

— Vous avez mal à la hanche ? demanda Enid.

— Non, ça va. Je n'ai rien senti.

— Allez vous reposer, Marge.

— Merci, Enid.

Elle tituba jusqu'à la terrasse. Il faisait nuit. Ses vêtements étaient couverts de sang. Combien de fois cette scène avait-elle été jouée ? Chaque vie humaine jaillissait ainsi. Par cette bataille élémentaire pour le premier souffle, pour vivre, survivre. Elle s'écroula sur une chaise, au bord de l'évanouissement, mais elle était tellement exaltée qu'elle n'était pas sûre de pouvoir dormir. Ses pensées semblaient embrasser le cosmos. Enid venait d'avoir un enfant. Elle avait accompli sa vocation. Elle était mère. Margery se trompait. Il n'y avait là rien de petit, rien d'ordinaire. Au contraire, quelle vocation merveilleuse : il n'y avait pas de plus grande responsabilité dans la vie. Elle pouvait enfin se poser et contempler les étoiles qui tanguaient et palpitaient au-dessus d'elle. Un kaléidoscope de lumières.

Elle compta sur ses doigts pour dater l'événement. 16 février. Le jour de la naissance de l'enfant. Et le jour où elles auraient dû quitter la Nouvelle-Calédonie et entamer le voyage de retour.

— Jamais, dit-elle au silence. Et merde !

Ses yeux se fermèrent, mais ce n'est pas son père qu'elle vit apparaître. C'était sa mère, assise dans son fauteuil sous la fenêtre, patiente, imperturbable. Plutôt que de renoncer à la vie, sa mère avait fait de son mieux pour se glisser entre Margery et le monde extérieur, et lui offrir une protection. C'était fou, mais elle aurait voulu la remercier.

Les phares d'une voiture remontaient le long du bidonville en direction du bungalow. Margery ne s'aperçut de rien. Elle venait de s'endormir.

45

Les serpents

Le béribéri revenait. Mundic était malade, très malade, et passait plus de temps endormi qu'éveillé. Quand il essayait de manger, il vomissait. Quand il bougeait ou respirait, il avait mal. Les symptômes duraient depuis des semaines.

Il redoutait l'immobilité. Dès qu'il était immobile, les souvenirs remontaient. Il fallait qu'il fasse quelque chose pour les arrêter. Il comptait les feuilles des arbres. Il comptait les pierres à ses pieds, ou le nombre de pas à faire avant que ça recommence. Dès que son esprit n'était plus concentré sur des chiffres, il sentait une peur inhumaine s'emparer de lui et il ne savait plus où il était ni ce qu'il faisait.

Alors, il apercevait Miss Benson et se rappelait qu'il était là pour diriger son expédition. Il ouvrait son carnet parce qu'il ne savait plus quel jour on était. Il savait qu'il y avait eu Noël, qu'après Noël il avait attendu son passeport, qu'il avait voyagé jusqu'ici et qu'il avait une chambre où loger – mais où ? Les dates dans son carnet indiquaient un départ de Brisbane le 18 février, sans doute bientôt, mais il ne comprenait pas pourquoi il rencontrait autant d'obstacles. La police, qui l'avait enfermé dans une cellule. Le consul britannique. La blonde. Un chien, qui avait essayé de le tuer. Et une arme. Il avait un pistolet. Impossible de se rappeler pourquoi il l'avait volé. Mais le pire, c'étaient les Japs. Ils pullulaient.

Il courait, courait, le plus vite possible. Il ne savait plus s'il était endormi ou éveillé. Il foulait la terre rouge de la piste du bungalow, mais il faisait nuit et il n'arrivait pas à actionner ses pieds. Ils lui échappaient. Ses jambes tombaient à cause du béribéri. Les lumières des chars japonais se rapprochaient. Il les sentait derrière son dos. S'il ne déguerpissait pas, ils l'attraperaient et le ramèneraient au camp, et il y avait des serpents. Partout où il regardait, il y avait des serpents.

Il s'en souvenait, en Birmanie, ils étaient lovés sous les huttes, ils glissaient loin des regards. À l'époque, il avait réussi à survivre à tout : la dysenterie, le manque de nourriture, les camarades qui succombaient au choléra et les marches sur des kilomètres. Il se disait que les corps n'étaient pas morts mais allongés au soleil, qu'il avait sa flamme en lui, qu'il était le petit chéri de sa maman, différent des autres, plus fort qu'eux, il ne se perdrait pas, il ne mourrait pas ; mais ce qu'il ne supportait pas, c'étaient les serpents. Il y avait des types qui leur coupaient la tête et les mangeaient. Il aurait préféré crever de faim plutôt qu'affronter des serpents.

Il y avait aussi les gars qui avaient essayé de s'échapper et qu'on avait ramenés par la peau du cou ; punis, ils devaient rester derrière les barbelés, et personne n'avait le droit de les aider. Toute la nuit, Mundic les entendait crier. Il essayait de ne pas écouter, de ne rien ressentir, mais il y avait toujours quelqu'un qui hurlait : « Des serpents ! Des serpents ! » Le lendemain matin, les corps étaient noirs et à moitié dépecés. Il avait beau savoir que les serpents ne pouvaient s'attaquer à un corps d'homme de cette façon, l'idée le hantait.

Cette fois-ci, Miss Benson elle-même avait commis un acte monstrueux. Il était allé au bungalow pour enfin en découdre avec elle, et il avait entendu la blonde brailler des heures et des heures. Le lendemain, Miss Benson était sortie sur la terrasse, couverte de sang. Il était tellement terrifié qu'il s'était mis à courir. À courir vers Poum. Il y était presque, courant, courant, la tête tournant, quand la voiture apparut face à lui, et il n'avait eu d'autre choix que de s'écrouler et de se rendre.

Le véhicule s'arrêta. Un Japonais en sortit. Il s'approcha de lui et le souleva. Il braqua sa torche dans les yeux de Mundic, qui se recroquevilla en attendant le premier coup. Non, ce n'était pas un Jap. C'était un policier.

Il venait de dire quelque chose que Mundic ne comprenait pas.

Ne sachant que faire, il lui montra son passeport et son visa, et s'agenouilla en le suppliant de l'épargner.

— Pitié, pitié, implora-t-il, comme il l'avait entendu dire en Nouvelle-Calédonie.

Le policier examina ses papiers.

— Parfait, monsieur, dit-il en l'aidant à se relever.

Il ramassa le sac de Mundic et l'aida à le placer sur son dos.

— *Breeteesh ?* lui demanda-t-il avec un accent prononcé.

Mundic fit oui de la tête. Le type lui proposa une cigarette et craqua une allumette pour lui.

— Les dames ? Les dames anglaises ?

Mundic ne comprenait pas un mot de français. Il n'avait pas la moindre idée de ce dont il parlait. Il secoua la tête pour montrer qu'il ne cherchait pas à fuir.

— Non, dit-il.

— Elles sont ici ?

— Non.

Son cœur palpitait, il était perdu.

— Il y a une maison au bout de la piste ?

— Non.

— Personne n'habite là-bas ?

— Non.

Le policier braqua sa torche vers la route et les arbres. Pas un bruit. Il fit oui de la tête. Il avait raison, il n'y avait rien.

Il remercia Mundic, lui laissa son paquet de cigarettes et, au dernier moment, s'arrêta pour lui tendre la main.

— Monsieur, vous êtes malade, ça se voit. Vous voulez venir avec moi ? Vous êtes très malade.

Mundic se retourna et tituba dans l'obscurité.

46

Ce minuscule objet d'émerveillement

Sécurité. Il fallait qu'elle veille à la sécurité d'Enid et du bébé. Tant qu'elles seraient en sécurité, elle pourrait vivre en paix jusqu'à la fin de ses jours. Malheureusement, elle avait du mal à y voir clair. Enid disait qu'elle allait bien, alors qu'elle était blanche comme un cachet d'aspirine, avec un léger reflet bleuté sur la peau, et elle continuait à saigner. Par ailleurs, Margery avait intérêt à classer sa collection rapidement pour la vendre. Elle avait besoin d'argent pour les évacuer de l'île. Mais le plus déconcertant, c'était le bébé. Le nouveau-né avait complètement bouleversé sa vie.

L'amour d'Enid pour son enfant, une petite fille, était si fort, si féroce qu'elle ne pouvait s'empêcher de l'appeler par toutes sortes de prénoms. Elle les essayait comme des vêtements, vérifiant la taille avant de les balancer. Rien n'allait jamais. Rien n'était assez protecteur pour son bébé, et elle changeait sans cesse d'avis. Hope. Greer, comme Greer Garson, la comédienne qui jouait dans *Madame Miniver*, son film préféré. Betty, le nom de sa mère. Ou des prénoms bibliques : Kezia, Rebecca, Mary. Ou alors, pourquoi pas, un petit flirt du côté français : Cécile, par exemple. Non, Gloria, finalement, c'était mieux. Quant au nom, elle aimait Benson. Elle voulait un vrai nom de famille, pas un faux, genre « Pretty ». Elle voulait que sa fille ait un nom dont elle soit fière.

— Mais… Enid, c'est mon nom…

— Oui, Marge. Je sais, mais je veux l'appeler comme vous.

— Mais pourquoi ?

Depuis la naissance de Gloria, le moindre détail troublait Margery et la faisait pleurer, comme si ses organes vitaux étaient brusquement exposés.

— Je ne suis pas son père, dit-elle en se mouchant.

— Je veux l'appeler Gloria Benson parce que je suis sûre que vous veillerez sur elle.

Margery savait que c'était vrai. C'était même plus que vrai. Il n'y avait pas de mots pour dire ce qu'elle-même éprouvait pour cette enfant. Pour ce minuscule objet d'émerveillement qui rotait, rendait, braillait et faisait caca. Gloria était entrée dans la vie de Margery avec la force d'un missile et avait pris résidence dans un lieu dont elle ne savait rien, un lieu qui jusqu'alors était vide. En dépit de sa taille – elle était plus réduite qu'une poupée, et ses petits os formaient comme des perles dans les vêtements tricotés par Enid –, elle était clairement la fille de sa mère, et c'était une survivante, née au milieu de nulle part. Margery n'avait pas fermé l'œil plus d'une heure depuis sa naissance. Gloria criait et cambrait son petit dos jusqu'à ce qu'elle obtienne le sein d'Enid, et une fois rassasiée, elle s'endormait, le lait jaunâtre coulant de sa bouche et se répandant sur son petit menton. Enid s'était installée au milieu de la pièce principale, entourée de couvertures et de moustiquaires disposées comme un nid géant, de casseroles d'eau chaude et froide, et de tout ce que Margery trouvait pour la nourrir. La jeune femme avait une faim de loup. Margery vaquait dans toute la maison, déchirait des vêtements pour fabriquer des langes, faisait bouillir tout ce qui était souillé, ensanglanté ou couvert de vomi de bébé, donnait des linges propres à Enid, et chaque fois qu'elle s'approchait de la porte, elle devait s'arrêter.

— Venez voir, Marge. Regardez, regardez. Je crois qu'elle sourit.

Margery admirait les jolis yeux fermés du bébé, ses superbes cils, la douce courbe de son nez, ses doigts aux ongles miniatures, la houppe désordonnée de ses cheveux.

— Elle a vos cheveux, Marge.

— Ce n'est pas possible, Enid.

Et pourtant, ils étaient épais et bouclés, et formaient un superbe casque.

Comment une si petite chose pouvait-elle contenir autant de perfection ? Les sentiments que Margery éprouvait pour Enid n'étaient rien à côté de cette expansion extraordinaire de son cœur. Expansion si vaste, si douloureuse qu'elle ne savait pas où elle finissait – elle ne pouvait s'éloigner de Gloria sans revenir pour vérifier qu'elle respirait bien. Son existence jusqu'ici lui semblait minable, elle était si naïve, si insignifiante, si ignorante. Elle s'inquiétait pour des détails auxquels elle avait été jusqu'alors indifférente. Un nuage de pluie. Une araignée. Pour Gloria, elle voulait s'installer dans un pays où il n'y avait pas de maladies, pas de crasse, et où les gens étaient bons. Mais elle avait du travail. Sa collection devait être épinglée et étiquetée, et ses notes complétées, pour que ses spécimens soient mis en vente. Dès qu'Enid et le bébé dormaient, elle s'y mettait. Elle fermait la porte et forçait ses yeux à se concentrer. Chaque spécimen devait être extrait de l'alcool et séché, mais accroché tant qu'il était encore assez souple. L'épinglage était un processus délicat. Il fallait orienter la première attache du côté droit de la moitié supérieure, de façon que la hauteur du scarabée accroché par l'épingle soit de 1,25 centimètre exactement. Les antennes devaient être soigneusement positionnées, les pattes déployées mais pas aplaties et avec l'intégralité de leurs poils, les élytres devaient être ouverts avec amour de manière que les ailes en dessous soient visibles. Elle avait peu de temps, très peu de temps.

— Enid ?
— Hum ?
— Enid, ça va ?
— J'ai mal à la tête, Marge, mais c'est pas grave.

Cinq jours après la naissance de Gloria, Enid tomba malade. Elle le prit à la légère et dit qu'elle était simplement fatiguée. Mais un jour, elle traversait la terrasse d'un pas lent, en s'appuyant partout où elle pouvait, les yeux cernés, quand soudain elle demanda à Margery si sa mère venait prendre le thé.

— Votre mère ? Votre mère n'est pas là, Enid. Nous sommes en Nouvelle-Calédonie. Elle est morte quand vous étiez jeune.

Enid s'arrêta, berçant son enfant dans ses bras.

— Qu'est-ce que je raconte ? dit-elle en riant.

C'était de pire en pire. Une fois, elle débarqua en pleine journée avec deux couvertures sur elle alors que la chaleur était étouffante, même à l'ombre. Elle avait la chair de poule. Elle ne supportait plus de manger. Ni de boire. Elle n'avait qu'une envie, dormir. Elle tombait de sommeil en nourrissant Gloria. Puis elle se mit à trembler.

— Qu'est-ce qu'il y a ? demanda Margery. Qu'est-ce qui ne va pas ?

— J'ai froid. J'ai horriblement froid.

Margery prit tous leurs vêtements et les empila sur Enid, même sa vieille robe mauve. En vain. Elle grelottait. Elle était allongée et couverte, mais tremblait si violemment que ses dents claquaient. Et elle dégageait une drôle d'odeur – Margery avait du mal à le reconnaître, mais l'odeur venait bien d'Enid et c'était mauvais signe.

Une idée atroce lui vint à l'esprit. Si atroce qu'elle répugnait à l'exprimer en mots, même si elle finit par s'y résoudre.

— Enid ? Vous avez été vaccinée, non ? Avant de partir ?

Elle avait à peine posé la question qu'elle comprit. Non seulement elle n'avait pas eu le temps de se faire vacciner, mais elle était restée chez elle à côté d'un cadavre en attendant la police. Elle n'avait pas non plus de passeport. Les vaccins devaient être le cadet de ses soucis.

— Vous saignez toujours autant ?

— Non, ça va, Marge.

— Enid, il faut aller chez le médecin.

— On ne peut pas. Ils vont m'arrêter. C'est rien, Marge. Je préfère rester ici avec vous et Gloria.

Elle refusait de reconnaître qu'elle était malade.

— J'ai trop pris le soleil, disait-elle. Ça va aller.

Elle n'avait pas été une seule fois au soleil depuis la naissance du bébé. Elle dormait toute la journée et ne se réveillait que pour allaiter Gloria. Elle se plaignait d'une migraine qui lui faisait l'effet d'un piquet qu'on lui enfonçait dans la tête, puis elle essayait de se lever et se pliait en deux, les mains sur le ventre.

— Qu'est-ce qui se passe, Enid ?

— Rien, Marge.

— Vous avez mal ? Vous avez mal où ?

— Ça va, Marge. Il faut que je dorme.

Margery lui remit Gloria dans les bras et sortit marcher. Elle avait besoin d'air. De réfléchir. Elle ne parvenait pas à mesurer la gravité de la situation. Fallait-il qu'elle ait peur ? Elle n'était pas prête à avoir peur. Elles avaient eu leur lot d'angoisse, se disait-elle comme si la malchance vous arrivait en portions raisonnables. Une cuillerée pour toi, une cuillerée pour moi.

Elle marchait à l'ombre des palmiers, les insectes vibraient dans l'air, la forêt embaumait. Un oiseau s'envola, comme une poupée de chiffon bleue fendant l'air. À droite se dressaient les flancs embroussaillés de la montagne réchauffée et rougie par le soleil, la forêt pleine de plis et de replis.

— Miss Benson ?

Elle s'arrêta. Tétanisée. Un flash de panique la traversa, une secousse physique. Un homme venait de l'appeler. Elle en était sûre. Elle balaya les arbres de chaque côté, les sous-bois. Personne. Pourtant, elle savait qu'il était proche. Elle perçut un bruit plus discret : un crépitement, un froissement de feuilles. Une respiration. Elle écoutait si attentivement que le silence semblait solide. Les gamins du bidonville n'étaient pas là.

— Il y a quelqu'un ? demanda-t-elle d'une petite voix, défiant quiconque de l'entendre et de répondre.

Une brise se leva, remuant les feuilles. Les arbres chuchotaient et ondulaient. Elle se retourna et fila vers le bungalow.

L'état d'Enid s'était aggravé. Elle gisait sur le matelas, sous un tas de vêtements et de couvertures, et tremblait. Margery palpa son front : brûlant et humide. Ses lèvres étaient bleues.

Margery alla chercher du bois de chauffage et fit bouillir de l'eau. Elle paniquait à l'idée que quelque chose arrive à Enid. Elle en voulait au ciel d'être aussi dégagé, comme si de rien n'était. Aux oiseaux qui gazouillaient, indifférents. Mais surtout, elle s'en voulait d'avoir amené Enid ici, de ne pas l'avoir obligée à accoucher à l'hôpital ou de ne pas avoir cherché une vraie sage-femme. Comment vivrait-elle si Enid disparaissait ?

Elle essaya de soulever la jeune femme, qui hurla de douleur en suppliant qu'on la laisse. Margery tournicotait autour d'elle en chassant les mouches. Elle était comme une radio sans fréquences. Elle avait vaguement l'idée que si elle attendait suffisamment, les choses s'amélioreraient. Mais le soleil se couchait et Enid commençait à avoir des hallucinations. Elle avait de violentes suées suivies de sensations de froid. Et dégageait une odeur épouvantable.

— J'ai eu plein de bébés, non ? demanda-t-elle, les yeux grands ouverts et hagards.

— Non, Enid. Gloria, c'est tout.

— Je les ai tous aimés.

— Enid, vous devez nourrir Gloria.

— Dites-moi leurs noms.

— Leurs noms ?

— Je crois qu'il y en avait une qui s'appelait… Comment elle s'appelait, déjà ? Je crois qu'elle s'appelait Table.

— Ne soyez pas sotte, Enid, réagit Margery avec autorité. Jamais vous n'avez eu d'enfant appelée Table. Arrêtez !

Les paupières d'Enid palpitaient mais ses yeux étaient éteints, on aurait dit un magasin fermé pour la nuit. Soudain, Margery se réveilla, comme si une autre version d'elle-même la réprimandait. Ce n'est pas parce que Enid ne voulait pas sortir du bungalow ni voir un médecin qu'elle avait raison. Elle n'avait pas toute sa tête. Qu'est-ce qu'elle fichait, elle, Margery, en attendant ? Elle pensait qu'elle se rétablirait d'un coup de baguette magique ? Son état s'aggravait à cause d'elle. Elle avait tort de croire qu'elle pouvait la guérir. Elle était aussi effrayée, aussi inutile et démunie qu'à l'époque où elle traversait son école en boitant, incapable de trouver une porte qui s'ouvrait. Elle emmaillota Enid en ignorant ses cris et ses gémissements, et la transporta dans la Jeep, où elle l'allongea sur le siège arrière. Elle se précipita pour aller chercher Gloria, et la déposa à côté de sa mère dans une boîte qui servait de berceau. Elle prit la valise rouge, dans laquelle elle balança des affaires. Des couvertures. Elles avaient besoin de couvertures. Il n'y en avait plus. Elle ne savait plus ce qu'elle cherchait. Des couvertures. Elle cherchait des couvertures. Et de l'eau. Enid avait besoin d'eau. Quoi d'autre ? Elle avait des trous de mémoire à cause de la panique. De l'eau. Oui, mais si elle mettait de l'eau dans une casserole, elle se renverserait. Elle courait hors du bungalow, rentrait, ressortait… Elle était perdue. De quoi la nourrir. Enid avait besoin de manger. Ce n'était pas très prudent de l'emmener à l'hôpital, mais il fallait qu'elle voie un médecin le plus vite possible. Quelle idiote, tant pis pour les couvertures, l'eau, les provisions, si ça se trouve, Enid était en train de mourir. Elle lâcha tout. Dévala les marches avec la valise rouge, ouvrit la portière côté passager et plongea, prête à partir.

Elle était dingue ? Et qui allait conduire ?

Son esprit eut un nouveau moment de vide. Il fallait qu'elle trouve un chauffeur. Mais elle devait conduire pour trouver un chauffeur… Absurde. Elle n'avait jamais conduit de sa vie. Jusqu'à ce qu'elle rencontre Enid, elle n'avait même jamais voyagé en voiture.

Enid gémissait.

— Margery Benson, déclara Margery à voix haute. Tu viens de t'improviser sage-femme. Et ton bon sens ? Allez, vas-y, tu peux le faire.

Elle se hissa derrière le volant. Elle tâcha de se rappeler comment s'y prenait Enid. Elle tourna la clé. Le moteur vrombit. Elle tira sur le frein à main, écrasa un pied sur une pédale. La Jeep bondit en arrière et heurta une souche de cocotier. Enid se redressa quelques secondes et marmonna deux ou trois mots sur le fait d'y aller progressivement, pas tout d'un coup.

— Les phares, murmura-t-elle en se rendormant.

Margery appuya sur tous les boutons qu'elle avait sous la main. Les essuie-glaces, l'air chaud et la radio – qui savait qu'il y avait une radio dans la Jeep ? – se mirent en marche. Puis les phares. La piste brilla face à elle. Un tunnel de lumière vibrait entre des arbres. Elle posa son pied plus souplement sur la pédale, la Jeep commença à avancer. Elle appuya plus fort, tendue comme un élastique. La Jeep bégayait, cahotait, crachotait. Elle cala. Elle essaya de nouveau la clé, la pédale, le moteur démarra, elle braqua vers la piste et prit de la vitesse. Plus vite, plus vite… Trop rapide. Elle écrasait des pierres, fonçait dans les branches, elle n'arrivait pas à avancer en ligne droite. Soudain, un ivrogne sortit de l'obscurité, elle poussa un cri et fit une embardée juste à temps, éraflant la carrosserie contre un rocher. Mais elle continua, continua…

Elles roulèrent toute la nuit. Margery conduisait comme une folle, priant pour que les flics de Nouvelle-Calédonie soient tous au lit, l'aiguille du compteur de vitesse largement dans le rouge. Elle était au-delà de la peur. Dès que Gloria se mettait à chouiner, elle coupait le moteur, se précipitait hors de son siège, prenait Enid dans un bras, Gloria dans l'autre, et faisait de son mieux pour fixer la bouche du bébé contre le sein de sa mère. Puis elle reprenait le volant et filait sur les routes pierreuses et les pistes en rebondissant sur les ornières, braquant pour éviter les arbres tombés par terre et les troupeaux de chèvres, la radio à tue-tête et le chauffage plein pot. Elle avait faim, elle mourait de chaud, ses jambes étaient en feu. L'aube finit par éclore. Un ciel orangé, des arbres flamboyants, et à droite, l'océan couvert de flammes. Elle reconnut les belles bâtisses de Nouméa. La place des Cocotiers. Le marché. Le port.

Enid se redressa et dégagea les cheveux de son visage.

— On est où, Marge ?

— J'ai réfléchi. Je vous demande de ne pas argumenter. Nous n'avons pas le choix. Je veux vous sauver la vie. Je ne me le pardonnerais jamais s'il vous arrivait quelque chose.

Les bougainvillées oscillaient comme des lampions violets. L'air était doux et chaud. Le soleil se levait et se reflétait dans les fenêtres.

Margery s'arrêta devant le consulat britannique.

47

Des scarabées et des yeux

Il tituba jusqu'au bungalow. Il avançait dans la lumière de l'aube en agitant les bras, dégageant des feuilles imaginaires et frappant le sol pour éloigner les serpents. Il s'était rendormi et réveillé, et c'était devenu évident. Il avait sauvé la vie de Miss Benson, et il fallait maintenant qu'il aille au bungalow et prenne la direction de l'expédition. C'est pour ça qu'il était là. Il se demandait ce qu'il avait fait entre-temps. Il avait dormi et rêvé, persuadé d'être poursuivi par des gens. Elle avait essayé de le renverser avec la Jeep, mais ça, c'était dans sa tête. Il n'y avait pas de Japs. Pas de serpents. Il n'était pas en Birmanie. Il était libre.

Il arriva au bout de la piste. Le soleil se levait sur la montagne et le paysage était d'or. Il reconnut le fil à linge sur lequel étaient suspendus des petits carrés de tissu, comme des mouchoirs. Une fois au pied de la terrasse, il se hissa en haut des marches en s'aidant des mains. Ses jambes tremblaient à cause de l'effort, et ses pieds glissaient. À mi-chemin, il sentit un crissement de scie sortir de sa poitrine et comprit que c'était sa respiration. Il fallait qu'il la voie. Qu'il la voie avant de retomber malade et d'oublier ce qu'il faisait.

Il frappa à la porte et regarda à la fenêtre.

— C'est moi ! Ouh, ouh ! Haut les cœurs !

Elle devait dormir, se dit-il avant de s'asseoir sur sa chaise en se balançant doucement comme elle. Dès que les mauvaises pensées revenaient, il serrait les poings et se répétait que tout allait bien : il était là, elle aussi était là. Ensemble, ils allaient mener l'expédition à terme. Le soleil était déjà haut et Mundic transpirait.

Soudain, il comprit. Il avait vu du sang sur elle, elle était en danger – elle était dans le bungalow et attendait qu'il la sauve. Il bondit de la chaise, qui tomba, et ouvrit la porte à coups de pied.

Calme absolu. Au sol gisait un matelas sous un tas de serviettes et de couvertures, entouré de seaux d'eau. Il l'appela en passant d'une pièce à l'autre, pistolet à la main, au cas où une bestiole se jetterait sur lui, mais il savait qu'elle n'était pas là. Il vit la chambre où elle dormait, il vit des piles de vêtements et une vague cuisine avec un évier. Dans son bureau, il vit des petits plateaux entassés partout, il les souleva et découvrit des scarabées posés comme des bijoux sur chacun, épinglés, les ailes déployées. Des carnets remplis de notes rédigées d'une écriture délicate, complétées par des croquis minutieux. Il y avait même des papiers accrochés sur les murs, des boîtes et des boîtes de pots et de bocaux, des centaines de petites créatures enveloppées dans des bandes, comme des cocons. Il les déballa soigneusement en jetant les bandes. Il était conscient de trembler et d'avoir froid, le visage humide, en larmes. Il pleurait, il pleurait si fort qu'il ne parvenait plus à s'arrêter.

Elle était partie. Elle était partie sans lui. Elle savait qu'il devait prendre la tête de son expédition, mais une fois de plus, elle lui avait fait faux bond. Après tout, il ne l'avait pas inventée, la Jeep. Il ne comprenait pas pourquoi elle continuait à le fuir. Il était mortifié. Ils étaient ensemble. Il lui avait sauvé la vie. Soudain, la flamme jaillit en lui, si haute et si intense qu'il rugit et explosa, donnant des coups de pied dans les couvertures, frappant contre les murs, jetant des vieilles boîtes de conserve. Il était de retour au camp et les Japs l'attendaient. Il crut entendre des cris de douleur éloignés. Le vert des arbres semblait absorber l'air et l'intérieur du bungalow baignait dans une étrange lueur.

Il prit un plateau et le brandit au-dessus de sa tête, prêt à le casser. Mais les cris de douleur étaient sortis de lui et martelaient le toit, frappaient aux portes et hurlaient aux fenêtres. Les arbres riaient, le vent riait, les centaines de scarabées des plateaux riaient. « Ha-ha-ha. » Il balaya la pièce d'un regard terrifié et confus. Des scarabées volaient vers lui, des yeux le traquaient. Les gosses du bidonville étaient partout – ils regardaient aux fenêtres, se pressaient à la porte, grouillaient autour de lui, suspendus dans l'air, enchaînant des roues et des sauts périlleux, tirant sur ses vêtements et le harcelant avec des bâtons, criant en le montrant du doigt, comme s'il était au piquet, pour qu'il sorte du bureau. Certains étaient même en train de ranger la pièce, mais il n'avait pas de mots pour s'adresser à eux. Il ne comprenait pas ce qu'ils disaient, mais il distinguait : « *Mongooool ! Mongooool !* »

Il prit un scarabée dans sa poche, plaqua les mains sur ses oreilles et s'enfuit.

48

Sanctuaire

Passée. La terreur était passée. Enid était vivante.

Elle avait été opérée en urgence par un médecin qui avait retiré le reste du placenta infecté. Il ne leur avait pas posé la moindre question. Enid n'avait plus assez de forces pour pleurer. C'est Gloria qui braillait. En revanche, le médecin était inquiet de voir Margery boiter. Et il fut consterné quand il vit l'état de ses jambes. Elle avait immédiatement besoin de pénicilline et de cataplasmes, suivis d'un vrai repos.

— Oui, docteur, répondit Dolly Wiggs. Merci, docteur.

Pourquoi Margery avait-elle changé d'avis et abandonné le consulat britannique ? Au dernier moment, elle avait senti le danger. Le consul ne lui viendrait jamais en aide, quoi qu'elle fasse pour lui expliquer la situation d'Enid. Elle avait aperçu Mrs Pope sur la pelouse fraîchement taillée, ses cheveux parfaitement coiffés, sa robe d'intérieur impeccable. Elle l'avait vue crier sur un jardinier, un homme si âgé qu'il se voûtait pour tenir debout. Elle l'avait vue agiter un doigt sous le nez de cet homme. Elle l'avait vue jeter un regard sur la Jeep, la main en visière à cause du soleil du matin. Elle avait compris que cette femme était dix fois plus dangereuse pour Enid que sa maladie. S'adresser à son mari était la dernière chose à faire.

Elle avait fouillé dans son sac et sorti le bout de papier – Mr et Mrs Peter Wiggs – que Dolly lui avait donné le jour de la garden-party au consulat. Elle avait demandé à Enid de s'allonger sur le siège arrière avec Gloria. Elle avait appuyé sur l'accélérateur, était passée en troisième en vérifiant dans le rétroviseur que Mrs Pope ne les suivait pas des yeux, et n'avait ralenti qu'au coin de la rue. Elle avait indiqué du doigt l'adresse de Dolly sur le bout de papier pour demander de l'aide à des inconnus, en tâchant de comprendre leurs explications en français.

Dolly Wiggs avait tout de suite ouvert la porte.

— Miss Benson ! s'était-elle exclamée, ébahie. Mais d'où est-ce que vous débarquez dans cet état ?

Elle avait aidé Margery à transporter Enid et le bébé à l'intérieur de la maison, sans faire de commentaires sur la poussière rougeâtre qui maculait les volants de sa jupe.

— Elle a accouché il y a quelques jours, avait expliqué Margery. Elle a besoin de médicaments et d'un docteur. Vous êtes ma dernière chance, Mrs Wiggs. Personne ne sait que nous sommes ici. Je vous en prie, aidez-nous.

C'est Dolly qui avait payé le médecin, et c'est elle qui hébergeait les deux femmes et le bébé dans un pavillon au bout de son jardin. Aucun danger. Son mari était à la mine et ne serait pas rentré avant des semaines. Elle avait aménagé la maisonnette avec deux lits, une Thermos de thé et des tasses en porcelaine. Margery fut émue par les tasses, par leur délicatesse, plus que par les draps propres en lin et les serviettes de toilette, ou même les rideaux soignés et les embrasses à pompons. Cela faisait une éternité qu'Enid et elle ne buvaient que dans des mugs en fer-blanc, ou directement au goulot du jerrican. Certes, les tasses en porcelaine auraient été un peu chichiteuses dans le bungalow, mais ce jour-là, elle prit la mesure de leur raffinement et de leur importance. Elles semblaient si fragiles et si précieuses à côté de ses mains abîmées et de ses ongles cassés.

Dolly leur prêta aussi des vêtements qui sentaient bon la douceur. Elle avait hésité à proposer à Margery ses robes ou des pantalons de son mari, finissant par lui soumettre une sélection des deux.

Elle leur apportait tout le temps des assiettes de nourriture parsemées de fleurs. Elle était émerveillée par Gloria. Un jour, elle retrouva une valise avec des habits de bébé inutilisés, rangés dans du papier de soie.

— Vous aussi ? demanda Enid.

— Oui, répondit Dolly sans une larme. Je peux prendre Gloria dans mes bras ?

Elle passait des heures à enfiler les petites jambes et les petits petons du bébé dans des pyjamas en coton, des robes blanches à smocks, des grenouillères à pois, des cardigans roses avec des fleurs en feutre. Elle préparait des biberons de lait en poudre pour nourrir Gloria pendant qu'Enid dormait, et apprit à Margery à le faire. Ses hôtes étaient libres de se promener dans le jardin et de se laver quand elles en avaient envie. Elles prenaient des bains avec de la mousse. Elles avaient droit à des serviettes épaisses et chauffées sur un radiateur. Des robes. Des pantoufles.

La montagne fascinait toujours autant Margery. Quand elle était dans le jardin, elle contemplait souvent les grandes articulations rocheuses qui se déployaient au loin, écarlates le jour, bleutées au crépuscule, puis surmontées de l'étoile du soir. Elle se voyait debout au pied des deux pics qui ressemblaient à deux cheminées. Elle imaginait les toits de Poum, le bidonville, l'étendue de l'océan bleu, et derrière elle, les flancs boisés et les sommets déchiquetés, et loin, très loin, la piste étroite qu'Enid et elle avaient ouverte, serpentant entre les contreforts de la montagne. Lorsqu'elle voyait des nuages se former en créant un courant d'air chaud, et sentait que le ciel était prêt à exploser, brillant d'une lueur louche, elle savait qu'un cyclone allait suivre. Quelques heures plus tard, il déferlait, tournoyant en remontant de la côte et soulevant des masses de terre et de poussière qui coloraient tout en rouge. Les palmiers se couchaient en fouettant le ciel, les oiseaux géants étaient projetés dans les airs comme des feuilles volantes. Les nuages éclataient et des torrents de pluie se déversaient. Margery regardait l'eau bondir sur les sommets les plus proches, et savait qu'il y aurait des inondations dans l'île et que des arbres seraient déracinés. Elle pensait à « La Dernière Place » et se demandait si le bungalow tiendrait. Elle se souvenait de sa collection et espérait qu'elle résisterait. Elle avait beau avoir abandonné le scarabée d'or, elle avait rêvé de lui les deux nuits précédentes, comme si, justement, il se manifestait à elle et l'attendait.

La pluie dura trois jours, une pluie diluvienne, drue, qui ricochait sur toutes les surfaces. Le jardin tremblait sous le poids de l'eau et commençait à changer de couleur. Les troncs d'arbres viraient au gris, les feuilles étaient brillantes et noires. Dans la baie, l'océan était démonté et tourbillonnait. Soudain, ce fut la fin. Le ciel était bleu, l'eau étale, les montagnes si nettes qu'elle distinguait les reliefs et les couleurs. De minuscules insectes voletaient dans la lumière. Margery sortit et s'arrêta là où elle s'arrêtait toujours, les yeux vers le ciel.

— C'est pas fini, vous savez, murmura Enid en berçant Gloria dans ses bras.

Margery ne l'avait pas entendue la suivre.

— N'abandonnez pas, Marge. Vous m'avez promis de ne pas renoncer.

— Oui, avant. Aujourd'hui, tout a changé.

— On va retourner au bungalow et continuer à chercher.

— Non, c'est terminé, Enid. Demain, Dolly va tâter le terrain pour voir s'il y aurait des preneurs pour ma collection. J'espère qu'elle est en bon état, vu le cyclone. Après, il faudra trouver le moyen de quitter l'île. Nous ne pouvons pas rester. Il faut penser à Gloria.

— Vous faites comme si vous renonciez à votre vocation. Ça ne marche pas comme ça, Marge. Elle ne va pas disparaître du jour au lendemain. C'est elle qui a fait de vous ce que vous êtes. Vous y correspondez complètement, mais vous ne vous en rendez pas compte. C'est pas comme moi. Votre vocation n'est pas une copine. C'est pas une consolation pour quelqu'un que vous avez perdu, ni une façon de passer le temps.

Peu importe que vous soyez heureuse ou non. Vous ne pouvez pas la trahir. Et puis, ce serait terrible pour Gloria d'apprendre que vous avez abandonné votre vocation pour elle. Elle vous en voudrait. Vous m'avez sauvé la vie. Je ne vous laisserai pas briser la vôtre.

Enid se tut, en larmes. Margery la regardait. Elle avait raison. Aussi étrange que cela paraisse, trouver le scarabée d'or était sa vocation, elle n'avait pas le choix. C'était à la fois un poids et une joie, mais elle ne savait plus si c'était elle qui l'avait choisie ou l'inverse. Sa vocation faisait partie d'elle au même titre que son sang et ses mains.

Pour l'instant, ce n'était pas la priorité. Dans quelques heures, elles prendraient la Jeep une dernière fois. Direction le nord.

Dolly était au marché. Le cyclone avait lavé l'air et la matinée était resplendissante. Elle prit le temps de repérer les meilleures goyaves, les plus belles chayotes et les ananas les plus sucrés. Elle en choisit trois de chaque. Il lui fallut un moment pour remarquer une ombre derrière elle.

— Je vous trouve bien silencieuse ces derniers temps, murmura Mrs Pope. On ne vous a pas vue, vendredi. Vous ne m'avez pas téléphoné ni envoyé de mot. On était inquiètes.

Dolly était troublée. Elle sentait un courant dangereux entre Mrs Pope et elle. Il fallait qu'elle reprenne ses esprits. Elle regarda les pastèques dans son panier.

— Dieu du ciel ! Vous avez vu ces fruits magnifiques ! s'exclama-t-elle.

— Je croyais que Peter était toujours dans sa mine ?

— Évidemment !

— Vous êtes seule ?

— Oui.

— Depuis quand vous achetez trois pastèques ? répliqua Mrs Pope en scannant le contenu du panier de Dolly. Trois croissants ? Ou trois je ne sais quoi ?

Le visage de Dolly était vide. Elle ne savait plus quelle expression afficher.

— Autre chose, reprit Mrs Pope. Je jurerais qu'une Jeep s'est arrêtée devant la villa du consulat l'autre jour. Sans plaque d'immatriculation.

— Vous savez qu'elles ont un bébé ? Ce sont des femmes charmantes quand on les connaît. Elles n'ont rien fait de mal. Je vous le promets. Sur la tête de mes enfants. Vous ne les connaissez pas…

— Vous n'avez pas d'enfants, que je sache, répondit Mrs Pope en agrippant violemment le poignet de Dolly. Elles sont où ? Je sais que vous savez.

Dolly fondit en larmes et avoua tout.

49

Mrs Pope

Mrs Pope hésita à prendre le combiné. Elle s'était déjà ridiculisée deux fois. Une première à cause des fusées tricotées, et, plus récemment, à cause de cette histoire avec la police française qui, suivant ses instructions, était montée à Poum et avait retrouvé le Britannique, mais ses papiers étaient en règle. Il n'était accompagné d'aucune femme dangereuse. Le policier avait interrogé le propriétaire du café : personne ne les avait vues depuis des semaines. Le chef de la police française s'était plaint à Maurice, en sous-entendant que sa femme leur faisait perdre leur temps.

Mrs Pope inspira profondément. Elle composa le numéro et se concentra sur sa voix.

Quand elle était jeune, elle voulait être actrice. « Quelle comédienne ! disaient les gens autour d'elle. Elle devrait faire de la scène. »

Au début, ses parents avaient résisté, mais elle avait fini par les convaincre de la laisser essayer. Elle avait un professeur privé qui lui apprenait à marcher avec un livre sur la tête et à rentrer son popotin. Un professeur d'élocution qui lui apprenait à tenir debout sur une chaise en récitant Shakespeare – elle se souvenait du passage de *La Nuit des rois* : « Je me bâtirais une cabane de saule à votre porte » et sentait encore la tension dramatique. L'assurance. L'excitation féroce de se savoir observée.

Elle l'éprouvait toujours, là, maintenant.

— Un numéro, s'il vous plaît ? demanda l'opératrice en français.

Mrs Pope hésitait. Elle se rappelait l'audition de l'Académie royale d'art dramatique. C'était un épisode qu'elle gardait à distance, qui lui revint brusquement en mémoire. Elle attendait à l'extérieur, dans une jolie robe, entourée de filles à l'allure bohème. Elle était entrée dans la salle d'audition, droite comme un I, saluant le jury poliment en articulant son nom. Elle avait demandé une chaise, sur laquelle elle était montée sans courber le dos, et avait récité « Je me bâtirais une cabane de saule à votre porte », avec sa jolie robe, son joli chapeau, ses gants blancs et sa belle voix limpide.

Soudain, elle s'était rendu compte qu'elle hurlait et qu'elle n'avait rien à faire sur une chaise. Elle se souvenait à peine de ce qui était arrivé après.

Une délicieuse sensation de chaleur entre ses jambes.

La politesse consternée des examinateurs.

Les filles bohèmes voyant le bas de sa robe alors qu'elle fuyait. Plaquant leur main sur la bouche bohème pour cacher leurs rires bohèmes.

Sa mère la giflant dans la voiture parce qu'elle pleurait devant le chauffeur.

Ses parents l'avaient emmenée avec eux dans toutes les mondanités. Six mois après, elle était fiancée. Et en route pour le Pacifique sud un an plus tard. Sa vie, qui aurait dû être faite de tournées, de Shakespeare et de maquillage de scène, se résumait aux cocktails, aux efforts pour rester mince et aux bas en nylon par plus de trente degrés. Au devoir de se coucher fardée, non parce qu'elle venait de jouer, mais parce que son mari ne devait pas voir ses yeux gonflés ni ses pattes-d'oie. Loin d'apprendre des vers de Shakespeare, elle apprenait des noms d'inconnus et était tenue de s'intéresser aux mines de nickel alors qu'elle n'en avait rien à cirer. De se protéger du soleil à cause de ses taches de rousseur, de se déguiser en Cupidon avec des ailes faites maison et de ne jamais avoir un mot de travers – elle avait tellement envie de jurer comme un charretier. Et surtout, de ne pas se jeter sur les assiettes de petits-fours alors qu'elle avait si faim que son ventre gargouillait sous sa gaine Playtex. Elle n'avait rien contre ces deux femmes, au fond. Rien. Elles étaient ce qu'elles étaient et elles l'acceptaient.

— Un numéro, s'il vous plaît ? répéta l'opératrice.

Mrs Pope s'éclaircit la voix et s'exprima dans son meilleur français.

— Bonjour, madame. Pourriez-vous avoir la gentillesse de me passer d'abord la police française, puis le rédacteur en chef du *Times* à Londres ?

50

Nous ne passerons pas à dos de mule

Margery était presque calme. Elles étaient dans la Jeep. Elles avaient tout juste assez d'essence pour arriver au centre de l'île, pas suffisamment pour atteindre le Nord, mais elles avaient de l'argent et elle pourrait le faire. Enid était assise côté passager avec Gloria dans les bras, hurlant chaque fois qu'un oiseau passait au-dessus de la voiture. Margery conduisait prudemment, concentrée sur la route, comme à l'aller, à peine une semaine plus tôt, mais cette fois, c'était en plein jour. Elle n'avait ni plaque d'immatriculation ni papiers, il fallait donc qu'elle soit discrète.

Dolly Wiggs était rentrée du marché en larmes et avait dit à Margery que la police allait débarquer, qu'il fallait qu'elles se dépêchent de partir. Elle n'avait pas eu le temps de prendre quoi que ce soit à part l'essentiel : des langes, du lait en poudre, des vêtements pour Gloria et une liasse de billets de banque offerte par Dolly.

— Vite ! criait-elle. Vite !

Elle retiendrait la police le plus longtemps possible, et s'ils l'interrogeaient, elle les enverrait sur une mauvaise piste. Au moment de se séparer, Margery prit Dolly dans ses bras en la serrant très fort.

— J'ai craqué, sanglotait Dolly. Je vous ai trahies !

— Mais non, Dolly. Vous nous avez sauvé la vie. Par ailleurs, je vous rembourserai dès que j'aurai vendu ma collection.

La Jeep cahotait et crachotait. Margery avait un pied sur l'accélérateur et un œil sur le rétroviseur pour guetter les voitures de police. Elle longea le port et les bidonvilles avant de prendre la route de la côte ouest, passant devant les bananeraies, les camions abandonnés, les chèvres, les gamins à bicyclette.

— C'est quoi ? hurla Enid.

Elle freina si brutalement que la jeune femme fut projetée en avant et plaqua la main contre le tableau de bord, sauvant Gloria *in extremis*. Des arbres. La route était bloquée par d'énormes arbres, des piliers qui gisaient en travers de la chaussée. Pire que les arbres, elles étaient face à un embouteillage de voitures de police. Certains officiers étaient debout et fumaient en riant, d'autres tapaient dans une balle de cricket. Un vrai raout de flics !

— Oh, non ! Oh, non ! Oh, non ! gémit Enid.

Margery voulut passer la marche arrière, mais le levier de vitesse coinça et la Jeep fut propulsée en avant. Elle réessaya : même chose. Un officier les vit et s'avança vers elles.

— Je ne peux pas, cria Enid. Je ne peux pas, c'est trop !

— Enid, arrêtez de faire votre chochotte. Vous ne pourriez pas dormir ?

Enid fit de son mieux. Elle se cala au fond de son siège avec Gloria et plaqua une main sur ses yeux.

— On n'y arrivera jamais, murmura-t-elle.

Margery vira soudain à droite. Elle n'avait d'autre choix que de couper par la route de la côte est. Enid dégagea deux secondes ses yeux pour vérifier si le guide du révérend Horace Blake disait quelque chose là-dessus.

— Il ne mentionne pas de problème particulier sur la route de la côte est. Il y a juste des photos de bananiers.

Le paysage se transforma et passa d'un vert luxuriant à un terrain rougeâtre, accidenté et défiguré par l'exploitation minière, flanqué de collines aménagées en cercles concentriques et de ruisseaux. La route était bosselée et les pneus de la Jeep heurtaient des nids-de-poule toutes les dix minutes. Margery devait jouer avec le volant pour les éviter. Mais il n'y avait plus aucun signe de vie ou presque. On aurait dit un immense terrain vague coupé par une piste, et, à gauche, des montagnes pelées et érodées, qui çà et là semblaient décapitées.

— Il y a quelqu'un derrière nous, Enid ?

— Non, c'est bon.

La piste grimpait. Tournoyait. Se dressait tel un mur. Margery transpirait mais tâchait de garder son calme. La Jeep résistait. Enid se retournait régulièrement pour vérifier que personne ne les suivait. Le vent se leva et l'air se chargea de poussière, mais Margery tenait bon.

Soudain, au moment où elle pensait qu'elles étaient en sécurité, la poussière se dissipa et elle découvrit une voiture de police garée devant elles. Gyrophares bleutés clignotant. Enid serra Gloria contre sa poitrine.

— Oh, non ! Oh, non ! murmura-t-elle. On est foutues. On n'a pas de plaque d'immatriculation. Qu'est-ce qu'on va faire ?

Margery ralentit. Elle ne pouvait plus faire demi-tour ni continuer de rouler comme si de rien n'était. Un officier sortit du véhicule et lui fit signe de s'arrêter. Elle s'exécuta, brutalement, mais heureusement sans l'écraser. Il balança une cigarette et tira sur le haut de son pantalon. Il avait une paire de menottes accrochée à la ceinture.

— Enid ? chuchota Margery. Vous ne pourriez pas ouvrir votre haut ?

— Je suis maman, répondit Enid, stupéfaite. Pour qui vous me prenez ? Faites-le vous-même.

— Moi ?

— Oui. Allez, vous avez du monde au balcon. Ouvrez votre haut. Ou montrez-lui vos gambettes. Montrez-lui de quelle étoffe vous êtes faite.

— Il risque de croire à un numéro de music-hall. Vous avez vu ma tronche ?

Margery avait les yeux rivés sur la voiture de police. L'officier vérifiait que sa cigarette était bien éteinte. Il avait une façon étonnamment prudente de soulever sa chaussure et d'écraser son orteil dans le sol. Soudain, elle comprit.

— Enid ? Inutile d'ouvrir quoi que ce soit. Ou de lui montrer mes jambes. C'est une femme.

— Attendez. Le flic est une femme ? Comment c'est possible ?

— Je ne sais pas. En tout cas, c'est une femme.

— Impossible. J'ai jamais vu de femme flic. Depuis quand ça existe ? Il n'y a pas de femmes policières en Nouvelle-Calédonie.

— Peut-être qu'il y en a sur la côte est. Ou peut-être que c'est la femme d'un policier qui est malade et elle le remplace. Je ne sais pas. On n'a pas le temps de discuter. Vite, elle arrive, Enid.

Elle agrippa le volant pour éviter que ses mains ne tremblent. La policière, aussi impressionnante que son uniforme, était debout à côté de la Jeep. Elle avait des cheveux noirs attachés en queue-de-cheval et deux petites boucles de chaque côté du visage. Elle frappa poliment sur la vitre.

— *Bon-shoor*, dit Margery d'une voix douce.

— Où allez-vous ? s'enquit la policière en français.

— Elle demande où on va, traduisit Enid.

— Je ne peux pas lui dire où nous allons, répondit Margery. *Bon-shoor*, répéta-t-elle à la policière qui attendait.

— Passeports ? réclama-t-elle, toujours en français.

— Elle veut nos passeports.

— Merci, Enid, j'ai compris.

— On n'en a pas.

— Ça aussi, je suis au courant.

— Vous n'avez pas de visa. Votre visa est expiré. Qu'est-ce qu'on va faire ? C'est l'angoisse.

— Enid, vous pourriez arrêter de parler et simplement sourire ?

— Passeports, répéta la femme.

Margery prit son sac à main et sortit une liasse de billets. La policière eut l'air incrédule. Non seulement elles étaient tombées sur la seule femme flic du monde, mais elle avait des principes.

— Marge, murmura Enid. Qu'est-ce que vous fichez ? Vous pensez que vous pouvez la soudoyer ?

La policière jeta un coup d'œil à l'intérieur de la Jeep. Margery la suivait du regard, osant à peine respirer. Elle inspectait tout : le volant, son sac à main, le guide du révérend Horace Blake, le jerrican d'eau, la valise rouge, Enid, le bébé. Elle hocha la tête et recula pour examiner l'extérieur… Les menottes accrochées à sa ceinture cliquetaient.

— On est foutues, lâcha Enid en serrant les dents.

Elles ne pourraient jamais négocier avec elle. Elle allait voir que la Jeep n'avait pas de plaque d'immatriculation. Elle leur redemanda leurs papiers… Margery se sentit mal. Elle ne pouvait plus bouger. Une douleur sourde traversait tout son corps et elle n'avait plus qu'une envie, dormir. Soudain, elle eut une idée. Une phrase lui vint à l'esprit, comme par miracle.

— Je vais vendre les poules de ma grand-mère au village, dit-elle dans un français parfait, avec des « r » bien appuyés.

La policière s'arrêta et cligna des yeux.

Margery répéta.

La policière regarda dans le vide, baissa la tête, tripota les petites boucles de chaque côté de ses oreilles et sourit. C'était tout ce qu'il fallait. Une phrase de français usuel et ça passait.

— Ah, bien sûr ! Bien sûr !

Elle s'écarta avec un joyeux signe de la main pour leur dire au revoir. Margery lui fit signe en retour et avança.

La route était tranquille. Elles s'arrêtaient de temps en temps pour remplir le jerrican avec l'eau d'une fontaine ou prendre de l'essence. Elles roulaient en silence, sidérées d'avoir réussi à s'enfuir. C'était un drôle de voyage, ni l'une ni l'autre ne savait comment il finirait. Il fallait qu'elles quittent l'île le plus vite possible. Elles ne pouvaient plus attendre.

Margery prit un virage et faillit renverser un homme qui gesticulait comme un fou, puis un deuxième virage avant de s'arrêter brusquement. Heureusement qu'elle avait réussi à plaquer le pied sur le frein à temps.

— Oh, non ! Oh, non ! s'écria encore Enid.

Le révérend Horace Blake avait tendance à se lancer dans des envolées poétiques. Ça, Margery pouvait le lui pardonner. Par ailleurs, c'est grâce à l'une de ses phrases de tous les jours qu'elles venaient d'échapper à la police, du moins pour un certain temps. Mais ce qu'il avait oublié de préciser dans le passage sur la « magnifique route de la côte est », c'est qu'elle s'arrêtait au sud de Hienghène à cause d'un fleuve. Pas une rivière ni un ruisseau, mais un canal torrentiel d'eau sale et mousseuse, de dix mètres de large, jaillissant de la montagne et tombant comme une chute de sable au milieu de tourbillons, de jets de vapeur et d'écume. Le fracas était fou. En plus, il n'y avait pas de pont ni de tunnel. Rien que la piste. Le torrent était déchaîné. Et de l'autre côté, la route était à nouveau calme.

— Je crois que je vais y arriver, dit Margery.

— Vous avez perdu la tête ? J'ai un bébé. Il n'y a qu'une seule façon de traverser, répondit Enid en indiquant le bord de l'eau.

Un troupeau de mules d'une laideur inouïe attendaient sous la houlette d'une bande de gamins, dont l'âge total ne devait pas dépasser trente ans. Pieds nus et couverts de boue, le ventre gonflé au-dessus de l'élastique de leur short, ils firent signe à Margery en criant :

— Par ici ! Vite ! Vite ! Par ici, les touristes ! On prend le volant de votre voiture et vous prenez une mule.

— Ah non, nous ne passerons pas à dos de mule, dit Margery.

— Vous plaisantez ?

— Je préfère attendre le ferry.

— Marge, il n'y a pas de ferry. On n'a pas le choix, prenez une mule.

— Je ne peux pas.

— Comment ça, vous ne pouvez pas ?

— Je suis terrifiée par les mules. Un jour, je me suis fait mordre. Enid, je ne peux pas monter sur une mule !

— Marge, si vous refusez, c'est moi qui vous mords.

Margery ne l'aurait jamais fait pour elle, ni pour Enid. Mais pour Gloria, elle céda. Elle accepta de monter à dos de mule.

L'idée était la suivante : elles traverseraient le torrent là où l'eau était moins profonde, pendant que les garçons s'occuperaient de la Jeep. Ils savaient parfaitement où étaient les rapides et les courants les plus dangereux. Mais il fallait qu'elles se dépêchent. Vite ! Le cours d'eau enflait à cause du cyclone, si elles n'y allaient pas tout de suite, ce serait trop risqué. Il faudrait qu'elles attendent plusieurs jours.

Le prix que les gamins demandaient était disproportionné. Margery leur proposa la moitié. Ils éclatèrent de rire en tournant les talons.

— Marge ! cria Enid. Payez, on n'a pas le choix !

Le torrent se déversait à toute allure en charriant du bois flotté, des débris, des branches feuillues et des arbres. Margery donna vingt francs en tout aux garçons.

Un gamin qui devait avoir dix ans à peine se jeta sur le siège du conducteur et alluma le moteur de la Jeep. Quelques instants plus tard, il entrait dans l'eau. Ses camarades qui tiraient les mules s'approchèrent.

Margery n'avait pas tort de se méfier. Les mules n'étaient pas des bêtes faites pour être montées. Par ailleurs, sans doute à cause de sa corpulence et de sa tenue, le responsable lui en avait attribué une qui ne devait pas être habituée aux humains. Le genre de bête qui porte les bagages à l'arrière. Elle ne voulait même pas se lever.

Le jeune muletier lui donna un coup de fouet. Mauvaise idée. La mule se redressa lentement, une patte après l'autre, furieuse, et fixa Margery dans le blanc des yeux, puis retroussa la peau noire de ses gencives et révéla des dents jaunâtres hideuses. Le message, ou plutôt la menace, s'adressait directement à Margery.

— Vite ! Vite ! criait Enid, dont la mule, douce et docile, plia les pattes pour lui permettre de prendre les rênes, avant de se dresser comme un ressort.

Enid se retrouva à califourchon sur la mule avec Gloria dans les bras.

Margery attrapa la partie de l'animal qui lui semblait la moins « mulesque » : la selle en cuir. Elle leva une jambe et se hissa, mais manque de chance, la selle glissa et Margery s'écroula dans l'eau. Mauvaise comme la gale, la mule l'éclaboussa.

— Ha, ha, ha ! s'esclaffa le jeune muletier.

Elle n'avait pas le choix, elle se jeta sur le dos de la bête, la tête et les bras d'un côté, les fesses et les jambes de l'autre. Le muletier fouetta la mule, qui avança. Hop, Margery, accrochée par les bras, redressa les jambes pour être en position plus ou moins verticale.

Elle n'avait rien d'une cavalière naturelle, c'était évident. Et monter à dos de mule était la dernière chose qu'elle aurait imaginée dans sa vie. Jamais elle ne recommencerait, se disait-elle alors que la bête lui fouettait la tête avec sa queue. Elle n'aurait même plus le courage de tapoter ou d'offrir un sucre à une mule.

Au moins, elles finirent par entrer dans l'eau et la rive opposée n'était pas éloignée. Tout à coup, comme si ça ne suffisait pas et que la mule s'amusait trop bien avec sa nouvelle copine, elle lui offrit une petite baignade. Au lieu d'aller tout droit vers l'autre rive, elle se mit à nager comme un chien, en faisant des cercles avec ses pattes avant. Enid était déjà de l'autre côté et attendait Margery avec Gloria, près de la Jeep ruisselante.

Margery se rappela ce que Barbara lui avait dit un jour : « Si vous croyez que je suis fâchée, vous vous trompez. Je ne m'occuperai pas de vous tant que vous n'aurez pas fini votre assiette de légumes. »

— Je m'en fiche…, dit-elle à la mule. Tu peux nager autant que tu veux, ça ne me dérange pas.

Elle afficha un air d'indifférence mêlée d'ennui et se mit à siffler.

La mule arrêta de nager et trotta calmement jusqu'à l'autre rive.

Le temps qu'elles arrivent à Poum, le ciel était un océan d'étoiles. Margery frappa à la porte du café jusqu'à ce que le propriétaire apparaisse à la fenêtre, confus et les yeux mi-clos. Heureusement, sa femme avait une idée. (« Je ne savais pas qu'il avait une femme », chuchota Enid.) Ils connaissaient quelqu'un qui avait un bateau de pêche. Il fallait que Margery soit prête à embarquer dans la baie vingt-quatre heures plus tard. On s'attendait à du mauvais temps pendant la journée, mais le pêcheur les évacuerait de nuit. Il n'avait pas beaucoup de place pour les bagages, mais il se débrouillerait. Il les aiderait à quitter la Nouvelle-Calédonie.

Margery leur proposa le guide du révérend Horace Blake en guise de rémunération. C'était tout ce qui lui restait.

— Ha, ha ! s'écria la femme du propriétaire en lui montrant les photos. Comme c'est drôle !

Elles ralentirent en approchant du bungalow, parce qu'elles redoutaient le pire, mais une fois de plus, leur petite bicoque était là, fidèle à elle-même. Rien n'avait bougé. La porte était fermée, le toit était intact. À l'intérieur, rien n'avait été détruit ni inondé. Au contraire, le ménage avait été fait. Les couvertures et les serviettes étaient pliées. Des bols qui avaient contenu de l'eau étaient secs et bien alignés. Le matelas qu'Enid avait utilisé était de nouveau dans sa chambre. Le chromo de l'Enfant Jésus était accroché au mur, parfaitement droit. Les chaises de la terrasse étaient disposées face à la vue. C'est en entrant dans son bureau que Margery eut un mauvais pressentiment. Les objets avaient été déplacés

– certains spécimens n'étaient plus emballés dans du papier de soie dans les boîtes où elle les avait laissés, mais déballés et éparpillés au sol. Elle vit un carnet de notes ouvert, une conserve de Spam qui traînait, un plateau qui n'était pas à sa place. Rien n'était détruit à proprement parler, mais tout avait été tripoté. Elle compta les spécimens pour voir s'il en manquait – son petit doigt lui disait que oui. La dernière fois qu'elle s'était trouvée dans son bureau, c'était une semaine plus tôt, lorsque Enid était si mal en point qu'elle-même ne savait que faire. Elle commença tout de suite à ranger les spécimens et à mettre en ordre ses papiers. Dans vingt-quatre heures, elles seraient libres.

— J'ai une idée, lança Enid.

Elles étaient assises sur la terrasse. Gloria dormait, et la jeune femme feuilletait un vieux livre de Margery sur les scarabées.

— Bornéo, il y a plein de scarabées magnifiques là-bas. Vous avez vu ? dit Enid en levant le livre. On devrait aller à Bornéo. Je parie qu'il y fait chaud. On pourrait s'installer dans une petite hutte et changer nos noms. J'en ai déjà trouvé un pour vous.

— Ah ?

— Trixie Parker.

— Vous êtes sérieuse ? Trixie Parker ? On dirait le nom d'une danseuse de cabaret.

— Justement, vous avez des jambes de danseuse de cabaret, Marge. Je vous le dis, c'est tout. Vous pourriez être celle que vous aimeriez être. Vous êtes une femme étonnante, Marge. Je n'aurais jamais pensé que vous tiendriez le coup. En plus, vous êtes marrante.

Franchement marrante. Je n'ai jamais eu d'amie comme vous.

— Moi non plus, je n'ai jamais eu d'amie comme vous, Enid.

— Je suis désolée qu'on n'ait pas trouvé le scarabée d'or. Peut-être qu'il vit à Bornéo.

— Pourquoi à Bornéo ?

— Je ne sais pas. Pourquoi pas ?

Elles se turent, admirant la lune. Un nuage s'effilochait dans le ciel, blanc argenté.

— On n'abandonnera pas, Marge. On continuera à chercher des scarabées. La nature est pleine de créatures magnifiques.

Margery éclata de rire. Elle se sentait légère.

— Enid, je viens de me rappeler la date. C'est mon anniversaire. Aujourd'hui, j'ai quarante-sept ans.

Enid lui serra la main. Elle avait une sacrée poigne pour une jeune maman.

— Prochaine étape, Bornéo. Cette fois-ci, les cocktails sont pour moi.

51

Londres, février 1951

Les gros titres sur Nancy Collett ou la femme sans tête avaient disparu. Leur histoire ne figurait même plus dans les dernières pages. Au début, le fait divers avait choqué, tous les ingrédients d'un grand procès y étaient, y compris la possibilité d'une double pendaison, puis plus rien. Non seulement les deux femmes s'étaient évanouies dans la nature, mais le dossier s'enlisait, même s'il restait deux ou trois éléments de preuve qui compliquaient les choses…

Le frère du défunt s'était présenté avec une lettre de Percival Collett, dans laquelle celui-ci avouait son intention de mettre fin à ses jours par n'importe quel moyen. Sa femme n'était pas innocentée pour autant, mais on ne pouvait plus affirmer qu'elle était froide et calculatrice. Encore plus compromettant, des rumeurs disaient que Mr Collett était un inverti. Enfin, à cause de la pendaison bâclée de Norman Skinner, beaucoup de gens commençaient à avoir des doutes sur la notion de peine capitale. Il y avait des manifestations devant les prisons. Des pétitions. Quant à Margery Benson, *alias* la femme sans tête, apparemment, elle était tout simplement partie en vacances.

Heureusement, le Festival de Grande-Bretagne – conçu pour être un pont entre le passé et l'avenir, et enrichir le présent – était en cours de préparation, et le public était avide de nouvelles à ce sujet. Expositions, architecture, technologie : le festival serait un hymne au génie britannique dans tous les domaines, sciences, industrie et arts. Les gens avaient souffert des années de guerre : ils avaient perdu ce qu'ils aimaient et en avaient assez du rationnement. Ils avaient besoin d'espérer et de penser à l'avenir. À Londres, le plus grand dôme du monde, de presque trente mètres de haut, abriterait des expositions sur la découverte non seulement du Nouveau Monde, mais de la mer et de l'espace. Le Skylon, une tour en forme de cigare, donnait déjà l'impression de flotter au-dessus de la Terre. Une nouvelle salle de concerts somptueuse, le Royal Festival Hall, venait d'être construite sur la rive sud de la Tamise. Le Telecinema annonçait des films en 3D et une télévision à écran géant. Pour une fois, les réjouissances n'étaient pas réservées à Londres : le festival s'adressait à tout le monde et à toute la Grande-Bretagne.

Après des années de grisaille et de tristesse, le pays revivait, riche de promesses, de couleurs et de nouvelles possibilités. Les gens se fichaient de Nancy Collett et de sa complice sans tête.

Le *Times* eut vent de l'apparition des deux suspectes, mais la source était une femme qui avait appelé le journal en hurlant, et qui vivait sur une petite île dont personne n'avait entendu parler et où personne n'avait jamais mis les pieds. Le rédacteur en chef laissa filer. À quoi bon, dit-il à son adjoint, donner aux gens des informations dont ils ne veulent plus ?

La Grande-Bretagne était passée à autre chose.

52

Bijoux vivants

C'était l'aube. La plus belle aube qu'elle avait jamais vue. Les marches, la terrasse, le jardin de terre étaient couverts d'un film d'or. Dans la forêt, un arbre géant, qu'elle n'avait pas remarqué jusqu'alors, avait fleuri et explosé en un flamboiement de bourgeons. C'était doux d'être ici pour la dernière fois et d'abandonner ce lieu qui était devenu son foyer. Comme les derniers sacrements, pensait Margery, elle qui n'en avait jamais connu aucun.

Elles prendraient le bateau de pêche et quitteraient l'île pour aller en Australie. Elles changeraient de nom. Elles continueraient à avancer. Margery trouverait le moyen de vendre son appartement à Londres. Travaillerait là où elle pourrait. Quand elle pensait à l'avenir, elle n'imaginait qu'elle-même, Enid et le bébé, c'était tout.

Personne ne pouvait les atteindre par la route de la côte ouest. Et grâce aux muletiers, Margery savait qu'il serait impossible de traverser le fleuve pendant un jour ou deux au moins. Il n'y avait rien d'autre à faire que d'attendre minuit pour le bateau.

Elle descendit enterrer des bouts de chiffons et remettre les vieilles chaises dans le jardin. Elle laissa plusieurs casseroles et des marmites dans la cuisine, ainsi que les dernières boîtes de Spam, pour les gamins du bidonville, s'ils revenaient. Elle rassembla ses notes et ses carnets dans son bureau. Elle enroula ses plateaux de spécimens dans les couvertures. Elle laissa le tapis d'Enid en place, pour couvrir la fissure du sol, puis lava les langes de Gloria. Elle prépara des biberons avec le lait en poudre de Dolly, au cas où Enid aurait besoin de dormir.

La mère et l'enfant étaient allongées sur une couverture sur la terrasse. Enid avait déjà mis sa tenue de voyage rose. Elle était prête à partir, sa valise rouge pleine de vêtements de bébé à ses pieds. Margery se tenait en haut des marches quand elle ouvrit un œil.

— Vous allez vérifier une dernière fois, c'est ça ?

— Non, Enid, je vais étendre des langes.

La jeune femme rit et rapprocha Gloria pour la nourrir.

— Ne soyez pas en retard pour Bornéo. On a deux gins et citrons verts qui nous attendent avec nos noms.

Margery descendit pieds nus dans le jardin. L'après-midi battait son plein et le ciel brillait d'un bleu qui semblait fait pour l'éternité. Elle accrocha les langes sur le fil. Elle ne voulait pas voir la montagne, mais elle la sentait dans son dos, aussi nettement que si elle lui tapait sur l'épaule.

Des années plus tard, elle ne saurait toujours pas expliquer la violence du sentiment qui s'empara d'elle.

L'impression d'être emportée, arrachée par le cou pour être déposée directement au bord d'une falaise, l'accélération de son souffle, la chair de poule qui lui picota les bras, et la sensation de légèreté qui suivit, comme si elle chutait dans le vide. Peut-être qu'elle n'aurait rien senti si Enid n'avait rien dit. C'était aussi fort et absolu que le jour où elle avait volé les chaussures de lacrosse et quitté l'école. Elle lâcha le panier à linge et se tourna vers la montagne, comme si elle voulait la surprendre en plein mouvement.

L'herbe à éléphant était aplatie, mais le sentier qu'elles avaient dégagé était déjà de nouveau envahi par la végétation. Les jeunes pousses étaient d'un vert plus clair, les lianes s'étaient rapprochées et formaient un épais rideau, les fougères étaient hautes, et de nombreux rochers bloquaient la voie. Des bandeaux de brume reliaient les deux pics de la dent, et des oiseaux de proie dérivaient, pas plus gros que des plumes. Le calme régnait. Elle courut et grimpa sur le premier rocher.

C'était facile. Sans chaussures, elle se sentait beaucoup plus agile. Elle savait quelles plantes agripper, lesquelles éviter. Des branches étaient suspendues comme des tresses, qu'elle poussait sur le côté en baissant la tête. Elle montait. Montait encore. Prenait son temps.

Très vite, elle fut au cœur de la forêt. Son sang pompait, sa bouche était complètement sèche, sa hanche l'élançait, elle avait mal dans le bas des jambes, mais elle tenait. Elle entendit un croassement, une secousse, une explosion sourde, le bruissement de l'eau. Elle continua. Trois perroquets rouges s'envolèrent. Elle continua. Une trace de fumée. Elle grimpa sur un nouveau rocher. La plante de ses pieds picotait, mais ça lui faisait du bien. Soudain, elle sentit un parfum de froid et une nappe de brume apparut, tombée du ciel, effaçant la cime des arbres et fonçant vers elle comme un feu follet. Elle était encerclée. Engloutie dans un trou blanc.

La brume s'évanouirait aussi vite qu'elle était arrivée. Margery croisa les bras, elle frissonnait. Il n'y avait plus aucun bruit. Elle n'avait plus qu'à faire demi-tour et redescendre prudemment, mais elle ne voyait plus le chemin qu'elle avait pris – elle ne voyait rien.

Elle ne réfléchissait pas, n'anticipait pas, elle tâtonnait et essayait de deviner le sentier à travers la brume. Des branches lui écorchaient la peau et lui arrachaient les cheveux. Elle arrivait à peine à respirer. Ses pieds nus glissaient, trébuchaient, se tordaient. Piquaient. Elle poursuivait, avançant tant bien que mal, tendant la main vers des objets absents, tombant parfois sur les deux genoux.

Elle était perdue. Perdue dans la montagne, alors qu'Enid était en bas et attendait. Elle continua. S'agita. Avança. Son pied se posa sur une arête tranchante. Elle le sentit s'ouvrir comme un fruit sous la lame d'un couteau.

Épuisée, terrifiée, se sachant vaincue et impuissante, elle s'arrêta et s'assit. Elle avait traversé le monde pour trouver le scarabée de son père et elle était là, comme sa mère, assise sans rien faire.

— Aide-moi, murmura-t-elle. S'il te plaît. Aide-moi.

Elle ne savait pas à qui elle s'adressait. En tout cas, c'était idiot.

La brume persistait. Margery attendit longtemps, plusieurs heures, sans doute. Peut-être parce qu'elle observait la forêt au lieu de se battre, peu à peu, elle perçut un tremblement, un amenuisement, jusqu'à ce qu'une boule de lumière blanche émerge. C'était le soleil. Une pierre apparut à ses pieds. Une forme rouge et floue se mua en fleur. La brume s'enroula, se dissipa, et le monde reprit vie. Les arbres. Les rochers. Une couronne bleue dans le ciel. Elle était dans une clairière.

Au début, elle crut qu'il avait neigé. Elle était entourée de flocons. Non, ce n'était pas de la neige, c'étaient de minuscules fleurs à volants, blanches comme la cire, sur des tiges pointues d'un violet profond, des fleurs si petites qu'elle avait du mal à distinguer les pétales. Les feuilles avaient la taille de son ongle. Un parfum si doux se dégageait que l'air semblait lourd.

Lorsque le mot « orchidée » se forma dans son esprit, elle vit un éclat d'or. Puis deux. Puis des dizaines. Des petits bijoux en or sur les fleurs blanches, les feuilles vertes, les arbres, les frondes et les rochers. Des centaines de milliers de scarabées d'or. Plus elle regardait, plus elle en voyait. Ils surgissaient de partout. Pour la première fois, elle n'avait pas de bocal avec elle. Elle n'avait même pas de filet.

Elle en prendrait juste un. Il y en avait assez. Elle balaya des yeux la clairière. Comme par magie, un spécimen s'envola et atterrit sur son poignet gauche. Elle l'observa, émerveillée. Sa petite tête dorée, son thorax qui ressemblait à une jupe bouffante dorée miniature, ses pattes minuscules et dorées, ses longues antennes qui formaient un diadème en or. C'était le scarabée le plus chic et le plus extraverti qu'elle avait jamais vu.

Un mouvement de la main droite et elle l'aurait.

Elle n'eut pas le temps de contracter un muscle, le scarabée ouvrit ses élytres et déploya sa deuxième paire d'ailes, fines comme du papier de soie, elles aussi dorées. Curieusement, il ne prit pas son envol. Il ouvrait et fermait les ailes comme s'il nageait le papillon – avec une légèreté gracieuse et si vivante. Soudain, il se referma, compact, pliant et repliant ses ailes suivant une géométrie à la fois simple et infiniment compliquée sous la carapace de ses élytres. Il se rapprocha de l'articulation de ses doigts. Margery n'en revenait pas. Un scarabée suicidaire. Il se rendait de lui-même.

Elle admira la petite créature brillante sur le dos de sa main. Elle la contemplait. Elle ne sentait en rien son poids, mais sa présence sur sa peau était comme une brûlure.

Enid avait raison. Elle avait raison depuis le début. Le but de l'aventure de Margery n'était pas de laisser une trace dans le monde, mais au contraire, de se laisser imprimer par ce monde. Qu'elle et Enid aient survécu, qu'elle ait trouvé un scarabée qui jusqu'ici n'existait que dans son imagination, qu'Enid ait eu un bébé, que Margery se soit improvisée sage-femme, qu'elle puisse encore inspirer et expirer, que le monde soit toujours en un seul morceau après tant de ravages : c'était un miracle. Elle n'avait aucune raison de tuer le scarabée, de l'épingler ou de lui donner le nom de son père. Elle l'avait vu une fois, cela lui suffisait. Elle cédait sa découverte à d'autres.

Soudain, elle eut l'impression de se dilater à l'échelle de l'île entière et de toutes ses créatures. Jamais elle n'avait éprouvé aussi fortement la porosité de la frontière entre son corps et la terre. Jamais elle ne s'était sentie aussi bénie des dieux. Aussi heureuse.

Un nouveau scarabée atterrit sur son épaule. Puis un autre, sur son nez. Puis trois sur son bras droit, deux sur ses coudes, une flopée sur son pied. Ils tombaient, tombaient, comme une pluie d'or. Elle qui ne jouait plus depuis que son père était parti, elle était là, sur une montagne à l'autre bout du monde, en train d'agiter les doigts, de secouer les bras et de gigoter. Elle avait le sentiment d'être entourée, l'impression que ses frères étaient là, et ses tantes, son père, même sa mère et Barbara. Ils étaient tous là, jouant avec mille milliards de scarabées d'or comme si la joie était la chose la plus sérieuse au monde – et même plus, mille milliards de scarabées d'or jouaient avec eux.

Elle se sentait plus vivante que la terre.

La nuit commençait à tomber quand elle arriva au bout du sentier et entra dans le jardin, boitant jusqu'au bungalow. La silhouette fragile de « La Dernière Place » était là, les marches, la terrasse, éclairées par une lampe au kérosène à l'intérieur. Elle vit le profil d'Enid à la fenêtre.

— Enid ! Enid ! cria-t-elle en agitant la main.

Elle s'approcha, mais ce n'était pas Enid. C'était quelqu'un d'autre. Un visage qu'elle ne connaissait pas. Qui, en la voyant, lui fit signe.

Elle balaya du regard l'obscurité. Elle aperçut la piste. Le jardin de terre poussiéreuse. Les langes sur le fil à linge. Aucune trace d'Enid. Ni de Gloria. Ni de la valise rouge. Elles avaient disparu.

53

Presque

Il était derrière la fenêtre, voûté et éclairé par la lampe au kérosène. Des papillons de nuit voletaient et se cognaient contre les murs du bungalow, projetant des ombres fragiles. Margery se demandait qui c'était.

Enid était là aussi, assise sur une chaise dans un coin, serrant Gloria qui lui agrippait l'épaule. Rose vif. Les cheveux noir et jaune. Le dos raide. L'air terrifié. Elle croisa le regard de Margery et secoua légèrement la tête. Une veine de son cou frémit.

Margery avança.

— Bonjour, dit-il en se redressant.

Il paraissait nerveux, à la fois angoissé et soulagé. Il avait un visage creux, gris, aux os saillants. Ses vêtements étaient en loques ; sa peau était boursouflée et tailladée ; ses cheveux étaient courts et en bataille. Il semblait à peine humain. Il avait quelque chose dans le dos qui pendait, comme un ballon crevé. Un vieux sac à dos, comprit Margery quelques secondes plus tard.

Son premier réflexe fut de vouloir faire sortir Enid et le bébé du bungalow, mais elle l'avait sous-estimé. Elle avait à peine jeté un coup d'œil sur Enid près de la porte qu'il lui bloqua le chemin. Il gardait la main droite dans sa poche. Elle se demandait s'il était blessé.

— Je savais que vous partiriez sans moi, Miss Benson.

Elle crut tomber d'une marche qu'elle aurait ratée et tâcha de garder l'équilibre. Elle avait l'impression d'avoir été déjouée. Il était britannique. Il connaissait son nom. En plus, il savait qu'elle avait vécu ici et qu'elle avait l'intention de partir. Elle se dit que ce serait bien de s'adresser à lui par son nom, mais elle ne le connaissait pas.

La panique la tétanisait. Elle était incapable de réfléchir. Son cerveau ne produisait que des images fugaces et vaines d'hommes dans la salle à manger de l'*Orion*, dans le camp de Wacol, au cocktail du consulat britannique, ou des images de douaniers et de policiers. Aucune ne correspondait à cette silhouette fragile, qui s'était tellement rapprochée qu'elle aurait pu tendre la main et caresser ses cheveux. L'homme transpirait à grosses gouttes. Même ses vêtements tremblaient.

— Qui êtes-vous ?

Il cligna des yeux. Étonné.

— Vous ne vous souvenez pas de moi ?

— J'aurais eu votre sœur comme élève ?

— Non.

— Vous travaillez au Muséum d'histoire naturelle ?

— Bien sûr que non, dit-il avec un rire nerveux, comme un enfant qui commence à perdre confiance.

Leur petit jeu pouvait durer des années.

— Vous ne vouliez pas que je dirige votre expédition. Vous aviez tort. La preuve, j'ai réussi à venir.

Le Lyons Corner House. C'était l'ancien prisonnier de guerre ! Mais qu'est-ce qu'il fichait ici, à l'autre bout du monde, frissonnant dans un bungalow que personne ne connaissait ? Son cœur battait la chamade.

— Que voulez-vous ?

— Qu'est-ce que je veux ? répéta-t-il, comme s'il n'avait jamais pensé à la question ou, plutôt, comme s'il n'était pas sûr de la réponse. Ce que je veux ? reprit-il, s'éloignant de la porte en zigzaguant avant de retourner à la fenêtre. Qu'est-ce que je veux ?

— Vous avez l'air malade. Êtes-vous malade ?

Il l'ignora.

— Moi aussi, j'étais sur l'*Orion*. Je vous ai vue en bas de l'escalier. Je vous ai emmenée à l'infirmerie. Sans moi, vous ne seriez jamais arrivée ici. Je vous ai suivie partout. Je vous ai sauvé la vie, Miss Benson. Nous sommes liés, à présent.

Margery bougeait à peine, mais elle croisa le regard d'Enid et y vit de la terreur. Elle essayait péniblement de penser au paquebot. Il jeta un coup d'œil sur Enid, comme s'il voulait s'en débarrasser. Soudain, Margery se rappela : l'infirmerie du bateau, un inconnu qui l'aidait à se redresser, contre qui elle s'était recroquevillée parce qu'elle aurait préféré dormir.

— Je vous l'avais dit, murmura calmement Enid. Je vous avais dit qu'on nous suivait. Je pensais que c'était moi qu'il cherchait. Pas vous.

— Je vous ai suivie partout, dit-il à nouveau. Mais je suis malade. Mort. Il est temps que j'en finisse une bonne fois pour toutes.

Margery blêmit. Elle sentait son désespoir. Mais elle ne savait comment bouger. Son souffle s'épuisait, son sang se glaçait dans ses veines. De sa main libre, il fouilla dans sa poche gauche avant d'en sortir quelque chose. Il ouvrit la main, mais sa paume était crasseuse et couverte d'égratignures et Margery avait du mal à voir quoi que ce soit ; puis elle reconnut le scarabée qui lui manquait. L'épingle avait glissé, ainsi que l'étiquette, ses pattes n'étaient pas écartées mais écrasées, il en avait perdu au moins deux, ses élytres avaient disparu et ses antennes étaient mutilées. C'était le spectacle le plus triste qui soit.

— Vous avez vu ? dit-il. Je vous l'ai rapporté.

Elle resta bouche bée. Enid rompit le silence.

— Faites gaffe, Marge, dit-elle, la main sur le front de Gloria, comme quand il pleuvait. Qu'est-ce qu'il a dans l'autre poche, Marge ?

Mundic ignorait Enid. Il avait les yeux rivés sur Margery et son visage transpirait.

— Mr Mundic, il est temps que vous partiez, déclara Margery. Je vous en prie, allez-vous-en.

— J'ai pris des notes, moi aussi. Comme vous me l'aviez demandé.

Il se pencha et déposa soigneusement le scarabée au sol. Puis il fouilla à nouveau dans sa poche gauche.

— Ne vous approchez pas de lui, Marge, murmura Enid. Gardez vos distances.

Il cherchait à extraire quelque chose de sa poche en grognant.

— Marge, je ne suis pas rassurée…

Ça y est, il l'avait. Il brandit un carnet en l'agitant comme s'il poignardait l'air.

— Vous voulez que je le lise ? dit Margery.

Ses mains tremblaient, mais elle prit le carnet et le feuilleta : les pages avaient jauni, beaucoup s'étaient détachées, et les fines agrafes métalliques qui les reliaient étaient rouillées. Mundic écrivait en pattes de mouche, avec la maladresse d'un enfant encore incapable de former les lettres. Les mots montaient et descendaient les pages, filaient en diagonale, et n'avaient aucun sens.

— Beau travail, non ? demanda-t-il.

— Oui, excellent.

— Lisez tout haut, vous verrez.

— C'est quoi ? murmura Enid, toujours près de la porte. Qu'est-ce qu'il vous a donné ?

— Aucune idée.

Ce n'était pas la chose à dire. Mundic pivota brusquement. Elle se rappela trop tard les postillons qui giclaient de sa bouche quand il hurlait au Lyons Corner House.

— Lisez !

Soudain, sa main droite jaillit de sa poche ; elle eut le réflexe de se baisser tandis qu'Enid criait.

À présent, il pointait le pistolet de Taylor sur Margery, le canon à une trentaine de centimètres de sa poitrine.

Un poids l'accabla. Elle tituba en arrière et heurta la lampe au kérosène, qui oscilla et tomba, mais sans s'éteindre. Le faisceau de lumière les éclairait du sol. Elle jeta un coup d'œil à la chaise. Enid et le bébé avaient disparu.

Elle sentit une violente tension autour de la poitrine. Lui avait-il tiré dessus ? Était-elle blessée ? Non, elle n'avait rien entendu. S'il avait pressé la détente, elle saignerait, elle serait par terre, elle aurait mal, or elle était debout, et Mundic pointait toujours le pistolet sur elle. Jamais dans sa vie elle n'avait autant redouté ce qui allait suivre.

— Je vous en prie, posez cette arme, dit-elle d'une voix qui semblait rouillée. Je vais lire vos notes, je vous le promets. Mais je vous en prie, posez-la. C'est dangereux, Mr Mundic.

Il basculait d'un pied sur l'autre comme s'il n'arrivait pas à trouver son équilibre. Il semblait hésiter, ne sachant que faire.

Margery aperçut un halo rose du côté de la porte. Elle se détourna et vit Enid entrer avec une poêle, qu'elle souleva et écrasa sur la tête de Mundic. Abasourdi, plus que blessé, il lâcha le pistolet, qui glissa au fond de la pièce.

— Vous ! s'écria-t-il en lui balançant un coup de poing dans les côtes. Qu'est-ce que vous foutez là, toujours en travers de mon chemin ?

Gloria ! Où était passée Gloria ? Margery jetait des regards désespérés autour d'elle.

— Ne vous inquiétez pas, elle est dans la cuisine, en sécurité, répondit Enid.

Soudain, elle se déchaîna et envoya une série d'ustensiles de cuisine sur Mundic : baguettes, cuillères, bols filèrent à travers la pièce comme des missiles. Mundic tentait d'esquiver en se baissant à droite, à gauche… Noix de coco, boîtes de Spam, moitié d'igname, trophée de Miss Jolies Gambettes, pinces à cheveux… Elle prit son chromo de l'Enfant Jésus et l'écrasa sur sa tête avant de lui assener un coup de genou dans l'aine. Mundic poussa un cri de douleur.

— Tirez-vous, Marge, vite ! hurla-t-elle.

Mundic se retourna et saisit Enid par le cou en rugissant, avant de la renverser au sol. Elle se débattait comme un diable, mais en vain. Les dents serrées, il avait la main plaquée sur sa gorge, elle ne pouvait plus faire un geste.

Margery se précipita sur lui – une douleur blanche fusa à travers sa hanche et elle perdit l'équilibre. Elle attrapa une boîte de Spam et la jeta en visant la tête de Mundic, mais elle le rata. Il vacilla avec Enid, qu'il balança brutalement vers la porte, si bien qu'elle se retrouva sur la terrasse et roula jusqu'au bas des marches. Il venait de projeter sa meilleure amie hors du bungalow !

Margery n'était pas une femme violente, mais c'était une femme en colère et elle avait de quoi. Elle vit soudain tout en rouge : le bungalow, ses mains, le visage de Mundic. Sa douleur à la hanche avait beau être insupportable, elle fit un bond en avant et se rua sur les épaules de l'homme en le secouant si fort que son visage se mit à trembler. Elle était tellement furieuse qu'elle ne vit pas ce qui suivit – son poing. Il lui flanqua un tel coup dans la mâchoire que sa bouche explosa comme un chardon brûlant. Luttant pour garder son équilibre, elle attrapa Mundic entre ses bras.

Curieuse étreinte, mais elle avait besoin de s'agripper pour ne pas tomber. Clignant des yeux de confusion, il tendit la main vers sa bouche, mais elle recula et précipita son front contre son nez. Un craquement retentit. Une sensation de chaleur éclaboussa le visage de Margery. Du sang, il y avait du sang partout.

Mundic hurla. Margery hurla. Mundic trébucha en agitant les bras. Margery trébucha en agitant les bras, mais resta debout. Elle venait d'assommer Mundic.

Il était sonné. Elle aussi. Une douleur atroce lui fendait la tête et des éclairs blancs dansaient devant ses yeux. Elle ne voyait plus rien. Jamais elle n'aurait imaginé qu'infliger une douleur à un autre faisait aussi mal. Tout à coup, une main lui saisit l'épaule, et Mundic se plaqua contre son dos en la chevauchant comme si elle était une mule.

Elle hurlait, hors d'elle. Elle se tordait d'un côté et de l'autre pour essayer de se dégager, mais sa main l'étranglait. Elle évita de justesse le tapis qui cachait la fissure du plancher. Soudain, elle repoussa Mundic d'un coup de coude et il s'écroula, comme une chiffe molle, les deux genoux contre la poitrine.

Elle pivota pour aller retrouver Enid, mais il l'attrapa par le pied et elle tomba.

Vlan ! Elle sentit son coup de poing dans le ventre et faillit s'étouffer. Elle avait du sang dans la bouche, dans les cheveux, mais elle ne savait plus si c'était le sien ou celui de Mundic. Et elle sentait une odeur, une odeur de viande humide et vinaigrée.

Et si elle était en train de mourir ? Peut-être… Comment savoir ? Autour d'elle s'étalait une substance gluante qui devait être un marécage, mais non… impossible… Elle cilla et reconnut le visage ensanglanté de Mundic qui la fixait.

Il avait le pistolet à la main, mais il ne le pointait plus vers elle. Il ouvrit grand la bouche et l'enfonça à l'intérieur, les yeux révulsés.

Sa peur se mua en rage. Margery n'était plus qu'une masse de chair en sang, à bout de souffle, au bord de l'évanouissement, mais elle cria :

— Non, vous n'allez pas me faire ça ! Pas à moi ! Jamais !

Elle se précipita en avant pour l'arrêter, mais elle sentit un élancement dans les jambes, une décharge électrique, et s'écrasa contre le seau d'anguilles d'Enid, qui se renversa.

— Des serpents ! hurla Mundic. Vous m'aviez dit qu'il n'y avait pas de serpents !

La pluie les avait fait sortir. Deux petites anguilles rampaient en décrivant des boucles au sol. Elles étaient attirées par la lumière de la lampe au kérosène, ce que Mundic ne pouvait pas savoir. Elles n'avaient aucune intention de s'attaquer à lui. Il lâcha son pistolet, le visage figé en un cri silencieux, bondit en arrière, percuta la lampe et trébucha sur le tapis.

La fissure s'ouvrit comme une trappe. La lampe, le tapis, le Spam, Mundic, tout disparut dans le trou.

Il faisait nuit, mais c'était la pleine lune. La terre brillait comme en photo. Les palmiers et l'océan semblaient blanchis. On ne voyait pas le moindre signe de brume, seuls quelques rubans étaient accrochés aux plus hautes branches. Des étoiles scintillaient.

Enid était allongée au bas des marches. Ni recroquevillée ni tordue. Elle semblait apaisée. Elle avait sa tenue de voyage et gisait, les yeux fermés, la tête contre un rocher. Elle portait ses sandales à pompon. Elle avait la peau sombre, une petite tache au bout du nez, les cheveux lâchés. Telle une enfant.

Margery parvint à s'agenouiller. Quelque chose lui disait qu'elle arrivait trop tard. Elle le savait en descendant les marches, en se traînant dans l'herbe et la poussière rouge, et là, maintenant, en prenant le pouls d'Enid. Elle continua à palper du bout des doigts, pressa les poignets de son amie, desserra son col, toucha sa gorge à la recherche d'une étincelle de vie. Elle l'appela, une fois, deux fois, répéta son nom. Elle la supplia de revenir.

— Enid, arrêtez, je vous en supplie, revenez. Faites-moi toutes les surprises que vous voulez, Enid, mais pas ça, je vous en supplie. Je ne suis pas prête.

Elle la secoua – pas très fort, mais assez. Puis elle prit son visage entre ses mains et pressa ses lèvres sur les siennes.

— Je veux que tu vives, Enid, je t'en supplie. Tu m'avais dit que tu voulais vivre, que tu aimais la vie.

Tant qu'elle croyait à une trace de vie, elle espérait qu'Enid était là, attendant, prête à renaître, juste un scintillement, non, elle n'abandonnerait pas, elle ne reculerait devant rien, elle la retrouverait. Elle lui avait sauvé la vie une fois, elle pouvait de nouveau la sauver. Enid sentait encore le parfum d'Enid… Mais non. Elle n'était plus là. Margery frissonna, soudain frigorifiée.

Elle prit la main de la jeune femme et la tint serrée. Des fragments d'images se télescopaient dans son esprit, des petits fragments étrangement distincts. Enid titubant dans la gare de Fenchurch Street avec ses quatre valises en lui faisant un signe du pied. « Ta-da ! » Enid ouvrant la porte de leur cabine avec une brassée de fleurs qu'elle avait empruntées à la première classe de l'*Orion*. Enid crapahutant dans la forêt tropicale avec son petit chien, remontant sa robe en haut des fesses et courant, libre comme l'air.

Enid l'avait arrachée à sa petite vie rabougrie, et Margery l'aimait comme jamais elle n'avait aimé. Elle baisa le dos de sa main et la pressa contre son visage. Elle sentit ses larmes couler mais ne chercha pas à les retenir, alors qu'elles lui faisaient plus mal que des braises. Soudain, un visage apparut dans l'obscurité, puis un autre, et encore un autre : les enfants du bidonville, qui s'inclinèrent en signe de respect.

Margery savait que ce n'était pas son dernier jour sur terre. Elle en avait encore beaucoup devant elle, mais pas un seul ne passerait sans qu'un souvenir d'Enid, si fragile soit-il, lui revienne, dans un geste de Gloria, sa fille, ou dans le mouvement de la lumière entre les arbres. Le froid qu'elle ressentait là ne disparaîtrait jamais complètement, car son amitié avec Enid avait été une flamme brûlante.

Si la vie devait continuer, la mort aussi ; comme la vie, l'histoire se poursuivait.

D'ici là, Margery avait un grand blessé à surveiller, la police française à ses trousses, et un bateau de pêche qui l'attendait à Poum. Pour l'instant, elle ne demandait qu'une chose à la vie, pouvoir tenir cette main humaine.

Un cri de nourrisson retentit dans le bungalow. Gloria mourait de faim.

Londres,
Muséum d'histoire naturelle

Freya

54

Le scarabée d'or de Nouvelle-Calédonie, 1983

Plusieurs années après la disparition de Margery Benson et Nancy Collett, un colis anonyme fut livré au département d'entomologie du Muséum d'histoire naturelle. Le cachet était de Bornéo, et le paquet contenait un carnet relié en cuir avec seize croquis qui représentaient un scarabée que personne n'avait jamais vu, et trois paires de spécimens épinglés, mâles et femelles. Les dessins étaient irréprochables. Dans les notes figuraient des descriptions détaillées de la physionomie et de la forme du scarabée, de son habitat – une forêt marécageuse de Bornéo –, ainsi que des précisions sur son mode d'accouplement, sur son régime alimentaire, et sur les larves qui ressemblaient à des vers, que la femelle enfouissait dans les racines des arbres des marais. La présence du scarabée était essentielle à cet écosystème tropical : les larves se nourrissaient des insectes parasites. Le scarabée était étiqueté : *Sphaeriusidus enidprettyi*.

Des décennies suivirent, le département d'entomologie recevait d'autres colis anonymes, pas régulièrement, mais de temps en temps, et de partout dans le monde. Ils contenaient toujours un carnet relié en cuir et seize dessins anatomiques d'une nouvelle espèce de scarabée, ainsi que trois paires de spécimens en parfait état. Personne ne savait qui envoyait les paquets, mais le département finissait par en rire. On avait même dit qu'un conservateur prétendument mort aurait simulé sa disparition pour pouvoir retourner sur le terrain.

Trente ans après le premier colis, un autre arriva, adressé non plus au département d'entomologie, mais spécifiquement à Freya Bartlett, la seule femme qui y travaillait. Freya avait entendu parler de ces paquets mystérieux, et elle était aussi curieuse de savoir qui en était l'expéditeur – ou l'expéditrice. Elle ignorait pourquoi, mais son petit doigt lui disait que c'était une femme. « Impossible, tu prends tes désirs pour des réalités », pensait-elle. À sa connaissance, elle était la seule femme à s'intéresser aux coléoptères. Elle avait des horaires tellement extravagants qu'elle avait renoncé à l'idée d'avoir une famille – elle n'arrivait même pas à avoir une liaison. Quand elle partait en expédition avec ses collègues masculins, elle devait faire face à des problèmes qu'ils n'avaient pas : les règles, les endroits où faire pipi tranquillement et les blagues sur sa faiblesse physique. Et surtout la conviction qu'elle n'obtiendrait jamais vraiment ce qu'elle voulait. Plus d'une fois, un collègue lui avait tendu la main alors qu'elle ne demandait rien, et en avait profité pour la serrer un peu trop fort. Elle avait raté plusieurs promotions qu'elle méritait. On lui parlait mal et on l'humiliait. Curieusement, en son for intérieur, elle savait qu'elle ne pouvait s'en prendre qu'à elle-même. Mue par l'étrange volonté de ne pas bousculer l'ordre des choses, elle était complice de cet ordre. Elle riait au lieu de se mettre en colère, ou alors elle la bouclait au lieu de prendre la parole. Elle minimisait ses trouvailles en disant que c'étaient des détails, des résultats provisoires, qu'elle avait eu de la chance, alors que c'étaient de vraies découvertes. Elle avait laissé filer des occasions professionnelles – encore une fois, c'était son choix –, mais elle avait aussi raté le mariage de ses amis les plus proches et le baptême de leurs enfants. Un mois plus tôt, son plus vieil ami lui avait écrit pour l'inviter en Écosse à l'anniversaire de son filleul. « J'imagine que tu auras du mal à t'échapper du musée », disait-il. C'était vrai. Freya travaillait parfois si tard qu'elle prenait son sac de couchage dans son casier et dormait sous son bureau. Elle avait même une brosse à dents et une tenue de rechange sur place.

Elle tâta le paquet. Il était mince. Trop mince pour contenir quoi que ce soit d'intéressant. Le cachet était de la poste de Nouvelle-Calédonie. Elle l'ouvrit. Pas de carnet relié en cuir. Pas de dessins. Ni de spécimens. Juste une enveloppe. Et à l'intérieur de l'enveloppe, une photo.

De deux femmes. Une entomologiste et son assistante. L'entomologiste était au centre, c'était une jolie jeune femme avec un beau sourire, qui tendait la main vers l'appareil. Elle avait le visage rond, fier, heureux, comme si elle venait de trouver un trésor qu'elle voulait que tout le monde voie. Elle avait de longs cheveux blonds et épais, et portait une robe et des bottes, avec des jumelles autour du cou.

Freya alla chercher une loupe. La jeune femme avait un scarabée dans la main. Difficile à dire, parce que la photo était en noir et blanc, mais il était manifestement coloré. Voire doré. Ça ne pouvait pas être un carabe ni un carabidé. Il n'était pas assez rond. Ce n'était certainement pas un scarabée des fleurs – personne n'en avait jamais trouvé. Pas étonnant que la jeune femme ait l'air ravie.

Freya déplaça sa loupe vers l'assistante. Elle était beaucoup plus âgée. Trop âgée pour faire du terrain. Grande, baraquée mais fragile, vêtue d'une veste d'homme et d'un pantalon large. Elle se tenait à l'écart par rapport à l'objectif et regardait sur le côté. Elle avait quelque chose dans les cheveux. Une fleur ? Elle insista et vit que c'était un pompon. Freya sourit. C'était tellement inattendu. La femme avait dû avoir un accident, parce qu'elle avait une jambe plus ou moins raide et s'appuyait sur une canne. Freya effleura lentement la photo, elle aurait tant voulu en savoir plus.

La proximité des deux femmes lui mit la puce à l'oreille, ainsi que leurs attitudes différentes face à l'appareil : la jeune femme fixait l'objectif, tandis que l'autre tournait la tête comme si une troisième personne attirait son regard ailleurs. Comme si elle n'avait plus besoin de l'attention du monde parce que ce qu'elle ressentait pour la jeune femme était plus fort. Mère et fille ? Pas sûr. Mais Freya sentait leur amour, même en noir et blanc.

Elle observa à nouveau le scarabée dans la main de l'entomologiste. Elle avait l'impression qu'elle le lui montrait à titre personnel et l'invitait à venir le voir. Au dos de la photo, Freya découvrit une inscription : « Le scarabée d'or de Nouvelle-Calédonie. 1983. »

Elle retourna à son bureau. La matinée était déjà bien avancée. Elle feuilleta ses papiers, vite, sans trouver ce qu'elle voulait. Elle prit son atlas, repéra la Nouvelle-Calédonie, une île en forme de rouleau à pâtisserie au bout du bout du monde. Elle se fit un café, qu'elle oublia de boire. Elle s'installa derrière son microscope mais ne vit rien. Elle n'arrêtait pas de penser à ces deux femmes. Elles avaient pris des chemins qu'elle n'avait pas pris, elles avaient fouillé des endroits où elle n'avait jamais été, elles avaient eu des amis alors qu'elle avait négligé les siens. Elle sentit un picotement sur sa peau, un souffle venu d'ailleurs. Une folle excitation.

Elle prit son passeport, ses carnets de notes, ses bottes, sa brosse à dents, des flacons, et enroula le tout dans son sac de couchage. Elle ne savait pas si elle irait d'abord en Écosse ou en Nouvelle-Calédonie. Elle ne savait pas comment ni quand elle arriverait là-bas. Mais l'échec, pour une femme, était de renoncer.

C'était décidé, elle partait.

Remerciements

Le jour où j'ai décidé d'écrire un livre sur les scarabées et la Nouvelle-Calédonie, je ne savais rien ni des uns ni de l'autre. Cette ignorance en aurait sans doute dissuadé plus d'un, mais je trouvais que c'était parfait pour commencer.

Outre les cartes en ligne – anciennes et nouvelles –, les blogs, les vlogs, les sites et les articles, les ouvrages qui m'ont été d'une aide précieuse sont les suivants : *Pocket Guide to New Caledonia*, du ministère américain de la Guerre et de la Marine ; le guide *New Caledonia Illustrated*, de 1942 ; *Vanuatu & New Caledonia*, Lonely Planet ; *Who Stand Alone*, *Things Worth While* et *Time Well Spent*, d'Evelyn Cheesman ; *Unsuitable for Ladies : an Anthology of Women Travellers*, édité par Jane Robinson ; *The Blessings of a Good Thick Skirt : Women Travellers and their World*, de Mary Russell ; *Collecting, an Unruly Passion*, de Werner Muensterberger ; *Beetles*, de Richard Jones ; *British Beetles : Their Homes and Habits*, de Norman H. Joy ; *Fabre's Book of Insects* ; *The Book of Beetles : A Life-Size Guide to Six Hundred of Nature's Gems*, de Patrice

Bouchard ; *An Inordinate Fondness for Beetles*, d'Arthur V. Evans et Charles L. Bellamy ; *Living Jewels : The Natural Design of Beetles*, de Poul Beckmann ; *Beetle*, d'Adam Dodd ; *On the Track of Unknown Animals*, de Bernard Heuvelmans ; *Ten Pound Poms : Australia's Invisible Migrants*, d'A. James Hammerton et Alistair Thomson ; *Singled Out* et *Perfect Wives in Ideal Homes*, de Virginia Nicholson ; *Stranger in the House*, de Julie Summers ; *Austerity Britain, 1945-51*, de David Kynaston ; *Prisoner of Japan*, de Sir Harold Atcherley ; *Burma Railway Man*, de Charles Steel.

Je n'aurais pas pu aller bien loin sans la gentillesse, la patience et la sagesse experte de plusieurs entomologistes qui ont pris le temps de m'expliquer – en termes compréhensibles – leur passion pour les coléoptères, et pourquoi il est vital d'apprendre ce que le monde nous offre avant qu'il soit trop tard : Beulah Garner, conservatrice principale du Muséum d'histoire naturelle de Londres ; Adam Hart, professeur en sciences de la communication à l'université de Gloucester ; Sally-Ann Spence, du Muséum d'histoire naturelle d'Oxford, fondatrice de Minibeast Mayhem ; Simon Leather, professeur d'entomologie à Harper Adams University.

Merci à BBC Radio 4, où, il y a des années, j'ai entendu John Humphrys interroger un homme sur le monde mystérieux de la cryptozoologie. J'étais tellement fascinée que je suis rentrée chez moi pour creuser le sujet. C'est là qu'est née mon idée d'un scarabée d'or jamais découvert.

Merci à ma sœur Amy, qui a lu de nombreuses versions et m'a fait des suggestions qui m'ont permis de corriger et d'améliorer considérablement les choses.

Merci à ma mère et à ma sœur Emily, qui aimait tellement Enid qu'elle ne me pardonne pas la fin.

Merci à mes amies Niamh Cusack et Sarah Edgehill, qui ont lu des bribes des premières ébauches (des trucs horribles) et m'ont incitée à poursuivre.

Merci à un homme que je n'ai jamais connu – le grand-oncle de mon mari, qui a fait un voyage de Tilbury à Brisbane sur l'*Orion* dans les années cinquante et a écrit une très longue lettre racontant sa traversée.

Merci à Lisa Marshall pour ses généreux conseils d'obstétrique sur les accouchements à domicile, et à la professeure Sue Black qui sait tout sur les blessures à la tête, l'étouffement, la décomposition d'un corps humain et ce que cela devait sentir dans une maison des années cinquante sans chauffage.

Merci à mon agente et à ma chère amie Clare Conville ; à Jake Smith-Bosanquet, Alexander Cochran, Kate Burton et la fine équipe de Conville & Walsh. Merci à Nick Marston, Camilla Young, Katy Battcock et tous les gens de Curtis Brown. Merci à Clio Seraphim et la formidable équipe de Penguin Random House US. Merci à tout le monde chez Transworld : mon éditrice et amie Susanna Wadeson, qui m'a soutenue toutes ces années et qui a su exactement quand m'arracher ce livre des mains ; Sharika Teelwah ; Katrina Whone, Kate Samano, Josh Benn, Hazel Orme et les gens de Doubleday. À mon amie Alison Barrow, attachée de presse parfaite ; à Bradley Rose ; Emma Burton pour le marketing, Alice Twomey pour l'audio ; à Tom Chicken, Deirdre O'Connell, Emily Harvey, Gary Harley, Hannah Welsh et tous les représentants commerciaux au Royaume-Uni ; à Bethan Moore, Natasha

Photiou et toute l'équipe de vente internationale ; à Catriona Hillerton, à la fabrication ; à Richard Ogle, au département artistique ; à Larry Finlay et Bill Scott-Kerr. Merci à Neil Gower pour la couverture britannique exquise du livre et à Kimberly Glyder pour la couverture américaine tout aussi exquise. (« Ne jamais juger un livre d'après sa couverture » ? Foutaises.) Je dois à chacun et chacune de vous un petit scarabée d'or.

Merci aux femmes de ma vie. J'ai écrit ce livre pour vous.

Merci, Susan Kamil. Nous avons parlé de scarabées-bijoux et d'amitié en déjeunant un jour ensemble chez Claridge.

Merci enfin à mon mari, Paul, qui lit et relit chaque page avec patience et a toujours l'air intéressé. Qui a compris que, même quand un truc ne marche pas, il vaut mieux commencer sa phrase par : « Oui, c'est très bon… » Sans toi, je n'écrirais plus.

Composition et mise en pages
Nord Compo à Villeneuve-d'Ascq

Imprimé en France par CPI
en avril 2023
N° d'impression : 3051895

Pocket – 92 avenue de France, 75013 PARIS

S33456/01